HOLLIE OVERTON
The Wife. Schütze, wen du liebst

GOLDMANN
Lesen erleben

Buch

Kristy Tucker arbeitet im Todestrakt eines nahe gelegenen Hochsicherheitsgefängnisses. Kein Traumjob, aber als alleinstehende Mutter muss Kristy nicht nur für ihren Sohn, sondern auch für ihren kranken Vater sorgen. Kristys Schicksal scheint sich zu wenden, als sie Lance Dobson kennenlernt, den Sportlehrer ihres Sohnes. Einen attraktiven, interessanten Mann. Schließlich bittet er sie, seine Frau zu werden, und Kristy sagt überglücklich ja. Doch ihr Glück ist trügerisch, denn Lance entpuppt sich als perfider Sadist, der von allen anderen unbemerkt seiner Frau das Leben zur Hölle macht. Aber als er ihren Sohn und ihren Vater bedroht, geht er zu weit. In ihrem Job hört Kristy jeden Tag von Mord und Totschlag – und sie würde alles tun, um ihre Familie zu schützen. Wirklich alles …

Autorin

Hollie Overton wuchs zusammen mit ihrer Zwillingsschwester bei ihrer Mutter auf. Erst spät erfuhr sie, dass ihr Vater Mitglied einer kriminellen Gang war und sogar mehrere Jahre wegen Totschlags im Gefängnis saß. Die Erfahrungen ihrer Kindheit und Jugend haben sie stark geprägt und fließen stets auch in ihr Schreiben ein. Hollie Overton lebt in Los Angeles.

Hollie Overton

The Wife
Schütze, wen du liebst

Roman

Deutsch von
Karin Diemerling

GOLDMANN

Die amerikanische Originalausgabe erschien 2017 unter dem Titel
»The Walls« bei Redhook Books/Orbit, Hachette Book Group, New York.

Dieses Buch ist auch als E-Book erhältlich.

FSC www.fsc.org
MIX
Papier aus verantwortungsvollen Quellen
FSC® C014496

Verlagsgruppe Random House FSC® N001967

1. Auflage
Taschenbuchausgabe Mai 2019

Umschlaggestaltung: UNO Werbeagentur, München
Umschlagmotiv: Ring: Arcangel/Eva Creel; Papier: FinePic®, München
Redaktion: Ann-Catherine Geuder
An · Herstellung: kw
Satz: KompetenzCenter, Mönchengladbach
Druck und Bindung: GGP Media GmbH, Pößneck
Printed in Germany
ISBN: 978-3-442-48807-0
www.goldmann-verlag.de

Besuchen Sie den Goldmann Verlag im Netz

Für Mom, immer und ewig »auf meiner Liste«.

Liebe und Tod sind die zwei Achsen,
um die sich alle menschliche Anteilnahme dreht.

Benjamin Robert Haydon

Liebe Ms Tucker,

ich hoffe, Sie und Ihre Familie sind wohlauf. Ich wende mich noch einmal wegen meiner Anfrage bezüglich des Termins für mein Interview mit 48 Hours an Sie. Debbie, die verantwortliche Redakteurin, mit der ich in Kontakt bin, sagte, dass sie noch nichts von Ihrer Stelle gehört hätte. Ich weiß, ich habe es Ihnen gegenüber schon oft beteuert, aber ich will es weiterhin allen sagen, die mir zuhören: Ich bin unschuldig. Ich habe meine Kinder nicht umgebracht. Und ich kann und werde nicht aufhören, für den Beweis meiner Unschuld zu kämpfen. Aber die Uhr tickt. Der Staat Texas ist entschlossen, mich hinzurichten. Meine Anwälte sind davon überzeugt, dass die Leute die Wahrheit erkennen würden, wenn sie von den tatsächlichen Umständen meines Falls erführen. Alles, was ich will, ist ein neues Gerichtsverfahren, und ich setze darauf, dass die Interviews für genug öffentliche Aufmerksamkeit und Druck sorgen, um das Berufungsgericht zur Einsicht zu bewegen. Ich freue mich darauf, Sie diese Woche zu sehen und mit Ihnen persönlich über meine anstehenden Interviews zu sprechen.

Herzliche Grüße
Clifton Harris

Erstes Kapitel

»Mom, beweg deinen Hintern, sonst kommen wir zu spät.«

Kristy Tucker hörte ihrem Sohn die Genervtheit an, sie troff aus jeder Silbe. Mit einem Blick auf die Uhr fluchte sie leise.

»Komme schon, Ry«, rief sie und band ihre brünetten Haare rasch zu einem lockeren Knoten hoch. Dann schnappte sie sich ihre Handtasche und hastete aus dem Schlafzimmer, wobei sie beinahe über die Kante des ausgefransten grauen Teppichs stolperte. Sie fing sich gerade noch und lief hinunter in die Küche. Was sie auch tat – den Wecker eine halbe Stunde früher stellen, ihre Haare schon am Abend vorher waschen –, sie kriegte morgens einfach nie die Kurve. Besonders nicht an den Hinrichtungstagen.

Ryan dagegen war vermutlich schon seit Stunden auf. Mit seinen vierzehn Jahren war er erstaunlich adrett, ordentlich und ehrgeizig, also das genaue Gegenteil von ihr. Er saß am Küchentisch und aß gerade seine Schüssel Haferbrei auf, die hellbraunen Haare säuberlich gekämmt und mit seiner üblichen Uniform bekleidet: gebügelte Jeans, ein schwarzes Oberhemd mit einer rot-schwarz gestreiften Krawatte und ausgelatschte, schwarze Rindslederstiefel. »Texas-Hipster«, nannte sie dieses Standard-Outfit.

Sie fand es toll, dass er so viel Wert auf ein gepflegtes Äußeres legte, aber es machte ihn in seiner Klasse nicht sonderlich beliebt, weder bei den Bauerntrampeln noch bei den Sportskanonen. Das Getuschel und die spöttischen Bemerkungen der anderen Kinder und deren Eltern waren ihr nicht entgangen. »Der Junge benimmt sich, als wäre er was Besseres«, hatte sie bei mehr als einer Gelegenheit gehört. Kristy gab sich zum Teil selbst die Schuld. Bei Ryans Geburt war sie erst siebzehn gewesen, »ein Baby, das ein Baby großzieht«, wie Pops zu sagen pflegte. Doch sie bestärkte ihren Sohn in seinen Eigenarten und wollte, dass er all das erreichte, was ihr versagt geblieben war.

»Hey, Pops, du schuldest mir fünf Mäuse«, sagte Ryan grinsend.

»Schreib's an«, entgegnete Pops.

»Ich trau mich kaum zu fragen: Worum habt ihr gewettet?«, sagte Kristy, während sie ihren Thermobecher mit Kaffee füllte.

»Wie lange du heute Morgen brauchen würdest«, antwortete Ryan.

»Ich war doch tatsächlich auf deiner Seite.« Kristys Vater, Frank Tucker, schüttelte betrübt den Kopf. Dann stieß er ein röchelndes Lachen aus und zog an der Kanüle, die sich aus seiner Nase und an seinem Oberkörper hinunter zu einer großen Sauerstoffflasche schlängelte. Damit wurde der O_2-Gehalt seines Bluts konstant gehalten. Er war achtundsechzig, sah aber viel älter aus mit seinen zerzausten, selten gekämmten grauen Haaren. Lebenslanges Ketterauchen hatte seinen Tribut gefordert und seine

Lunge stark angegriffen, weshalb er jetzt mehr oder weniger ein Gefangener in den eigenen vier Wänden war. Seinem Humor hatte das jedoch keinen Abbruch getan.

»Wenn du deinen Wecker ein paar Minuten früher gestellt hättest …«, begann er. Kristy schnitt ihm das Wort ab, bevor Pops und Ryan ihre morgendliche Trödelei wieder zum Fluch ihrer Existenz hochstilisierten. Sie konnte ihre Neckerei jetzt einfach nicht ertragen.

»Nicht heute, ihr zwei. Ich bin nicht in der Stimmung. Los, Ry, gehen wir.«

Sie nahm ihre Schlüssel und wandte sich noch mal an Pops: »Denk dran: keine Drogen, keine Nutten.«

»Ich kann nichts versprechen«, antwortete er glucksend.

Kristy lächelte. »Ich komme heute spät. Gib mir Bescheid, wenn ich dir auf dem Heimweg was aus dem Laden mitbringen soll.«

»Ich hab alles, Kristy-Girl«, sagte er. »Kümmer du dich mal um dich selbst.«

Sie drückte ihm einen Kuss auf die Wange und ging zur Tür, Ryan im Schlepptau. Draußen schlug ihr die schwüle Hitze entgegen – noch nicht mal März und schon über dreißig Grad.

Sie fuhr den Highway 105 ostwärts, auf die Conroe Highschool zu. Ein Arm des langen und verzweigten Lake Conroe funkelte in der Morgensonne, als sie daran vorbeisausten. Streifen aus weißen Holzzäunen und grünem Rasen geleiteten sie zur Stadt. Ryan auf dem Beifahrersitz hatte seine Ohrstöpsel drin und beugte sich über sein aufgepepptes altes iPhone, hörte zugleich Musik und schrieb

Textnachrichten. Kristys lange Arbeitstage im Gefängnis bedeuteten, dass die morgendliche Fahrt zur Schule oft die einzige Gelegenheit war, mit ihrem Sohn zu sprechen, weshalb normalerweise striktes Handyverbot im Auto galt.

Heute jedoch war ihr die Stille ganz recht, denn sie musste sich innerlich für das wappnen, was vor ihr lag: Interviews mit Insassen des Todestrakts und die Hinrichtung eines brutalen Mörders und Serienvergewaltigers. *Ein Tag wie jeder andere.* Jahr für Jahr wohnte sie dem staatlich sanktionierten gewaltsamen Tod von Menschen bei. Sicher, es waren alles überführte Mörder, aber normal konnte sie das trotzdem nicht finden. Außerdem war es nicht nur die Arbeit, die sie bedrückte. Ihr Leben schien zu stagnieren, die verstreichenden Monate unterschieden sich nur noch durch Ryans jüngste Lernerfolge oder Pops neueste Beschwerden in ihrem Einerlei. An manchen Tagen wachte sie mit dem Gefühl auf, dass etwas Schreckliches passieren würde, und heute war es schlimmer als sonst. Solche düsteren Vorahnungen hatten sich bislang vor jedem tragischen Ereignis in ihrem Leben eingestellt. Kristy seufzte. Noch mehr Negatives konnte sie jetzt wirklich nicht verkraften.

Eine Viertelstunde später hielt sie anderthalb Häuserblocks von Ryans Schule entfernt. In letzter Zeit wollte er nicht mehr, dass sie ihn direkt vor dem Eingang absetzte. Kristy vermutete, dass ihm ihr zerbeulter alter Pick-up peinlich war, aber vielleicht wollte er auch nur seine Unabhängigkeit geltend machen. Obwohl sie das vom Kopf her verstand, tat ihr doch das Herz weh, wenn sie daran dachte, dass er sich ihr immer mehr entzog. Das war der Nachteil davon, praktisch miteinander aufgewachsen zu sein.

»Alles in Ordnung mit dir?«, fragte Ryan mit besorgtem Blick. Er war schon immer ein sensibles Kind gewesen, übermäßig mit den Gedanken und Gefühlen seiner Mutter beschäftigt.

»Natürlich. Wieso denn nicht?«, erwiderte sie lächelnd.

»Du könntest was anderes machen. Dir eine neue Stelle suchen.«

Sie wurde ernst. »Ry, fang nicht wieder damit an. Ich verdiene gutes Geld und bekomme anständige Zusatzleistungen.«

»Aber du hasst es.«

»Na und? Die meisten Leute mögen ihre Jobs nicht. Deshalb heißt es ›Arbeit‹.«

»Die meisten Leute begehen aber keine Morde«, sagte Ryan spitz, und Kristy musste sich sehr zusammennehmen, um nicht die Beherrschung zu verlieren.

Als Zuständige für die Presse- und Öffentlichkeitsarbeit der Justizvollzugsbehörde Texas fungierte sie als Mittlerin zwischen den Gefangenen, den Medien und der Gefängnisverwaltung. Das brachte schon genug Stress und Druck mit sich, doch die Stelle erforderte obendrein, dass sie bei den Hinrichtungen als Zeugin zugegen war.

Ryan hatte schon immer unter ihrem Beruf gelitten. Sie hatte sich bemüht, ihm das Justizsystem von Texas zu erklären: Es gab Gesetze, und die Männer und Frauen im Todestrakt hatten auf die schlimmstmögliche Weise dagegen verstoßen und verdienten daher die schlimmste Strafe.

Doch Ryan besaß ein weiches Herz und einen wissbegierigen Verstand. Je älter er wurde, desto mehr verabscheute er es, seine Mutter vor die Fernsehkameras treten und über Hinrichtungen sprechen zu hören, als seien sie etwas ganz Normales und würden nicht von einem Großteil der Welt als barbarisch betrachtet. Kristy hörte sich die leidenschaftlichen Argumente ihres Sohns schon seit Jahren immer wieder an. Anfangs war sie davon ausgegangen, dass es sich nur um eine Phase handelte, bis sie ihn im vergangenen Jahr auf dem Weg zur Hinrichtungskammer zufällig in der Menge der Demonstranten entdeckt hatte. Sie hatte ihn mit offenem Mund angestarrt, während er stolz ein Plakat schwenkte, auf dem stand: *Seid Richter, keine Henker*. Am liebsten hätte sie ihn an den Haaren nach Hause geschleift, aber das ging nicht, sie hatte ihren Pflichten nachzukommen.

Während sie sich noch über den Ungehorsam ihres Sohns ärgerte, hatte sie der Hinrichtung von Mitchell Hastings beigewohnt, einem dreißigjährigen Herumtreiber, der wegen Mordes an seiner Schwester und deren bester Freundin zum Tode verurteilt worden war. Derweil hatte Ryan draußen vorm Gefängnistor skandiert: »Keine Gerechtigkeit, kein Frieden!«

Im Grunde war sie stolz auf ihn, weil er für seine Überzeugungen eintrat. Doch wenn auch nur einer der Reporter Wind davon bekommen hätte, dass ihr eigener Sohn ein erklärter Gegner der Todesstrafe war … was für ein PR-Albtraum! Es könnte sie ihren Job kosten. Abends, auf der Fahrt nach Hause, hatte sie Ryan erklärt, dass er zwar ein Recht auf eine eigene Meinung hatte, ein solches Verhalten aber nicht akzeptabel war. Schließlich lebten sie von ihrer Arbeit. Sie sorgte für ein Dach über dem Kopf und Essen auf dem Tisch. Ryan respektierte das, wollte aber trotzdem, dass sie sich nach einem anderen Job umsah. Auch jetzt noch mailte er ihr regelmäßig Stellenanzeigen mit Betreffzeilen wie: *Neue Perspektiven. Ohne Hinrichtungen.* Heute allerdings würde sie sich auf keine Diskussion einlassen.

»Du kommst zu spät«, sagte sie. Ausnahmsweise hörte sie keine Widerrede von Ryan.

»Schon gut, Mama Bär, bis später«, sagte er nur und nahm seinen Rucksack.

»Hab dich lieb, Ry.«

Ohne zu antworten, sprang er aus dem Pick-up und schlug die Tür zu. Kristy sah ihm nach, wie er die Straße hinunterlief und um die Ecke verschwand. Gott, was vermisste sie die Zeit, als er ihr morgens vor der Schule noch die Arme um den Hals geworfen und gesagt hatte: *»Mama, ich hab dich noch doller lieb als den Mond und die Sterne und alle Planeten im Universum.«* Damit war jetzt Schluss. Vierzehnjährige trugen ihr Herz nicht gerade auf der Zunge.

Kristy lenkte den Pick-up über eine lange Highwaystrecke; die Kilometer tickten vorbei, im Radio lief Countrypop. Sie schaltete es aus, nicht in der Stimmung für überarrangierte Melodien. Schließlich bog sie scharf nach links ab, die Hände am Steuer, und fuhr auf das Tor des Gefängnisses zu, in dem ihr Arbeitstag beginnen würde. Die Polunsky-Vollzugsanstalt in Livingston, Texas, befand sich auf einem fast zwanzig Quadratkilometer großen, von Wäldern und Wiesen umgebenen Gelände. Es war ein weitläufiger Gebäudekomplex mit Fußwegen dazwischen und zwei Einfassungszäunen aus Stacheldraht mit Wachtürmen an den Ecken drum herum. Die Gebäude, in denen die männlichen Todeskandidaten des Staates Texas untergebracht waren, lagen etwas abseits der anderen: drei Betonquader mit weißen Dächern, jeder mit einer kreisförmigen Erholungsfläche im Mittelteil. Insgesamt saßen 2936 Gefangene im Polunsky ein, 279 davon im Todestrakt.

Kristy fuhr einmal pro Woche hierher, traf jeden Mittwochmorgen pünktlich und zuverlässig ein, hatte sich jedoch nie mit ihrer Arbeit anfreunden können. Weder hatte sie sich an die finsteren Wachen mit den Gewehren im Anschlag im Turm oben gewöhnt, noch an die Gefangenen, von denen manche verzweifelt ihre Unschuld beteuerten und sie um Hilfe anflehten, andere dagegen sich ohne eine Spur von Reue zu ihren Taten bekannten.

Das war nicht ihr Traumjob. Nicht einmal annähernd. Als sie mit sechzehn ungewollt schwanger geworden war, hatte sie sich geschworen, dass sie zwar eine Teeniemutter, aber keine Ziffer in der Schulabbrecherstatistik werden würde. Sie würde etwas mit ihrem Leben anfangen. Sie hatte die allgemeine Hochschulreife geschafft und anschließend, ermutigt von ihrem Vater, Abendseminare an der Sam Houston State University belegt. Sie hatte Kommunikationswissenschaft und Psychologie studiert und Teilzeit in verschiedenen Verwaltungsjobs im Gefängnis gearbeitet, um etwas zum Lebensunterhalt beizutragen. Pops war Vollzugsbeamter gewesen wie auch schon sein Vater vor ihm. Obwohl sie darauf beharrte, sich auf eigene Faust eine Stelle suchen zu wollen, hatte er dem Leiter der Abteilung für Presse- und Öffentlichkeitsarbeit so lange zugesetzt, bis sie noch vor ihrem Studienabschluss einen Job als Assistentin der leitenden Pressesprecherin bekommen hatte.

Der Gedanke, ständig von Kriminellen umgeben zu sein, Männern und Frauen, die furchtbare Taten begangen hatten, hatte ihr zwar widerstrebt, aber sie hatte sich gesagt, dass es ja nur vorübergehend war. Sie hatte geplant, ein Graduiertenstudium in Psychologie zu absolvieren und Sozialarbeiterin zu werden. Ihre Erfahrungen in der Gefängnisverwaltung würden einen Pluspunkt in ihrem Lebenslauf darstellen. Tatsächlich hatte die Arbeit mit den Häftlingen ihren Entschluss bestätigt und ihren Wunsch noch bekräftigt, Bedürftigen zu helfen, bevor sie hinter Gittern landeten.

Doch ein Kind großzuziehen war eine Aufgabe, die sie jeden Tag rund um die Uhr in Anspruch nahm. Dann hatte auch noch Pops' Gesundheit stark nachgelassen, und sie war befördert worden und hatte eine Gehaltserhöhung bekommen und dann die nächste. Neun Jahre später war sie immer noch hier, und die Bewerbungsbogen für das Graduiertenprogramm sammelten in ihrer Schreibtischschublade Staub an.

So sah nun also ihr Leben aus, Woche für Woche – sich mit gewalttätigen Häftlingen auseinandersetzen und abgehalfterte, frustrierte Reporter bei Laune halten, die unbedingt etwas von Bedeutung schreiben wollten. In letzter Zeit ertappte sie sich dabei, dass sie ausweichend antwortete, wenn man sie nach ihrem Beruf fragte. »Ich arbeite im PR-Bereich«, sagte sie meistens und hoffte, dass keine Nachfragen kamen, hoffte, dass es prestigeträchtiger klang, als es war.

Sie musste ihre Weltuntergangsstimmung abschütteln. Ein langer Tag voller Pressetermine mit Insassen des Todestrakts lag vor ihr und würde sie jedes Quäntchen Kraft und Nerven kosten.

Die Strafvollzugsanstalten ermöglichten es Medienvertretern einmal pro Woche, mit den zum Tode verurteilten Häftlingen persönlich in Kontakt zu treten. Die Montage waren den Frauen vorbehalten, die in »Mountain View« inhaftiert waren, während mittwochs die männlichen Gefangenen im Polunsky-Komplex interviewt werden konnten. Alle Insassen, welche die Genehmigung der Anstaltsleitung erhalten hatten, durften zwei Stunden lang von Journalisten besucht werden.

Kristy parkte und ging durch das Haupttor des Polunsky-Gefängnisses. Aufseher winkten ihr zu und riefen hallo, während sie Päckchen öffneten und Briefe sortierten, wobei das Gewöhnliche ihrer Tätigkeit in einem krassen Gegensatz zu den Empfängern dieser Post und deren Lebensumständen stand.

Sie passierte die Metalldetektoren und nahm ihre Tasche auf der anderen Seite in Empfang. Dort wurde sie von Bruce begrüßt, einem ihrer Lieblingswärter, einem Hillbilly in den Dreißigern mit liberalen Ansichten, der gern über den Kult-Statistiker Nate Silver, die Dating-Show *The Bachelorette* und, sein Favorit, *Real Housewives* plauderte. Bei aller Freundlichkeit waren sie sich doch sämtlich der Gefahren bewusst, denen sie sich aussetzten, wenn sie durch diese Türen traten. Es kostete große Anstrengung, die schleichende Angst und die dunklen Gedanken von sich fernzuhalten, ein fortdauernder Kampf, von dem Kristy nicht wusste, ob sie ihn je gewinnen würde.

Bruce begleitete sie zum Büro der Gefängnisdirektorin. Kristy betrat den eigentlichen Todestrakt nur selten, doch die Journalisten hatten sich in letzter Zeit über die schlechte Qualität ihrer Pressefotos beklagt, und sie hatte es satt, sich ihr Gemecker anzuhören. Gina Solomon schüttelte ihr herzlich die Hand.

»Direktorin Solomon, wie geht es Ihnen?«, erkundigte sich Kristy.

Die Anstaltsleiterin, Ende vierzig mit einem strengen Bob und grauen Augen, nickte lächelnd. »Wie geht's der Familie?«, fragte sie zurück.

»Kann nicht klagen. Mein Sohn ist gerade in den Debattierclub aufgenommen worden. Als jüngster Schüler seit zehn Jahren«, prahlte sie mit rückhaltlosem Mutterstolz.

Direktorin Solomon nickte wieder. »Wie schön.«

Kristy hörte das Bemühte ihres Lobs heraus. Solomons Sohn war ein Star-Quarterback an der Montgomery-Highschool. Sie ärgerte sich über sich selbst, weil sie die Reaktion wurmte. Was spielte es schon für eine Rolle, ob andere von Ryan beeindruckt waren oder nicht?

»Wollen wir anfangen?«, fragte sie, um das Thema zu

wechseln und sich die Schwärmerei der Direktorin über die Playoff-Spiele der Woche und die Großtaten ihres Sohns auf dem Feld zu ersparen.

Eskortiert von Bruce gingen sie durch die labyrinthischen Gefängniskorridore und unterhielten sich über die angekündigte Kaltfront. Das Wetter war ein beliebtes Gesprächsthema beim Wachpersonal, denn alle sehnten sich danach, ins Freie zu kommen, weg von diesen dunklen, deprimierenden Zellen. Sie bogen in einen weiteren langen Gang ein, in dem eine automatische Gittertür sich summend öffnete. Der Eingang zum Todestrakt.

Kristy warf einen Blick auf das Schild an der Tür des Zellenblocks. *Achtung: Im Falle einer Geiselnahme wird der Ausgang nicht geöffnet*. Eine Warnung davor, dass den Häftlingen hier nicht zu trauen war, dass man sich möglicherweise in Lebensgefahr begab.

Auf dem Weg durch den Gang wurde sie von einem Gestank überfallen, auf den keine noch so gründliche Ausbildung einen vorbereiten konnte: Pisse, Scheiße, Schweiß, vermischt mit den Ausdünstungen einer so tiefen Hoffnungslosigkeit und Verzweiflung, dass es einem in die Knochen zu kriechen schien.

»Lassen Sie sich Zeit«, sagte die Anstaltsleiterin. Kristy nickte, gedachte aber, ihre Aufgabe so schnell wie möglich hinter sich zu bringen. Hastig schoss sie ein paar Fotos von den Gängen und den endlosen Zellenreihen. Hier und da lugten die Gesichter von Gefangenen durch die winzigen, bruchsicheren Fenster in den Zellentüren. Einige der Männer kannten sie.

»Yo, Miz Tucker, mein Anwalt hat da ein paar Fragen an Sie.«

Manche standen unter starkem Medikamenteneinfluss und waren halb wahnsinnig.

»Diese Arschlöcher hier foltern mich. Sie müssen mir helfen!«

Andere waren hoffnungslose Fälle.

»Das ist aber mal ein schöner Arsch. Komm rein, Schätzchen, dann zeig ich dir, was ein echter Kerl ist.«

»Ich bring dich um, du dreckige Fotze. Ich bring euch alle um!«

Kristy konnte nicht mehr viel erschüttern. Sie war an solche Sprüche gewöhnt; Häftlinge unterschieden sich in dieser Hinsicht nicht sehr von den Männern dort draußen. Manche waren nett und höflich. Andere waren geisteskrank und gehörten nicht in den Todestrakt. Wieder andere waren verlorene, gequälte Seelen ohne Aussicht auf Erlösung. Manchmal fiel es schwer, sie voneinander zu unterscheiden. Kristy hatte Jahre gebraucht, um mit alldem umgehen zu können, aber jetzt brachten die Rufe sie nicht mehr aus der Ruhe. Als Pressefrau hatte sie stets souverän und ungerührt zu wirken.

Sie betrat eine leere Zelle und machte noch ein paar Bilder. Das Polunsky galt als »der härteste Knast in Texas«, und dem konnte sie nicht widersprechen. Die Häftlinge waren zweiundzwanzig Stunden pro Tag in ihren kleinen Einzelzellen eingesperrt, und selbst während der einen Stunde Hofgang waren sie wie in einem Käfig isoliert und durften keinen Kontakt zu Mitgefangenen haben. Da sie außerdem keinen Zugang zu Telefon oder Fernsehen hatten und keinen Privatbesuch erhielten, waren sie praktisch lebendig begraben. Wahrlich die Hölle auf Erden. Kristy konnte sich kaum vorstellen, wie es war, tagein, tagaus zwischen diesen Mauern gefangen zu sein.

Rasch prüfte sie, ob die Aufnahmen der Digitalkamera, die sie sich von Ryan geborgt hatte, etwas taugten. Doch, das genügte. Nichts wie raus hier, sie lechzte nach Sonne und frischer Luft. Sie ging zurück in den Flur, wo Solomon und Bruce auf sie warteten, und folgte ihnen zum Ausgang.

Kurz vor der Gangtür blickte sie aus irgendeinem Grund zu einer der Zellen hin, wie magnetisch davon angezogen. Durch die schmale Scheibe sah sie einen Häftling lang ausgestreckt auf dem Boden neben seiner Pritsche liegen. *Babykiller Harris.* So nannten ihn die Medien und auch einige der Aufseher. Kristy kannte ihn als Clifton Harris. Er war vor acht Jahren wegen Mordes an seinen beiden kleinen Kindern zum Tod verurteilt worden.

»Mein Gott, er blutet«, sagte sie zu der Direktorin und hasste es, wie hoch und piepsig ihre Stimme klang, als hätte der Mann nur eine Papierschnittwunde und keine aufgeschlitzten Pulsadern. Solomon trat an das Sichtfenster.

»Rufen Sie mehr Wachen, sofort!«, befahl sie Bruce. Er drückte eine Taste an seinem Funkgerät, dessen Gekrächze durch den Flur hallte.

»Treten Sie zurück!«, schrie die Gefängnisleiterin Kristy an. Der Summer ertönte, und die Zellentür wurde entriegelt. Kristy, die den Blick nicht von Cliftons bleichem

Gesicht, seinen blauen Lippen und den nach oben verdrehten Augen abwenden konnte, stürzte an der Direktorin vorbei, stieß die Tür auf und kniete sich neben ihn, um am Hals nach seinem Puls zu fühlen.

»Halten Sie durch, Clifton. Bitte halten Sie durch.«

Cliftons Augen öffneten sich flatternd und gepeinigt, der Lebensfunke war schon am Erlöschen. Er streckte eine blutbeschmierte Hand aus und packte sie am Arm.

»Ms Tucker, ich kann nicht mehr. Ich kann einfach nicht mehr«, flüsterte er, nun ihr Schlüsselbein umklammernd. »Lassen Sie mich einfach gehen«, flehte er und drückte dabei fester zu.

Kristy rang nach Luft. Sie musste an die Tafel am Eingang denken. *Im Falle einer Geiselnahme wird der Ausgang nicht geöffnet.* Sie war, ohne zu überlegen, hier hereingestürmt, aus Angst, dass Clifton sterben könnte, aus dem Wunsch heraus, endlich einmal jemandem zu helfen, etwas Aktives zu tun, statt immer nur Zuschauerin zu sein. Doch in diesem Moment begriff sie, dass ihr ungutes Gefühl, diese dunkle Vorahnung, tatsächlich eine Warnung gewesen war. Mit der Hand dieses verurteilten Mörders um ihre Kehle fragte sie sich plötzlich, ob Ryan nicht die ganze Zeit recht gehabt hatte: dass es ein fataler Fehler gewesen war, in dieser Anstellung zu bleiben und damit hinzunehmen, was hier geschah.

Zweites Kapitel

Überall war Blut, zäh, klebrig und dunkelrot, und es befleckte Kristys Hände, ihre Khakihose. Sie wusste nicht, wie lange sie schon neben Clifton kniete. Sekunden. Minuten. Eine Ewigkeit und doch nur einen Augenblick lang. Für jemanden, der ständig Menschen hinter einer Glaswand sterben sah, der fast jeden Monat einer Hinrichtung beiwohnte, war sie schlecht darauf vorbereitet, dem Tod so nahe zu sein.

»Lassen Sie los, Clifton. Bitte«, sagte sie, woraufhin er seine Hand wegnahm und die Augen schloss. Vielleicht dachte er, dass sie ihm erlaubte aufzugeben. Tränen brannten in ihren Augen. Noch nie hatte sie sich einer solch abgrundtiefen Verzweiflung gegenübergesehen. Männerhände rissen sie auf die Beine und schoben sie hinaus in den Gang, während mehrere Aufseher in Cliftons Zelle stürmten.

»Verdammt noch mal, Kristy, bist du lebensmüde?«, schimpfte Mac Gonzalez und funkelte sie an. Mac war einer ihrer besten Freunde, ein Vollzugsbeamter, der schon viele Jahre im Todestrakt arbeitete. Mit seinen fast zwei Metern und hundertzehn Kilo ragte er wie ein Riese über ihr auf. Er machte gern Witze über seine Größe. »Mexikaner sind nie so groß. Ich hab Mama Gonzalez schon gefragt, ob sie nicht was nebenbei laufen hatte.« Doch jetzt scherzte er nicht; sein Gesicht war vor Missbilligung verzerrt.

Kristy erwachte aus ihrer Trance. Sie hörte das Heulen der Alarmsirenen, das aufgebrachte Geschrei der Häftlinge, weil ein Mitgefangener in Gefahr war, ein kakophonisches Durcheinander aus Wut, Ärger und Schmerz, das wie in Zeitlupe um sie herumwirbelte.

»Du müsstest es doch wirklich besser wissen. Tritt zurück und beweg dich nicht«, bellte Mac.

Gehorsam drückte Kristy sich an die Wand wie ein gescholtenes Kind. Unwillkürlich sah sie wieder zu Clifton hin, der immer noch ausgestreckt auf dem Zellenboden lag. Wärter umgaben ihn und suchten nach der Waffe, mit der er sich die Pulsadern aufgeschnitten hatte. Kristy hatte gegen die Vorschriften verstoßen und sich selbst in Gefahr gebracht. Clifton hätte diesen Selbstmordversuch auch nur vortäuschen und sie als Geisel nehmen können. Sie zitterte unkontrollierbar und starrte auf ihre nun blutrote Hose hinunter.

Selbstmordversuche in den Todeszellen, ob erfolgreich oder nicht, lösten im Allgemeinen Unmut beim Gefängnispersonal aus. Die Journalisten stellten die Vollzugsbeamten gern als inkompetent hin und überhäuften sie mit Kritik und Hohn, weil sie nicht einmal auf jemanden aufpassen konnten, der doch eigentlich unter ständiger Bewachung stand. Menschenrechtsaktivisten schlugen in dieselbe Kerbe und sorgten für Geschrei und Empörung über die

Unmenschlichkeit der Todesstrafe und das Leid der Gefangenen, die in Isolationshaft auf die Vollstreckung ihres Todesurteils warten mussten. Kristy selbst fand Suizidversuche meist ebenso lästig wie ihre Kollegen. Sie zogen einen Haufen Arbeit nach sich, weil ihr unweigerlich die Aufgabe zufiel, die Medien und die Öffentlichkeit über den Vorfall zu informieren, und die Fragen kein Ende nahmen.

»Streiten Sie es ab, dass der Inhaftierte von einem Aufseher getötet wurde?«

»Oder einem Zellengenossen?«

»Oder der mexikanischen Mafia?«

»Wird hier etwas vertuscht?«

Heute jedoch galt ihre Sorge einzig und allein Clifton, dessen Blut sich in Lachen auf dem grauen Betonboden sammelte. Sein zum Medienereignis gewordenes Verbrechen und seine Weigerung zu gestehen hatten ihn zu einer Art Berühmtheit gemacht. Reporter strömten herbei, um ihm zuzuhören, Filmgrößen und Popstars sammelten Geld für seine Verteidigung. Kristy besuchte ihn nun schon seit über acht Jahren jeden Mittwoch. Er beteuerte stets nachdrücklich seine Unschuld, auch wenn manche darin nichts als eine Mitleidsmasche sahen. Das Strafjustizsystem kannte kein Mitleid, schon gar nicht in Texas. Hier gab es mehr Menschen im Todestrakt und mehr Hinrichtungen als in jedem anderen Staat der USA. Stimmten die Geschworenen für schuldig und damit für die Todesstrafe, war es so gut wie sicher, dass man sterben musste.

Kristy sah zu, wie eine Rollbahre herbeigeschafft wurde

und die Aufseher Clifton eilig durch den Gang zum Ausgang schoben. Jeder Insasse des Trakts zeigte irgendeine Reaktion auf diesen letzten radikalen Versuch, seiner Hinrichtung zu entgehen; es wurde gebrüllt, geschrien, an die Sichtscheibe gehämmert. Manche riefen ihm ihre Anteilnahme zu.

»Cliff, Alter, halt durch.«

»Lass dich von den Wichsern nicht kleinkriegen.«

Andere waren weniger solidarisch.

»Schmor in der Hölle, Babykiller, du verdammtes Stück Scheiße.«

Der zwischen Leben und Tod schwebende Gefangene würde von einem Trupp bewaffneter Aufseher zu einem draußen wartenden Krankenwagen gebracht und dann ins Saint-Luke-Krankenhaus transportiert werden, der nächstgelegenen Unfallklinik, wo das medizinische Personal alles daransetzen würde, sein Leben zu retten. Kam er nicht durch, würde Kristy eine Presseerklärung zum Tod von Clifton Harris herausgeben müssen. Kam er durch, würde er noch eine Weile ärztlich behandelt und dann in seine Zelle zurückgebracht werden, wo er sein Leben beziehungsweise das, was davon übrig war, wiederaufnehmen würde.

Ihr dumpfes Gefühl, dass der heutige Tag ein Albtraum werden würde, hatte sie nicht getrogen. Als sie zurück durch den langen grauen Flur ging, schloss Mac sich ihr an.

»Du kennst doch die Vorschriften. Du hattest ein Sicherheitstraining«, begann er.

»Er war am Verbluten. Ich hab nicht nachgedacht.«

»Du musst aber nachdenken, bevor du handelst, Kristy. Diese Bestien hier könnten dich umbringen, verdammt noch mal. Ehrlich, du hast mir einen Scheißschreck eingejagt.«

Er blieb abrupt stehen und zog sie in eine Umarmung. Sie ließ ihn einen Moment gewähren, bevor sie sich von ihm löste. Im vergangenen Jahr hatte sie den Fehler begangen, sich mit Mac einzulassen; da war sie nach der besonders brutalen Hinrichtung eines Mannes, der die ganze Zeit nach seiner Mutter gerufen hatte, extrem dünnhäutig gewesen. Sie hatte miterlebt, wie die alte Frau von Mitte siebzig, gebeugt und gebrochen, wimmernd um Gnade gefleht hatte. »Bitte bringen Sie meinen Jungen nicht um. Er ist alles, was ich habe.«

An jenem Abend hatte sie nur daran denken können, wie diese Frau ihrem Sohn einst Gutenachtgeschichten vorgelesen und ihm einen Gutenachtkuss gegeben hatte, und nun hatte sie mitansehen müssen, wie er starb. Nach dieser schlimmen Vollstreckung hatte sie Gesellschaft gebraucht, und Mac, der schon lange eine Schwäche für sie hegte, war gerade zur Hand gewesen. Er ging mit ihr tanzen, spendierte ihr Tequila-Shots und nahm sie in die Arme, und als sie ihn geküsst und gefragt hatte, ob sie bei ihm übernachten könne, hatte er ja gesagt. Sie waren miteinander ins Bett gegangen, zärtlich und ein bisschen unbeholfen. Ein netter Abend, hatte sie sich hinterher gesagt. Irgendwie waren darauf gemeinsame Abendessen bei TGI Fridays gefolgt, Ausflüge zu den Batting Cages, um ein paar Bälle zu schlagen, Knutschereien im Pick-up, aber es hatte einfach die Leidenschaft gefehlt, das Feuerwerk. Sie hatte versucht, es sich schönzureden. Sich zu sagen, dass es genügte, wenn es nur nett und gemütlich war, dass das bei all dem Schlimmen, das sie tagtäglich erlebte, schon viel wert war. Doch nach ein paar Monaten wurde ihr klar, dass sie Mac nie richtig lieben würde. Nicht so, wie er es verdiente. Als sie ihm mit »Lass uns lieber nur Freunde sein« gekommen war, hatte er es ziemlich gut aufgenommen, als hätte er quasi schon damit gerechnet.

»Kein Problem, Tucker. Du bist eigentlich sowieso nicht mein Typ. Ein bisschen zu sehr die Klugscheißerin«, hatte er grinsend geantwortet.

Trotz seiner Lockerheit hatte sie seine Enttäuschung gespürt. Irgendwann war er dann darüber hinweggekommen und hatte etwas mit Vera angefangen, einer bezaubernden Krankenschwester. Sie hatte sich für ihn gefreut – aber manchmal, besonders spätabends, wenn sie fix und fertig war und sich furchtbar gern an jemanden kuscheln wollte, nachdem sie hatte mitansehen müssen, wie ein Angehöriger eines Opfers weinend zusammengebrochen war, oder wenn ihre Sorgen wegen Pops' Arztrechnungen oder der bald anstehenden Finanzierung von Ryans Studium überhandnahmen, wünschte sie, sie hätte sich mit »nett und gemütlich« zufriedengegeben.

»Kristy, so was machst du doch sonst nicht. Du musst besser aufpassen«, insistierte Mac.

»Dem kann ich nur zustimmen«, pflichtete Direktorin Solomon bei, als sie zum Ausgang kamen. »Ich möchte Sie in meinem Büro sprechen, Ms Tucker.« Mac klopfte Kristy aufmunternd auf die Schulter, als sie Solomon notgedrungen folgte.

Falls sie geglaubt hatte, Clifton halb tot aufzufinden sei schon der Tiefpunkt ihres Vormittags gewesen, so hatte sie sich getäuscht. Im Büro der Direktorin musste sie sich einen halbstündigen, detaillierten Vortrag über die Regeln und Vorschriften anhören, die sie als Angestellte der Justizvollzugsbehörde Texas zu befolgen hatte. Kristy nickte und murmelte an den richtigen Stellen und versprach, beim nächsten Mal, wenn sie einen Häftling verbluten sah, keinen Finger zu rühren. Zum Glück entging der Direktorin ihr Sarkasmus, oder sie überhörte ihn zumindest. Nach dieser Strafpredigt stand als neuer Punkt auf ihrer Tagesordnung, die für heute anberaumten Interviews mit den Häftlingen abzusagen. Manche von ihnen würden aggressiv sein und Streit suchen, andere verlangen, ihre Anwälte zu sehen, und Cliftons Suizidversuch als weiteren Beleg für die psychischen Qualen anführen, die sie hier erlitten. Auch mussten die Aufseher den Zellenblock gründlich durchsuchen, um sich davon zu überzeugen, dass niemand sonst noch irgendeine Waffe versteckte und jede Zelle sicher war.

All das bedeutete, dass Kristy es nun selbst mit einer Art Exekutionskommando aufnehmen musste – dem halben Dutzend Journalisten, die aus dem ganzen Land herbeigefahren oder -geflogen waren. Natürlich waren sie stinksauer und stampften schnaubend davon, um ihren Ressortleitern mitzuteilen, dass sie den Redaktionsschluss nicht einhalten konnten, oder ihnen eine neue Story schmackhaft zu machen. Ein korpulenter Reporter mit Halbglatze schäumte regelrecht vor Wut und bespritzte sie mit seiner Spucke.

»Ihr Verwaltungstypen schert euch doch einen feuchten Scheiß um unsere Deadlines!«

Kristy musste sich eine scharfe Erwiderung verbeißen. Richtig, diese Reporter und ihre Deadlines kümmerten sie tatsächlich einen Dreck. Zumindest heute, nachdem sie Zeugin solchen Elends geworden war. Und unter den Gefangenen Aufruhr und Kampfesstimmung herrschten. Sie konnten ihr alle gestohlen bleiben.

Als der Reporter murrend davonstapfte, fragte sie sich, wie lange es noch dauern würde, bis sie selbst jedes menschliche Mitgefühl verlor. Bis sie diese Männer nur als eine weitere Story ansah, das Leid anderer sie kaum noch berührte. Manchmal befürchtete sie, dass es schon so weit war.

Endlich, gegen Mittag, konnte sie das Polunsky-Gefängnis hinter sich lassen, zumindest bis zur nächsten Woche. Allerdings graute ihr schon vor dem Donnerwetter, das sie erwartete, wenn Gus, ihr Chef, von ihrer »Übertretung« erfuhr.

Kristy lenkte ihren alten Chevy zurück in die Stadt und schaltete die Klimaanlage ein, nur um festzustellen, dass nichts als feuchtwarme Luft aus den Schlitzen kam. Wütend versuchte sie, das Gebläse zu regulieren. Sie hatte gerade sechshundert Dollar für die Reparatur ausgegeben. Typisch, dachte sie, irgendwas war immer kaputt.

Während sie auf der I45 dahinfuhr, blickte sie durch die

schmutzige Windschutzscheibe in die Landschaft. Im Osten und im Süden sah sie die weite Ebene der Coastal Plains, im Westen dagegen die sanften Hügelketten, die sich durch ganz Hill Country erstreckten.

Der Verkehr wurde spärlicher, als sie sich Huntsville näherte, und an Bäumen gab es jetzt nur noch die hohen, stoischen Kiefern des Kieferngürtels, der sich durch den tiefen Süden zog. Nach dem, was sie heute schon erlebt hatte, und in Anbetracht dessen, dass sie immer noch eine Hinrichtung durchzustehen hatte, konzentrierte sie sich bewusst auf das Schöne, wo sie es nur finden konnte, und bewahrte es für später auf, wenn das Scheußliche ihres Jobs sie wieder zu überwältigen drohte.

Jedes Mal, wenn sie an dem malerischen Courthouse Square vorbeifuhr, dachte sie, dass Huntsville dem Klischee eines Städtchens entsprach, das dunkle Geheimnisse hinter seiner idyllischen, geruhsamen Fassade verbarg. Die Hauptstraße mit ihren gut erhaltenen historischen Gebäuden war einladend, und doch starben ständig Menschen einen gewaltsamen Tod in dieser Stadt. Sie malte sich aus, wie deren Geister durch die Straßen streiften, Seite an Seite mit den Einheimischen in ihren Cowboystiefeln und strassbesetzten Jeans, von denen viele ebenfalls bei der Justizvollzugsbehörde angestellt waren.

Ihr Ziel war das Staatsgefängnis von Huntsville. »The Walls« – die Festung –, wie es im Volksmund auch genannt wurde, war eine riesige, abweisend wirkende Anlage, mit Stacheldraht bewehrt und von einer langen, hohen Ziegelsteinmauer umschlossen. Die Todeskandidaten waren zwar im Polunsky-Gefängnis untergebracht, doch hier in der Festung würden sie ihren letzten Atemzug tun, im meistgenutzten Hinrichtungsraum des ganzen Landes. Kristy fuhr auf den Parkplatz und ging zu ihrem Büro in dem gegenüber der Todeskammer gelegenen Verwaltungstrakt. Heute würde der langen Liste der Hingerichteten ein weiterer Name hinzugefügt werden: Tyler Watkins, ein Serienvergewaltiger und -mörder, sollte durch die Giftspritze sterben.

Vor dem Büro lungerte schon eine frühe Gruppe von Reportern herum, die »Aasgeier«, wie Kristy sie nannte. Die Stimmung war aufgeräumt, manche schrieben Textnachrichten oder surften im Internet, andere rissen derbe Witze über Watkins' zu erwartende letzte Worte. »Ich wette, der heult wie eine Memme nach seiner Mutter«, hörte sie einen sagen. Ein anderer ging mit einem Becher herum und sammelte Geld für die Wetten darauf ein, wie lange es dauern würde, bis der Mann tot war. Kristy kannte das alles, es gehörte zur normalen Routine. Ihr Job erforderte, dass sie ruhig und emotionslos blieb, aber nach dem, was sie gerade erlebt hatte, wollte sie den Haufen am liebsten anschreien: *Hört auf damit! Gönnt mir verdammt noch mal ein bisschen Frieden!*

»Na, bereit, diesen Dreckskerl sterben zu sehen?«, fragte Gus Fisher, der Leiter der Presseabteilung und seit knapp einem Jahr ihr Chef. Sie seufzte. Wäre ja auch zu schön gewesen.

Sie drehte sich zu ihrem Vorgesetzten um, der breitbeinig und mit einem hämischen Grinsen auf seinem dicken roten Gesicht hinter ihr stand. Er war eine kleine Bulldogge von einem Mann, knapp eins siebzig groß und kahl, bis auf ein peinliches schwarzes Haarbüschel mitten auf dem Kopf. Sie hatte sich immer noch nicht an den übermäßigen Eifer gewöhnt, mit dem er an diesen Teil seines Jobs heranging. Wenn es nach ihm ginge, dachte sie manchmal, würde man öffentliches Hängen wieder einführen und Eintritt kassieren. Nicht dass Gus ein großer Verfechter von Opferrechten gewesen wäre. Er interessierte sich nicht für die Verbrechensopfer und wechselte kaum je ein Wort mit den Angehörigen, es sei denn, er glaubte, sich dadurch bei irgendwelchen hohen Tieren oder der Presse beliebt machen zu können. Nein, Gus war ein engstirniger Mann mit einem Gott-Komplex: Er hatte sich die Position nur geangelt, um sich gottgleich fühlen zu können. Ihr war zu Ohren gekommen, dass er dreimal durch die Aufnahmeprüfung für die Polizeischule gefallen war. Doch seine Cousine war mit dem stellvertretenden Gouverneur von Texas verheiratet, und so war er hier gelandet.

Eigentlich wäre Kristy für seinen Posten an der Reihe gewesen. Als ihr früherer Chef Jack Woefel seinen Eintritt in den Ruhestand angekündigt hatte, waren alle überzeugt gewesen, dass sie auf die Stelle befördert werden würde. Sie hatte über sieben Jahre lang in der Pressestelle gearbeitet, besaß ein gutes Verhältnis zu den Häftlingen und kam mit den verschiedenen, oft schwierigen Charakteren klar, denen man bei der Arbeit mit Medienleuten begegnete. Kaum dass sich die Nachricht von Jacks Pensionierung herumgesprochen hatte, gratulierten ihr die Kolleginnen und Kollegen schon, wenn sie durch den Flur ging. Die Freude war jedoch von kurzer Dauer und letztendlich auch etwas peinlich. Sie erinnerte sich noch gut an ihr bitteres Gefühl der Zurückweisung, als sie von den Entscheidungsträgern erfahren hatte, dass Gus die Leitung der Abteilung übernehmen würde. Eine echte Überraschung war es allerdings nicht. Die texanischen Männerbündler wollten Männer in den Führungspositionen sehen und nicht »irgendein Weibsbild, das uns sagt, was wir zu tun haben«.

Das Ganze würde sie weniger ärgern, wenn Gus nicht so verdammt unfähig wäre. Es mussten immer zwei Vertreter der Öffentlichkeitsabteilung bei einer Hinrichtung zugegen sein, da es zwei getrennte Zeugenräume gab, einen für die Angehörigen der Opfer, einen für die der Verurteilten. Doch gleichgültig und überheblich, wie er war, sprach Gus nie ein Wort mit dem Gefängnisdirektor, den Geistlichen, den Leuten von der Opferbetreuung oder gar den Familienangehörigen. Gott bewahre, dass er einem Gefangenen vor dessen Hinrichtung irgendwie nahekam, das war vollkommen unter seiner Würde. Nur hinterher, nach der Vollstreckung, war er voll dabei und konnte es kaum erwarten, vor die Kameras zu treten und im Rampenlicht zu stehen.

Umgekehrt war Gus auch kein Fan von ihr. Sie merkte, dass er sie hochnäsig fand und es ihn wurmte, dass sie intelligenter war als er und einen lockeren Umgang mit den Journalisten pflegte. Er genoss es, sie in die Schranken zu weisen und ihr jeden kleinsten Fehler, ob tatsächlich oder vermeintlich, unter die Nase zu reiben. Deshalb musste sie immer gute Miene zum bösen Spiel machen. Heute allerdings war es mit ihrer Selbstbeherrschung nicht weit her.

»Gus, würde es Ihnen etwas ausmachen, ein bisschen weniger Blutdurst an den Tag zu legen?«

Gus kniff missbilligend die Augen zusammen und legte ihre ärgerlich gerunzelte Stirn offenbar als Mitgefühl aus.

»Jetzt sagen Sie nicht, dass Watkins Ihnen leidtut. Sie wissen, warum er hier ist, oder? Der Mann hat drei Frauen umgebracht und sie vergewaltigt, bevor und *nachdem* sie tot waren.«

»Ich weiß, was Watkins getan hat. Schließlich habe ich schon hier gearbeitet, als er verurteilt wurde. Meiner Ansicht nach ist es trotzdem unsere Pflicht, etwas Pietät zu zeigen«, entgegnete Kristy.

Watkins war einer von den eher widerwärtigen Insassen des Todestrakts, der über seine mehrfachen Morde so leichthin redete wie andere über ihre Pläne für den Sonntagsbrunch. Gus schüttelte abfällig den Kopf. Genauso gut hätte er sie tätscheln können wie ein unwissendes Kind.

»Der Typ hat sein Recht auf Pietät verwirkt, als er diese Frauen umgebracht hat.«

Kristy merkte, dass er auf einen Streit aus war, aber sie dachte nicht daran, ihm den Gefallen zu tun.

»Ich wollte Ihnen noch erklären, was heute Vormittag passiert ist. Wegen Clifton.«

»Ja, Gina hat mich angerufen und mir die Ohren vollgenölt. Das war wirklich saublöd von Ihnen.«

An Gus' Taktlosigkeit gewöhnt, nickte Kristy nur und machte sich auf die nächste Abkanzelung gefasst.

»Kristy, warum gehst du denn nicht ans Handy?«

Carmen, ihre Assistentin, kam auf sie zugeeilt. Mist. Sie hatte ihr Telefon im Handschuhfach liegen lassen. Im Polunsky waren Handys nicht erlaubt, und sie hatte ihres schon unzählige Male an der Sicherheitskontrolle vergessen. Nach dem Vorfall mit Clifton war sie so durcheinander gewesen, dass sie nicht daran gedacht hatte, es herauszunehmen.

Carmen war normalerweise die Ruhe und Organisiertheit selbst, worum Kristy sie beneidete. Ihre dunklen Haare fielen ihr stets gut frisiert in schimmernden Wellen über die Schultern, und ihre Zähne waren so weiß, dass sie in eine Colgate-Werbung gehörte. Im Moment aber wirkte sie nicht ruhig, sondern zeigte einen ziemlich besorgten Gesichtsausdruck. Irgendwo gab es ein dickes Problem.

»Ist es wegen der Sache im Polunsky? Ist schon alles geklärt«, sagte Kristy.

Gus schnaubte. »Abwarten.«

Carmen machte keinen Hehl aus ihrer Abneigung gegen Gus. Sie warf ihm einen finsteren Blick zu und wandte sich wieder an Kristy.

»Es ist wegen Ryan. In der Schule hat es einen Zwischenfall gegeben. Du musst sofort hin.«

Drittes Kapitel

Kristy sagte sich, dass Ryan bestimmt in Sicherheit war, auch wenn es heutzutage eigentlich keine Sicherheit mehr gab. Schulen, Krankenhäuser, Kirchen, all das waren potenzielle Anschlagsziele. Jugendliche brachten Waffen mit, legten Bomben, inszenierten ihre persönlichen Rachefeldzüge. Schlimmer noch – was, wenn Ryan selbst etwas getan hatte? Das Gehirn männlicher Teenager war noch nicht voll ausgebildet, es mangelte ihnen an Impulskontrolle. Sie war schon zig Gefangenen begegnet, die als Jungen furchtbare Verbrechen begangen hatten und nun eine lebenslange Haftstrafe verbüßten. Ihre Gedanken überschlugen sich bei all den schrecklichen Möglichkeiten. Carmen nahm ihre Hand, um sie zu beruhigen.

»Die Schulleiterin hat angerufen und gesagt, die Polizei sei unterwegs, aber sie würde dafür sorgen, dass nichts Amtliches unternommen wird, bevor du da bist.«

Kristy atmete tief durch. Sie hatte geglaubt, ihr ungutes Gefühl hätte mit Clifton zu tun gehabt, aber das hier war wesentlich schlimmer. Vielleicht lag es an ihrer ständigen Nähe zu den menschlichen Abgründen, jedenfalls lebte sie in der ständigen Angst, dass Ryan etwas passieren könnte, dass sie nicht in der Lage sein könnte, ihn zu beschützen.

Sie sah kurz zu Gus hin, der panisch wirkte, als befürchtete er, selbst arbeiten zu müssen, wenn sie jetzt ging.

»Ich muss zu ihm«, sagte sie wie zu sich selbst.

»Wir haben heute eine Hinrichtung«, protestierte Gus, als müsste sie persönlich die Giftspritze setzen. »Und es rufen bereits dauernd Leute an und fragen nach dem Babykiller. Was soll ich denn jetzt machen?«

»Haben Sie nicht gehört, was Carmen gesagt hat? Ryan braucht mich.«

Er starrte sie mit offenem Mund an, als redete sie plötzlich in einer Fremdsprache.

»Ich mache das schon«, sagte Carmen. »Ich kann mich um alles kümmern.«

»Ja, Carmen ist bereit dafür. Sie kann die Hinrichtung heute Abend übernehmen, falls ich nicht rechtzeitig zurück bin.« Kristy war gereizt, weil sie überhaupt darüber diskutieren musste. Gus grunzte.

»Wenn sie's vermasselt, geht das auf Ihre Kappe«, sagte er und marschierte davon.

Gus war auch kein Fan von Carmen. Als er seinen Posten angetreten hatte, hatte er auf ziemlich plumpe Art versucht, bei ihr zu landen, woraufhin sie ihm klipp und klar die Meinung gegeigt hatte. »Ich habe eine feste Freundin, und wenn Sie mich noch einmal auch nur anschielen, verklage ich Sie und die ganze Behörde wegen sexueller Belästigung.« Seitdem war Carmen für ihn ein rotes Tuch. Kristy dagegen schwor auf die junge Frau. Sie war ehrgeizig und arbeitete in der Presseabteilung, um sich Geld für ihr Jurastudium zu verdienen.

»Ich krieg das hin«, sagte Carmen. »Geh und kümmere dich um deinen Sohn.«

Kristy drückte ihr die Hand. »Danke.«

Sie hastete aus dem Büro. Ihr war eng um die Brust, und ihre Hände zitterten so schlimm, dass sie kaum den Zündschlüssel ins Schloss bekam. Mit Ryan war alles in Ordnung. Ganz bestimmt. Sie nahm ihr Handy aus dem Handschuhfach, ließ den Motor an und fuhr zur Conroe Highschool. Mehrere verpasste Anrufe und SMS wurden angezeigt. Sie steckte ihren Bluetooth-Hörer ins Ohr und wählte rasch. Pops meldete sich beim ersten Klingeln.

»Pops, was zum Teufel ist da los?«

»Wenn ich das mal wüsste. Diese blöden Deppen wollten mir nichts sagen, meinten, sie müssten mit Ryans Erziehungsberechtigter sprechen, als würden sie mich nicht kennen, diese Vollidioten. Ehrlich, wie oft haben die mich in der Schule gesehen, wenn ich dich vom Cheerleader-Training abgeholt hab? Ich schwör's bei Gott, Kristy Ann, wir ersticken in Gesetzen und Vorschriften, und trotzdem herrscht pure Anarchie. Wenn ich noch ein verdammtes Auto hätte, wäre ich schon selbst dorthin gefahren und hätte die Sache in die Hand genommen.«

Pops konnte mittlerweile nicht mal mehr zum Briefkasten draußen gehen. Er schlurfte nur noch durch seinen kleinen Teil des Hauses, in einem Tempo, gegen das eine Schildkröte wie eine Olympiasprinterin wirkte. Schon die Vorstellung, dass er über die lange Kiesauffahrt laufen und in einen Wagen steigen sollte, war lächerlich. Doch sie hatte jetzt weder die Zeit noch die Energie für eine weitere

Auseinandersetzung über eine Frage, die sie schon vor Monaten geklärt hatten.

»Ich bin sicher, dass mit Ryan alles okay ist«, sagte sie, sowohl um sich selbst als auch ihren Vater zu beruhigen.

»Du musst strenger zu dem Jungen sein, Kristy. All das Verhätscheln tut ihm nicht gut.«

»Pops, ich bin gleich bei der Schule«, log sie, um sich nicht wieder einen Vortrag über Erziehungsmethoden anhören zu müssen.

»Schon gut. Hör nicht auf mich. Ich versuche ja nur, ein bisschen Wissen und Erfahrung weiterzugeben, bevor ich das Zeitliche segne«, sagte er schnaufend.

»Ich weiß deine Ratschläge zu schätzen, Pops, aber ich denke nicht, dass ...«

Er hatte aufgelegt. Sie konnte sich jetzt nicht auch noch mit seiner Gekränktheit abgeben. Seufzend warf sie den Hörer auf den Beifahrersitz und konzentrierte sich ganz aufs Fahren, sauste über die Interstate, überholte, wo es nur ging, und ließ die Tachonadel nie unter hundertzwanzig Stundenkilometer sinken. In Rekordzeit erreichte sie den weitläufigen Parkplatz der Schule.

Auf dem Footballfeld funkelten die Blechinstrumente der Blaskapelle in der gleißenden Südstaatensonne, während der Schlachtsong der Tigers rauf und runter gespielt wurde. Am Spielfeldrand wurden Cheerleader mit glänzenden Haaren in die Luft gewirbelt, so hoch, dass sie fast im Himmel zu verschwinden schienen. Zu denen hab ich auch mal gehört, dachte Kristy. Vor einer halben Ewigkeit.

Ihr Magen krampfte sich zusammen, als sie zwei Streifenwagen des Sheriffbüros von Montgomery County vor dem Verwaltungsgebäude entdeckte. So rasch wie möglich setzte sie den Pick-up in eine Parklücke und rannte hinein.

Als sie durch den Flur lief, drohte der Geruch nach Kreide und Turnschuhen sie zu überwältigen. Gott, wie sie diese Schule hasste. Sie weckte in ihr jedes Mal wieder Erinnerungen an Misserfolge und verpasste Gelegenheiten. Beim Sekretariat angekommen hielt sie nach Ryan Ausschau, sah sich aber nur Alice Valdez, der Schulsekretärin, gegenüber. Alice thronte hinter dem Empfangstresen, die Haare mit den Ombré-Spitzen hochtoupiert wie die einer Comicfigur, ihr Gesicht clownartig mit Make-up zugekleistert. Sie musterte Kristy mit diesem Ausdruck mitleidiger Geringschätzung, der sich dauerhaft in ihre selbstzufriedene Miene gegraben zu haben schien. Alice war zwei Jahre jünger als Kristy und einst die berüchtigtste Klatschtante der Schule gewesen. Als solche hatte sie damals auch alle möglichen Gerüchte darüber, wer Kristy Tucker geschwängert haben könnte, in die Welt gesetzt. Vier eigene Kinder später war sie nur noch schlimmer geworden. Sobald sie wieder weg war, schätzte Kristy, würde sie ihr Versagen als Mutter genüsslich über die Telefonkette des Eltern-Lehrer-Ausschusses breittreten.

»Ich möchte mit Direktorin Barnhardt sprechen«, sagte sie zu ihr.

»Sie ist mit Ryan in der Turnhalle. Die Polizei ist auch da«, sagte Alice mit Nachdruck und gaffte sie an. Manchmal fand Kristy es wirklich leichter, mit verurteilten

Mördern umzugehen als mit Leuten wie Alice. Bei den Häftlingen wusste sie wenigstens, woran sie war.

Sie eilte auf die Turnhalle zu, die auf der anderen Seite der Schule lag, und traf dabei auf Liza Barnhardt, die Direktorin. Lizas kurze, silbergraue Haare waren perfekt geschnitten und frisiert und wurden durch eine türkisfarbene Bluse und den passenden, indianisch inspirierten Schmuck bestens zur Geltung gebracht. Liza blickte auf Kristys Hose. Kristy sah an sich herunter und bemerkte die Blutflecken. Verdammter Mist. Deshalb hatte Alice sie so angestarrt.

»Es hat einen Vorfall im Polunsky gegeben, mit einem Häftling«, erklärte sie. Liza nickte mit besorgter Miene.

»Mir ist nichts passiert. Aber was ist mit Ryan? Wie geht es ihm?«

»Ganz gut, glaube ich. Ich versuche gerade, die Gemüter wieder zu beruhigen. Kommen Sie mit.«

Kristy hatte Liza in ihrer Schulzeit zwei Jahre lang im Englischleistungskurs gehabt, den sie mit minimalem Aufwand und Topnoten absolviert hatte. Liza hatte ihre Aufsätze unermüdlich gelobt und sie sogar eines Tages nach der Schule beiseitegenommen.

»Kristy Tucker«, hatte sie mit dem typischen schleppenden Südstaaten-Tonfall gesagt, »du bist ein intelligentes Mädchen, intelligenter als die meisten deiner Altersgenossen. Aber du lässt dich zu leicht ablenken. Verschwende dein Talent nicht.«

Kristy, die noch sehr unter dem Tod ihrer Mutter gelitten und sich mehr dafür interessiert hatte, ihre Beliebtheit bei den Schulkameraden zu erhalten, als für ihren Abschluss zu lernen, hatte ihr höflich geantwortet, dass sie sich um ihren eigenen Kram kümmern solle. Natürlich bereute sie es heute, nicht auf ihre Lehrerin gehört zu haben. Aber so war das eben, wenn man jung war – man glaubte, alles besser zu wissen, bevor man überhaupt etwas wusste. Sie erinnerte sich noch gut daran, wie sie Liza die Neuigkeit von ihrem Zustand eröffnet hatte.

»Ich bin schwanger«, hatte sie geflüstert, die Ultraschallaufnahme umklammernd, als bräuchte die Lehrerin einen sichtbaren Beweis, um ihr zu glauben. Sie erzählte ihr nichts von Ben, dem hübschen Musiker, den sie auf einer Studentenparty kennengelernt hatte und der sie so betrunken gemacht hatte, dass sie sich am nächsten Morgen zuerst nicht an seinen Namen erinnern konnte. Sie sagte auch nichts, als sie als Schulschlampe beschimpft und so schlimm gemobbt wurde (man nannte es damals noch nicht so), dass sie keine andere Möglichkeit mehr sah, als die Schule abzubrechen. Pops und Liza redeten auf sie ein, wollten ihr klarmachen, dass sie einen großen Fehler beging, aber sie war einfach nicht stark genug, um das Gekicher der Mädchen beim Mittagessen zu ertragen oder die Rufe der Jungen, ob sie mal eine Schwangere bumsen könnten. Und nun stand sie ihrer ehemaligen Lehrerin, jetzt Schulleiterin, gegenüber und durchlebte wieder die gleiche Schmach wie als junges Mädchen.

»Was ist passiert, Liza?«, fragte sie, als sie schnellen Schrittes zusammen durch die leeren Flure gingen.

»Wussten Sie, dass Ryan asiatische Kampfkunst trainiert?«

Kristy starrte sie ungläubig an.

»Das ist nicht Ihr Ernst.« Sie schüttelte den Kopf. Ryan war der totale Bücherwurm. Er hasste den Sportunterricht und bat sie oft, ihm eine Entschuldigung zu schreiben, damit er schwänzen konnte.

»Sie wissen also von nichts?«

»Ryan ist nicht gerade der Karate-Typ«, erwiderte Kristy.

»Er hat heute im Sport Scotty Welch die Nase gebrochen.«

»Unmöglich. Ryan ... er ... er bezeichnet sich als Pazifist, weigert sich sogar, Kakerlaken totzuhauen.«

»Tja, offenbar hat er seine Meinung geändert. Er hat mir erzählt, dass er schon seit einer Weile Kampfkunstkurse beim YMCA besucht.«

Kristy wurde rot vor Scham. Wieso wusste sie nicht, was ihr eigener Sohn so trieb? Gut, ihr Beruf verlangte ihr eine Menge ab. Jedes Mal, wenn ein Häftling sich Zugang zu den sozialen Medien verschaffte oder eine Klage wegen Menschenrechtsverletzungen einreichte oder ein Berufungsgesuch eines Todeskandidaten angenommen oder ein Hinrichtungsaufschub gewährt wurde, fiel ihr die Aufgabe zu, die Wogen zu glätten. Sie musste die Bevölkerung beruhigen und erklären, dass für ihre Sicherheit gesorgt war, und dabei gleichzeitig Babysitterin beim Pressecorps spielen. Doch trotz dieser Anforderungen hatte sie sich immer bemüht, Ryan zu vermitteln, dass er an erster Stelle kam. Indem sie ihn zur Schule brachte, ihm kleine Nachrichten auf die Serviette in seiner Lunchbox schrieb oder die halbstündige Autofahrt nach Hause auf sich nahm, damit sie ihm das Abendessen machen und ihm eine Gutenachtgeschichte vorlesen konnte, bevor sie wieder zur Arbeit fuhr.

Ryan war zwar kein kleiner Junge mehr, aber es war dumm von ihr gewesen zu glauben, nicht mehr auf ihn aufpassen zu müssen. Das war nun der Weckruf. Sie würde mit ihm eine Führung durchs Gefängnis machen und ein paar der schlimmsten, abschreckendsten Lebenslänglichen besuchen, die sie finden konnte. Würde ihm eine ordentliche Rosskur nach dem Vorbild des Dokumentarfilms *Scared Straight* verabreichen. Nie und nimmer würde sie zulassen, dass er auf Abwege geriet. So ein Fehltritt konnte ein ganzes Leben zerstören. Als Erstes aber musste sie die Polizei aus der Sache raushalten. Wenn Ryan angezeigt wurde und am Ende vorbestraft sein sollte, konnte ihn das seine Zukunft kosten.

Kurz vor der Turnhalle flüsterte Liza ihr zu:

»Ganz unter uns: Scotty Welch ist ein Ekelpaket und entstammt einer langen Ahnenreihe von aufgeblasenen Ekelpaketen. Aber Tim Welch ist auch ein Texas-Macho alter Schule – wenn du an seine Ritterlichkeit appellierst, kannst du ihn vielleicht dazu bringen, die Anzeige fallen zu lassen.«

Kristy stürmte in die Turnhalle, wo zwei Deputy Sheriffs gerade mit Tim Welch sprachen. Dessen Sohn Scott saß in der Nähe auf der Tribüne und hielt sich ein blutdurchtränktes Handtuch an die Nase. Ryan saß ein Stück weiter weg, als wären er und Scotty zwei Boxer, die in ihre jeweiligen Ecken geschickt worden waren. In sich zusammengesunken hockte er da – war er nicht gerade noch ein blasser, schüchterner Fünfjähriger gewesen, den sie für die Vorschule anmeldete? Sie schaltete unwillkürlich in den Muttermodus und musterte ihren Sohn auf Verletzungen hin. Er hielt einen Eisbeutel in der Hand, und seine Fingerknöchel waren blutig geschwollen.

Als er sie sah, stand er auf.

»Mom, was ist denn mit dir passiert?«

Kristy blickte wieder auf ihre blutverkrustete Hose hinunter. Sie wünschte, sie hätte sich vorher umgezogen, aber da war nun nichts mehr zu machen. Sie nahm ihn in die Arme.

»Ist nicht schlimm, Ry. Auf der Arbeit passiert ... Was um Himmels willen war denn hier los?«

»Scott hat mich eine Schwuchtel genannt, Mom. Ich hab das so was von satt. Ich bin nicht schwul. Das wissen die genau, und selbst wenn, was wär schon dabei? Mach mit mir, was du willst, aber ich werde mich nicht dafür entschuldigen, dass ich mich gewehrt habe.«

Ryan war wirklich nicht schwul – das hatte sie zufällig herausgefunden, als sie sich einmal seinen Laptop ausgeborgt und er seine Browser-Chronik nicht gelöscht hatte. Nein, das Problem war nicht seine sexuelle Orientierung, das Problem war diese Schule, diese Stadt. Ryan war zu belesen, zu wissbegierig, zu offen und anders, um in diese primitive Provinzkultur hineinzupassen, in der nur Muskeln und Gleichförmigkeit zählten. Er mochte Bücher über den Untergang Roms oder Watergate. Er mochte Meditation und Kunstgeschichte und interessierte sich einen feuchten Dreck für die Anfangsaufstellung der Dallas Cowboys.

»Ich kümmere mich darum. Rühr dich nicht vom Fleck – und sag kein Wort!«

Ryan ließ sich wieder auf die Bank sinken. Kristy ging hinüber zu Liza, Tim Welch und den Sheriffs, die alle gespannt darauf warteten, was sie zu sagen hatte.

»Officers, ich bin Kristy Tucker, Ryans Mutter. Wie ich höre, war mein Sohn in eine handgreifliche Auseinandersetzung verwickelt, und ich würde mir gern etwas mehr Klarheit darüber verschaffen.«

Einer der Polizisten wollte antworten, doch Tim schnitt ihm das Wort ab.

»Also, Ms Tucker«, sagte er ebenso arrogant wie gedehnt und betonte das *Ms.* »Sieht aus, als hätte Ihr Junge seinen Frust an meinem armen Scotty abreagiert. Gewalttätigkeit dieser Art darf auf keinen Fall hingenommen werden.« Kristy hätte am liebsten laut gelacht. Football-Kolosse wie Scotty Welch schüchterten andere Schüler jeden Tag mit Gewalt und Erpressung ein. Das Ganze war eine Farce. Schon wenn man die beiden Jungen nebeneinander sah, schien es lächerlich, dass Ryan der Angreifer gewesen sein sollte. Scotty war mindestens acht Zentimeter größer und zehn Kilo schwerer. Doch darauf hinzuweisen würde Ryan nicht helfen.

»Mr Welch, könnten wir einen Moment unter vier Augen sprechen?«, fragte sie. Er zögerte, ließ sich bitten. »Bitte«, sagte sie. Er nickte den Sheriffs zu, die sich ein paar Schritte entfernten. Sie würde sämtliche Kniffe einsetzen, die sie sich angeeignet hatte beim beruflichen Umgang mit frauenfeindlichen Machos, die eine Vorzugsbehandlung erwarteten, bloß weil sie Männer in Machtpositionen waren. Wenn sie die kleinkriegte, würde sie auch Tim Welch kleinkriegen.

»Timothy, es tut mir leid, dass wir uns unter diesen Umständen wiedersehen …«, begann sie.

Natürlich unterbrach er sie sofort. »Mir auch, aber Ihr Sohn hat sich schwer danebenbenommen.« Kristy wollte entgegnen, dass er sich zum Teufel scheren solle, nickte aber nur.

»Sieht so aus, ja. Sie können sicher verstehen, dass es nicht immer leicht ist, als alleinstehende Mutter einen Sohn großzuziehen. Und ich weiß, dass Ryan bereut, was er getan hat.«

»Bestimmt tut er das, aber es gibt nun mal Regeln. Wir müssen den Jugendlichen klarmachen, dass ein solches Verhalten nicht hinnehmbar ist.«

»Wissen Sie, ich arbeite drüben im Huntsville-Gefängnis und sehe jeden Tag, was dabei herauskommt, wenn jemand gegen das Gesetz verstößt. Aber wenn Sie daran zurückdenken, was wir beide damals so als Teenager angestellt haben, können Sie vielleicht davon Abstand nehmen, Anzeige zu erstatten.« Kristy war gespannt, ob Tim jetzt seine eigenen Missetaten herunterspielen würde oder ob er sich überhaupt daran erinnerte, wie er seinerzeit die Musikfreaks, die eine Band gegründet hatten, zusammengeschlagen hatte. Zu schade, dass es damals noch keine sozialen Medien gab.

»Ich bin nicht sicher, ob ich über so was hinwegsehen kann, Kristy«, sagte er.

Sie seufzte. Offenbar musste sie ihren Stolz noch mehr herunterschlucken.

»Nicht jedes Kind hat das Glück, mit einer Vaterfigur aufzuwachsen«, sagte sie. »Scotty gehört zu den Glücklichen. Ich tue zwar mein Bestes, aber Ryan braucht vielleicht eher ein bisschen Verständnis als eine Bestrafung. Was halten Sie davon, wenn er eine Weile in Ihrem Autohaus aushilft? Alles, was so anfällt: Autos waschen, Büroarbeit. Vielleicht könnten Sie ihm ja sogar ein wenig Orientierungshilfe geben, ihn auf den rechten Weg bringen.«

Das Letzte, was sie wollte, war, dass jemand wie Tim Welch ihrem Sohn Ratschläge gab, aber sie würde alles tun, um ihm Scherereien mit der Polizei zu ersparen.

»Bitte, Tim, ich flehe Sie an«, sagte Kristy. »Bitte lassen Sie uns gemeinsam eine Lösung finden.« Sie konnte regelrecht sehen, wie er sich aufblies – wie ein Kugelfisch –, wie es ihm behagte, so viel Macht über sie zu haben. Er blickte zu den Sheriffs und der Direktorin hin.

»Wissen Sie was? Ich glaube, wir können uns darauf einigen, dass Ryan einen Fehler gemacht hat und zwei Wochen Schulausschluss eine ausreichende Lektion sein müssten.«

Kristy wollte gegen den Ausschluss protestieren, wollte sagen, kommt nicht in Frage, aber sie merkte, wie Liza sie mit eindringlichem Blick aufforderte nachzugeben. Und sosehr sie das ganze Theater auch ankotzte, wenigstens würde Ryan auf diese Weise nicht in die Mühlen der Justiz geraten.

Tim und die Polizisten standen da und warteten auf ihre Antwort. Sie biss die Zähne zusammen und wünschte, sie könnte dieses Arschloch in seine selbstzufriedene Fresse schlagen.

»Das klingt fair«, sagte sie.

»Sie haben Glück, dass Mr Welch so umgänglich ist«, bemerkte einer der beiden Polizisten und machte seinem Partner ein Zeichen zu gehen.

Tim schnippte mit den Fingern, woraufhin Scotty aufstand, ein paar Dolchblicke auf Ryan abschoss und seinem Vater aus der Turnhalle folgte.

Kristy hätte am liebsten laut geschrien und irgendetwas zertrümmert. Diese Leute gefährdeten die Zukunft ihres Kindes. Der Schulausschluss bedeutete, dass Ryan einen großen Debattierwettbewerb verpassen würde, eine wichtige Etappe auf dem Weg zum Meisterschaftstitel im Staat Texas. Den Siegertitel seines Staats zu gewinnen, noch dazu als Schüler im ersten Highschool-Jahr, würde Ryan zu einem sicheren Kandidaten für ein College-Stipendium machen. Ohne ein Stipendium würden sie sich niemals eine der Hochschulen seiner Wahl leisten können, aber genau das wollte Kristy – dass Ryan Wahlmöglichkeiten hatte. Okay, sie musste es positiv sehen: Ryan kam nicht ins Gefängnis, und das war die Hauptsache.

Sie drehte sich zu ihrem Sohn um. Er sah sie mit seinen großen braunen Augen an, diesem unwiderstehlichen Hundeblick, den er immer hatte, wenn er in Schwierigkeiten steckte. Eine wirksame Waffe in seinem Bitte-sei-nicht-sauer-Arsenal. Wenn er die zückte, brachte sie es nie übers Herz, ihn zu bestrafen.

»Was haben sie gesagt? Was wird jetzt?«, fragte er.

»Du bist für dich selbst eingetreten, und das spricht meiner Meinung nach zu deinen Gunsten. Aber jetzt kein Wort mehr, bis wir im Auto sind«, sagte Kristy.

»Ich muss mit Ella reden.«

Ella war Ryans beste Freundin. Die beiden waren unzertrennlich, seit Ella mit ihren Eltern vor zwei Jahren in die Stadt gezogen war.

»Du kannst später mit ihr sprechen. Geh jetzt. Wir treffen uns am Auto.«

Ryan schlich aus der Turnhalle. Kristy wandte sich an Liza, die geduldig gewartet hatte.

»Danke, dass Sie mich angerufen haben. Dafür gesorgt haben, dass sich jemand um ihn kümmert.«

»Ist doch selbstverständlich. Aber wenn Ryan mit seinem Kampfsporttraining weitermacht, muss er begreifen, dass das Folgen haben kann. Das nächste Mal könnte er von der Schule verwiesen werden und eine Strafanzeige bekommen«, sagte Liza.

»Es wird kein nächstes Mal geben«, versprach Kristy. Dafür würde sie verdammt noch mal sorgen.

»Ryan ist ein ausgezeichneter Schüler, einer der besten, die ich je hatte. Er wird uns noch alle stolz machen«, sagte Liza zuversichtlich. Plötzlich brannten Tränen in Kristys Augen. Sie musste hier raus, bevor sie komplett die Fassung verlor.

»Vielen Dank noch mal«, sagte sie und verließ schleunigst die Schule.

Ryan saß schon im Pick-up, den Kopf über sein Handy gebeugt. Seine Haare waren zu lang, und sie musste an sich halten, um sie ihm nicht aus den Augen zu streichen. Sie konnte es immer noch nicht fassen, dass er ihr diesen Kampfsportkurs verschwiegen hatte.

Er hatte sie im Grunde angelogen, und Lügen war ein schwerer Vertragsverstoß. Der Vertrag zwischen ihnen galt, seit Ryan damals in der ersten Klasse einen Butterfinger-Riegel vom Pult seiner Lehrerin gestohlen hatte. Er leugnete es, obwohl die Lehrerin ihn auf frischer Tat ertappt hatte. Nach dem Elterngespräch beschloss Kristy, sich ihre auf der Arbeit erworbenen Kenntnisse zunutze zu machen und ihn mit Hilfe seines schlechten Gewissens zu einem Geständnis zu bewegen. Sie würde seinen guten Kern gegen ihn ausspielen.

»Die Leute können meinetwegen noch so große Stücke auf Mrs Richardson halten, sie ist eine Lügnerin. Ich meine, ich kenne dich doch. Ich weiß, dass du niemals etwas stehlen würdest«, sagte sie zu ihm.

So machte sie den ganzen Abend weiter, ging sogar mit ihm zu Pizza Hut, vorgeblich zum Trost, bestellte Käsebaguette mit extra Käse und entschuldigte sich immer wieder bei ihm, erklärte, dass Erwachsene nicht immer recht hätten. Noch bevor die Rechnung kam, knickte er ein und bat sie um Verzeihung, wobei ihm die Tränen über sein kleines Gesicht liefen.

»Ich hab den Butterfinger gestohlen. Ich wusste, dass das falsch war, aber Adam Kennedy hat mich einen Angsthasen genannt, und ich wollte ihm und den anderen beweisen, dass ich keiner bin. Es tut mir leid, Mama, dass ich gelogen habe.«

Sie schlossen einen Pakt. »Egal, was passiert, versprich mir, dass du immer die Wahrheit sagst. Ich verspreche es auch. Allzeit ehrlich!«, sagte Kristy.

Ryan gab ihr die Hand darauf. »Allzeit ehrlich.« Soweit sie wusste, hatte er das Versprechen nie gebrochen – bis heute. Neun Jahre später ging ihre Enttäuschung nun genauso tief wie damals, als sie auf dem niedrigen Erstklässlerstuhl gesessen und seiner Lehrerin zugehört hatte.

»Was haben wir uns versprochen?«, fragte sie ihn.

Er antwortete nicht.

»Du hast mich angelogen, Ryan. Wir hatten uns versprochen, nie zu lügen.«

»Na gut, ich habe gelogen, und es tut mir leid. Aber Scott hatte es verdient.«

»Das glaube ich gern«, sagte sie. »Das ändert aber nichts daran, dass du dich falsch verhalten hast.«

»Es ist schlimm, oder?«, fragte Ryan. »Was machen sie jetzt mit mir?«

Es wäre gemein, ihn auf die Folter zu spannen. Kurz und schmerzlos, sagte sie sich.

»Zwei Wochen Schulausschluss.«

Er starrte zum Seitenfenster hinaus auf das Footballfeld, während er die Nachricht verdaute. Dann schlug er mit den Fäusten auf das Armaturenbrett.

»Scheiße, Scheiße, Scheiße! Diese Arschlöcher … immer gewinnen sie. Immer sitzen die …«

Sie konnte ihm seinen Ausbruch nicht verübeln. Auch ihrer Erfahrung nach gewannen die Arschlöcher immer.

»Jetzt verpasse ich den Wettbewerb. Sie haben mich aufgestellt, und jetzt muss ich das ganze Team im Stich lassen«, sagte er, sich die Tränen mit dem Ärmel abwischend.

»Wer sagt denn, dass du das Team nicht trotzdem unterstützen kannst?«

»Hab ich denn keinen Hausarrest?«, fragte Ryan mit überrascht aufgerissenen Augen.

»Oh doch, keine Frage. Aber die anderen sollen nicht unter deiner Täuschung leiden müssen. Sie können nach der Schule zu uns kommen und dort üben. Aber mehr nicht, verstanden? Du hast zwei Wochen Hausarrest. Nicht, weil du dich gewehrt hast, sondern weil du mich wegen des Kampfsportunterrichts angelogen hast.«

»Es tut mir leid. Ich wollte einfach … Ich konnte sie nicht länger auf mir herumhacken lassen.«

»Also hast du beschlossen, Jackie Chan zu werden?«

Er schüttelte den Kopf. »Jackie Chan? Also ehrlich, Mom, wie uncool ist das denn.«

»Weißt du, was uncool ist? Deine Mutter zu hintergehen. Deine Klassenkameraden zusammenzuschlagen. Wann hast du mit dieser Kampfkunstsache angefangen?«

»Vor ungefähr drei Monaten. Ella hatte einen Tanzkurs im YMCA, und ich bin mit dem Kampfsportlehrer dort ins Gespräch gekommen und hab ihm erzählt, dass Scott und die anderen Typen mich ständig hänseln. Da hat er mir vorgeschlagen, in seinen Kurs zu kommen. Er meinte, er sei als Jugendlicher auch gemobbt worden und hätte deshalb mit dem Training angefangen. Echt, Mom, du hättest mal Scottys Gesicht sehen sollen. Er konnte es nicht glauben, dass ich ihm eine verpasst hab.«

Kristy verbiss sich ein Lächeln. Am liebsten hätte sie sich die Szene haarklein schildern lassen, denn diese miesen Kids unterschieden sich kein bisschen von denen, die sie damals schikaniert hatten, bis sie die Schule schmiss. Doch seine Wut gewaltsam abzureagieren, ohne an die Folgen zu denken, war keine Lösung.

»Wie heißt dieser Lehrer? Der Kampfsportmensch«, fragte sie.

Ryan schüttelte den Kopf.

»Nee, sag ich nicht, sonst rennst du hin und machst ihn zur Sau oder gehst ihm sonst wie auf die Eier.«

»Ich mache ihn zu gar nichts, und pass auf, wie du redest. Ist dir klar, wie ernst die Sache ist? Die hätten dich anzeigen können. Ich muss ein kleines Gespräch mit dem Mann führen, damit er kapiert, dass das, was er jungen Leuten beibringt, sich auf ihr Leben da draußen auswirken kann.«

Ryan sank in seinem Sitz zusammen.

»Ich warte«, sagte Kristy. Seufzend gab er seinen Widerstand auf.

»Er heißt Lance. Lance Dobson.«

Kristy ließ den Motor an und stieß aus der Parklücke.

»Ich setze dich zu Hause ab. Es ist noch eine Pizza im Gefrierfach und Salat im Kühlschrank. Pass auf, dass Pops seine Tabletten nimmt und nicht mehr als ein Bier trinkt.«

»Wo willst du hin?«, fragte Ryan ein bisschen weinerlich. Gott, sie hasste es, wenn er winselte.

»Ich werde mich ein bisschen mit diesem Mr Dobson unterhalten.«

Viertes Kapitel

Kristy zündete sich eine Zigarette an und inhalierte tief, während sie durch eine lange Reihe von Nebenstraßen fuhr. Der würzige Rauch füllte ihre Lunge, und ihre Beklommenheit löste sich mit jedem Zug mehr auf. Eigentlich hatte sie vor ein paar Jahren mit dem Rauchen aufgehört. Nach Pops' Diagnose hätte sie es für heuchlerisch gehalten, darauf zu bestehen, dass er aufhörte, wenn sie es selbst nicht schaffte. Doch sie hatte immer ein Päckchen im Handschuhfach und gestattete sich nach jeder Hinrichtung eine Zigarette, um sich ein wenig zu entspannen. In diesem Moment würden Carmen und Gus auf den Anruf vom Gefängnisdirektor warten, damit sie den Beginn von Tyler Watkins' Hinrichtung ankündigen konnten. Tyler Watkins würde in seiner Zelle, keine zehn Meter vom Hinrichtungsraum entfernt, auf das Unvermeidliche warten.

Ihr Wissen über Gewalt und das Unheil, das sie anrichtete, waren der Grund, weshalb sie sich so über die Sache mit Ryan aufregte. Ryan war zu jung, um zu begreifen, dass eine einzige unbedachte Entscheidung, ein einziger Fehltritt, einen alles kosten konnte. Sie fuhr auf den Parkplatz des YMCA, das auf einem ausgedehnten Gelände an der Interstate 10 lag. Es war einer von diesen lächerlich großen

Flachdachbauten, wie ein Walmart oder ein anderer dieser Supermarktkästen, die die Landschaft beherrschten. Ryan nannte die vorherrschende Bauweise in Texas seelen- und phantasielos. Er hatte ein Faible für europäische Architektur und erklärte ihr gern, dass die Gebäude in der Alten Welt noch lange Zeit nach dem Tod des Erbauers daran erinnern sollen, wer sie einstmals erschaffen hat. Hier in Conroe hießen sie offenbar alle »Billig & Schnell«.

Kristy zog noch einmal an ihrer Zigarette und trat sie aus, bevor sie in das YMCA-Gebäude hineinging. Die junge Frau am Empfang, eine kesse Blondine in lavendelfarbenem Elasthan, musterte sie kurz abschätzig und wandte sich dann wieder ihrem Handy zu, auf dem sie mit beispielloser Hingabe und Konzentration eine Textnachricht tippte.

»Entschuldigen Sie«, sagte Kristy.

Die Frau sah nicht mal auf, während ihre Finger über das Tastenfeld flogen.

»Mitgliedschaft kostet fünfzig Dollar im Monat. Fünfunddreißig, wenn man drei Monate im Voraus bezahlt.«

»Ich suche eigentlich nach Lance Dobson.«

Der Kopf der Blonden schnellte hoch, und sie sah Kristy mit neuem Interesse an, wartete mit hochgezogenen gezupften Augenbrauen auf weitere Informationen.

»Lance Dobson? Ist er noch da?«, drängte Kristy.

»Sind Sie eine Freundin von ihm?«

Kristy lehnte sich lässig an den Tresen und setzte ein Lächeln auf.

»Lance und ich sind so gut wie verwandt.«

Die Erleichterung war dem Mädchen anzumerken. Sie beugte sich wieder über ihr Handy und schickte Kristy mit einem Handwedeln fort. »Den Gang runter, letzte Tür links.«

Kristy folgte der Beschreibung und kam zum Trainingsraum. Das Schnaufen und Stöhnen, das Aufschlagen der Körper auf den Matten und der Schweißgeruch versetzten sie ins Gefängnis zurück, wo ständig Aggression in der Luft lag. Die Geräusche alarmierten sie, und sie musste sich in Erinnerung rufen, dass hier keine Gefahr bestand. Nicht für sie jedenfalls. Lance Dobson – das war eine andere Frage.

An den Wänden und in den Ecken lagen zuhauf Sporttaschen und Wasserflaschen. In der Mitte des Saals, auf einer großen faltbaren Matte, standen zwei etwa gleich schwere Männer. Der eine war an die vierzig und trug eine Yogahose mit Ethnomuster, die seinen muskulösen Körper umspannte.

Der andere sah nach Ende zwanzig aus, hatte eine weite schwarze Hose an und war ein bisschen kompakter gebaut. Ohne zu wissen, warum, tippte Kristy sofort darauf, dass der Mann in der Ethnohose Lance war. Er strahlte ein solch starkes männliches Selbstvertrauen aus – vermutlich war er noch nie im Leben befangen gewesen.

Sie sah den beiden eine Weile beim Sparring zu. Auf dem Gefängnishof hatte sie schon reichlich Kämpfe ausbrechen sehen; die meisten der Gefangenen waren mit Gewalt aufgewachsen, zu Hause und in der Schule. Viele waren Boxer, sowohl Amateure als auch Profis.

Die beiden hier kämpften auf hohem Niveau. Ihre Hiebe flogen hin und her, jeder gewann mal einen Vorteil und verlor ihn wieder. Nach ein paar Sekunden leistete sich der Mann in der schwarzen Hose eine Fehleinschätzung, woraufhin ihn sein Gegner auf die Matte legte, den Arm fest um seinen Hals geschlossen. Mit angespanntem Unterkiefer, begierig auf den nahen Sieg, hielt er den jüngeren Mann fest, bis dieser abklopfte.

Im Nu verflog die Anspannung des Kampfs. Die beiden Männer lösten sich voneinander, standen auf und gaben sich die Hand.

»Carlos, du hast zu Boden geblickt und deine Umgebung aus den Augen verloren«, sagte der Ältere und fuhr sich durch die dichten schwarzen Haare. »Weißt du, wie ich dich geschlagen habe? Ganz einfach. Es ist alles eine Frage der Konzentration. Du musst dich auf deinen Gegner fokussieren und alles andere vergessen. Das ist nicht leicht. Zum Beispiel hast du möglicherweise diese verdammt hübsche Frau bemerkt, die dort an der Tür steht und uns zusieht. Ich hab sie sofort wahrgenommen, als sie hereinkam. Ich hab ihr Parfüm gerochen, ihre Schritte gehört, und ich schließe aus ihrem Gesichtsausdruck, dass sie nicht gut auf mich zu sprechen ist, auch wenn ich nicht weiß, warum. Trotz dieser Ablenkungen bin ich aber voll konzentriert geblieben, weshalb ich dich plattmachen konnte.«

Mit einem breiten, verführerischen Grinsen drehte er sich zu Kristy um. Gott, sie hasste solche Typen, die glaubten, sich alles erlauben zu können, bloß weil sie gut aussahen.

»Sind Sie Lance Dobson?«, fragte sie.

»Bekenne mich schuldig. Und dieses Monster hier, das ich gerade gedemütigt habe, heißt Carlos.«

Carlos lächelte sie schüchtern an.

»Freut mich, Ma'am.«

Kristy nickte höflich, aber das war hier keine Cocktailparty. Lance Dobson spielte mit der Zukunft ihres Sohns, und sie würde nicht zulassen, dass er sich mit Charme aus der Verantwortung stahl.

»Ich bin hier, um mit Ihnen über meinen Sohn zu sprechen, Ryan Tucker.«

»Oh, ja. Ryan ist einer von den Besten. Kleinen Moment, bitte.« Er gab Carlos einen Faustcheck.

»Arbeite an deiner Konzentration, Mann, und komm nächste Woche nicht zu spät, sonst sorg ich dafür, dass du es bereust!«

Carlos ging, und Lance Dobson wandte Kristy seine volle Aufmerksamkeit zu.

»Schön, Sie mal kennenzulernen. Ryan ist ein toller Junge. Athletisch, schnell, helles Köpfchen.«

»Er hat heute einen Mitschüler angegriffen.«

Dobson stutzte und riss erschrocken die Augen auf.

»Scheiße«, sagte er, das Wort mit seinem Südstaaten-Akzent so in die Länge ziehend, dass es mindestens drei Silben hatte.

»Das können Sie laut sagen. Er ist für zwei Wochen von der Schule ausgeschlossen worden. Er hat einem anderen Jungen die Nase gebrochen und wäre um ein Haar verhaftet worden.«

»Herrgott. Das ist echt Mist.«

»*Echt Mist?* Sie bringen meinem Sohn potenziell lebensbedrohliche Kampftechniken bei, und alles, was Sie dazu sagen, ist ›echt Mist‹?«

»Ich bläue all meinen Schülern ein, dass das hier ein ernsthaftes Training ist, das ernsthafte Folgen haben kann. Wenn Ryan das nicht verstanden hat, tut es mir leid, aber die Risiken mussten Ihnen doch bewusst gewesen sein, als er hier angefangen hat.«

»Ich wusste nicht ...« Sie unterbrach sich.

Dobson seufzte frustriert und fuhr sich mit der Hand durch die verschwitzten Haare.

»Ryan hat eine unterschriebene elterliche Einverständniserklärung mitgebracht. Alle Minderjährigen müssen das, schon aus versicherungsrechtlichen Gründen. Er sagte, es wäre Ihnen recht. Ich hab ihn sogar gefragt, ob Sie mal zu unseren Übungskämpfen kommen, aber er meinte, Sie würden viel arbeiten und könnten sich wahrscheinlich nicht freinehmen.«

Lieber Himmel, was kam denn noch alles heute? Natürlich arbeitete sie viel, sie hatte eine Familie zu ernähren. Aber wenn sie gewusst hätte, dass Ryan dieser Sport wichtig war, wäre sie gekommen. Er hätte nur zu sagen brauchen, wann und wo, und sie wäre da gewesen.

»Wenn Ryan nächste Woche kommt, rede ich mit ihm. Wir werden das ausbügeln«, sagte Lance.

Kristy schüttelte entschieden den Kopf.

»Er kommt nicht mehr.« Sie wandte sich zum Gehen.

»Warten Sie!« Er fasste sie sacht am Arm, aber sie

schüttelte ihn ab, während der Frust des ganzen Tages über ihr zusammenschlug und ihre Machtlosigkeit sie beinahe niederschmetterte.

»Mein Sohn ist keine Schlägertype. Hat er Ihnen erzählt, dass er im Debattierclub seiner Schule ist? Sie haben gute Chancen, die Staatsmeisterschaft zu gewinnen. Und wussten Sie, dass er mithilft, einen städtischen Schülerdebattierverein in Houston zu coachen? Er steht jeden Samstagmorgen um fünf Uhr auf und fährt zwei Stunden mit dem Bus hin und zurück, um mit Kids zu üben, deren Schulen nicht die Mittel haben wie unsere.«

»Ich weiß, Ms Tucker«, sagte Lance.

»Dann sollten Sie auch wissen, dass Ryan nicht irgendein Kleinstadt-Loser ist, der hier hängenbleibt. Die Welt steht ihm offen.«

»Das ist mir klar. Hören Sie mir bitte zu …«

Doch Kristy hatte genug vom Zuhören. Sie würde sich nicht von einem dahergelaufenen Kerl sagen lassen, was ihr Kind brauchte.

»Nein, *Sie* hören jetzt zu. Ich reiße mir nicht den Arsch in einem miesen Job auf und gebe mich jeden Tag mit Soziopathen und Mördern ab, damit mein Sohn als einer von ihnen endet. Ich sage es Ihnen jetzt ein für alle Mal – halten Sie sich von ihm fern!«

Kristy stürmte davon. Sie würde bei Ryan nicht versagen. Sie würde sich ein Bein ausreißen, um alles richtig zu machen.

Fünftes Kapitel

Es war schon stockdunkel, als sie zu Tode erschöpft zu Hause ankam. Sie stellte den Motor ab, hörte ihr Handy brummen und kramte es aus der Tasche hervor. Eine SMS von Carmen.

Tyler Watkins um 18:27 Uhr gestorben. Nicht viel zu berichten. Habe das Büro um 21:27 Uhr geschlossen. Hoffe, mit Ryan ist alles okay. Umarmung, Carmen

Eine Welle der Erleichterung durchschwappte sie. Wenigstens war ihr die heutige Hinrichtung erspart geblieben. Viel war es nicht, wofür sie dankbar sein konnte, aber immerhin etwas.

Pops saß in Schlafanzughose und einem abgetragenen Trikot der Dallas Cowboys am Küchentisch und spielte Solitaire auf dem generalüberholten Laptop, den sie ihm zu Weihnachten geschenkt hatte.

»Meine Güte, du siehst aus wie zu hart geritten und nicht trockengerieben«, sagte er.

Kristy lachte.

»Danke, Pops, das ist echt aufmunternd. Was macht Ryan?«, fragte sie und warf ihre Tasche auf den Frühstückstresen.

»Dem Jungen ist eine Laus über die Leber gelaufen, das

sag ich dir. Wollte ihn fragen, was los war, aber er hat mich nur angegrunzt und ist nach unten gestampft.«

»Ich hab ihn beauftragt, das Abendessen für euch in den Ofen zu schieben. Hat er …«

»Ich kann mir selbst was zu essen machen, Kristy Ann.«

Kristy überhörte das. Pops kochte sich nie etwas, machte sich noch nicht mal die Reste vom Vortag warm.

»Ich backe mir eine Pizza auf. Willst du was abhaben?«

Das würde er nicht ablehnen. Machte er nie.

»Na ja, wenn du dir eine machst, nehm ich auch ein Stück. Will dich ja nicht allein essen lassen.«

Kristy ging zum Gefrierschrank und holte eine Pizza mit Peperoni heraus, befreite sie von der Plastikhülle und legte sie auf das Ofenblech. Dann machte sie eine Flasche Cabernet auf und hoffte, dass Pops ihr nicht mit irgendwelchem Mist von wegen Alkohol trinken unter der Woche kam. Manchmal war er so verflucht puritanisch.

»So, willst du mir jetzt mal erzählen, was Ryan verbrochen hat, oder ist das ein Staatsgeheimnis?«, fragte er.

»Er hat einen anderen Jungen geschlagen. Ihm die Nase gebrochen.«

»Welchem Jungen?«

»Scotty Welch.«

»Gut gemacht. Diese Welch-Kids sind alle verzogene Rotzbälger.«

»Tja, Tims Vater hat das anders gesehen und die Cops auch. Ich musste ein paar dicke Kröten schlucken, um sie dazu zu kriegen, ihn nicht mitzunehmen. Statt ins Gefängnis zu wandern, hat er jetzt nur zwei Wochen Schulverbot.«

»Leck mich, das ist jetzt nicht dein Ernst«, polterte Pops. Er begann, gegen das System zu wettern, und schwor, die blöden Arschlöcher vor Gericht zu zerren. Kristy ließ ihn reden, während sie sich in der Küche zu schaffen machte. Manchmal gefiel es ihr, wenn er eine seiner Schimpftiraden hielt, weil er dann wieder wie der starke, imposante Mann wirkte, der er einmal gewesen war. Nach ein paar Minuten hatte er sich ausgetobt, so dass sie das Thema wechseln und von der Arbeit erzählen konnte, von Gus, ihrem Chef, und warum er so verhasst war. Pops hörte ihre Berichte vom Joballtag immer gern, sie gaben ihm das Gefühl, noch dazuzugehören.

Die Herduhr piepte, und sie tischte auf. Sie aßen in einträchtigem Schweigen, wobei das Schnaufen ihres Vaters beim Kauen noch stärker wurde, während er die halbe Pizza verschlang. Kristy trank gerade genüsslich ihren Wein aus, als es laut an der Tür klopfte.

»Erwartest du jemanden?«, fragte Pops.

»Nein, eigentlich nicht.«

Er stand auf.

»Lass mal, Pops, ich gehe schon.« Sie wusste, dass er eine Ewigkeit bis zur Haustür brauchen würde. Er ließ sich wieder auf seinem Stuhl nieder, und sie eilte hinaus in die Diele. Durch den Spion erkannte sie Lance Dobson. Sie riss die Tür auf.

»Mr Dobson, ich dachte, ich hätte mich vorhin klar ausgedrückt …«

»Haben Sie auch. Ich hab mich wie ein Idiot benommen und wollte das wiedergutmachen. Was heute passiert ist, ist eine ernste Angelegenheit und muss auch so behandelt werden. Aber ich bin hier, weil ich Sie bitten wollte, es sich noch einmal zu überlegen, also … ob Sie Ryan nicht doch weitertrainieren lassen wollen. Ich rede mit ihm. Ich tue alles, was ich kann, damit etwas Derartiges nicht wieder vorkommt. Aber ich möchte einfach … Ich war einmal wie Ryan, wissen Sie. Ich war ein Außenseiter in der Schule. Eigentlich ziemlich begabt und alles, aber ich hatte kein Ventil für meine Wut, und ich weiß, was passiert, wenn man verwirrt ist und einem etwas fehlt. Und auch wenn Sie nein sagen, wenn er nicht weiter bei mir trainieren darf – ich konnte einfach nicht nach Hause fahren, ohne nach ihm gesehen zu haben.«

Kristy starrte ihn an, seine zerknirschte, von Sorge überschattete Miene. War Ryan verwirrt? Fehlte ihm etwas? Sie glaubte nicht, dass sie etwas falsch gemacht hatte bei ihm, aber er war und blieb ein vaterloser Junge. So ungern sie sich das eingestand, vielleicht hatte er doch darunter gelitten. Sie wusste nicht, was sie tun sollte. Lance nahm einen neuen Anlauf.

»Bitte. Wenn ich kurz mit ihm reden dürfte – ich glaube, wir könnten das wieder einrenken.«

Da war keine Spur mehr von dem Witzbold, dem Luftikus, den sie im YMCA erlebt hatte.

»Würden Sie einen Moment hier warten?«, fragte sie.

»Ich warte, solange es nötig ist.«

Sie ging wieder ins Haus.

»Wer ist das, Kristy-Girl?«, fragte Pops.

»Nur einer von Ryans Lehrern. Ich mache das schon.«

»Sicher?«

»Geh ruhig ins Bett. Ich berichte dir alles morgen früh.«

Nach kurzem Zögern erhob sich Pops.

»Na gut, dann bis morgen.« Es hatte ein jahrelanges Hin und Her zwischen ihnen gegeben, weil Pops sich immer wieder in Ryans Erziehung einmischen wollte. Sie hatte sich das stets verbeten. Ryan war ihr Sohn, und sie wollte ihn großziehen, wie sie es für richtig hielt.

Pops schlurfte in seinen Flügel des weitläufigen Ranchhauses, während Kristy ins Untergeschoss beziehungsweise Ryans »Studio«, wie er es gern nannte, hinunterstieg. Sie klopfte an und ging hinein. Ryan lümmelte auf dem Bett und sah sich einen Film auf seinem Laptop an. Als er sie bemerkte, klappte er den Computer zu und richtete sich kerzengerade auf.

»Was hat Lance gesagt? Bist du über ihn hergefallen? Hast du ihm gesagt, dass es mir leidtut?«

Kristy gebot dem Ansturm von Fragen mit erhobener Hand Einhalt.

»Immer mit der Ruhe. Ehe wir über Lance reden, möchte ich wissen, warum du mir nichts davon erzählt hast, dass du diesen Kurs besuchst.«

Er mied den Augenkontakt mit ihr und blickte auf eine Stelle irgendwo über ihrem Kopf.

»Ryan?«

»Ich weiß es nicht. Du machst immer so eine große Sache aus allem. Das Training hat einfach Spaß gemacht. Es war schön, mal mit anderen Leuten als Ella und denen vom Debattierclub zusammen zu sein. Und obwohl ich nicht besonders gut bin, haben die anderen Kämpfer mich respektiert, weil ich mich angestrengt hab. Ich fand es schön, was ganz allein für mich zu haben. Es war keine große Verschwörung gegen dich oder so was, ehrlich.«

Vielleicht stimmte das, vielleicht war es keine Verschwörung. Es kam ihr nur so vor.

»Mr Dobson ist hier und will mit dir sprechen.«

Ryan sprang fast vom Bett.

»Ist er sauer?«

»Na, begeistert ist er nicht.«

Er wartete nicht mal ihre Antwort ab, sondern flog die Treppe hinauf. Sie folgte ihm, so rasch sie konnte.

»Es tut mir leid, Lance, wirklich, total«, hörte sie Ryan sagen.

»Du solltest dich nicht bei mir entschuldigen. Deine Mutter ist es, die du getäuscht hast.«

»Ich weiß.« Ryan schielte verstohlen zu ihr hin.

»Mein ganzes Leben lang hab ich mir eine Mutter gewünscht, der etwas an mir liegt. Das wirst du doch nicht einfach so wegwerfen, oder?«, fragte Lance streng.

»Nein, Sir.« Ryan benahm sich respektvoll, geradezu ehrerbietig ihm gegenüber. »Kann ich trotzdem wieder zum Training kommen? Ich meine, im Moment hab ich Hausarrest, aber danach, darf ich dann wiederkommen?«

»Ist nicht meine Entscheidung. Ich könnte es deiner Mutter nicht verübeln, wenn sie nein sagt. Aber falls sie zustimmt, uns weiter miteinander trainieren zu lassen, würde ich alles tun, um ihr Vertrauen zurückzugewinnen. Wir beide, nicht wahr?«

Kristy hatte sich bislang nicht geäußert, doch sie war insgeheim beeindruckt von Lance. Es erforderte Mut hierherzukommen, besonders nach dem Donnerwetter, das sie auf ihn losgelassen hatte. Letztlich aber war es Ryans verdammter Welpenblick, der sie umstimmte.

»Sorgt dafür, dass ich das nicht bereue«, sagte sie, von einem zum andern blickend. Lance schenkte ihr sein charmantestes Lächeln.

»Ich gebe Ihnen mein Wort darauf.«

Liebe Ms Tucker,

ich möchte mich bei Ihnen für den Vorfall letzte Woche entschuldigen. Wenn ich ehrlich bin, wäre es mir immer noch lieber, Sie hätten mich nicht gefunden, aber ich weiß, dass Sie nur Ihre Pflicht getan haben. Der Anblick muss sehr schockierend für Sie gewesen sein, und es tut mir von Herzen leid, Sie in diese Situation gebracht zu haben. Es heißt, ich werde vollständig genesen, und danach werde ich mit Anstand weiterkämpfen. Ich hoffe, Sie nehmen diese schriftliche Entschuldigung an, und freue mich darauf, bald wieder einmal mit Ihnen zu sprechen.

Herzliche Grüße
Clifton Harris

Sechstes Kapitel

Kristy wusste zuerst nicht, was sie davon halten sollte, als Lance ihr Unterstützung wegen Ryan anbot, war dann aber angenehm überrascht. Es hatte ihr gar nicht behagt, Ryan zwei Wochen lang mit Pops allein zu Hause zu lassen, wo die beiden nur missmutig herumhängen, fernsehen und Junkfood essen würden wie in einer modernen Version von *Männerwirtschaft*. Doch Ryan hing überhaupt nicht missmutig herum, sondern holte bei den Schularbeiten und seinem Training mit Lance das Letzte aus sich heraus.

Schon morgens, bevor sie zur Arbeit ging, saß er am Küchentisch und machte Hausaufgaben. Am späten Nachmittag fiel der gesamte Debattierclub bei ihnen ein, und Stapel von Recherchematerial bedeckten den Tisch, während Ryan Strategiesitzungen leitete. Wenn sie abends nach Hause kam, traf sie ihn mit Lance im Vorgarten an, schweißtriefend und sich auf der großen Trainingsmatte abarbeitend, die Lance aus der Sporthalle mitgebracht hatte.

Sie war froh, dass sich die Lage zu Hause wieder beruhigt hatte, konnte von der Arbeit jedoch nicht dasselbe sagen. Ihre Betroffenheit über Cliftons Selbstmordversuch wirkte nach und verfolgte sie im Alltag. Sie wollte ihn im

Krankenhaus besuchen, doch die Direktorin lehnte ihr Gesuch ab. Gus war auch nicht davon angetan.

»Warum zum Teufel wollen Sie diesen Kindsmörder besuchen?«, fragte er, die Augen verdrehend. »Haben Sie nicht genug zu tun?«

Sie antwortete, dass sie den Medienleuten schließlich eine informierte Auskunft über Cliftons Zustand geben müsse. Es stimmte zwar, dass sie nach wie vor mit Fragen überschwemmt wurde, aber sie nahm auch persönlichen Anteil an Cliftons Leid. Was war falsch daran, dass sie nach ihm sehen wollte?

Eine Woche nach seinem Suizidversuch saß er wieder in seiner Zelle im Polunsky und stand nun wegen Selbstmordgefährdung rund um die Uhr unter Beobachtung. Kristy erhielt von Direktorin Solomon die Mitteilung, dass er all seine geplanten Interviews wahrnehmen wolle. Zuvor musste sie sich eine Strategie überlegen für den Fall, dass es ihm unangenehm war, über seinen Krankenhausaufenthalt und die Ereignisse, die dazu geführt hatten, zu sprechen. Ihr war selbst nicht klar, warum es sie so drängte, mit ihm zu reden. Sie hatte seinen Brief gelesen und wusste, dass er keinen Groll gegen sie hegte, ihr nicht böse war.

Von abblätternden weißen und grünen Anstrichen umgeben saß sie in der tristen Kabine, in der die Gespräche mit den Gefangenen stattfanden, und tappte nervös mit dem Fuß auf den Boden. Ein direktes, schrankenloses Gegenüber gab es nie. Häftlinge und Besucher waren stets durch dickes Panzerglas voneinander getrennt und konnten nur über ein altmodisches Telefon mit Wählscheibe miteinander sprechen.

Von ihrem Plastikstuhl aus sah sie zu, wie die Aufseher Clifton hereinführten. Die Fesseln an Füßen, Händen und um die Taille waren eng befestigt, und er trug weiße Verbände an beiden Armen. Mit gesenktem Kopf schob er sich vorwärts, gefügig, sein Kampfgeist völlig gebrochen. Vor acht Jahren war sie ihm zum ersten Mal begegnet; zu dem Zeitpunkt saß er schon seit drei Jahren, und seine Berufungsanträge aus dem Todestrakt nahmen ihren Weg durch die Mühlen der Justiz. Er war ein ruhiger Mann, stets höflich und achtungsvoll, was man nicht von allen Häftlingen behaupten konnte. Kindsmörder galten auch im Gefängnis als der Abschaum vom Abschaum. Sowohl die Mitgefangenen als auch die Aufseher hatten es auf sie abgesehen, und Clifton hatte seinen Teil an Misshandlungen erdulden müssen. Sie hatte ihn mit blau geschlagenen Augen und gebrochenen Knochen gesehen, aber die Wärter sagten, er hätte seine Angreifer nie verpfiffen und nie zurückgeschlagen. Er betrachte das, was ihm jeden Tag passiere, nur als Ablenkung, hatte er Kristy einmal anvertraut. Er müsse sich auf sein Ziel konzentrieren, wenn er je hier herauskommen wolle. Doch vielleicht hatte sich sein Kampfeswille in all den Jahren des Eingesperrtseins und angesichts des nahenden Hinrichtungstermins allmählich verbraucht. Als er sich mühsam auf dem Stuhl gegenüber niederließ, konnte sie es kaum glauben, wie sehr er seit ihrem letzten Gespräch gealtert war.

Damals, als die Meldung von seiner Festnahme verbreitet

wurde, hatte einem Cliftons Gesicht aus jeder Nachrichtensendung und jeder Zeitung im Land entgegengeblickt. Groß und breitschultrig, hatte er einmal eine selbstbewusste Präsenz besessen, durch die er nicht zu übersehen war. Doch das Gefängnis hatte ihn verändert. Nun, mit dreiundvierzig, war seine einst mokkabraune Haut hell und fleckig geworden, eine Folge des Mangels an Sonnenlicht, und er hatte fast alle Haare verloren. Sein Gefängnisoverall schlotterte um seine vormals kräftig-muskulöse Gestalt. Sein Gesicht wirkte fahl und eingefallen, seine Augen blickten matt und teilnahmslos. Um seinen Mund hatten sich tiefe Falten eingegraben, und auf seiner Nase und um die Augen waren geplatzte Äderchen zu sehen. Clifton rutschte auf seinem Stuhl herum und griff nach dem Telefonhörer.

»Wie kommen Sie klar, Clifton?«, fragte Kristy freundlich. Die in der Nähe postierten Aufseher konnten die Unterhaltung nicht hören. Das hier war einer der wenigen Freiräume, die die Gefangenen hatten, um unbesorgt von sich erzählen zu können. Er versuchte ein höfliches Lächeln, das jedoch zu einer Grimasse geriet.

»Ich tue mein Bestes, Ma'am.«

Sie wollte etwas Tröstliches sagen, aber alles, was ihr einfiel, kam ihr leer und bedeutungslos vor.

»Ich habe mit der Produzentin von *48 Hours* telefoniert, es bleibt bei dem Termin heute in zwei Wochen. Sie bestehen allerdings darauf, auch über Ihren Selbstmordversuch zu sprechen, sonst wollen sie das Interview nicht machen. Es liegt bei Ihnen, Sie müssen sich nicht darauf einlassen.«

»Nein«, sagte Clifton und blickte auf seine Handgelenke. »Es macht mir nichts aus, darüber zu reden.« Er zögerte kurz, sah dann wieder zu ihr auf. »Ich wünschte immer noch, Sie hätten mich sterben lassen.«

»Sie wissen, dass wir das nicht zulassen können …« Sie unterbrach sich. Vermutlich gab es genug Wärter, die lachend zugesehen hätten, wie er verblutete. So etwas war schon vorgekommen. »*Ich* kann es nicht«, verbesserte sie sich.

»Wenn Sie nur zwei Minuten später gekommen wären …«

Kristy wusste nicht, was sie darauf sagen sollte.

»Wahrscheinlich möchten Sie wissen, warum ich es getan habe«, fuhr Clifton fort.

»Sie hatten gerade Ihren Hinrichtungstermin erhalten. Er ist in drei Monaten, nicht wahr?« Eine der Regeln, die sie gleich zu Anfang gelernt hatte, war, nichts zu beschönigen, wenn sie mit den Häftlingen im Todestrakt über deren Schicksal sprach. Das erweckte sonst den Anschein, als stehe man nicht ganz hinter dem, was zwischen diesen Mauern geschah. Wenn man hier arbeitete, musste man vollkommen damit einverstanden sein oder wenigstens lernen, so zu tun.

Clifton schüttelte den Kopf. »Nein, das war es nicht.« Er schwieg einen Moment nachdenklich. »Letzten Dienstag hatte mein Mikey Geburtstag. Er wäre fünfzehn geworden. Ich bin mit der Phantasie aufgewacht, was wir machen würden. Er aß furchtbar gern Pfannkuchen. Wir sind immer zu McDonald's gegangen, und ich habe überlegt, ihm einen kleinen Hund zu kaufen. Wie albern. Welcher Fünfzehnjährige wünscht sich schon Pfannkuchen und einen kleinen Hund? Aber in meiner Vorstellung bleibt er immer vier Jahre alt. Ich höre noch seine Stimme: ›Daddy, heute ist mein Geburtstag, ich bin jetzt schon ein großer Junge.‹ Ich hab gar nicht an diesen Ort hier oder den Hinrichtungstermin gedacht ... ich wollte einfach nur meine Kinder wiedersehen.«

Absurderweise wollte Kristy sich dafür entschuldigen, dass sie ihm das Leben gerettet hatte. Sie fand nicht die richtigen Worte. Clifton sprach weiter.

»Meine Kinder verbrennen zu sehen ... diese Feuersbrunst zu sehen ... das war die Hölle. Dann bekam ich das Todesurteil ... Ich hörte, wie die Sprecherin der Geschworenen sagte: ›Wir verurteilen diesen Mann zum Tode‹, und dachte, dass doch jetzt jemand vortreten müsste, dass Janice zur Vernunft kommen und sagen würde: ›Blödsinn, nein, mein Mann könnte so etwas nie tun.‹ Oder dass einer von den Feuerwehrleuten dem Gericht schildern würde, wie ich gekämpft hatte, dass ich versucht hatte, zurück in das brennende Haus zu rennen, um meine Kinder zu retten. Ich sagte mir, dass Mikeys Vorschullehrerin sich melden und bezeugen würde, wie sehr ich meine Kinder geliebt habe, dass einer von meinen Kollegen sich daran erinnern würde, wie oft ich von ihnen erzählt habe oder wie viele Überstunden ich gemacht habe, damit wir ein gutes Leben führen können. Aber nein ... sie haben diese Geschichte über mich erfunden, diese groteske Geschichte. Irgendjemand fing damit an, und dann verbreitete sie sich wie ein Lauffeuer, wie dieses gottverdammte Feuer. Sie verbreitete sich und versengte, und noch ehe der Prozess zu Ende war, war ich Clifton Harris, der Babykiller. Sie ließen mir keine Chance. Und wissen Sie, dabei hat meine Mutter immer zu mir gesagt: ›Du bist ein starker schwarzer Junge. Du musst besser sein als alle anderen. Sei fleißig in der Schule. Zeig ihnen, dass du nicht das Produkt deiner Herkunft bist.‹ Aber diesen Schweinehunden war das egal. Sie haben unsere Armut und den Jähzorn meines Vaters gegen mich benutzt. Sie wollten nicht einsehen, dass ich anders war, gerade wegen dem, was ich erlebt hatte, wegen all dem Unheil, das mein Vater angerichtet hatte. Ich hatte geschworen, dass ich nicht so werden würde wie er. Ich schwor mir hoch und heilig, anders zu sein, aber am Ende hat nichts davon gezählt.«

Kristy sah Clifton in die Augen und fragte sich, ob er die Wahrheit sagte. Blickte sie in das Gesicht eines Mörders? Oder war er tatsächlich unschuldig? Eine entsetzliche Vorstellung. Wie konnte sie Woche für Woche hierherkommen und ihren Job machen, wenn Clifton unschuldig war, wenn auch nur einer von diesen Männern unschuldig war? Daran durfte sie nicht denken. Aber sie war nicht herzlos, sie wollte ihm zeigen, dass er nicht allein war.

»Clifton, Sie wissen, dass ich nichts an Ihrem Urteil ändern kann. Aber ich bin hier, um Ihnen zuzuhören und alle Ihre Fragen zu beantworten. Egal, was Sie beschäftigt, auch wenn Sie nur mal Ihrem Herzen Luft machen wollen, ich bin für Sie da. Sie können mir schreiben, und wir können immer miteinander sprechen, wenn ich herkomme.«

Clifton senkte den Blick auf seine bandagierten Handgelenke und rieb sie leicht aneinander. Als er wieder aufsah, waren seine Augen feucht. Er blinzelte die Tränen weg. »Sie glauben ja nicht, wie viel mir das bedeutet, Ms Tucker.«

Kristy sprach mit ihm über seine Familie und seine Gerichtstermine, bis der erste Journalist eintraf, um ihn zu interviewen. Sie verbannte seine Unschuldsbeteuerungen aus ihren Gedanken und zwang sich, das Private vom Beruflichen zu trennen. Andernfalls könnte sie hier nicht überleben.

Da die Stimmung zu Hause nun wieder besser war, fiel es ihr leichter, ihre Zweifel im Büro zurückzulassen. Lance' zupackende, lebensfrohe Gegenwart machte alles ein bisschen einfacher. Er scherzte mit Ryan und Pops und benahm sich ihr gegenüber zuvorkommend. Das abendliche Privattraining ging weiter, obwohl Ryans Hausarrest sich dem Ende näherte. Es bereitete Kristy immer noch Unbehagen, dass ihr Sohn Kampfsporttechniken erlernte, was Lance zu spüren schien. Sie sah den beiden nicht gern zu und eilte meist mit einem kurzen Hallo vorbei. Zu beobachten, wie Ryan Gewalt ausübte, war schon schlimm genug, aber zu sehen, wie Lance ihn überwältigte, ihn mit einem einzigen Griff auf die Matte legte, fand sie beinahe unerträglich. Eines Abends marschierte sie wieder an ihnen vorbei ins Haus, um das Abendessen zu machen. Ein paar Minuten später kam Ryan schweißtriefend hereingehüpft.

»Ich geh duschen. Ich hab Lance gesagt, dass er zum Essen bleiben kann.« Damit verschwand er nach unten. Kristy drehte sich um und sah Lance an der Tür lehnen.

»Worauf ich erwidert habe, dass ich nur bleibe, wenn es Ihnen recht ist«, sagte er lächelnd.

»Natürlich. Ich hab gerade ein Hähnchen in den Ofen getan, dauert noch zwanzig Minuten.« Sie zeigte auf ihr Glas Cabernet. »Möchten Sie auch einen Wein? Wir könnten uns einen Moment raus auf die Veranda setzen.«

»Sehr gern.«

Kristy schenkte ihm ein Glas ein, und sie gingen nach draußen und setzten sich auf die Hollywoodschaukel, Lance ans eine Ende, sie an das andere.

»Mir ist aufgefallen, dass Sie nicht oft bei unseren Übungen zusehen, Ma'am. Ich wollte Ihnen versichern, dass ich Ryan nie wehtun würde«, bemerkte er.

»Sie brauchen mich nicht Ma'am zu nennen«, sagte sie. »Kristy reicht. Und ich weiß, dass Ryan bei Ihnen in sicheren Händen ist und Sie nur mit ihm trainieren, aber …«

Sie unterbrach sich, suchte nach den richtigen Worten.

»Aber?«

»Es sieht so schmerzhaft aus.«

»Nun, in den falschen Händen kann es das auch sein, aber es gibt einen Grund, weshalb ich den Jugendlichen speziell Judo und keine andere asiatische Kampfkunst beibringe, und der hat mit seiner Geschichte zu tun. Judo bedeutet übersetzt ›der sanfte Weg‹ und wurde 1882 in Japan begründet, von einem Mann namens Kano Jigoro. Er entwickelte es aus dem Jiu Jitsu als die Kunst, sich selbst zu verteidigen oder den Gegner anzugreifen, indem man nichts als das eigene Körpergewicht einsetzt. Um Judo erfolgreich zu praktizieren, muss man Köpfchen haben, seine Intelligenz einsetzen und lernen, wie man nachgibt, statt seine Gegner mit roher Kraft zu überwältigen. Eine Form des Judo wurde im neunzehnten Jahrhundert auch von den japanischen Samurai ausgeübt, weil ihre Feinde meist Rüstungen trugen und Fausthiebe oder Fußtritte daher wirkungslos waren. Durch einen Wurf hingegen wurde der Gegner lange genug kampfunfähig gemacht, dass er entwaffnet werden konnte.«

»Sie wollen also sagen, dass Judo eine freundlichere, sanftere Art des Kampfes ist?«, fragte Kristy lächelnd.

Lance schüttelte den Kopf. »Ich will sagen, dass diese Kunst eine äußerst wirksame Methode ist, Körper und Geist zu vervollkommnen, wenn man ihre Regeln befolgt.«

Kristy wusste es zu schätzen, dass Lance ihren Sohn unterrichtete, auch wenn sie immer noch skeptisch war, was das eigentliche Training anging. Aber offenbar hatte sie die Anzeichen dafür übersehen, dass ihr Sohn noch etwas anderes brauchte, einen Ausgleich brauchte, den sie und Pops ihm nicht bieten konnten, und wenn er ihn hierin gefunden hatte, wollte sie ihm nicht im Weg stehen.

»Also, es ist finanziell gerade ein bisschen eng bei uns, aber vielleicht könnten wir so was wie Ratenzahlungen vereinbaren.«

Lance winkte ab. »Ich hab noch etwas bei Ihnen gutzumachen«, sagte er und sah sie einen Moment lang mit einer Eindringlichkeit an, die sie irgendwie entwaffnend fand, zumal sie nicht bestreiten konnte, wie gut er mit seinem weißen T-Shirt und der schwarzen Trainingshose aussah. Sie schrieb diese Wirkung ihrem mangelnden privaten Kontakt mit Männern zu und wandte den Blick ab, starrte in die Ferne, wo die Sonne am Horizont versank.

»Das ist sehr nett von Ihnen, aber Sie haben sicher auch Ihre Rechnungen zu bezahlen, und Sie verbringen eine Menge Zeit mit …«

»Wissen Sie, ich bin mein eigener Boss. Mein Kumpel Roy und ich betreiben eine Immobilienfirma in Huntsville. Glauben Sie mir, das ist das Wenigste, was ich tun kann.« Kristy sah ihn an, und er lächelte. Sie nickte zustimmend.

»Solange mein Junge nicht verletzt wird«, sagte sie. »Denn dann müsste ich Sie leider umbringen.«

Lance schmunzelte. »Das werde ich mir merken.«

Dieses Gespräch veränderte etwas zwischen ihnen. Kristy sah ihrem Sohn immer noch nicht gern beim Training zu, stellte aber fest, dass sie sich darauf freute, Lance zu sehen. Eines Abends kam sie nach Hause, und die beiden waren nicht da. Sie konnte ihre Enttäuschung nicht verhehlen. Pops leistete ihr am Küchentisch Gesellschaft und unterhielt sich mit ihr über den Tag. Sie wollte gerade anfangen, das Abendessen zu machen, als sie ein Klopfen hörte.

»Hat hier jemand Kohldampf?«, flapste Lance, als sie die Tür aufmachte. Ryan stand hinter ihm, zwei riesige Einkaufstüten im Arm.

»Was wird das denn?«

»Wo ist Pops?«, wollte Ryan wissen. »Hey, Pops, komm mal raus«, rief er.

Sie warteten, bis Pops sich zur Haustür geschleppt hatte.

»Was ist denn das für ein Krawall hier?«, fragte er und blinzelte Ryan und Lance neugierig an.

»Ich hab keine Ahnung, Pops«, sagte Kristy.

»Also, ihr seid so großzügig zu mir gewesen und habt mich bei so vielen leckeren Mahlzeiten mitessen lassen, da dachte ich, ich bin auch mal dran. Ich hab mir überlegt, ich könnte ein paar Steaks und Folienkartoffeln grillen. Ihr wisst das vielleicht noch nicht, aber ich bin ein weltberühmter Grillmeister.«

Kristy lachte. »Zu schade nur, dass wir keinen Grill haben.«

Lance grinste sie verschmitzt an. »Jetzt habt ihr einen.«

Sie sah zu seinem Pick-up hinüber, auf dessen Ladefläche ein funkelnagelneuer silberfarbener Kugelgrill prangte. Ein echtes Luxusmodell, das bestimmt an die tausend Dollar gekostet hatte.

»Auf keinen Fall. Das ist viel zu viel.«

»Kommen Sie, Kristy. Wollen Sie Ihren Männern einige der besten Steaks versagen, die sie je auf dem Teller hatten?«

Lance wartete zwinkernd auf ihre Antwort. Sie sah Ryan an, der natürlich seinen Welpenblick aufsetzte, und auch Pops nickte begierig. Seufzend gab sie nach, beinahe erleichtert, dass sie überstimmt war.

»Na schön, aber ich bezahle Ihnen den von meinem nächsten Gehalt«, sagte sie zu Lance. Er überhörte das und beauftragte Ryan, die Holzkohle aus dem Wagen zu holen, während er sich daranmachte, den Grill aufzubauen. Anderthalb Stunden später setzten sie sich zu Tisch und taten sich an dem besten Filet Mignon gütlich, das Kristy je gegessen hatte. Der Mann hatte nicht zu viel versprochen, er hatte wirklich ein Händchen fürs Grillen.

Bald wurde ein Ritual daraus: An ein oder zwei Abenden pro Woche kam Lance mit vollen Einkaufstüten vorbei, und Kristy machte eine Flasche Cabernet auf und leistete ihm Gesellschaft, während er ein Festessen zauberte. Ryan und Pops kamen dazu, und dann aßen und lachten sie zusammen, und Kristys Bedenken verflüchtigten sich allmählich.

Manchmal glaubte sie zu bemerken, dass Lance sie verstohlen musterte, und dann sah sie weg und verfluchte sich dafür, dass sie sich immer mehr zu ihm hingezogen fühlte. Ein Mann wie er hatte doch bestimmt an jeder Hand zehn Freundinnen und keine Lust, sich mit einem Teenager und einem alten Vater zu belasten. Trotzdem stellte sie sich ab und zu vor, wie es wohl wäre, ihn zu küssen, ehe sie sich schnell wieder zur Ordnung rief. *Mach dich nicht lächerlich. Er ist nur ein Freund der Familie.*

Nach dem Abendessen tapste Pops meist in sein Schlafzimmer, um seine Lieblingssendungen zu sehen, und Ryan zog sich in sein Zimmer zurück, um Hausaufgaben zu machen. Manche Leute hassten es abzuwaschen, aber Kristy fand es entspannend, und nun spülte sie Seite an Seite mit Lance, während er abtrocknete. Er stand so dicht neben ihr, dass sie seine Körperwärme spürte. Manchmal, wenn er ihr einen Teller reichte, streiften sich ihre Hände, und sie fragte sich, ob er dasselbe Prickeln spürte. Am liebsten hätte sie seine Hand genommen und sie gehalten, aber so kühn war sie noch nie gewesen. Stattdessen füllte sie die Momente des Schweigens mit Fragen, um ein wenig mehr über ihn zu erfahren.

»Nicht viele Männer finden sich in einer Küche zurecht«, neckte sie ihn.

Lance lachte leise, aber sie sah einen Schimmer von Traurigkeit in seinen Augen.

»Meine Mutter hat das Weite gesucht, als ich noch klein war, und mein Vater war katastrophal in der Küche. Wenn ich nicht Kochen gelernt hätte, hätte ich mich meine ganze Kindheit lang von Dosenbohnen und -würstchen ernähren müssen.«

»Ich habe meine Mom auch früh verloren. Knochenkrebs, ich war erst zehn. Ich weiß, wie das ist.«

Sie kannte den Ausdruck in seinem Blick, diese Traurigkeit, die nur jemand, der ebenfalls mutterlos aufgewachsen ist, begreifen kann. Doch er wechselte rasch wieder zu weniger ernsten Themen. Je mehr Zeit sie miteinander verbrachten, desto mehr sehnte Kristy sich nach seiner Gesellschaft. Oft setzten sie sich zusammen draußen auf die Hollywoodschaukel und erzählten sich unter dem sternenübersäten Himmel von ihrer Kindheit. Lance war von seinem Vater am Rand von New Orleans großgezogen worden, während Kristy und Pops sich hier in Conroe durchgeschlagen hatten. Sie war es nicht gewohnt, über den Tod ihrer Mutter zu sprechen, denn Pops war nicht gerade ein Fan von sentimentalen Erinnerungen, aber Lance stellte ihr jede Menge Fragen. Sie erzählte ihm viel über ihre Mom, Sarah Tucker, eine einfache Frau vom

Land, eine Grundschullehrerin, die sich für ihre Tochter etwas Besseres gewünscht hatte.

»Es gibt ein tolles, buntes Leben dort draußen vor unseren Stadtgrenzen«, pflegte sie zu sagen, bevor die abstumpfenden Schmerzen in ihrer Hüfte ihr das Gehen unerträglich gemacht hatten, bevor die Ärzte und die starken Medikamente Kristy in eine Fremde verwandelt hatten. Lance hörte zu, fragte nach und schüttelte den Kopf, wenn sie sich dafür entschuldigte, zu viel von sich zu reden. »Ich höre deine Geschichten gern.«

Sie konnte nicht leugnen, wie sehr sie sich von ihm angezogen fühlte. Sie nahm die Moschusnote seines Aftershaves noch tagelang im Haus wahr, und manchmal ertappte sie sich dabei, wie sie gemeinsame Momente mit ihm noch einmal durchlebte – wie er sie beim Abendessen angelächelt hatte, wie er sie umarmt hatte, bevor er nach Hause gefahren war. Wahrscheinlich bildete sie es sich nur ein, dass er sie auch mochte, eine Folge ihrer Einsamkeit, verstärkt durch seine freundliche Zuwendung zu Ryan. Sie nahm sich vor, das Zusammensein mit ihm zu genießen, solange es ging. Irgendwann würde er genug haben und ihr wenig aufregendes Familienleben langweilig finden.

Eines Nachmittags saß sie an ihrem Schreibtisch im Büro und arbeitete an einer Presseerklärung zu einer bevorstehenden Hinrichtung, als ihr Handy klingelte. Die Anruferkennung zeigte *Ryan* an. Sein Schulausschluss lag jetzt knapp einen Monat zurück, aber sie zuckte immer noch bei jedem Anruf zusammen, aus Angst, dass wieder etwas passiert sein könnte.

»Hey, Kleiner, was gibt's?«, fragte sie und lehnte sich müde auf ihrem Bürostuhl zurück.

»Hey, Mama Bär, Lance und ich hatten die Idee, in die Stadt zu fahren und bei Chili's zu Abend zu essen. Willst du mitkommen?«

Kristy warf einen Blick auf die Wanduhr. Es war fast sechs, und sie hatte für heute genug. Mit Ryan und Lance essen zu gehen war deutlich verlockender, als sich weiter mit diesen Pressemitteilungen herumzuschlagen.

»Also, ich könnte euch gegen sieben zu Hause abholen, okay?«

»Super«, sagte Ryan.

Während Kristy sich ein wenig Puder und Lipgloss auflegte, redete sie sich ein, dass sie annehmbar aussehen wolle, falls sie jemand Bekannten traf, obwohl sie genau wusste, dass sie nur ein Kompliment von Lance in seinem weichen, fließenden Louisiana-Akzent hören wollte.

»Darlin', du siehst wunderschön aus«, sagte er, als sie eine Dreiviertelstunde später vorm Haus hielt, und sie merkte, wie ihr Herz höher schlug. Nachdem sie Pops versprochen hatten, ihm etwas mitzubringen, stiegen sie zu dritt in ihren Wagen und fuhren zum Chili's, das randvoll mit Familien und Jugendlichen war, so dass sie gerade noch einen Tisch im hinteren Teil ergattern konnten. Sie saßen in einer Ecknische und schlangen brutzelnd heiße Teller voller Fajitas, Nachos und Salsa in sich hinein. Lance und Ryan lieferten sich einen Wettstreit darum, wer am meisten Salsa auf einmal verputzen konnte, und Kristy musste schließlich ein Unentschieden ausrufen. Beim

Essen klärte Ryan Lance über die Lincoln-Douglas-Debatten auf und erzählte von seinem Debattierwettbewerb.

»Intelligenz liegt anscheinend bei euch in der Familie«, bemerkte Lance. Kristy lächelte.

»Er hat mich schon lange überholt.«

Eigentlich war nichts Besonderes an dem Abend, und doch veränderte sich wieder etwas. Die Ungezwungenheit, mit der sie miteinander umgingen, war angenehm und befreiend. Sie war Lance sehr dankbar für das, was er für Ryan getan hatte. Ihr Sohn hatte sich verändert: Aus dem dünnen, schlaksigen Jungen war ein sportlicher, muskulöser junger Mann geworden. Noch erstaunlicher fand sie, wie sehr er an Selbstbewusstsein gewonnen hatte. Ryan schlich nicht mehr mit hängenden Schultern herum, sondern ging stolz und aufrecht und überragte sie nun deutlich mit seinen eins achtzig. Er schäkerte unbefangen mit der Kellnerin und hatte, Wunder über Wunder, nicht ein einziges Mal sein Handy herausgeholt, weil Lance gesagt hatte, dass er das unhöflich fand. Als Ryan zur Toilette ging, machte sie eine Bemerkung darüber.

»Ich weiß nicht, wann ich zuletzt erlebt habe, dass er so lange nicht auf sein Handy guckt.«

»Na ja, ich hab ihm klargemacht, dass er seine Mutter nicht immer um sich haben wird und es genießen sollte, solange er kann.«

»Danke«, sagte sie lächelnd. Lance nahm ihre Hand und drückte sie, ließ sie erst wieder los, als Ryan zurückkam.

Der Abend verflog im Nu, und Kristy war richtig enttäuscht, als das Gericht für Pops zum Mitnehmen kam.

Während sie über den fast leeren Parkplatz gingen, erzählte Lance von einer überspannten Frau bei seiner heutigen Hausbesichtigung.

»Sie wollte das Gästehaus zu einer Wohnung für ihre Hunde machen. Ein ganzes Haus! Es ist größer als meine erste Wohnung«, erzählte er kopfschüttelnd.

Kristys Lachen hallte durch die kühle, klare Abendluft.

»Ach du Scheiße«, hörte sie Lance plötzlich rufen.

»Mom!«, rief Ryan warnend, woraufhin sie abrupt stehen blieb und sah, dass die Reifen ihres Pick-ups aufgeschlitzt waren – doch nicht das war es, was sie ins Wanken brachte. Lance legte stützend den Arm um sie, und sie schnappte entsetzt nach Luft. Ihre Windschutzscheibe war zerschmettert worden, und jemand hatte mit grellroter Farbe das Wort *Mörder* daraufgesprüht.

Siebtes Kapitel

Ein Streifenwagen kam, dessen rotes und blaues Warnlicht von den Bäumen zurückgeworfen wurde. Kristy wünschte, jemand würde es ausschalten, denn die neugierigen Blicke der Leute waren ihr peinlich. Restaurantbesucher, Kellnerinnen, sogar Leute vom Küchenpersonal gafften zu ihnen herüber. Sie wollte am liebsten hingehen und jedem Einzelnen erklären, dass sie keine Mörderin war, nur weil irgendwer das Wort auf ihr Auto geschmiert hatte. Trotzdem konnte sie die nagenden Schuldgefühle nicht ganz abschütteln, die sie jedes Mal überkamen, wenn sie zu ihrem beschädigten Wagen hinsah. Sie hatten den Geschäftsführer des Lokals informiert, nachdem sie bei der Polizei angerufen hatten, doch der hatte nur gesagt, dass leider nirgends Kameras installiert seien, die den oder die Täter erfasst haben könnten, und war wieder an seine Arbeit zurückgekehrt.

»Mom, ist alles in Ordnung? Mom? Mom!« Die Panik in Ryans Stimme riss sie aus ihrer Versunkenheit. Sie sah auf und stellte fest, dass Ryan, Lance und der Polizist vom Huntsville Sheriff's Department sie anstarrten. Ryan wartete immer noch auf eine Antwort. Sie zwang sich zu einem Lächeln, um den besorgten Ausdruck von seinem Gesicht zu wischen.

»Alles okay, Ry. Officer, was haben Sie gerade gesagt?« Kristy sah den jungen, milchgesichtigen Streifenpolizisten an. Einer von diesen eifrigen Grünschnäbeln, die sie auch vom Gefängnis kannte, ein Junge, der noch nicht vom Leben gebeutelt war. Er hatte den Fall aufgenommen und ein paar Fotos von dem Wagen geknipst, wie ein Deutscher Schäferhund in der Ausbildung, stets darauf bedacht, seine Aufgabe gut zu machen. Martin Sowieso, hatte er sich vorgestellt.

»Der Officer möchte wissen, ob es jemanden gibt, der Grund hätte, dir Angst einjagen zu wollen«, sagte Lance. Er hatte immer noch beschützend den Arm um sie gelegt, was sie bislang gar nicht bemerkt hatte. Sie sollte auf Abstand gehen, sagte sie sich, aber es war schön, ihn in der Nähe zu haben und zu wissen, dass sie mit dieser Sache nicht allein war. Zwar hatte sie schon von Vollzugsbeamten und sogar Gefängnisdirektoren gehört, die Morddrohungen erhalten hatten, aber sie selbst war davon noch nie betroffen gewesen.

»Ich bin Pressesprecherin bei der Gefängnisverwaltung und habe mit Häftlingen im ganzen Staat Texas zu tun. Außerdem ... außerdem organisiere ich die Medienpräsenz bei Hinrichtungen im Gefängnis von Huntsville. Es gibt viele Leute, die meine Tätigkeit verabscheuen.« *Ich verabscheue sie selbst*, wollte sie hinzufügen, unterließ es aber.

»Irgendwelche besonderen Vorkommnisse in letzter Zeit?«

Der letzte Zwischenfall war nach Barry Reyes' Hinrichtung gewesen. Kaplan Gohlke hatte treffend über ihn bemerkt: »Ich fürchte, dieser Mann ist an den Teufel verloren.« Jedes Mal, wenn sie sich in einem Raum mit Reyes aufgehalten hatte, selbst durch dickes Panzerglas von ihm getrennt, hatte sie gespürt, dass etwas Bösartiges von ihm ausging. Einst ein hochrangiger Boss der mexikanischen Mafia, hatte er dem Hörensagen nach mindestens ein Dutzend Menschen umgebracht, aber die Beweise hatten nie ausgereicht, um ihn zu verurteilen. Vor dreizehn Jahren dann, zwei Tage vor Thanksgiving, war Reyes abends auf der I10 westwärts gerast und von einem State Trooper namens Colt Reeves bei San Marcos herausgewinkt worden. Reyes war aus dem Auto gesprungen und hatte den jungen Polizisten brutal erstochen. Danach war er auf seinem Kopf herumgetrampelt und hatte dabei in die Armaturenbrettkamera gegrinst, bevor er weitergefahren war.

Vor seiner Hinrichtung hatte Kristy sich drei Minuten und zweiunddreißig Sekunden lang sein Gefasel über seine lebenslange Treue zu seiner *familia* anhören müssen. Das waren seine letzten Worte, seine letzten Worte auf Erden, und die Familie des Opfers erwähnte er nicht ein einziges Mal. Dass dieser Mann, dieses Ungeheuer, nie wieder einem anderen Menschen schaden würde, war gut und erfreulich – und in diesem Fall hatte sie ausnahmsweise einmal nicht mit ihrem Job gehadert. Als sie aus dem Hinrichtungsraum gekommen war, hatte sie sich Miguel, Barry Reyes' Bruder, gegenübergesehen, der sie hasserfüllt angestiert und immer wieder *pinche puta* – Scheißfotze – geschrien hatte, bis die Wärter ihn weggezerrt hatten.

Doch warum sollte er es jetzt noch auf sie abgesehen haben? Barry Reyes war tot. Ganz zu schweigen davon, dass die mexikanische Mafia drastischerer Racheakte wie Enthauptungen oder Brandbombenanschläge auf Autos bevorzugte und sich nicht mit läppischem Vandalismus abgab.

Trotzdem konnte es relevant sein, also berichtete sie dem Polizisten von der Sache. Sie war auch schon von Demonstranten gegen die Todesstrafe verbal angegriffen worden, von Leuten, die behaupteten, nur Gott als Richter über Leben und Tod anzuerkennen, und doch keine Skrupel hatten, massive Drohungen gegen sie und ihre Familie auszustoßen.

Der Officer nickte ernst. »Ma'am, ich werde das zur Anzeige bringen, aber ich will Ihnen keine allzu großen Hoffnungen machen. Selbst wenn das FBI, die CSI und Benedict Cumberbatch persönlich in diesem Fall ermitteln würden, bestünde nur eine Chance von eins zu sechzig, ihn aufzuklären.«

Sosehr es Kristy amüsierte, dass der Nachwuchspolizist *Sherlock* kannte, war sie zugleich tief enttäuscht. Er war schon genauso desillusioniert wie sie selbst.

»Ich verstehe«, sagte sie nur.

»Moment mal, ist das alles, was Sie unternehmen wollen?«, mischte Ryan sich ein.

»Ich fürchte, mehr können wir nicht tun«, antwortete der Officer nüchtern.

»Das ist doch Schwachsinn«, sagte Ryan.

»Ry, bitte.«

»Tut mir leid, Mom, aber was ist, wenn da irgendein Irrer dahintersteckt, der dir oder Pops echt was antun will?«

»Dann werden *wir* tun, was nötig ist«, sagte Lance betont. »Habe ich recht?« Ryan nickte, und sie bemerkte einen Moment des Einverständnisses zwischen den beiden.

Etwas an Lance' Ton beunruhigte sie. Sie wusste, dass er Waffen mochte. Er sprach oft über die Jagd und forderte Ryan immer wieder auf, ihn auf einem seiner Wochenendausflüge zu begleiten. Er hatte sogar die Genehmigung, eine versteckte Waffe zu tragen. Der Gedanke, eventuell jemanden körperlich verletzen zu müssen, behagte ihr gar nicht, aber sie hatte dieses schreckliche Wort auf ihrem Auto direkt vor Augen. Sie wusste nur zu gut, was Menschen einander antun konnten, hatte oft genug mitbekommen, wie kleinere Vergehen ausgeufert waren. Vielleicht würde sie Lance bitten, ihr ein paar Selbstverteidigungstechniken beizubringen. Sollte tatsächlich jemand vorhaben, ihr oder Pops oder Ryan zu schaden, wollte sie vorbereitet sein.

»Gewalt kann ich nicht billigen, aber bleiben Sie wachsam und passen Sie auf sich auf«, sagte der Officer. »Ich würde Ihnen auch empfehlen, diesen Vorfall Ihren Vorgesetzten im Gefängnis zu melden, Ma'am. Es ist vielleicht nur eine Einzeltat, aber in unserem Berufsfeld kann man nicht vorsichtig genug sein.«

Dankbar, dass er sie sozusagen als Kollegin betrachtete, gab sie dem Officer die Hand, und Lance tat es ihr nach.

»Hier ist meine Karte«, sagte der junge Cop noch zu ihr.

»Wenn ich Ihnen irgendwie helfen kann, rufen Sie mich bitte an.«

»Danke«, sagte sie und sah ihm nach, als er in seinen Streifenwagen stieg und davonfuhr. Eine plötzliche Niedergeschlagenheit überkam sie, und all ihre Tapferkeit fiel in sich zusammen. Sie wollte ihm nachrufen, dass er zurückkommen solle, sie hatten die Schuldigen doch noch nicht gefasst. Lance legte ihr beruhigend eine Hand auf die Schulter.

»Es wird alles wieder gut, Darlin'«, sagte er sanft. Sie nickte, konnte es aber nicht recht glauben.

»Lance hat recht. Wahrscheinlich nur ein paar Idioten, die so was lustig finden«, sagte Ryan, als würde er ihre Gedanken lesen.

»Kristy, ich rufe euch beiden jetzt ein Taxi. Dann könnt ihr nach Hause fahren, während ich auf den Abschleppwagen warte«, sagte Lance.

»Das ist nicht nötig, ich komme schon zurecht.«

»Ich weiß, dass du bestens allein zurechtkommst, aber es war doch ein ziemlicher Schreck, und ihr solltet euch jetzt ein bisschen erholen, du und Ryan. Ein Kumpel von mir hat eine Autowerkstatt, ich hab ihm gerade eine SMS geschrieben. Er meint, wir können den Wagen zu ihm bringen lassen, und er macht dir ein gutes Angebot für die Reparatur.«

Kristy kamen fast die Tränen. Sie wollte nicht, dass die Sache sie so fertigmachte, es war doch nur ein bisschen zerbrochenes Glas und Farbe, aber sie wurde das Gefühl nicht los, dass ihr Gewalt angetan worden war.

»Danke«, sagte sie leise. Lance nickte und sah ihr tief in die Augen. Ryan schien nichts von dem stummen Austausch zwischen ihnen mitzubekommen.

»Hey, Mom, niemand wird dir ein Haar krümmen. Da müssten sie zuerst mal an mir vorbei.« Gott, wie sie diesen Jungen liebte.

Sie fuhren nach Hause, wo Kristy das mitgebrachte Essen für Pops aufwärmte, während Ryan seinem Großvater alles berichtete. Pops schien den Fall von Vandalismus persönlich zu nehmen.

»Was denken sich diese Arschlöcher dabei, mein Mädchen aufs Korn zu nehmen? Du machst schließlich nur deinen Job.«

»Wüsste ich auch gern, Pops. Aber keine Sorge, uns wird schon nichts passieren.«

»Verdammt richtig. Sollen sie nur kommen, ich schieße sie alle über den Haufen.«

Pops war ebenfalls ein Waffennarr und bewahrte immer eine geladene Pistole in seinem Nachttisch auf. Sie lehnte Waffen im Haus ab, seit Ryans Geburt umso mehr, aber Pops war stolz auf sein Recht, Waffen tragen zu dürfen. »Das lass ich mir von niemand nehmen«, tobte er jedes Mal, wenn Waffenkritiker strengere Gesetze forderten. Doch so aufgewühlt Kristy auch war, sie würde nicht zulassen, dass ihre Angst die Oberhand über die Vernunft gewann.

»So weit wird es nicht kommen. Vermutlich waren es nur ein paar übermütige Studenten, die mal einen auf Menschenrechtsaktivisten machen wollten.«

Sie war selbst nicht so recht davon überzeugt, aber es klang plausibel, und sie wollte nicht, dass Pops und Ryan sich unnötig Sorgen machten. Pops aß sein Essen und ging dann zurück in seinen Teil des Hauses, um fernzusehen. Ein hundemüder Ryan murmelte gute Nacht und verzog sich nach unten. Kristy musste noch warten, bis Lance kam und seinen Pick-up abholte. Außerdem sollte sie besser Gus anrufen, sosehr ihr das auch widerstrebte, denn falls er von einem seiner Spezis bei der Polizei von der Sache erfuhr, würde er ihr endlose Vorträge halten …

»Was zum Teufel ist so wichtig, dass Sie mich um diese Zeit anrufen?«, blaffte Gus ins Telefon.

»An meinem Wagen sind heute Abend die Reifen zerstochen worden. Und man hat das Wort ›Mörder‹ darauf gesprüht«, berichtete sie.

»Haben Sie das der Polizei gemeldet?«

»Selbstverständlich.«

»Warum rufen Sie mich dann an?«

Kristy knirschte mit den Zähnen. »Eine ausgezeichnete Frage, Gus. Gute Nacht.« Sie legte auf, schenkte sich ein Glas Wein ein und setzte sich damit auf die Verandaschaukel, wo sie versuchte, sich nicht von düsteren Gedanken beschleichen zu lassen.

Es war schon nach Mitternacht, als Lance mit einem Ford Focus in die Einfahrt bog.

»Alles erledigt«, sagte er. »Mein Kumpel in der Werkstatt meint, es wird etwa zehn Tage dauern mit den Reparaturen, aber ich hab dir einen Mietwagen mitgebracht, den du so lange fahren kannst. Und keine Sorge, er hat mir wirklich einen Spitzenpreis gemacht, es kostet mich praktisch nichts.« Kristy atmete auf. Ihre Versicherung war zwar teuer genug, deckte jedoch mit Sicherheit keinen Ersatzwagen ab.

»Ich weiß nicht, wie ich dir danken soll. Du warst mir eine unglaubliche Hilfe heute Abend.«

»Ich würde alles für euch tun«, sagte Lance. *Euch*. Es ging ihm gar nicht um sie, es ging ihm um die Familie, um sie alle. Sie kam sich dumm vor wegen ihrer Träumerei, dass da mehr sein könnte. Lance lehnte unschlüssig am Verandapfosten. Kristy wollte nicht, dass er schon ging. Sie deutete auf ihr halb geleertes Glas.

»Möchtest du auch eins?«, fragte sie.

»Hast du vielleicht was Stärkeres?« Kristy ging lächelnd hinein und holte eine Flasche Wild Turkey aus Pops' Privatvorrat. Sie schenkte Lance einen Doppelten ein und setzte sich mit dem höflichen Abstand, den sie stets wahrten, zu ihm auf die Schaukel. Lance ließ den Blick über das große Grundstück schweifen.

»Das ist wirklich ein schönes Fleckchen Erde.«

»Ja, nicht wahr?«

»Man sieht, dass da viel Liebe reingesteckt worden ist, um es zu einem Zuhause zu machen.«

Das hörte Kristy gern. Sie hatte nie ein anderes Zuhause gekannt. Jede Ecke, jede Ritze war voller Erinnerungen: wie sie ihrer Mutter geholfen hatte, Pfirsiche einzumachen, wie sie mit ihrem Collie Joshua über die Wiesen getollt war, wie sie mit Pops die Tiere gefüttert hatte, als er noch gesund genug war, um Kühe und Pferde zu halten. Jetzt war das Geld knapp, die Tiere waren längst fort, und das Haus musste dringend modernisiert werden, doch nichts konnte all das Schöne schmälern, das es atmete.

»Es ist völlig normal, nach so was erschüttert zu sein. Du musst dich vor mir nicht zusammenreißen«, sagte Lance freundlich.

Tränen brannten in ihren Augenwinkeln.

»Ich reiße mich von morgens bis abends zusammen.«

»Brauchst du aber nicht. Nicht hier. Nicht bei mir.«

Ihr Herz tat einen Sprung, und ihr Magen fuhr Achterbahn, als Lance so nahe an sie heranrückte, dass sein Bein sie berührte.

»Ich will nicht neugierig sein, aber Ryan hat nie seinen Vater erwähnt«, sagte er nach einer Weile.

»Hab nichts mehr von ihm gehört, seit ich ihn damals angerufen habe, um ihm zu sagen, dass er einen neugeborenen Sohn hat.«

»Wie hat er reagiert?«, fragte Lance.

»›Kann jetzt nicht reden, ich hab einen Gig.‹«

»Ein Musiker?«

Kristy zog eine Grimasse und dachte an den Abend zurück, als sie Ben an der Sam Houston State University kennengelernt hatte und mit ihm auf sein Wohnheimzimmer gegangen war, wo er immer wieder denselben verdammten Song von den Goo Goo Dolls gespielt hatte. Gott, was für ein beschissener Song .

»Trau nie einem Musiker, stimmt's? Aber ich war noch sehr jung. Bin auf eine Studentenparty gegangen und hab zu viel von dem Eimer Punsch getrunken. Zwei Monate später hab ich mir im Chemiesaal die Seele aus dem Leib gekotzt. Den Rest kannst du dir ja vorstellen. Ich hab ihn ein bisschen im Auge behalten. Er verdient seinen Lebensunterhalt damit, als Ersatzgitarrist für Bands, von denen man noch nie was gehört hat, durchs Land zu touren. Eigentlich warte ich immer noch darauf, dass Ryan mich nach ihm fragt, dass er seinen Vater kennenlernen will, aber bisher hat er keinerlei Interesse gezeigt.«

»Er hat dich, er braucht diesen Scheißkerl nicht«, sagte Lance schroff. »Entschuldige den Ausdruck«, fügte er seufzend hinzu. »Aber meine Mutter hat uns auch verlassen, und ich hab nie verstanden, wie jemand seinem Kind das antun kann.«

Kristy wusste nicht, warum – vielleicht lag es an Lances Tonfall oder an seiner Nähe oder dem Wein oder den Aufregungen des Abends –, jedenfalls brach plötzlich ein heftiges Schluchzen aus ihr hervor. Lance nahm sie in die Arme und wiegte sich sacht mit ihr auf der Schaukel hin und her.

»Schsch … ist ja gut, Darlin'.«

Sie saß eine gefühlte Ewigkeit so, geborgen in seinen Armen, bis das Weinen endlich nachließ.

»Du hast einen sehr anstrengenden Beruf und dazu noch die Verantwortung, dich um Pops und Ryan zu kümmern. Das ist bestimmt nicht leicht.«

Er sprach sanft und beruhigend auf sie ein. Sie ermahnte sich, dass sie sich von ihm losmachen sollte, dass sie nicht verletzt werden oder Ryan belasten wollte, aber sie lehnte sich nur noch mehr an ihn.

»Mir ist klar, dass die Person, die das getan hat, irgendwelche persönlichen Motive hat, aber ich werde den Gedanken nicht los, dass sie auf eine Art recht hat«, sagte sie.

»Du bist keine Mörderin. Du machst nur deine Arbeit«, erwiderte Lance.

Sie zuckte die Achseln. »Ryan findet es falsch, was ich mache.«

»Warte mal, bis er älter ist und das Leben ihn ein bisschen durchgeschüttelt hat. Dann wird er manches anders sehen.«

»Du bist also für die Todesstrafe?«

Lance schüttelte den Kopf.

»Nein, nicht grundsätzlich. Dabei denke ich nicht mal so sehr an die Gefangenen, sondern an uns als Gesellschaft, die wir sie richten und verurteilen. Wir sollten besser sein als sie, nicht Gleiches mit Gleichem vergelten. Aber Darlin', du gehst nur einem Beruf nach, du verdienst die Brötchen, ernährst deine Familie. Es gibt nichts, was du bereuen müsstest.«

Kristy dachte darüber nach und fragte sich, warum sie diesen Job vor all den Jahren überhaupt angenommen hatte, warum sie ihn immer noch machte, obwohl sie ihn so sehr hasste.

»Ich weiß einfach nicht, was ich tun soll, Lance. Ich … ich stecke irgendwie fest.«

»Du hast einen großartigen Sohn, und Kinder geraten nur großartig, wenn man sie richtig anleitet. Du bist eine intelligente, engagierte, schöne Frau mit jeder Menge Talent. Darlin', du steckst nur fest, wenn du es selbst glaubst«, sagte er sanft.

Sie sah ihn an, ihn und seine grünen Augen. Spontan beugte sie sich vor und küsste ihn. Sein Atem war warm und einladend, er schmeckte nach Whiskey und Pfefferminz. Zuerst küssten sie sich zart, dann immer leidenschaftlicher, und seine Hände wanderten über ihren Körper, tastend, suchend. Kristy ließ sich für einen Moment gehen, und ihr Magen schlug wieder Kapriolen. So hatte sie nicht mehr geküsst, seit … vielleicht noch nie. Doch hier ging es nicht um sie. Lance war Ryans Freund und Mentor. Und er war auch ihr Freund, ein Freund, auf den sie sich zunehmend verließ. Sie wollte nicht wieder den gleichen Fehler begehen wie bei Mac. Sie machte sich los und versuchte, ihre Fassung zurückzugewinnen, indem sie ihre Haare glattstrich und aufstand.

»Entschuldige, Lance, das hätte ich nicht tun sollen. Ich weiß nicht …«

Kristy starrte zu Boden, ihr Gesicht gerötet von dem Wein und diesem verdammten Kuss. Mist, warum hatte sie ihn geküsst? Er sagte nichts. Sie hatte sich mit ihrer Forschheit blamiert, und jetzt musste sie es wieder geradebiegen.

»Wir sind gute Freunde, Lance. Das will ich nicht kaputtmachen und du sicher auch nicht«, sagte sie.

Lance stand auf, seine Miene undurchdringlich in der Dunkelheit.

»Verstehe. Natürlich«, sagte er. »Ich sollte jetzt mal los. Denk daran, gut abzuschließen. Ich sehe morgen wieder nach euch.«

Er stieg in seinen Pick-up und fuhr in die Nacht hinein.

Sie hatte richtig gehandelt, aber Lance wirkte etwas eingeschnappt. Konnte es wirklich sein, dass er mehr als Freundschaft wollte? Warum hatte er dann nichts gesagt? Sonst war er doch auch nicht der Typ, der aus seinem Herzen eine Mördergrube machte. Vielleicht war er einfach verärgert darüber, dass sie ihn in eine solche Lage gebracht hatte. Aber sie war jetzt zu aufgewühlt und durcheinander, um klar denken zu können. Sie ging nach oben und fiel ins Bett, träumte von maskierten Männern mit Pistolen, die hinter ihr her waren und immer wieder »Mörder, Mörder« skandierten.

Nach der unruhigen Nacht quälte sie sich am Morgen aus dem Bett und sah beim Frühstück, dass Ryan ebenfalls dunkle Augenringe hatte. Er fand es gar nicht gut, dass sie zur Arbeit fahren wollte.

»Und was ist, wenn es jemand auf dich abgesehen hat?«, sagte er.

»Ich bin dort von lauter Aufsehern mit Gewehren umgeben. Einen sichereren Ort als meinen Arbeitsplatz gibt es ja wohl kaum.«

Wenn Ryan etwas nicht passte, kapselte er sich immer vollkommen ab und sagte kein Wort mehr. Ein Zug, den er von Pops hatte und der Kristy immer auf die Palme brachte.

In angespanntem Schweigen fuhren sie zur Schule, und er sagte noch nicht einmal tschüss, als sie da waren, knallte nur die Autotür hinter sich zu.

Auf der Arbeit angekommen, musste sie feststellen, dass die Presse offenbar einen Tipp wegen der Sache im Chili's bekommen hatte. Die Telefone standen nicht still, Journalisten riefen an und wollten Genaueres wissen.

»Was ist denn hier los?«, fragte sie Carmen, als sie in ihr Büro schlüpfte.

»Hey, alles in Ordnung mit dir? Ich hab mir echt Sorgen gemacht.«

»Ja, alles gut. Bin noch ein bisschen durch den Wind, aber ich werd's überleben.«

»Umso besser, dann kann ich dir ja gleich sagen, dass Gus auf dem Kriegspfad ist. Er findet, so etwas ist ganz schlechte Publicity für uns.«

»Wie nett von ihm. Schön, dass er so um mein Wohlergehen besorgt ist«, sagte Kristy.

Carmen schnaubte. »Allerdings.«

Kristy ging hinüber in sein Büro. Sie verstand, dass er nicht glücklich über die Angelegenheit war. Als Verantwortliche für die Öffentlichkeitsarbeit mussten sie stets die Fäden in der Hand behalten und dafür sorgen, dass die Behörde in jeder Story gut dastand. Nun, da Kristy selbst die Story war, konnten ihr die Reporter Löcher in den Bauch fragen.

»Gus, Sie wollten mich sprechen?«, sagte sie.

»Ja. Sehen Sie zu, dass das aufhört. Ich hab hier dauernd meine Vorgesetzten am Telefon, die wissen wollen, was passiert ist. Die machen ein Riesentheater und bestehen darauf, Sie unter Polizeischutz zu stellen.«

»Ich brauche keinen …«, begann sie, doch Gus fiel ihr ins Wort.

»Das hab ich auch gesagt, aber der Direktor sieht das

anders. Er will, dass Polizeibeamte vor Ihrem Haus postiert werden und Sie Begleitschutz erhalten, bis wir die potenzielle Bedrohung besser einschätzen können. Ich berufe jetzt eine Pressekonferenz ein, um den Spekulationen zuvorzukommen.«

Sie wartete darauf, dass er wenigstens pro forma sein Bedauern oder ein wenig Betroffenheit ausdrückte, aber Gus war schon fertig und schickte sie weg. Am Nachmittag stand sie im Pressesaal hinter ihm wie die fälschlich Beschuldigte in einer Polizeiserie, mit hoch erhobenem Kopf und zu einem finsteren Ausdruck erstarrter Miene.

»Wir alle hier in der Abteilung für Öffentlichkeitsarbeit und Kommunikation nehmen unsere Arbeit sehr ernst und lassen uns weder von Sachbeschädigung noch Drohungen gegen Leib und Leben einschüchtern. Wir werden alles in unserer Macht Stehende tun, um die feigen Täter zu fassen. Ich möchte unsere Bürgerinnen und Bürger auffordern, sich umgehend zu melden, falls Sie Kenntnis von irgendwelchen Informationen über den oder die Verantwortlichen für diesen Akt des Vandalismus haben«, verkündete Gus.

Die Reporter riefen ihnen Fragen über die möglichen Motive zu, ob es einen Zusammenhang mit der wachsenden Empörung über die Todesstrafe gebe, doch Kristy hatte Anweisung, sich nicht zu äußern. Es blieb ihr nichts anderes übrig, als Gus schweigend aus dem Presseraum zu folgen. Vermutlich würde sie noch die ganze nächste Woche lang Fragen ausweichen müssen. Carmen wartete auf sie im Büro, als sie mehr als genervt zurückkam.

»Ist offenbar toll gelaufen …«

Ihnen blieb jedoch keine Zeit zum Lästern, weil Gus plötzlich hereingepoltert kam. Kristy rechnete damit, dass er über die Pressekonferenz meckern würde, aber er hatte schon anderes im Sinn.

»Wir reden jetzt mit jedem einzelnen von diesen Arschlöchern im Todestrakt, bis wir herausgefunden haben, wer die damit beauftragt hat«, sagte er.

Kristy schielte zu Carmen hin, die mit den Augen rollte.

»Gus, es gibt keinerlei Hinweise darauf, dass einer der Todestraktinsassen dafür verantwortlich ist. Sie können die Gefangenen nicht einfach grundlos beschuldigen, das wäre eine Verletzung ihrer Grundrechte.«

»Scheiß auf ihre Rechte«, schnaubte Gus und polterte wieder hinaus.

»Meinst du, Gus googelt jetzt Grundrechte?«, witzelte Kristy.

Carmen lachte. »Wenn er erst mal gelernt hat, wie man Google benutzt, bestimmt.«

Obwohl Kristy die Vorstellung, Polizisten in einem Streifenwagen vorm Haus zu haben, anfangs nicht behagte, merkte sie dann doch, dass deren Anwesenheit sie beruhigte. Hauptsache, ihr Heim und ihre Familie wurden beschützt. Sie versuchte, ihre Besorgnis beiseitezuschieben und sich ganz ihren Aufgaben zu widmen, aber die dunklen Wolken blieben.

Tage und Wochen vergingen, und es gab immer noch keinen Hinweis darauf, wer ihr Auto beschädigt hatte. Die

Polizei äußerte sich bedauernd, aber ihre Ressourcen seien begrenzt, und bald wandte man sich dringenderen Fällen zu.

Das Leben normalisierte sich wieder, jedenfalls insofern ihr Leben je normal war. Nur dass es eine große, klaffende Lücke namens Lance darin gab. Ryan wusste zu berichten, dass er auf einer Immobilienmaklertagung in Austin war. Sie hätte gern gefragt, wie lange die Tagung dauere und wann Lance mal wieder vorbeikomme, verkniff es sich jedoch. Ryan sollte auf keinen Fall mitkriegen, dass sie Lance verscheucht hatte.

Sie hatte sich schon beinahe davon überzeugt, dass es gut so war und es sie nicht besonders kümmerte, wenn er nicht mehr auftauchte, da traf sie eines Abends, als sie spät von der Arbeit nach Hause kam, Pops, Ryan und Lance zusammen beim Essen an. Ihr blieb fast das Herz stehen. Sie nahm sich einen Teller und hörte ihrer Unterhaltung zu, aber Lance wirkte angespannt und sah sie nicht ein einziges Mal an. Als sie fertig gegessen hatten, stand er auf.

»Ich mach mich dann mal auf den Weg«, sagte er. »Kristy, bringst du mich noch raus?«

»Klar«, antwortete sie mit leicht zittriger Stimme. Sie sah bange zu Ryan und Pops hin, ob sie etwas ahnten, aber die beiden verabschiedeten sich schon und steuerten ihre jeweiligen Zimmer an. Draußen stand sie mit Lance auf der Veranda, wo die einzelne Glühbirne oben einen Schatten auf seine unbewegten Züge warf.

»Ich kann leider nicht mehr zu euch kommen«, sagte er.

»Was? Sag das bitte nicht. Wir freuen uns immer so, wenn du da bist. Es tut mir leid wegen dem Kuss. Unsere Freundschaft soll nicht darunter leiden.«

»Genau das ist das Problem. Ich habe viele Freunde, Kristy. Weißt du, ich komme seit Monaten hier zu euch heraus. Zuerst ging es mir nur um Ryan, aber dann wollte ich vor allem in deiner Nähe sein. Ich hab mir gesagt, mit der Zeit würde ich schon merken, was in dir vorgeht, aber du bist wirklich ein Buch mit sieben Siegeln. Und dann, als ich schon drauf und dran war, das Handtuch zu werfen, hast du mich geküsst, und da dachte ich, vielleicht empfindet sie doch was für dich. Aber dann fingst du damit an von wegen nur Freunde sein und so, und Darlin', das reicht mir einfach nicht. Wenn das dein Wunsch ist …«

Kristy wollte schreien: *Nein! Das ist es überhaupt nicht.* Doch sie hatte Angst, die Kontrolle über ihr Leben zu verlieren, Angst davor, verletzt zu werden oder Ryan zu verletzen. Zumindest hatte sie das immer vorgeschoben. Es gab ihr einen Grund, keine Risiken einzugehen und auf Abstand zu anderen Menschen zu bleiben. Lance trat von einem Fuß auf den anderen. Sonst wirkte er immer so selbstbewusst und beherrscht, doch heute Abend war das anders. Sie merkte, wie unruhig er war, seine Augenlider wirkten schwer, die Lachfalten und die Stirnrunzeln tiefer als sonst, als hätte auch er nicht gut geschlafen. Er seufzte.

»Weißt du, ich habe genug herumgevögelt, daran bin ich nicht mehr interessiert. Ich bin an dir interessiert. Du bist schön und klug und liebenswert und eine wunderbare Mutter. Aber du hast viel um die Ohren, deine Tage sind voll, und du suchst im Moment ganz offensichtlich nicht nach mehr. Das ist völlig in Ordnung, ich will dir da nicht in die Quere kommen. Ich werde weiterhin für Ryan da sein, er ist ein prima Junge, den ich nicht aus den Augen verlieren will. Ich schaue auch hin und wieder mal vorbei und besuche Pops, aber das mit uns beiden, mich immer verstellen müssen, das kann ich nicht mehr.«

Er beugte sich vor und küsste sie zart auf den Mund.

»Du bist eine gute Frau, Kristy Tucker, und hast nur Gutes verdient.«

Damit ging er langsam die Einfahrt hinunter auf seinen Pick-up zu. Kristy sah ihm mit einem hohlen Gefühl im Bauch nach. Stocksteif, gelähmt vor Unschlüssigkeit, stand sie da, während Lance in der Hosentasche nach seinem Schlüssel kramte. All die Jahre hatte sie nur an Ryan und Pops gedacht und daran, ihren ungeliebten Job so gut wie möglich zu machen. Ständig plagten sie irgendwelche gottverdammten Sorgen, und jetzt würden diese Sorgen etwas verderben, das noch nicht einmal richtig angefangen hatte. Sie würde ihn nicht mehr in ihrer Küche sitzen sehen, wo er alberne, harmlose Witze erzählte oder Armdrücken mit Ryan machte oder mit Pops darüber schwadronierte, wer der beste Offensivspieler in der NFL war. Doch das war ihre Entscheidung. Sie steckte nur fest, wenn sie das selbst glaubte.

»Halt, Lance! Warte!«

Erstaunt fuhr er herum. Kristy rannte barfuß über den Schotter auf ihn zu und warf sich in seine Arme. Sie küsste ihn, aber diesmal zog sie sich nicht zurück. Sie würde ihn nicht wieder fortlassen. Lance war es schließlich, der den Kuss mit lachenden Augen unterbrach.

»Es tut mir leid«, flüsterte sie.

»Was denn?«, fragte er und wischte ihr die Tränen ab.

»Dass ich dich beinahe hätte gehen lassen.«

Lance grinste, ein breites Lächeln, bei dem sie weiche Knie bekam.

»Na, zum Glück für uns beide bist du gerade noch rechtzeitig zur Vernunft gekommen«, sagte er, hob sie hoch und küsste sie, bis sie beide außer Atem waren. Als er sie in den Armen hielt, stieg unversehens das vertraute düstere Vorgefühl in ihr auf, doch dann, einfach so, war es wieder verschwunden.

ACHTZEHN MONATE SPÄTER

Liebe Ms Tucker,

hoffe, Sie hatten einen schönen Urlaub, und die Ehe bekommt Ihnen gut. Ich bin zurzeit ein wenig niedergeschlagen. Sie wissen sicher, dass meine Kinder nur wenige Wochen vor Thanksgiving gestorben sind, deshalb ist diese Zeit des Jahres immer besonders schwer für mich. Obendrein haben wir gerade den Gerichtsentscheid erhalten, und mein letzter Berufungsantrag ist abgelehnt worden. In der Begründung heißt es, das ungehörige Verhalten des Richters während meines Verfahrens, einschließlich seiner lautstarken Äußerungen gegen Afroamerikaner, bedürfe keiner weiteren Überprüfung. Es sieht also danach aus, als würde ich demnächst den neuen Hinrichtungstermin bekommen. Ich könnte jetzt wütend sein deswegen, bin aber dankbar, diese letzten anderthalb Jahre gehabt zu haben, um meinen Kampf mit Anstand fortzusetzen. Lassen Sie uns daher die geplanten Interviewtermine wahrnehmen. Ich werde nicht aufgeben, bevor man mir die Spritze gibt.

Herzliche Grüße
Clifton Harris

Achtes Kapitel

Kristy saß am Küchentisch vor ihrem Laptop und recherchierte Judotechniken. Sie hatte begonnen, wie besessen die Namen der verschiedenen Griffe zu lernen. *Kansetsu-waza* war eine Hebeltechnik, *Osae-komi-waza* eine Haltetechnik. Sie prägte sich die Bewegungsabläufe und deren Bezeichnungen ein und dachte daran, wie sie einmal scherzhaft zu Lance bemerkt hatte, dass Judo wohl eine sanftere Art von Kampfsport sei. Nichts stimmte weniger.

Ihr Computer signalisierte pingend den Eingang einer Nachricht. Sie klickte auf ihre E-Mail und las in der Betreffzeile: *Veröffentlichung Hochzeitsfoto.*

Liebe Kristy,

ich freue mich sehr, Ihnen mitteilen zu können, dass Ihr Foto vom *Houston Chronicle* als eines der schönsten Hochzeitsfotos des Jahres ausgewählt wurde. Ich hoffe, Sie und Lance sind nach wie vor im siebten Himmel. Vielen Dank noch einmal, dass Sie mich an Ihrem besonderen Tag teilhaben ließen.

Beste Grüße, Rebecca

Kristy starrte auf das fragliche Bild, ihr Lieblingsfoto von Hunderten. Sie hatte sogar einen Abzug gerahmt und im Schlafzimmer aufgehängt, weil es das Erste sein sollte, was sie jeden Morgen beim Aufwachen sah. Es war am Ende des Hochzeitsfests aufgenommen worden, als Lance und sie allein auf der Tanzfläche waren, sie in ihrem cremefarbenen, eleganten langen Kleid, das sich um ihre Figur schmiegte, während die Masse ihrer dunklen Locken ihr Gesicht umrahmte. Lance hatte sein Jackett ausgezogen und die Krawatte gelockert, seine Hände lagen um ihre Taille. Ihr Kopf lehnte an seiner Schulter, und beide hatten sie einen seligen Ausdruck im Gesicht. Ein digitales Bild aus dem Märchen. Das hatte sie jedenfalls geglaubt. Das wollte sie glauben.

»Schwelgst du in Erinnerungen?«, fragte Lance. Sie machte beinahe einen Satz vor Schreck und hoffte, dass er den Link zu der Judo-Website nicht sah und sie deswegen ins Verhör nahm. Er schlang die Arme um sie, während er das Foto betrachtete, küsste sie auf den Hals und schob eine Hand in ihren Morgenmantel, um ihre Brust zu streicheln. Noch vor einem knappen Jahr hatte sein wie gemeißelter Körper Bewunderung und Begehren in ihr ausgelöst. Jetzt aber fürchtete sie seine Stärke und Übermacht und dachte nur noch daran, was er ihr antun würde, wenn sie zu laut sprach, wenn das Abendessen nicht pünktlich auf dem Tisch stand, wenn ihre Kleidung für seinen Geschmack ein bisschen zu eng anliegend war. Er war ein geübter Kämpfer. Mit einer gezielten Drehung des Handgelenks oder einem Würgegriff konnte er sie bewegungsunfähig machen oder Schlimmeres. Sie war ständig damit beschäftigt, ihre Angst vor ihm zu verbergen. Auch an diesem Morgen setzte sie ihr schönstes Lächeln auf.

»Unser Hochzeitsfoto soll im *Chronicle* veröffentlicht werden«, sagte sie. Lance richtete sich auf. Sein Lächeln ging in einen unmutigen Ausdruck über, und sein Griff um ihren Hals wurde eine Spur fester.

»Hattest du vor, mich zuerst zu fragen?«

»Aber ja, ich habe die E-Mail gerade erst bekommen. Natürlich hätte ich dich gefragt, es ist noch nichts abgemacht. Wir müssten eine Abtretungserklärung unterschreiben.«

»Ich will nicht, dass Gott und die Welt ihre Nase in meine Privatangelegenheiten stecken. Sag ihr höflich ab. Unsere Hochzeit war nur etwas für uns und unsere Familie, verstanden?«

Kristy nickte und tippte rasch eine freundliche Antwort an die Fotografin, in der sie die Veröffentlichung ablehnte, ihr aber noch einmal dafür dankte, diesen wunderbaren Tag so schön eingefangen zu haben. Sie log nicht, wenn sie ihn als wunderbar bezeichnete. Vor anderthalb Jahren war sie überzeugt gewesen, einen Mann gefunden zu haben, der nicht nur würdig war, Teil ihrer Familie zu sein, sondern den sie auch auf jede erdenkliche Art liebte. Wie sehr hatte sie befürchtet, dass Ryan ausrasten würde, wenn sie ihm eröffnete, dass sie und Lance sich zusammentun wollten.

»Ryan mag mich, das wird kein Problem sein«, hatte Lance zuversichtlich gemeint. Am nächsten Morgen, auf der Fahrt zur Schule, hatte sie die Gelegenheit ergriffen, das Thema anzuschneiden.

»Lance ist echt nett«, begann sie stockend.

»Ja, ich weiß.«

»Wir haben viel Zeit miteinander verbracht.«

»Ja. Äh, Moment mal, willst du etwa, dass ich ihm sage, er soll nicht mehr kommen?«

»Nein. Im Gegenteil … ich wollte nur … ich meine, Lance und ich …«

Ryan sah sie von der Seite an und stöhnte auf diese melodramatische Teenagerart.

»Oh Gott, du magst ihn … also, ich meine, du magst ihn *so*?«

»Er mag mich auch«, sagte sie ein wenig trotzig wie ein liebeskrankes Schulmädchen.

»Echt jetzt?«, sagte Ryan. Kristy amüsierte sich darüber, wie er sie abschätzend musterte, als sähe er zum ersten Mal eine Frau aus Fleisch und Blut in ihr und nicht bloß seine Mutter.

»Ich hoffe, es ist dir nicht peinlich, aber wir würden gern miteinander ausgehen, schauen, was daraus wird.«

Ryan schüttelte den Kopf, und sie merkte, dass er das erst einmal verdauen musste.

»Ich hätte einfach nicht gedacht, dass du sein Typ bist.«

»Und wie ist sein Typ?«

»Keine Ahnung. Jünger.«

»Er ist zehn Jahre älter als ich!« Sie gab ihm einen Klaps aufs Bein und sagte in schönster Quasimodo-Manier: »Deine Mutter verdient es, geliebt zu werden, Ryan.«

Gegen seinen Willen musste er prusten.

»Oh, Mom, du bist so eine Spinnerin. Wenn Lance das rauskriegt, wird er schleunigst das Weite suchen, das ist dir hoffentlich klar.«

Sie hatte diese Möglichkeit auch schon in Erwägung gezogen. Vor allem hatte sie erwartet, dass ihn ihr stinknormaler, immergleicher Alltag bald langweilen würde, aber er hatte sich bereitwillig daran angepasst. Ein halbes Jahr nach ihrem ersten Kennenlernen waren sie übereingekommen, dass es unsinnig war, wenn Lance seine Eigentumswohnung in Huntsville behielt. Er war zu ihr gezogen und hatte sich problemlos eingefügt. Ryan und Pops waren glücklich, ihn dazuhaben, und Kristy konnte sich nicht erinnern, wann sie das letzte Mal so locker und entspannt gewesen war. Sie stellte nicht viele Fragen über die Zukunft, zufrieden damit, von einem Tag auf den anderen zu leben. Doch Lance hatte mehr im Sinn.

Zwei weitere Monate später organisierte er ein Geburtstagsessen in der Stadt für sie. Sie war nicht besonders begeistert davon gewesen, dreiunddreißig zu werden, doch er bestand darauf, dass das gefeiert werden müsse. Als sie von der Arbeit nach Hause kam, waren alle Fenster dunkel.

»Pops? Lance? Ryan?«, rief sie nervös und tastete schon in ihrer Tasche nach dem Pfefferspray. Ob es an ihrem Job lag oder an dem Anschlag auf ihr Auto Anfang des Jahres, sie rechnete meist mit dem Schlimmsten. Umso mehr schnappte sie nach Luft, als sie ins Wohnzimmer kam und überall Kerzen brannten.

Pop saß in seinem Sessel, bekleidet mit seinem Lieblingshemd mit Jeanskragen und einer ordentlichen Hose, dazu frisch rasiert und die Haare glatt zurückgekämmt. Lance, der ein gestärktes weißes Oberhemd zu einem grauen Blazer trug, lehnte in der Ecke an der Wand. Sie wirbelte herum und sah Ryan in einem weißen T-Shirt mit Knopfleiste, ebenfalls ordentlich gekämmt. Nein, Moment mal, er hatte sich sogar unaufgefordert die Haare schneiden lassen.

»Was soll das werden? Pops? Lance? Was habt ihr vor?«

»Kristy Ann, reg dich ab«, sagte Pops. Er hatte ein fröhliches Zwinkern in den Augen, das sie schon seit einer Ewigkeit nicht mehr gesehen hatte. Lance räusperte sich und wischte sich die Hände an seiner Jeans ab, während er auf sie zuging. Dicht vor ihr blieb er stehen, so dass sie sich von Angesicht zu Angesicht gegenüberstanden.

»Ich hatte eigentlich was ganz Besonderes geplant – wenn schon, denn schon, oder? Aber dann kam mir so viel Theater und Tamtam irgendwie unpassend vor. Die Hauptsache ist, dass wir hier alle zusammen sind. Du weißt, dass meine Eltern sich einen Dreck um mich geschert haben. Ich habe immer davon geträumt, eine richtige Familie zu haben, Menschen um mich herum zu haben, auf die ich mich verlassen kann. Dich und Ryan und Frank kennenzulernen hat mir wieder Lust gemacht, Zukunftspläne zu schmieden, also werde ich es jetzt einfach sagen. Kristy Ann Tucker, willst du mich heiraten?«

Sie konnte es nicht fassen. Lance ließ sich auf ein Knie herab und hielt ihr einen Smaragdring entgegen. Sie hatte sich schwer in ihn verliebt, er brachte sie zum Lachen, forderte ihren Verstand heraus und passte bestens zu ihrer Familie – aber mit einer Heirat hatte sie nicht gerechnet. So etwas passierte einer Kristy Tucker nicht. Es passierte Frauen mit schlankeren Taillen und weniger Ballast. Frauen mit glänzenden Haaren und weißen Zahnkronen. Lance hielt immer noch den Ring hoch und grinste über beide Wangen, während er auf ihre Antwort wartete.

Kristy sah ihren Vater und Ryan fragend an.

»Verdammt, Kristy, lass den Mann nicht warten.«

»Komm schon, Mom, sag was.«

Sie nickte und lächelte unter Tränen.

Ihr Vater trompetete einen Jubelschrei heraus, und Lance und Ryan stimmten mit ein. Lance wirbelte sie herum und küsste sie wieder und wieder.

»Ich gehöre für immer dir, Kris. Und du gehörst mir. Egal, was passiert. Ich möchte es von dir hören. Sag, dass du meine Frau sein willst.«

Überwältigt vor Freude zog sie ihn an sich und flüsterte es mehrmals, damit er wusste, wie sehr sie es wollte.

»Ja, ich will deine Frau sein. Ja, ja, ja.«

Der Tag ihrer Hochzeit dämmerte kühl und frisch und wolkenlos herauf. Die kleine Kirche war über und über mit blassgelben Rosen geschmückt. Kristy hatte Carmen gebeten, ihre Brautjungfer zu sein, und Ryan fungierte als Lance' Trauzeuge. Pops, sehr elegant in einem grauen Anzug mit lavendelfarbener Krawatte, führte sie stolz zum Altar, ohne Sauerstoffgerät oder Rollator. Sie hatten die Gästeliste klein gehalten. Kristys ehemaliger Chef Jack und seine Frau waren da, Gus und dessen Frau Meg. Lance hatte ihr zugeredet, Gus nicht einzuladen, aber aus diplomatischen Gründen war es notwendig. Außerdem kamen eine Handvoll anderer befreundeter Kollegen, Bruce und seine Frau, Mac und seine Freundin Vera. Lance hatte seinen Geschäftspartner Roy und dessen Frau Yolanda eingeladen sowie ein paar Mitarbeiter aus der Immobilienfirma und die Jungs, die er im YMCA trainierte. Familie hatte Lance keine, zumindest niemanden, den er dabeihaben wollte. Seine Mutter war durchgebrannt, und sein Vater war schon seit einigen Jahren tot. »Ihr seid jetzt meine Familie«, sagte er. Sie tauschten handgeschriebene Ehegelübde aus, in denen sie ihre Hoffnungen und Träume beschrieben und ihren Vorsatz, sich gegenseitig zu unterstützen. Dann erklärte der Priester sie zu Mann und Frau, und Lance küsste Kristy leidenschaftlich, wobei ihm die Tränen übers Gesicht liefen und er flüsterte: »Ich lass dich nie mehr los.« Damals hatte sie das liebenswert gefunden. Rückblickend klang es wie eine Drohung.

Sie wurden in einer Stretchlimo zur Feier gefahren, eine Überraschung von Lance. Als Kristy die ausgebaute Scheune betrat, die Roy gehörte, stockte ihr der Atem beim Anblick eines Meers aus rosa und gelben Rosen. Endlose Lichterketten und unzählige Kerzen warfen einen romantischen Schein auf die langen Bauerntische.

Die Brautleute wurden von einer Mariachi-Band begrüßt, ein weiteres Geschenk von Roy. Kristy hätte nicht geglaubt, noch mehr Rührungstränen übrig zu haben, bis Ryan aufstand, um seine Trauzeugenrede zu halten.

»Ich habe mich nie für meinen leiblichen Vater interessiert. Er hat mich und meine Mutter damals im Stich gelassen, deshalb wollte ich keinen Gedanken an ihn verschwenden. Ich habe es auch nicht vermisst, keinen Vater zu haben. Mom und Pops haben mir so viel Liebe und Aufmerksamkeit geschenkt… manchmal zu viel.« Alle lachten, und Ryan wurde selbstsicherer und richtete sich gerade auf, so umwerfend gut aussehend in seinem grauen Nadelstreifenanzug.

»Ich habe also nicht gewusst, was es heißt, einen Vater zu haben, bis Lance kam. Er hat sich meine Schulsorgen angehört, mir den perfekten Beinwurf beigebracht und mir Tipps gegeben, wie ich es schaffe, dass ein Mädchen mehr in mir sieht als nur einen Kumpel«, sagte er mit Blick zu Ella. »Und es hat funktioniert.«

Mehr Lachen und Schmunzeln. Kristys Sohn erblühte vor ihren Augen zum Mann, und sie hätte nicht stolzer sein können.

»Aber ich will nichts beschönigen – als meine Mom mir gestand, dass sie was mit Lance anfangen wolle, fand ich das zuerst nicht so toll. Eher abstoßend, ehrlich gesagt. Aber ich weiß, wie viel sie arbeitet und dass sie auch ein bisschen Glück verdient hat – ein bisschen mehr als ein bisschen. Deshalb möchte ich jetzt, hier vor euch allen, mein Glas auf meine Mom und ihren frischangetrauten, beinharten Typen von einem Ehemann erheben und ihnen ein Leben voller Liebe wünschen!«

Die Leute jubelten und prosteten ihnen zu. Lance wischte ihr sanft die Tränen weg. Gegen Ende des Abends hielt die Fotografin noch einen besonderen Moment fest, bevor alles zum Teufel ging. Und jetzt saß sie hier und starrte auf dieses Bild, auf diese glücklichen Gesichter, ihren sie verspottenden Optimismus.

»'n Morgen, Mama Bär, 'n Morgen, Lance«, sagte Ryan. »Was läuft?«

»Deine Mama wird gerade ganz sentimental«, antwortete Lance, und Kristy lächelte wie aufs Stichwort. Das erwartete er von ihr, dass sie auf seine Stichworte reagierte.

»Wir sehen uns nur ein paar Hochzeitsfotos an.«

»Oh Gott, wenn wir nicht aufpassen, müssen wir uns gleich das ganze Hochzeitsvideo wieder anschauen!«, stöhnte Ryan.

Lance grinste. »Hätte ich nichts dagegen.«

Kristy hasste dieses Video mittlerweile. Es zeigte eine verzerrte Wirklichkeit, in der nur der Lance vor ihrer Hochzeit in Erscheinung trat, nicht der Lance danach.

»Bist du fertig? Ich brauche noch etwa zehn Minuten, dann kann ich dich unterwegs absetzen«, sagte sie zu Ryan, verzweifelt darauf aus, der Falle ihres Zuhauses zu entkommen. Alles hatte sich ins Gegenteil verkehrt. Ihr Zuhause war nun das Gefängnis, ihre Arbeit die Zuflucht.

»Also, ich hab Ry schon gesagt, dass ich ihn zur Schule fahre«, mischte Lance sich ein.

Kristy wollte aufbegehren. *Nichts da, das ist mein Sohn, ihn zur Schule zu bringen ist meine Sache.* Er vereinnahmte Ryan völlig und sorgte dafür, dass sie nie allein mit ihm war. Doch Ryan schlug sich jetzt immer auf seine Seite, und sie würde später den Preis für ihren Widerspruch bezahlen müssen.

»Auch gut, Jungs. Dann bis später.«

»Ich würde dir ja einen schönen Tag wünschen, aber du wirst jemandem beim Sterben zusehen, dann ist das wohl nicht angebracht«, spottete Ryan. Er war in letzter Zeit weniger sensibel, auch das hatte er sich von Lance abgeguckt.

Kristy stand auf. Sie musste sich ranhalten, sonst würde sie zu spät kommen.

»Kristy«, rief Lance ihr nach. Sein tadelnder Tonfall sagte ihr, dass sie wieder etwas falsch gemacht hatte. Ryan, der geschäftig auf seinem Handy herumtippte, schien nichts aufzufallen.

»Was ist, Lance?«, fragte sie.

»Nichts. Ich wollte meiner Frau nur einen Abschiedskuss geben.«

Er lächelte, doch sein Blick blieb kalt. Kristy ging schnell zu ihm, und er zog sie in die Arme. Sie zuckte zusammen, als er seine Finger in ihre geprellten Rippen grub, doch er merkte es nicht oder es war ihm egal. Sie wusste nicht, was schlimmer war.

»Pass gut auf dich auf, Babe, wir sehen uns heute Abend.«

Kristy ging nach oben und warf dabei noch einen Blick zurück auf Lance und Ryan, die leise miteinander lachten, während Lance ihnen beiden haufenweise Müsli und Cornflakes in die Schüsseln schüttete. Als sie wenig später über die Interstate fuhr, konnte sie endlich ihren Gedanken nachhängen, und sie fragte sich wieder einmal, in was zum Teufel sie da reingeraten war.

Zum ersten Mal hatte sie ein paar Wochen nach der Hochzeit eine Ahnung von Lance' Jähzorn bekommen. Sie hatte einen gemeinsamen Abend mit Roy und Yolanda, Matt und Vera organisiert. Zuerst Abendessen im schicken Viertel The Woodlands, dann Tanzen im Mickey's, einer Country-and-Western-Bar, die Lance sehr mochte. Nach ein paar Songs hatte sie Lance verschwitzt und durstig zugerufen: »Babe, ich brauch eine Pause.« Er hatte zustimmend genickt, den Arm um sie gelegt und sie zurück zu ihrem Tisch geführt, während die anderen weitertanzten.

Kristy rauchte nur selten, aber sie war ein bisschen angesäuselt und hatte Lust auf eine Zigarette. Sie griff sich Roys Päckchen vom Tisch und wollte sich gerade eine anstecken, als Lance sie mit der Rückhand hart auf den Mund schlug. Die Zigarette segelte im hohen Bogen davon, und Kristy taumelte rückwärts, musste sich am Tisch festhalten. Lance stand einfach da und schüttelte den Kopf. Peinlich berührt blickte sie sich um, ob jemand hergesehen hatte, als wäre sie es, die sich falsch benommen hatte.

»Herrgott noch mal, Lance, was sollte das?«, zischte sie.

»Darlin'‹, du weißt doch, was ich vom Rauchen halte. Diese Dinger haben deinen Vater fast umgebracht. Meine Frau soll sich nicht mit diesem Mist vergiften.« Er zog sie an sich und küsste sie zärtlich.

Kristy hatte nicht übel Lust, ihm eine Szene zu machen, aber die anderen kamen gerade an den Tisch zurück. Lance riss ein paar Witze, Roy bestellte eine Runde Cuervo-Shots, und der Abend nahm seinen Lauf. War es nicht besser, die Sache zu übergehen? Lance hatte ihr bestimmt nicht wehtun wollen. Er sorgte sich eben um sie. In den darauffolgenden Tagen, immer noch eine glückliche Frischvermählte, beruhigte sie sich damit, dass Lance' Ausbruch nur ein Ausrutscher gewesen war. Es war einfacher, den Zwischenfall im hintersten Winkel ihres Bewusstseins zu vergraben.

Dort schob sie oft Dinge hin, über die sie nicht nachdenken wollte, all die schlimmen Momente und unangenehmen Erfahrungen. In diesen Bewusstseinstiefen bewahrte sie auch die Erinnerungen an all die Hinrichtungen auf, die sie hatte mitansehen müssen. Manche der verurteilten Männer gingen mit Würde zum Hinrichtungsraum, stoisch und stolz erhobenen Haupts. Die meisten jedoch nicht. Die meisten brüllten und schrien und bettelten um ihr Leben, verfluchten Gott und die Regierung und das Rechtssystem und alle, die ihnen sonst noch einfielen. Sie stemmten ihre Füße in den Boden, und manche mussten sogar getragen werden, schlaff und schwer und nass von Schweiß und Urin. Irgendwann erlosch ihr Kampfeswille, aber bis zu dem Moment boten sie einen steinerweichenden Anblick, den man nicht mehr vergaß.

Die Erinnerungen blieben nicht immer begraben, manchmal schossen sie mit solch gestochener Klarheit an die Oberfläche, vor allem spätnachts, dass der wenige Schlaf, den sie bekam, ruhelos und gequält war. Trotzdem verdrängte sie den Vorfall mit Lance, so gut es ging. Sie war furchtbar gern mit ihm verheiratet, stellte ihn furchtbar gern ihren Kollegen vor. »Das ist mein Mann«, sagte sie stolz. Sie liebte die Wärme seines Körpers im Bett, die

Abende, an denen sie sich zusammen aufs Sofa kuschelten und mit Ryan und Pops Netflix-Serien sahen. Sie liebte es, mit ihm am Haus herumzubasteln, ihm beim Streichen und Gärtnern zu helfen und zu sehen, wie ihr vernachlässigtes Heim wieder auflebte. Jeden Morgen erwachte sie in seinen Armen und beobachtete, wie seine muskulöse Brust sich hob und senkte, während er noch friedlich schlief. Manchmal ertappte er sie dabei. Dann sagte er lächelnd: »Darlin', warum hast du mich nicht geweckt?« Er küsste sie, und sie liebten sich. Kristy erlebte eine Liebe, die sie nicht mehr für möglich gehalten hätte, eine Liebe, wie sie ihr Vater und ihre Mutter miteinander geteilt hatten. Ihr vormals grauer Alltag war nun strahlend bunt, ein Farbfilm nach einer Schwarzweißdoku. Es fiel ihr sogar leichter, den Arbeitstag hinter sich zu lassen, weil sie nun wusste, dass Lance zu Hause auf sie wartete.

Daher wollte sie unbedingt glauben, dass ihm die Sicherung nur dieses eine Mal wegen ihres blöden Nikotinschmachters durchgebrannt war – doch sie konnte die hartnäckige, leise Stimme nicht zum Schweigen bringen, die sie warnte, dass etwas nicht stimmte.

Ein paar Monate vergingen. Gut, es gab ein paar kleine Zwischenfälle, wie zum Beispiel, als er im Auto mit der Faust gegen das Seitenfenster schlug, weil er fand, dass sie zu waghalsig fuhr, oder als er ein Glas Erdnussbutter zerschmetterte, weil sie die falsche Marke gekauft und er beschlossen hatte, dass sie ihren Zuckerkonsum reduzieren sollten. Doch das tat er schließlich alles aus Fürsorge, es war nicht böse gemeint.

Und immer, wenn ihr seinetwegen irgendwie unwohl war, tat er wieder etwas, durch das sie sich von Neuem in ihn verliebte. Eines Abends lagen sie zusammen im Bett, da stützte er den Kopf auf den Ellbogen und sah sie fragend an.

»Ryan hat erwähnt, dass nächsten Dienstag Elternabend ist. Ich habe eine Privatstunde im YMCA, aber ich könnte Carlos bitten, für mich einzuspringen.«

Kristy musste schlucken.

»Schatz, weinst du etwa?«, fragte Lance überrascht.

»Ich hab das einfach alles so lange allein machen müssen.«

»Wir sind jetzt eine Familie. In einer Familie macht man das so, hab ich jedenfalls gehört«, sagte er grinsend. Beim Elternabend hielt er ihre Hand, ging mit ihr von einem Unterrichtsraum zum anderen, berückte sämtliche Lehrerinnen und Lehrer mit seinem Charme und erkundigte sich interessiert nach Ryans Fortschritten und Lernerfolgen. Liza nahm Kristy beiseite, als Ryan ihm sein neuestes Projekt für seinen Kurs 3-D-Computergrafik zeigte.

»Ich glaube, so glücklich hab ich dich noch nie gesehen«, sagte Liza. Kristy lächelte. Sie war wirklich glücklich. Zumindest, bis sie die Schulaula verließen. Da hatte Lance sie am Arm gepackt und sie angeknurrt.

»Was zum Teufel sollte das?«

Sie wusste nicht, was er meinte, aber seine Finger gruben sich noch fester in ihre Haut. Erschrocken sah sie sich um, froh, dass Ryan schon mit Ella nach Hause gefahren war.

»Wovon redest du, Lance?«

»Wieso musstest du so darauf herumreiten, dass ich nicht Ryans Vater bin? Du hast mindestens fünfzigmal ›Stiefvater‹ gesagt, verdammt noch mal.«

»Ich … das war nicht so gemeint. Ich hab mir nichts dabei gedacht.«

»Allerdings. In Zukunft solltest du erst denken, bevor du den Mund aufmachst. Wenn du willst, dass ich wie ein Vater zu ihm bin, dann behandele mich auch so«, sagte er, als sie zum Ausgang kamen. Wie aus Angst vor Zuschauern ließ er sie dort los und ging zum Parkplatz. Kristy trat in die feuchte Abendluft hinaus und rieb sich den Arm, machte sich Vorwürfe, weil sie Lance das Gefühl gegeben hatte, missachtet zu werden. Auf dem Nachhauseweg entschuldigte sie sich bei ihm, doch er hatte das Ganze schon vergessen und bestand darauf, dass sie bei Kristys Lieblingsmexikaner noch etwas aßen und tranken.

Die nächsten Wochen vergingen ohne Zwischenfall, und sie begann, wieder freier zu atmen. Sie hätte dem Frieden nicht trauen sollen. An einem Abend saß sie länger im Büro fest, weil sie das Chaos beseitigen musste, dass Gus' neue Praktikantin angerichtet hatte. Sie hatte fälschlich eine Pressemeldung über eine vollstreckte Hinrichtung herausgegeben, obwohl der betreffende Häftling noch gar nicht hingerichtet werden sollte. Kristy brachte Stunden damit zu, empörte Anrufe abzuwehren. Die Angehörigen des Opfers waren stinksauer, weil sie dachten, man habe es ihnen verweigert zuzusehen, wie der Täter für seinen Mord bezahlte. Die Angehörigen des Gefangenen dagegen glaubten, ihnen sei die Gelegenheit zu einem letzten Abschied verwehrt worden.

Erschöpft war sie um halb acht aus dem Büro gehetzt und hatte sich auf die lange Heimfahrt gemacht. Als sie zu Hause ankam, sah Lance nicht einmal von seinem Laptop auf. Auf ihre Frage, ob alles in Ordnung sei, zuckte er nur die Achseln und sagte: »War ein langer Tag.«

Sie machte sich keine großen Gedanken über seine Stimmung, noch zu aufgebracht über ihre eigene Job-Katastrophe, während sie das Abendessen kochte, Pastasoße rührte und Gemüse schmorte. Ryan kam in die Küche gesprungen und redete ohne Punkt und Komma über seinen bevorstehenden sechzehnten Geburtstag. Der war in knapp zwei Wochen, und Kristy hatte Lance gesagt, dass sie mit Ryan einen Ausflug zum Sam Houston National Forest unternehmen wolle. Als Ryan noch kleiner war, hatte sie an jedem ersten Samstag des Monats, egal wie kaputt und überarbeitet sie war, ein Lunchpaket gepackt – Mortadella-Sandwiches, Kartoffelchips und Obstsalat. Dann ging's los, sie wanderten auf dem Lone Star Trail, bis ihnen die Füße wehtaten, und machten mittags Rast im Schatten der Kiefern, um ihr Picknick zu verzehren. Ryan unterhielt sie dabei gern mit Anekdoten über die amerikanischen Präsidenten, und sie erzählte ihm Geschichten über Pops und ihre Mutter und wie die beiden früher auch hier gewandert waren. Als Ryan älter wurde, war die Tradition eingeschlafen, aber sie hatte sich gedacht, dass es Spaß machen würde, mal wieder zusammen zu picknicken, nur sie beide. Danach konnte sie sich immer noch mit

Lance treffen und eine Überraschungsparty für Ryan bei ihrem gemeinsamen Lieblingsmexikaner schmeißen. Doch sie hätte es besser wissen sollen, als Zeit allein mit ihrem Sohn zu planen. Inzwischen bestimmte nur noch Lance, wo es langging.

»Ich kann's kaum erwarten, dass ich meinen nagelneuen Jeep bekomme«, flachste Ryan.

»Sind wir heute wieder witzig«, erwiderte sie.

Ryan lachte. »Mensch, Mom, ein Junge wird doch wohl noch Träume haben dürfen.« Kristy sah zu Lance hinüber, der schweigend sein Bier schlürfte. Pops fragte dazwischen, ob sie daran gedacht habe, die Nachfüllung für seinen Inhalator zu bestellen, woraufhin sie die nächsten zwanzig Minuten damit zubrachte, mit der Apotheke zu telefonieren, um zu erreichen, dass der Ersatz noch an diesem Abend geliefert wurde. Es war schon fast neun, als sie sich alle zum Essen hinsetzten. Lance blieb schweigsam, aber Kristy war zu müde, um auf ihn einzugehen, und überließ es Ryan und Pops, die Unterhaltung bei Tisch zu bestreiten. Sobald Lance fertig gegessen hatte, murmelte er gute Nacht und ging direkt hinauf ins Schlafzimmer, ließ sie mit dem Abwasch allein. Es machte ihr nichts aus, sie musste sich nach diesem Scheißtag ohnehin noch ein wenig abreagieren.

Als sie hinaufkam, stand Lance am Fenster, das Hemd schon ausgezogen, nur noch in Jeans.

»Hey, Babe, ist wirklich alles okay?«

Ohne ein Wort zu sagen, machte er drei große Schritte auf sie zu und packte sie so fest am Arm, dass sie aufschrie.

Etwas flackerte in seinen Augen auf – war es Erregung oder Reue? Sie dachte, er würde sie nun loslassen, doch er hielt ihr den Mund zu und versetzte ihr mit der anderen Hand einen Hieb in die Magengrube. Sie rang nach Luft, und die Wucht des Schlags aktivierte ihr gesamtes Nervensystem, versetzte Hirn und Körper in Alarmbereitschaft, als sie auf dem grauen Teppichboden zusammenbrach.

Nein, dachte Kristy. *Nein. Nein. Nein.* Benommen, mit schlaff von sich gestreckten Beinen, saß sie auf dem Boden und versuchte zu verstehen, was gerade passiert war. Lance ragte mit undurchdringlicher Miene über ihr auf.

»Was … was hast du getan? Was zum Teufel ist in dich gefahren? Ich meine … Herrgott …«, keuchte sie. Vor Schock und wegen der Heftigkeit des Schlags konnte sie kaum sprechen. Lance hockte sich neben sie und drehte sie an den Schultern zu sich herum, damit sie ihn ansah. Sie wollte sich losmachen, aber er hielt sie fest, sein Mund ganz nah an ihrem, als wollte er ihr wieder Leben einhauchen.

»Darlin', ich hab mir so furchtbare Sorgen gemacht, als du nicht angerufen oder eine Nachricht geschrieben hast. Keiner hatte was von dir gehört, weder Pops noch Ryan.«

»Mein Akku war leer, das hab ich dir doch gesagt.« Sie vergaß ständig, ihr Handy aufzuladen, aber Lance wollte nichts von ihren Entschuldigungen hören.

»Du arbeitest in einem Gefängnis, Kristy. Das ist eine gefährliche Umgebung. Ich hab angefangen, mir Gott weiß was vorzustellen, was alles passiert sein könnte. Ich war außer mir vor Sorge. Wir sind jetzt ein Team, daran musst du denken.«

»Du hast mir wehgetan, Lance«, sagte sie.

Er schwieg einen Moment, schüttelte dann den Kopf und küsste sie zärtlich.

»Aus Angst macht man verrückte Sachen, Darlin'. Nächstes Mal sag mir Bescheid, wenn es später wird.«

Zuerst fiel ihr gar nicht auf, dass er sich nicht bei ihr entschuldigt hatte. Dass er keine Reue, nicht die leiseste Zerknirschung zeigte. Sie war zu sehr damit beschäftigt, darüber nachzugrübeln, wie es sein konnte, dass Lance ihr gegenüber gerade gewalttätig geworden war. So würde die Polizei es bezeichnen, und es entsprach den Tatsachen. Sie hatte lange genug im Strafvollzug gearbeitet, um sich darüber im Klaren zu sein. Wenn es jemand anders gewesen wäre, wenn irgendjemand anders als ihr eigener Mann ihr das angetan hätte, hätte sie sofort die Polizei gerufen. Sie hätte zugesehen, wie die Cops den Aggressor abführten. Doch sie rief niemanden an. Sie sagte es weder Ryan noch Pops, sagte kein Wort zu Carmen oder Mac. Ja, Lance hatte sie geschlagen, aber er war nicht irgendein Fremder von der Straße. Wie konnte sie also? Er war doch ihr Mann. Ihr *frischgebackener* Ehemann.

Liebe Ms Tucker,

hoffentlich geht es Ihnen inzwischen besser. Ich habe mit Miss Carmen gesprochen, die meinte, Sie wären krankgeschrieben. Trinken Sie viel Flüssigkeit und schlafen Sie viel – das hat meine Mama mir immer geraten, und meine Mama hatte immer recht.

Es ist mir sehr unangenehm, Sie damit zu behelligen, aber da meine angesetzte Hinrichtung schnell näher rückt, hat meine Anwältin Bev Kontakt zu mehreren prominenten Journalisten aufgenommen. Wir würden gern so viele Interviews wie möglich vereinbaren, um mehr öffentliche Unterstützung für meinen Fall zu gewinnen. Ich weiß, dass Sie sehr viel zu tun haben, aber Carmen sagt, dass Sie die Entscheidungsbefugte sind, deshalb lege ich die Namen und Telefonnummern von verschiedenen Medienvertretern bei. Zuoberst auf der Liste steht ein angesagter Rapper, der mich in zwei Wochen besuchen will, um mit mir wegen eines Dokumentarfilms über Fehlurteile zu sprechen, den er gerade dreht. Ich habe zwar noch nie von ihm gehört, aber ein paar von den Jungs hier drin sagen, dass er eine große Nummer ist, deshalb hoffe ich, dass Sie ihn so bald wie möglich kontaktieren können. Meiner beschränkten Erfahrung nach neigen diese Hollywood-Typen dazu, eine kurze Aufmerksam-

keitsspanne zu haben. Wie stets danke ich Ihnen sehr für Ihre Hilfe.

Herzlich
Clifton Harris

Neuntes Kapitel

An Hinrichtungstagen verbrachte Kristy normalerweise den gesamten Vormittag damit, sich gegen das Bevorstehende zu wappnen. Wenn sie dann in dem Raum stand, Schulter an Schulter mit den anderen Zeugen, und alle kollektiv die Luft anhielten, zählte sie die Sekunden. Sie sah quasi von außerhalb ihres Körpers zu, wie ein weiterer Verbrecher in den Tod geschickt wurde, und wollte nur, dass es schnell vorbeiging. Heute jedoch war sie froh, hier zu sein. Sie begriff durchaus, dass irgendetwas nicht stimmte, wenn man einen Platz in vorderster Reihe bei einer Hinrichtung seinem eigenen Zuhause vorzog. Und dennoch wartete sie hier auf Marcus Masters' letzte Minuten, dankbar, dass es einen Ort gab, an den sie sich vor Lance und seinen unberechenbaren Launen flüchten konnte.

Die Wände des kleinen Raums bestanden aus unverputzten Ziegelsteinen, die in einem unentschiedenen Grün gestrichen waren. Kristy fragte sich, wie so oft, ob diese Farbe dazu gedacht war, den Todeskandidaten und vielleicht auch die Zeugen ein bisschen zu beruhigen, oder ob die Leute von der Gebäudeinstandhaltung sie einfach gerade zur Hand gehabt hatten. Belanglose Fragen wie diese gingen ihr durch den Kopf, während sie versuchte, die Realität ihres Privatlebens auszublenden. Sie kannte Marcus nicht persönlich. In seiner Zeit im Todestrakt hatte er Hunderte von Interviewanfragen abgelehnt, hatte nie jemandem geschrieben und keine neuen Anwälte engagiert, um etwas gegen seine Hinrichtung zu unternehmen. Er und der Staat waren sich einig – es war Zeit für ihn zu sterben.

Marcus war erst achtzehn Jahre alt gewesen, als seine Eltern bei einem brutalen, bewaffneten Einbruch erschossen wurden und ein Abpraller von der Wand sich in seine Wirbelsäule grub, wonach er von der Hüfte abwärts gelähmt war. Während er auf der Intensivstation um sein Leben kämpfte, leitete die Polizei eine Großfahndung nach den Tätern ein. Am Ende stellte sich heraus, dass Marcus der Drahtzieher war. Er hatte es auf das Vermögen seiner Eltern abgesehen, insgesamt vier Millionen Dollar. Die Kumpels, die er für den Einbruch angeheuert hatte, hätten ihn ins Bein schießen sollen, hatten aber dummerweise danebengetroffen. Nachdem die Polizei die Tat rekonstruiert hatte, lieferten seine Komplizen Marcus ans Messer, um ein geringeres Strafmaß zu bekommen, und besiegelten damit sein Schicksal. Kristy fragte sich wieder einmal, wie seine Eltern die Anzeichen dafür, dass er nicht normal war, hatten übersehen können – es musste doch welche gegeben haben in dem, was er sagte, was er tat. Doch dann dachte sie an Lance. Sie hatte seine Kontrollsucht in den ersten Monaten für Fürsorglichkeit gehalten, hatte für bare Münze genommen, was er ihr über seinen Kampfsportunterricht erzählte, und gedacht, dass er Menschen damit zu mehr

Selbstbewusstsein und innerer Stärke verhelfen wollte – dabei ging es ihm nur um Dominanz. Die Liebe macht uns alle blind, dachte sie. Und sosehr sie Lance liebte, sie konnte es ihm nie recht machen.

Die Zahnpastatube war nicht richtig aufgerollt. »Gerade von oben nach unten, sonst gibt's eine Sauerei.«

Sie hatte vergessen, die Toilettenspülung zu ziehen. »Ist ja widerlich, Kristy. Was bist du, ein verdammtes Tier?«

»Das Toilettenpapier gehört mit der Oberseite nach vorn. Du weißt, dass es mich andersrum wahnsinnig macht.«

Manchmal ging es gar nicht um etwas, das sie am selben Morgen falsch gemacht hatte, sondern um eine Sache, die schon Tage oder gar Wochen zurücklag.

»Du findest wohl, dass ich mich nicht richtig ausdrücke? Hast du mich deshalb neulich vor deinen Freunden verbessert? Weil Mac und Vera so was Besonderes sind? Hältst du mich für einen Idioten, weil ich meine Nase nicht die ganze Zeit in Bücher stecke so wie du und Ryan? Ist das so?«

Oft waren diese Verbalangriffe kraftraubender als die körperlichen. Die waren wenigstens schnell vorbei, und Lance ging zur Tagesordnung über, als wäre nichts gewesen. Dieses dauernde Kritisiertwerden dagegen bewirkte, dass sie sich schon selbst bei allem, was sie sagte oder tat, in Frage stellte.

Sie versuchte, seine Stimmungen zu erkennen, seine Bedürfnisse vorherzusehen. Fast eine Woche war ohne besondere Vorkommnisse verstrichen, das Leben ging seinen

Gang. An diesem Morgen jedoch hatte Lance ihr deutlich gemacht, dass sie sich noch mehr anstrengen musste. Ihr Fehler war ihr in dem Moment ins Auge gesprungen, als Lance sie durch die Badezimmertür geschoben und sie ihren pinkfarbenen Lockenstab gesehen hatte, dessen Kontrolllämpchen noch hellgrün blinkte.

»Wie oft habe ich dir schon gesagt, dass du das Ding ausstöpseln sollst, wenn du fertig bist? Sieh dir das an! Sieh her! Ich hab mir die Hand daran verbrannt, verflucht noch mal«, tobte er. Er nahm den heißen Lockenstab, und sie riss die Hände hoch in dem sinnlosen Versuch, sich zu verteidigen. Längst hatte sie erkannt, dass es im Gericht von Lance Dobson keine Verteidiger und keine Geschworenen gab. Nur ihn, Richter und Henker in einer Person.

»Lance, ich verspreche dir, dass ich es nicht mehr vergesse.«

»Versprechen sind hohle Worte, Kristy. Nur Taten zählen. Das wirst du eines Tages noch begreifen.« Er stieß sie gegen die Wand. Ihr Gesicht knallte gegen den abblätternden cremeweißen Anstrich, und sie spürte das Brennen des glühenden Stabs an der Rückseite ihrer Beine.

»Ein richtiger Mann würde seiner Frau so etwas niemals antun«, sagte sie. Daraufhin drückte er den Stab noch fester in ihre Haut. In letzter Zeit hatte sie begonnen, sich zu wehren, ihn mit Worten herauszufordern, weil sie sich wie ein abscheulicher Feigling vorkam, wenn sie nichts sagte. Doch alles Wehren änderte nichts, sondern machte seine Angriffe höchstens noch brutaler.

Sie kämpfte gegen ihn an, obwohl sie wusste, dass es

keinen Zweck hatte. Sie würde ihn und seinen zu einer perfekten Waffe getrimmten Körper nie bezwingen. Leise weinend ertrug sie es, dass er den heißen Stab an ihr Bein hielt und dabei bis zehn zählte, als wäre sie ein ungezogenes Kind. Der Schmerz kroch von ihrem Oberschenkel aufwärts und setzte sich in ihrer Kehle fest. Als er den Stab wegnahm, stöhnte sie vor Qual und musste sich am Waschbecken festhalten.

»Darlin', ich möchte dich nicht noch einmal daran erinnern müssen, dass deine Nachlässigkeit Auswirkungen auf uns beide hat.« Und dann, wie all die Male zuvor, war er zur Arbeit geeilt, zu seiner Immobilienfirma, wo er künftige Hausbesitzer mit seinen liebenswürdigen Schwärmereien vom trauten Heim umgarnte.

Sie hatte dagestanden und gewartet, dass der brennende Schmerz nachließ. Die physische Gewalt kam sporadisch und meist unerwartet, eine Ohrfeige hier, ein Haarereißen da, eine hochgezogene Augenbraue oder ein strafender Blick, die weitere Bestrafungen ankündigten, falls sie nicht spurte und auf seine momentane Laune einging. Lance selbst schienen seine Ausbrüche nie zu beunruhigen. Nur einmal abends im Bett hatte er andeutungsweise eingestanden, dass etwas schräglief. Er hatte ihr sanft den Rücken gestreichelt, und sie hatte sich dafür gehasst, dass ihr Körper immer noch auf ihn reagierte, dass sie ihn immer noch begehrte. Sie liebte Lance, und er benutzte das, um sie zu beherrschen.

»Wir haben Glück, Kris. Wir haben es richtig gut miteinander, und wenn jemand das weiß, dann ich. Meine

Eltern waren nie auf derselben Wellenlänge. Meine Mutter hat nicht auf meinen Vater gehört, hat ihn überhaupt nicht respektiert. Und mein Dad war zu verdammt passiv, konnte sich nicht bei ihr durchsetzen, und dann hat sie uns verlassen. Sie hat alles verdorben. Aber du und ich, wir können es besser machen. Wir können alles richtig machen.«

Alles richtig? Kristy wusste nicht, was das heißen sollte. Woher sollte sie wissen, was richtig war, wenn er ständig die Regeln änderte?

»Möchten Sie noch etwas sagen?«, hörte sie den Direktor fragen, was sie zurück in den Hinrichtungsraum brachte. Üblicherweise sprach sie mit den Verurteilten, bevor sie zur Hinrichtung geführt wurden, und half ihnen dabei, eine Erklärung an die Presse zu formulieren, falls sie das wollten. Marcus jedoch hatte es abgelehnt, mit irgendwem zu sprechen, einschließlich Kaplan Gohlke. Er gehörte zu den wenigen ihr bekannten Insassen des Todestrakts, die im Gefängnis nicht zu Gott gefunden hatten.

Marcus hatte sich nicht gewehrt, als die Wärter kamen, und sich wortlos in den Rollstuhl heben und zum Hinrichtungsraum fahren lassen. Das war Kristy ziemlich an die Nieren gegangen – dass jemand derart hilflos war, dass er zu seinem eigenen Tod geschoben werden musste. Vielleicht hatte sie auch einfach mehr Verständnis jetzt, da sie sich selbst wie eine Gefangene fühlte, eingesperrt in ihren vier Wänden, nicht viel anders als diese Männer. Als die Spritze gesetzt wurde, schoss ihr eine Vielzahl von Fragen durch den Kopf: Vermisste er seine Eltern? Bereute er, was er getan hatte? War er vielleicht im Grunde ein guter Mensch, der nur eine furchtbare Entscheidung getroffen hatte? Oder war er von Natur aus böse? Wieder musste sie an Lance' fehlende Reue denken, an seinen kalten, teilnahmslosen Blick, wenn er ihr wehtat.

Durch die Glastrennwand starrte Marcus seine Schwester Elizabeth an, die gegen ihn ausgesagt und aktiv auf die Todesstrafe hingearbeitet hatte. Elizabeth, die auf Einladung der Staatsanwaltschaft an der Hinrichtung teilnahm, hatte an der Baylor University studiert, als die Morde geschahen. Sie hatte nie einen Hehl aus ihrem Entsetzen und ihrer Empörung über das Verbrechen ihres Bruders gemacht und darauf gedrungen, dass das Gericht keine Gnade walten ließ, da auch er keine Gnade gegenüber ihren Eltern gekannt hatte. Marcus sagte nichts in seinen letzten Lebensmomenten, kein einziges Wort. Sein letzter Akt der Auflehnung war ein eisiger, starrer Blick, ein stummes, großes »Leck mich« an seine Schwester, die Millionenerbin.

Kristy sah zu, wie seine Augenlider sich flatternd schlossen, und das Gefühl drohenden Unheils überkam sie erneut, und zwar mit solcher Macht, dass es sie zu vernichten drohte. Auf dem Nachhauseweg nach der Pressekonferenz klangen ihr Elizabeth Masters' unter Tränen geäußerte Worte in den Ohren: »Wir wussten ja nicht, zu was er fähig war. Wir hatten keine Ahnung.«

Zehntes Kapitel

»Happy birthday, lieber Ryan, happy birthday to you!« Pops, Lance, Ryans Freundin Ella und fünfundzwanzig weitere Teenager standen um den langen Biertisch herum und sangen aus voller Kehle und mit leuchtenden Gesichtern, während Ryan sich vorbeugte, um die Kerzen auszublasen. Er hatte sich im vergangenen Jahr enorm entwickelt, hatte durch den Sport ein neues Körperbewusstsein und mehr Selbstvertrauen gewonnen. Kristy konnte es immer noch kaum fassen, dass ihr kleiner Junge jetzt schon sechzehn war. Es kam ihr wie gestern vor, dass ihre Fruchtblase im Morgengrauen geplatzt war. Pops hatte an dem Tag Frühschicht gehabt, weshalb die Nachbarin, Mrs Roberts, sie ins Krankenhaus gefahren hatte. Sie war froh darüber gewesen, dass Pops nicht da war – ihren Vater im Entbindungsraum dabeizuhaben, wäre ihr wirklich zu peinlich gewesen.

Betty, eine freundliche, grauhaarige Schwester, stand ihr während der anstrengenden Wehen bei. Sie wischte ihr den Schweiß und die Tränen ab, gab ihr Eisraspeln zu lutschen und feuerte sie an.

»Du machst das prima, Schätzchen. Du schaffst das, du bist sehr stark«, redete Betty ihr siebzehn Stunden lang gut zu. Kristy hatte so stark gepresst, dass sie glaubte zu zerreißen. Dann sah sie ihren kleinen Sohn, sieben Pfund und zweihundertsechsundfünfzig Gramm schwer. Auch blut- und schleimverschmiert, wie er war, mit dem Büschel hellbrauner Haare, das an seinem kleinen Kopf klebte, ein zappelndes Etwas, war er der schönste Anblick, den sie je gesehen hatte. Als sie ihn in die Arme nahm, hörte Ryan sofort auf zu schreien. »Wir zwei, uns kann nichts trennen«, hatte sie ihm zugeflüstert. Nicht zu glauben, dass er jetzt schon fast erwachsen war, aber da stand er und blies alle sechzehn Kerzen aus, plus eine extra als Glücksbringer.

Ryan drehte sich zu Ella um, die in ihrem pinkfarbenen Partykleid und mit ihren roten Haaren regelrecht glühte, und küsste sie. Sein Lächeln war ansteckend. Kristy überkam ein hohles Gefühl, eine plötzliche Angst, dass ihr die Zeit mit ihm davonlief. Aber vielleicht ging es gerade darum beim Elternsein – einen Menschen großzuziehen, den man mit jeder Faser seines Seins liebte, und dann die Kraft zu haben, ihn loszulassen. Sie gab sich einen Ruck.

Das war Ryans Tag. Sie war überrascht, wie viele Freunde und Schulkameraden gekommen waren, sogar dieser kleine Arsch von Scotty Welch.

»Den willst du einladen?«, hatte sie gefragt, als sie die Gästeliste gesehen hatte.

Ryan hatte mit den Schultern gezuckt. »Seine Freunde fanden den Hieb, mit dem ich ihm eine verpasst habe, voll cool, also blieb ihm nichts anderes übrig, als nett zu mir zu sein. Ich mag die anderen Jungs, deshalb muss ich Scotty auch einladen.« Kristy war nahe dran zu sagen, kommt nicht in Frage, auf keinen Fall setzt dieser Typ einen Fuß über meine Schwelle, aber Lance sprach ein Machtwort.

»Je mehr, desto lustiger, Baby. Außerdem soll man nicht nachtragend sein, stimmt's, Ryan?« Kristy hatte die Debatte schon verloren, bevor sie richtig begonnen hatte. Immerhin war die Party eine gute Ablenkung für Lance gewesen. Er hatte so viel mit der Organisation zu tun gehabt, dass ihm keine Zeit blieb, seine Frustrationen an ihr auszulassen. Nachdem er zugestimmt hatte, dass sie bei ihnen zu Hause stattfinden sollte, hatte er sich mit vollem Elan auf die Vorbereitungen gestürzt.

»Wir müssen das Haus ein bisschen auf Vordermann bringen. Wollen uns doch nicht blamieren.«

Lance wusste, wie stolz Kristy auf ihr Heim war. Sie hatten schon kurz nach seinem Einzug eine ganze Reihe von Reparaturen vorgenommen. »Was muss denn gemacht werden?«, hatte sie gefragt.

»Also, der Garten braucht mal eine richtige Gestaltung, und der Zaun müsste gestrichen werden. Ryan, wie sieht's aus, fühlst du dich der Aufgabe gewachsen?«

Ryan bejahte eifrig, und daraufhin verschwanden die beiden jeden Abend und an den Wochenenden nach draußen, strichen die bröckelnden Zäune, mähten den Rasen, stets ein Herz und eine Seele. Später fiel Lance erschöpft ins Bett, zog Kristy in seine Arme und sagte ihr, wie sehr er sie liebe und wie glücklich sie sich schätzen könnten, eine Familie zu sein. Sosehr sie sich wünschte, dass der Frieden anhalten würde, wusste sie doch genau, dass es sich nur um eine Atempause handelte. Sie musste etwas unternehmen. Vielleicht eine Eheberatung, doch dazu musste Lance erst einmal einsehen, dass es ein Problem gab. Sie hatte sich auch schon nach Anwälten erkundigt, unter anderem bei Carmen. »Es ist für eine Freundin«, hatte sie gesagt. »Ich kenne sie schon lange, und sie steckt in Schwierigkeiten.« Carmen hatte ihr mehrere Namen genannt, doch sie hatte Ryan auf keinen Fall den Geburtstag verderben wollen, der ging vor.

»So, wer möchte Torte?«, fragte sie.

»Ich«, rief Pops begierig, woraufhin alle lachten, einschließlich Ryan. Kristy begann, die Torte anzuschneiden, aber Lance nahm ihr das Messer aus der Hand und legte es auf den Tisch.

»Darlin', warte einen Moment. Hört mal alle her. Könnt ihr mal kurz aufpassen?«

Scotty Welch und die Sportcracks scharten sich dichter um den Tisch. Ella, Ryan und die Kids aus dem Debattierclub kamen ebenfalls herbei, zusammen mit einer Gruppe von Freunden aus der Grundschule. Lance klatschte in die Hände.

Alle drängten sich um ihn, gespannt, was er zu verkünden hatte.

»Pops, lass mir zwei Minuten Zeit, dann bekommst du deine Torte. Ich hab nämlich eine kleine Überraschung für unseren Jungen«, sagte Lance. Kristy knirschte mit den Zähnen, weil er ihren Sohn quasi für sich beanspruchte. Du hattest nichts mit ihm zu tun, dachte sie. Er ist nicht dein Kind.

»Was für eine Überraschung?«, fragte sie.

»Wirst du schon sehen.« Lance nahm sein Handy und schickte eine Textnachricht ab, dann richtete er sein Augenmerk auf Ryan.

»Was ist los, Lance?«, fragte Ryan.

»Ja, was wird das?«, fragte Pops neugierig.

Lance schlug Ryan mit einer Zurschaustellung väterlich-machohafter Zuneigung auf die Schulter. »Deine Mama und ich sind es langsam ein bisschen leid, den Chauffeur zu spielen. Stimmt's, Babe?«

Kristy zögerte. Zuweilen sah sie Ryan nur noch auf der gemeinsamen Fahrt zur Schule, und das war ihr schönster Moment des Tages. Lance' bohrender Blick befahl ihr zu reagieren. *Spiel mit*, schien er zu signalisieren.

»Ihr habt gehört, was Lance sagt«, antwortete sie und fragte sich, ob jemand ihr die falsche Munterkeit oder das gezwungene Lächeln anmerkte. Sie bezweifelte es. Alle waren sie viel zu sehr von der Lance-Dobson-Show eingenommen.

»Ryan, ich dachte zuerst daran, dir eine Jahreskarte für den Bus zu schenken, aber man wird schließlich nur einmal sechzehn«, fuhr Lance fort.

Wieder drückte er eine Taste an seinem Handy, und kurz darauf sah Kristy einen funkelnagelneuen schwarzen Jeep auf sich zubrausen und nur wenige Meter vor der Geburtstagsgesellschaft halten. Mit seinen glänzenden Chromleisten und dem Schiebedach war er schlichtweg das Traumauto eines jeden Teenagers. Ach was, er war Kristys Traumauto. Die Fahrertür ging auf, und Mac stieg aus, ein schelmisches Grinsen auf seinem breiten, offenen

Gesicht. Kristy starrte ihn ungläubig an, ihren besten Freund, als er Lance die Autoschlüssel aushändigte, beide hochzufrieden mit sich selbst.

»Ich hab mir ein bisschen Unterstützung geholt«, erklärte Lance. »Scottys Vater hat mir besorgt, was ich wollte.« Scotty grinste durchtrieben, und seine Freunde klatschten ihn ab, weil er in das Geheimnis eingeweiht gewesen war. »Und Mac hat sich bereit erklärt, bei der Überraschung mitzumachen.«

Mac grinste Lance an. »Ich glaube, ich hab Kristy noch nie so verblüfft gesehen.«

»Verblüfft ist gar kein Ausdruck«, sagte Kristy, die sich beherrschen musste, um nicht vor Wut zu platzen. Lance und Mac waren zwar schon ein- oder zweimal ein Bier miteinander trinken gegangen, aber das hier war zu viel. Lance hatte ihren besten Freund dazu benutzt, um hinter ihrem Rücken eine Geburtstagsüberraschung für *ihren* Sohn zu organisieren.

Ryans Miene zeigte eine Mischung aus Ungläubigkeit und purer, ungetrübter Freude. So einen Ausdruck hatte sie noch nie an ihm gesehen, und das war Lance' Verdienst. Sie hätte glücklich darüber sein sollen, war aber am Boden zerstört. Herrgott, sie hatte Ryan einen dunkelblauen Blazer geschenkt, den sie ihm vor der Party gegeben hatte.

»Darin wirst du toll aussehen bei deinen Wettbewerben«, hatte sie gesagt. Lance ließ sie wie eine Idiotin dastehen, erbärmlich und uninteressant. Er bemerkte ihren Zorn nicht mal, sondern sonnte sich immer noch in seinem großen Moment, als er Ryan die Autoschlüssel überreichte.

»Es ist eine große Verantwortung, aber du hast bewiesen, dass du reif dafür bist«, sagte er.

»Meine Fresse!«, schnaufte Ryan. »Ist das dein Ernst?«

Das wollte Kristy am liebsten auch fragen. Ihr stand der Mund fassungslos offen, während das neidvolle Gemurmel der anderen Teenager an ihr Ohr drang.

»Wow! Wie cool ist das denn! Ist Mr Dobson nicht der Wahnsinn?«, sagte Ella zu ihr, als wäre Lance eine Art Gottheit, die gerade übers Wasser gewandelt war.

»Das kann man wohl sagen«, erwiderte Kristy, die es zum Kotzen fand, wie Lance aus Ryans sechzehntem Geburtstag eine Einmannshow gemacht hatte. Immer musste er im Rampenlicht stehen, und er wurde sauer, wenn irgendwer, besonders Kristy, es wagte, ihn daraus zu verdrängen.

»Na los, setzt euch mal rein«, drängte Lance Ryan und Ella mit einer wedelnden Geste.

Kristy wog sonst jedes Wort zu ihm ab, achtete auf ihre Formulierungen und den Tonfall, um ihn nicht zu verärgern, doch jetzt platzte ihr der Kragen.

»Du hast ihm ein Auto gekauft, ohne das mit mir zu besprechen? Was hast du dir dabei gedacht?«, sagte sie halblaut. Sein Kopf fuhr zu ihr herum, und seine Augen verengten sich zu Schlitzen, eine kaum merkliche Reaktion, die niemand außer ihr mitbekam. Sie dachte daran, ihn herauszufordern. *Was willst du tun, Lance? Mich in den Bauch boxen? Mir den Arm verdrehen? Mich an den Haaren ziehen, bis ich schreie? Nur zu, mach schon. Hier vor allen Leuten.*

Doch die Vorstellung, wie Ryans Strahlen verblasste, während er versuchte, ihre Worte mit dem Mann, den er liebgewonnen hatte, in Einklang zu bringen, oder wie Pops nach Atem rang, vor Wut und Fassungslosigkeit keine Luft bekam, hielt sie davon ab.

»Ich glaube, Kristy hat ein bisschen zu viel getrunken«, würde Lance sagen, und alle würden sehen, dass ihre Augen von den zwei Gläsern Wein glänzten. Ryan würde sie ins Bett schicken. »Mom, du blamierst uns.«

Außerdem bestand die Gefahr, dass Lance explodierte und ihr eine verpasste, dass sie gegen den Tisch krachte und die Torte herunterflog. Ella würde schreien, die Hände vor den Mund schlagen, und die anderen Mädchen würden davonlaufen. Scotty Welch würde nach Hause eilen und schadenfroh vom neuesten Drama bei den Tuckers berichten. Nein, das konnte sie Ryan nicht antun, sie durfte ihm nicht die Feier verderben. Also setzte sie dieses beflissene Lächeln auf, das sie perfektioniert hatte, damit niemand die Risse unter der Tünche sah.

»Lance, ich wollte nur sagen, das ist überaus großzügig. Ich weiß nicht, wie ich dir das je zurückzahlen soll«, beschwichtigte sie aus Angst, dass die Situation außer Kontrolle geriet. In der Hoffnung, durch körperliche Zärtlichkeit die Lage zu entschärfen, stellte sie sich zu einem Kuss auf die Zehenspitzen. Lance lächelte, sein Gesicht gerötet von den Lobeshymnen ringsherum.

»Wir sind doch eine Familie, Kristy. Irgendwann wirst

du das noch begreifen«, sagte er leise, und sie hörte den warnenden Unterton heraus. Er küsste sie flüchtig.

»Jetzt wollen wir endlich mal die Torte anschneiden«, sagte er dann und gab ihr das Messer, damit sie ihre Gastgeberinnenpflichten wieder aufnehmen konnte.

Es war eigentlich kein Tortenmesser, sondern ein langes, scharfes Küchenmesser, das schwer in ihrer Hand lag und ohne viel Druck durch die Torte gleiten würde. Ein Bild, wie es durch einen menschlichen Körper schnitt, zuckte in ihrem Kopf auf, wie es glatt die Halsschlagader durchtrennte, die Arterie, die das Herz mit dem Kopf verband. Der Gedanke erschreckte sie, als sie das Messer mühelos durch die Tortenschichten führte. Sie versuchte ihn abzuschütteln, während sie pflichtgemäß schnitt und dicke Stücke voll Schokoladencreme auf kleine weiße Pappteller legte. Niemand beachtete sie, weil alle sich viel mehr für Ryans neues Auto interessierten als für ihre armselige gekaufte Torte. Ihr war nicht ganz klar, was Lance da trieb. Hatte er das alles bewusst geplant, um sie ihrer Familie zu entfremden, sie gar zu ersetzen? Falls ja, funktionierte es prächtig. Sie wollte ihn anschreien: *Das ist meine Familie, meine!*

Sie war kein Schulmädchen mehr, kein lebensunerfahrenes Naivchen. In ihrem Berufsalltag war sie die meiste Zeit von gewalttätigen, unbeherrschten, reuelosen Männern umgeben – und doch hatte sie sich hinters Licht führen lassen. Lance' wahres Wesen kam nun immer mehr zum Vorschein, und nicht nur im Privatleben. Vor ein paar Wochen hatte er verkündet, dass der YMCA ihn nach einem Streit mit dem Geschäftsführer gefeuert habe. Als sie nachgehakt hatte, um Genaueres zu erfahren, hatte er sein Wasserglas auf den Nachttisch geknallt.

»Über zwei Jahre lang hab ich dem Verein meine Zeit geopfert, hab Dutzende Kämpfer trainiert, und dieser Sesselfurzer erdreistet sich zu behaupten, dass er mir nicht fünf Dollar mehr die Stunde bezahlen kann.«

Auch mit seinem Geschäftspartner Roy hatte er sich entzweit, was sie jedoch nicht von ihm selbst erfahren hatte. Als Yoli, Roys Frau, nicht mehr auf ihre Anrufe reagierte, hatte sie ihn gefragt, ob etwas nicht stimme. Lance war merkwürdig still geworden, auf diese Art, bei der ihr mulmig wurde.

»Wir treffen uns nicht mehr mit ihnen«, sagte er schließlich.

»Und was ist mit dem Geschäft?«

»Ich arbeite allein weiter. Hab sowieso Roys Arbeit mitgemacht, die Werbung, die Kundenakquise, während er sich vor allem am Profit beteiligt hat. Darlin', ist besser so für uns auf lange Sicht.« Sie wollte mehr Einzelheiten erfahren, durfte ihn aber nicht mit Fragen bedrängen. Jetzt nicht mehr.

Die Wahrheit hatte sie per Zufall herausbekommen, als sie Einkäufe bei H-E-B machte. Sie hatte Yoli vor sich in der Kassenschlange entdeckt, doch die hatte sich weggedreht, als hätte sie sie nicht gesehen. Also war sie zu ihr hingegangen.

»Yoli, hallo!«, sagte sie, erleichtert, dass es ihr offenbar gut ging.

Yoli sah sich nervös um.

»Wo ist Lance?«

»Zu Hause«, antwortete Kristy. Yoli wirkte unsicher, und ihr Blick schnellte durch den Supermarkt, als könnte Lance jeden Moment aus einem der Gänge hervorschnellen. »Yolanda, was ist denn los?«

»Kristy, ich möchte nicht darüber reden.«

Sie wollte sich abwenden, aber Kristy ließ nicht locker.

»Bitte. Ich hab Nachrichten auf deiner Mailbox hinterlassen, ich wollte hören, ob du okay bist.«

»Mir geht's gut. Aber Lance hat gesagt, dass wir uns von euch fernhalten sollen, und das machen wir jetzt.«

Kristy wurde flau im Magen.

»Ich verstehe das nicht. Ich dachte, wir wären Freunde.«

»Freunde betrügen einander nicht, Kristy«, brauste Yolanda unvermittelt auf.

»Betrügen? Wovon redest du?«

»Lance schuldet uns immer noch Geld für die Hochzeit.«

Kristy fiel die Kinnlade herunter. »Er hat gesagt, ihr würdet die Kosten übernehmen, als Geschenk.«

»Für die Location, ja. Wir berechnen sonst mindestens sechstausend, wenn wir die Scheune für Partys und andere Anlässe vermieten, und euch haben wir sie gratis überlassen. Aber das Essen und das Personal kosten auch Geld, ebenso die Mietwagen und die Dekoration«, sagte Yoli mit vor Ärger gepresster Stimme.

»Wie viel schulden wir euch?«, fragte Kristy.

»Viertausend.«

Kristy bekam den Mund nicht mehr zu. Genau diesen Betrag hatte sie Lance als ihren Anteil für die Hochzeitsfeier gegeben. Er hatte ihn nicht nehmen wollen, aber sie hatte darauf bestanden. »Wir sind doch Partner«, hatte sie gesagt, was nun wie Hohn in ihren Ohren klang.

»Das tut mir furchtbar leid, Yoli. Ich zahle es euch zurück. Es kann ein paar Monate dauern, aber …«

Yoli schüttelte den Kopf.

»Nein, lass gut sein. Lance hat angefangen, Lügen über uns in der ganzen Stadt zu verbreiten. Als Roy ihn zur Rede gestellt hat, ist er richtig unangenehm geworden. Lance ist … er ist nicht mehr der Mensch, als den wir ihn kennengelernt haben.«

»Aber ihr wart doch so lange miteinander befreundet.«

Yoli schnaubte verächtlich.

»Roy und ich haben Lance vor zwei Jahren kennengelernt, nachdem er frisch in die Stadt gezogen war. Roy musste sich damals einer Chemotherapie unterziehen, und das Geschäft steckte in Schwierigkeiten. Lance war uns wie ein Geschenk des Himmels erschienen. Da hatten wir uns wohl getäuscht.«

»Es tut mir leid …«, stammelte Kristy.

Yoli unterbrach sie. »Dich trifft keine Schuld, aber es ist besser, wenn wir nicht mehr miteinander sprechen.«

Kristy sah ihr nach, wie sie davoneilte und sie im Gang stehen ließ. Ihr Gespür hatte sie nicht getrogen – es gab so einiges, das sie über Lance nicht wusste.

Ryan staunte immer noch Bauklötze über das Auto. Mac kam mit einem Bier in der Hand und einem albernen Grinsen auf seinem breiten Gesicht herbei.

»Entschuldige, dass ich dir das verheimlicht habe, aber

Lance meinte, er killt mich, wenn ich was ausplaudere«, sagte er.

»Tja, ein Mann, ein Wort, stimmt's?«, sagte sie und versuchte, nicht sarkastisch zu klingen.

»Hast du schon gehört, dass du und Pops das Haus nächste Woche für euch allein habt?«

Kristy sah ihn verwirrt an.

»Lance hat Ryan und mich auf einen Jagdausflug eingeladen«, erklärte Mac.

Na klar, was sonst, dachte Kristy. Er musste ihr alles und jeden nehmen und dabei obendrein noch unschuldige Tiere töten.

»Es sei denn, du hast was dagegen?« Lance' dröhnende Stimme von hinten erschreckte sie.

»Red keinen Unsinn, Mac. Ich weiß doch, wie lange du dich schon darauf freust.« Sie lächelte Mac an. »Lance liegt mir seit Monaten damit in den Ohren, ihn zu begleiten, aber …«

»Ich weiß, ich weiß. Wir sind Barbaren, weil wir losziehen und hilflose Tiere umbringen«, sagte Mac mit einem schiefen Lächeln.

»Das hab ich nicht gesagt«, erwiderte Kristy, erneut aus dem Gleichgewicht gebracht. Lance legte den Arm um ihre Taille und zog sie an sich.

»Aber gedacht, stimmt's, Mac? Meine Frau sieht ständig, wie Menschen hingerichtet werden, ist aber zimperlich, wenn es um die Jagd geht«, bemerkte er, und Mac gluckste. Kristy hasste es, wie selbstgerecht Lance neuerdings über ihre Arbeit sprach, ganz im Gegensatz zur Zeit ihres ersten

Kennenlernens. Ihre größte Angst war, dass er sie auffordern könnte zu kündigen, um sie ganz bei sich zu Hause zu behalten, aber bis jetzt hatte er nichts davon gesagt.

»Ist dir doch recht, wenn wir fahren, oder?«, fragte er. Diesmal brauchte sie nicht zu lügen. Noch nie hatte sie sich nach etwas mehr gesehnt als nach einem Wochenende ohne ihn. Auf seinem Campingplatz gab es nur beschränkten Mobilfunkzugang, und sie brauchte diese Zeit, um zu überlegen, was um Himmels willen sie tun sollte.

»Natürlich. Ihr Jungs habt bestimmt eine Menge Spaß miteinander«, sagte sie.

»Gut. Ich hole mir noch ein Bier, Mac, kommst du mit?«

»Klar. Wir sehen uns noch, Kris.« Sie nickte und sah ihnen nach, wünschte, dass Mac sich noch einmal zu ihr umdrehen und merken würde, wie sie langsam, aber sicher in Verzweiflung versank. Oder dass sie den Mut hätte, es ihm zu gestehen.

Die Party zog sich bis in den späten Abend hinein. Ryan und seine Freunde wurden von der untergehenden Sonne in einen goldenen Schein getaucht, alle so strahlend und hoffnungsvoll, noch nichts ahnend von den niederschmetternden Enttäuschungen, die das Leben für sie bereithielt. Kristy sah vom Rand aus zu und trank noch ein Glas Weißwein, während Lance weiter den Ersatzvater spielte, eine Kampfkunst-Vorführung abhielt und sich von Ryan zu Boden werfen ließ, so dass der gesamte Garten, einschließlich Pops, in Jubel ausbrach.

Es war schon fast elf, als alle sich langsam verabschiedeten. Lance hatte einen halben Kasten Budweiser und ein paar Jack-Daniel's-Shots intus, und Kristy ging davon aus, dass er schon nach oben getorkelt und ins Bett gefallen war. Als sie an der Küchenspüle stand, dachte sie daran, wie schön es immer gewesen war, mit ihm zusammen abzuwaschen. Jetzt half er ihr nicht mehr. Nicht mehr seit der Hochzeit. Der Haushalt war jetzt ihre Sache.

»Verdammt, Ryan, was ist denn in dich gefahren? Du benimmst dich wie … wie ein totales Arschloch!«

Ellas Ausbruch riss Kristy aus ihren Gedanken. Sie blickte aus dem Küchenfenster und machte im Halbdunkeln Ryan und Ella am Gartentisch aus. Sie verstand nicht, was sie sagten, aber Ryan runzelte finster die Stirn, sein Gesicht von Unmut überschattet. *Dieser Ausdruck* – es war der gleiche, den Lance immer bekam, wenn sie etwas Falsches sagte. Ryan zuckte die Achseln und starrte wieder auf sein Handy. Ella sah ihn an wie ein verletzter, Trost suchender Vogel. Als er sie weiter ignorierte, fing sie an zu weinen und rannte ins Haus.

»Hey, reg dich ab. Du führst dich auf wie eine Irre«, rief Ryan ihr nach, aber sie kam nicht zurück, und er lief ihr nicht nach. Stattdessen richtete er sein Handy auf sein nagelneues Auto und begann, Fotos zu machen.

Ella stürmte an Kristy vorbei hinunter in Ryans Zimmer. Es war, als würde sie sich selbst als Teenager sehen, mit Ryan in der Rolle von Lance. Angesichts seiner Gleichgültigkeit gegenüber Ellas Kummer platzte ihr der Kragen. Das war nicht der Junge, den sie aufgezogen hatte. So etwas würde sie, durfte sie nicht dulden. Sie riss das Fenster auf.

»Ryan, beweg deinen Hintern ins Haus, sofort!«, rief sie. Er sprang auf, hatte an ihrem Ton gemerkt, dass es um etwas Ernstes ging. Sich die Haare aus den Augen streichend, kam er herein.

»Was war das denn eben?«, fragte sie.

Ryan trat verlegen von einem Fuß auf den anderen. »Was meinst du?«

»Deine Freundin ist gerade weinend an mir vorbeigelaufen. Du hast offensichtlich etwas gesagt oder getan, das sie verstört hat.«

»Ach, sie geht mir echt auf den Nerv. Meckert den ganzen Tag an mir rum, weil ich neulich länger mit Kelly geredet habe. Wir haben uns nur über Colleges ausgetauscht. Sie überlegt, an die Ostküste zu gehen, und ich auch. Das ist alles, worüber wir gesprochen haben, aber Ella hört einfach nicht zu, und ich … ich hab's echt satt.«

»Ryan, liegt dir etwas an Ella?«

»Ja, klar, aber …«

»Dann gibt es kein Aber. Du hast sie verletzt, und jetzt musst du das wieder geradebiegen. Das machen anständige Menschen so, verstanden?«

Endlich sah sie ein Anzeichen von Beschämung: Er wurde knallrot.

»Ja, okay. Tut mir leid, Mom. Ich gehe gleich zu ihr.«

Ryan ging zur Treppe, drehte sich dann aber noch einmal um und warf die Arme um sie. Er bestand nur aus Muskeln und Sehnen, war fast schon ein Mann, aber sie betete, dass er immer ihr kleiner Junge bleiben würde.

»Das war phantastisch heute. Das Grillen, die Torte,

und ich bin immer noch ganz aus dem Häuschen wegen dem Auto. Ich hoffe, ihr beide, du und Lance, wisst, wie sehr ich das zu schätzen weiß. Vielen Dank, Mom.«

Diese wenigen Minuten mit Ryan trösteten sie beinahe darüber hinweg, dass Lance ihr die Show gestohlen hatte. Sie wollte nur noch ins Bett kriechen, in den Schlaf sinken und alles vergessen. Später hielt sie sich vor, dass sie hätte auf der Hut sein müssen. Wenn sie mit ihren Judo-Recherchen weitergemacht hätte, wenn sie früher zu trinken aufgehört hätte, wäre ihr vielleicht eher bewusst gewesen, zu was Lance fähig war. Sie sollte diesen Tag nie vergessen. Es war Ryans sechzehnter Geburtstag, und sie wurde zum ersten Mal von ihrem Mann vergewaltigt.

Elftes Kapitel

Erschöpft, übersättigt von zu viel Kuchen und Wein und frustriert von Lance' Knalleffekt und Ryans untypischem Verhalten gegenüber Ella fiel Kristy ins Bett. Lance murmelte schläfrig etwas und streckte die Hände nach ihr aus, um ihr über den Rücken und den Bauch zu streicheln, sein übliches Signal, dass er in Stimmung war.

»Lance, es war ein langer Tag.«

Er seufzte und bewegte seine Hände beharrlich an ihrem Nachthemd hinauf.

»Denkst du, ich hatte keinen langen Tag?«

»Das meine ich nicht.« Sie versuchte, sich ihm zu entziehen, doch sein Griff wurde fester.

»Du bist meine Frau, Kristy«, flüsterte Lance, aber es hätte ebenso gut ein Brüllen sein können. Er betastete sie nicht mehr sanft, sondern drückte ihr die Unterarme fest an den Körper. Das Gewicht seiner Worte und die darauffolgende Stille, endlos, unerträglich, lasteten auf ihr.

Kristy schloss die Augen und sammelte all ihre Kräfte. Lance hatte ihr schon genug gestohlen, sie würde sich nicht auch noch *das* nehmen lassen. Mit aller Macht versuchte sie, ihn wegzustoßen, riss die Hände hoch und rammte sie gegen seine muskulöse Brust, doch ihr Widerstand brachte ihn erst recht auf, goss Öl ins Feuer. Er brauchte noch nicht einmal beide Arme, um sie festzuhalten. Das war der Grund, weshalb er ihr keine Selbstverteidigung beigebracht hatte – er wollte sie hilflos.

Eindrücke aus dem Todestrakt überfluteten ihr Bewusstsein, Bilder von all den schrecklichen Momenten: sie in dem kalten, dunklen Zeugenraum, während ein Todgeweihter nach dem anderen schreiend und um sich tretend hereingeführt wurde, Clifton, der seine blutige Hand nach ihr ausstreckte, Kaplan Gohlkes leise gebetete Allerheiligenlitanei: »Herr, erbarme dich, Christus erbarme dich, Herr erbarme dich, Christus erhöre uns«.

Kristy war nicht gläubig, schon lange nicht mehr. Vor dem Tod ihrer Mutter hatte die Familie pflichtbewusst jeden Sonntag am presbyterianischen Gottesdienst teilgenommen. Danach aber hatte Pops keinen Fuß mehr in die Kirche gesetzt, mit Ausnahme ihrer Hochzeit. »Mit dem da oben hab ich nichts mehr zu schaffen«, pflegte er zu sagen.

In dieser Nacht aber sehnte sie sich nach Glauben, nach einem Zeichen, dass sie nicht vergessen worden war. Sie schrie nicht. Der Gedanke, dass Ryan und Pops sie so sehen könnten, mit dem über die Brust hochgeschobenen Nachthemd, war ihr unerträglich. Sie ließ es über sich ergehen.

Ein Grunzen und ein Stöhnen bildeten den Schlusspunkt des Abends. Lance rollte schlaff auf die Matratze und lockerte seinen Griff. Nass vor Schweiß und Befriedigung, ließ er sich in die weichen Kissen sinken.

»Eine Ehe ohne Sex kommt für mich nicht in Frage, Kristy Ann. Merk dir das«, sagte er keuchend. »Wenn da körperlich nichts mehr läuft, bricht diese Beziehung auseinander, und das will keiner von uns beiden.« Damit drehte er sich um und schlief ein. Kristy lag wach, konnte sich weder rühren noch etwas sagen vor lauter Angst, dass sie nicht mehr aufhören würde zu schreien, sobald sie den Mund aufmachte.

Liebe Ms Tucker,

vielleicht gefällt Ihnen der Artikel über Resozialisierungsprogramme, den ich beifüge. Scheint mir eine nützliche Sache zu sein. Ich glaube zwar nicht, dass die Schlipsträger oben im Kapitol etwas tun könnten, um meine eigene Situation erträglicher zu machen, aber diese Programme helfen möglicherweise Straftätern mit geringeren Freiheitsstrafen dabei, sich zu verändern. Würde gern bei unserem nächsten Treffen darüber diskutieren und Ihre Meinung hören.
Wachen Sie auch manchmal morgens auf und denken, dass heute Ihr Glückstag ist, obwohl alles dagegen spricht? Ich bin heute ein bisschen optimistischer aufgewacht. Bev hat mich gestern besucht und gute Neuigkeiten mitgebracht. Offenbar überprüft das Gericht die Beweislage, und es besteht die Chance, dass man mir ein neues Verfahren wegen mangelhafter Ermittlungen zugesteht. Ich versuche, mir keine allzu großen Hoffnungen zu machen, aber wissen Sie, Ms Tucker, an manchen Tagen ist Hoffnung alles, was einem bleibt.
Ich will Ihnen nicht zu nahe treten, aber Sie haben bei unseren letzten Treffen ein wenig bedrückt auf mich gewirkt. Es ist etwas in Ihrem Blick, das ich nicht genau benennen kann. Wenn ich down war, hat meine Mama

immer zu mir gesagt: »Cliff, wer hat dein Funkeln gestohlen?«
Möglicherweise projiziere ich nur etwas auf Sie – der Ausdruck stammt nicht von mir, ich habe ihn von Oprah. Projizieren bedeutet, seinen eigenen Kram auf jemand anderen übertragen, also lese ich vielleicht etwas hinein, das gar nicht da ist. Ich sollte mich wohl besser um meine eigenen Angelegenheiten kümmern. Aber ich hoffe, Sie bekommen Ihr Funkeln bald zurück.

Herzliche Grüße
Clifton Harris

Zwölftes Kapitel

Nach Ryans Geburtstag versuchte Kristy, mit Lance über das Vorgefallene zu reden. Er hatte eine Grenze überschritten und etwas Unsägliches getan. Etwas, das sie immer noch nicht richtig fassen konnte. Doch Lance wollte nicht einmal einräumen, dass es ein Problem gab, und das machte die Situation noch unerträglicher. Nach allem, was sie über Fälle von häuslicher Gewalt gelesen hatte, entschuldigte sich der Täter meistens hinterher. Lance jedoch nicht. Nie. Es tat ihm nichts leid, er gab nichts zu, mit keiner Silbe. Als wären seine Bestrafungen Teil einer geheimen Klausel im Ehevertrag, die Kristy unwissentlich unterschrieben hatte.

Sie hatte immer noch die Karte von Officer Martin, dem netten Jungen von dem Abend auf dem Parkplatz des Chili's. Lance' Übergriffe und seine Weigerung, auch nur ansatzweise darüber zu sprechen, waren verheerend, aber bevor sie ihn anzeigte, wollte sie herausfinden, was auf sie zukam, welche Möglichkeiten sie hatte. Sie musste sich und ihre Familie schützen.

Eines Morgens wachte sie klarer und entschlossener auf denn je. Sie rief bei der Polizeiwache von Conroe an und fragte, ob Officer Martin im Dienst sei, und die Frau am

Telefon sagte, er komme um zehn. Jetzt musste sie nur noch ihren Arbeitstag bewältigen, dann würde sie den ersten Schritt dazu tun, ihr Leben wieder in den Griff zu kriegen.

Ihr erster Tagesordnungspunkt war ein Besuch im Mountain-View-Gefängnis in Gatesville, in dem die wenigen zum Tode verurteilten weiblichen Häftlinge einsaßen. Die Fahrt dorthin dauerte dreieinhalb Stunden, so dass sie genug Zeit zum Nachdenken hatte. Die Frauen im Todestrakt mieden die Medienaufmerksamkeit im Allgemeinen. Sie hatten sich wie ihre männlichen Gegenparts furchtbarer Verbrechen schuldig gemacht, doch der Staat verurteilte Frauen sehr viel seltener zum Tod, weshalb es derzeit nur vier weibliche Todeskandidaten in Texas gab. Eine hatte ihren Freund und dessen Mutter in einem von Crystal Meth befeuerten Tobsuchtsanfall getötet und auf beide siebzig Mal eingestochen. Eine andere hatte dabei geholfen, zwei junge Studentinnen zu belauern, zu vergewaltigen und zu ermorden. Die Dritte hatte ihren Mann und dessen Liebhaber in eifersüchtiger Raserei erschossen. Kristy traf sich heute mit der vierten Frau, Pamela Whitaker, die ihren Ehemann ermordet hatte und in zwei Wochen sterben sollte, die erste Frau in Texas nach fast fünfundzwanzig Jahren.

Pamela hatte trotz des enormen öffentlichen Interesses an ihrem Fall nie ein Interview gegeben. Sie war in den frühen Achtzigern in die Schlagzeilen gekommen, als ihr Mann, Roger Whitaker, ein angesehener Kinderarzt in San Antonio, auf einmal vermisst wurde. Einige Wochen später wurden seine zerstückelten Überreste in diversen Müllcontainern im südlichen Teil des Staates gefunden. Die Ermittlungsbehörden brachten in Erfahrung, dass Pamelas und Rogers glückliche Ehe nur Fassade gewesen war. Pamela hatte ihren Mann mit einem Baseballschläger erschlagen, seine Leiche in der Garage zersägt und die Teile einzeln in der Nähe der mexikanischen Grenze entsorgt. Dabei war sie von einer Überwachungskamera erfasst worden, was ihr Schicksal besiegelt hatte. Dennoch lehnte sie alle strafmindernden Angebote ab. Sie gab nicht einmal ein Motiv an, so dass ihre Anwälte gezwungen waren, auf vorübergehende Unzurechnungsfähigkeit zu plädieren. Die Geschworenen kauften ihnen das nicht ab, und nun, nach all den Jahren, stand ihre Hinrichtung kurz bevor.

»Ich werde ein erstes und letztes Interview geben, und das war's«, sagte Pamela hinter der Glastrennwand. Sie war inzwischen Ende sechzig. Einst eine schöne Frau, die sich wöchentliche Spa-Behandlungen und fünfmal die Woche einen Personal Trainer gegönnt hatte, sah sie nun plump und vernachlässigt aus, mit grauen, strähnigen Haaren und einem gelblichen Teint, der von einer unbehandelten chronischen Rosacea und entzündlichen Ekzemen rotfleckig war.

»Das kann ich arrangieren«, sagte Kristy. »Es gibt eine lange Liste von Interessenten.«

»Die mit den höchsten Einschaltquoten, die will ich.«

»Gut. Ich gehe alle Anfragen mit Ihnen durch, dann können Sie entscheiden, wem Sie den Vorzug geben.«

»Ich will das Interview am Tag vor der Hinrichtung machen, und es muss zur besten Sendezeit sein.«

»Ich werde mich dafür einsetzen, dass es klappt.«

Pamela nickte und sah kurz zu dem in der Nähe stehenden Aufseher hin.

»Ich habe Richard umgebracht, und ich würde es wieder tun«, sagte sie tonlos.

Kristy rutschte auf ihrem Stuhl herum, sie fühlte sich auf einmal sehr unbehaglich. »Ich sollte jetzt gehen«, sagte sie und wollte den Hörer auflegen.

»Warten Sie! Gehen Sie bitte noch nicht. Ich möchte es Ihnen erklären. Ich hab noch nie zuvor über den Mord gesprochen, aber ich will mit einem reinen Gewissen ins Grab gehen. Verstehen Sie, Roger hat mich oft geschlagen und mich so schlimm beschimpft, wie ein Mann seine Frau niemals beschimpfen sollte. Ich wollte mich von ihm trennen, aber das hätte Dr. Roger Whitaker niemals zugelassen. ›Es würde keinen guten Eindruck machen‹, sagte er, ›wenn ein Mann in meiner Position geschieden wäre. Die Nachbarn könnten reden.‹ Eines Tages, nach einer besonders üblen ›Auseinandersetzung‹, sagte ich, dass ich zur Polizei gehen und alles sagen würde. Ich würde den Beamten zeigen, was er getan hatte. Er lachte nur. ›Ich habe ihre Kinder gerettet, Pammy. Ihr eigen Fleisch und Blut. Meinst du, die interessieren sich für das Gejammer einer Hausfrau?‹«

»Aber irgendwem hätten Sie es doch erzählen können«, sagte Kristy und dachte an Officer Martins Karte in ihrer Hosentasche. Pamela schüttelte lächelnd den Kopf, beinahe amüsiert über ihre Naivität.

»Tja, das glaubte ich auch. Beim nächsten Mal, als er die Beherrschung verlor und meinen Kopf auf die Arbeitsplatte in der Küche knallte, ging ich zur Polizei. Mit Bedacht zu einem Beamten, von dem ich wusste, dass Roger ihn nicht kannte, aber irgendwer musste mich dort gesehen und herumtelefoniert haben. San Antonio ist immer noch eine kleine Stadt, in der jeder jeden kennt. Jedenfalls – wer kommt hereinspaziert? Allen Sabrio, einer von Rogers ältesten Freunden, sein Trauzeuge bei unserer Hochzeit und Captain bei der Polizei. Er setzt sich mir gegenüber und tätschelt mir das Bein, als wäre ich ein Deutscher Schäferhund, den er mit ein paar freundlichen Klapsen gefügig machen kann. ›Pam, du dramatisierst das, alle Paare streiten sich mal.‹ Ich hab versucht, ihm meine Blutergüsse zu zeigen, aber er wollte nichts davon wissen. ›Roger ist ein guter Mann. Was auch passiert ist, ihr beide kriegt das wieder hin. Geh nach Hause und sprich dich mit ihm aus.‹«

Pamela schnaubte abfällig. Kristy wollte sie einerseits bitten aufzuhören, hatte andererseits aber noch nie ihre Sicht der Ereignisse gehört. Die Frau war immer als Lügnerin, als schwarze Witwe dargestellt worden. Mit ihrem typisch amerikanischen guten Aussehen hatte sie sich einen erfolgreichen Arzt geangelt, und das hatten die Medien und die Staatsanwaltschaft ihr dann zur Last gelegt.

»Roger war nie groß für Aussprachen zu haben, das kann ich Ihnen sagen. Noch am selben Abend hat er mich dafür büßen lassen. Als ich am nächsten Morgen aufgewacht bin, hab ich mir gesagt, scheiß drauf. Ich hatte ein paar Tausend in bar zusammengespart und die Adresse und Telefonnummer einer alten Studienkollegin in Arizona. Die Jungen waren noch klein, und ich war sicher, dass wir einen Neuanfang schaffen konnten. Ich ließ sie bei einer Freundin, während ich das Nötigste zusammenpackte. Roger war in unseren fünf Ehejahren nie unerwartet früher nach Hause gekommen – bis zu diesem Nachmittag. Er muss gerochen haben, dass ich abhauen wollte. Er kam ins Schlafzimmer gestürmt, beschimpfte mich wie üblich, stieß mich herum, bedrohte mich. Irgendwann nahm er den Kerzenleuchter aus Messing, den wir zur Hochzeit bekommen hatten, und ging damit auf mich los. Er hätte mich umgebracht. Ich bin ihm nur zuvorgekommen.«

Pamela machte eine Pause und lachte bitter. »Wenn ich das wirklich geplant hätte, meinen Sie, ich wäre so nachlässig gewesen? Aber in den Augen des Gerichts zählte Roger nun mal mehr, weil er ein Mann war und noch dazu Arzt. Und ich? Ich war zu attraktiv, zu starrsinnig. Aber ich bereue es nicht, ihn umgebracht zu haben. Habe ich nie. Roger war ein verdammter Sadist. Letztlich hatte ich keine andere Wahl.«

Kristy konnte ihr nicht in die Augen sehen aus Angst, ein Stück von sich selbst darin gespiegelt zu finden. Sie dankte Pamela für ihre Zeit, versprach, sich um das Interview zu kümmern, und verließ eilig das Gefängnis. Im Pick-up umklammerte sie das Lenkrad und redete sich gut zu, den Motor anzulassen und zur Polizeiwache zu fahren. Keine Beweise. Ihr Wort gegen das von Lance. Er war so charmant, ein so geschickter Lügner, niemand würde ihr glauben, und seine Rache, weil sie den Mund aufgemacht hatte, wäre gnadenlos. Bei all ihren kühnen Vorsätzen am Morgen verließ sie nun der Mut. Sie knüllte Officer Martins Visitenkarte zusammen und warf sie beim Losfahren aus dem Fenster, sah, wie sie vom Wind davongewirbelt wurde.

Zwei Wochen später ging Pamelas Interview mit Barbara Walters über den Sender. Barbara hatte extra ihren Ruhestand für dieses Gespräch unterbrochen, ein Quoten-Highlight, bei dem Pamela genau das berichtete, was sie Kristy erzählt hatte. Am Tag darauf wurde sie zum Hinrichtungsraum geführt und auf die Bahre geschnallt. Ihre Söhne Harrison und Micah standen neben Kristy, zwei Riesenkerle von Ende dreißig, die zu weinen begannen, sobald sie ihre Mutter sahen. Sie hatten nie in ihrer Loyalität zu ihr geschwankt, hatten ihre Tat nie verurteilt. Bei dem Interview mit Barbara Walters gab Pamelas ältester Sohn an, der Polizei von den Misshandlungen des Vaters berichtet, aber kein Gehör gefunden zu haben. »Es interessierte sie einfach nicht«, sagte Micah immer wieder. Seine Mutter selbst habe sich geweigert, den Behörden davon zu erzählen. »Sie war schon während ihrer ganzen Ehe das Opfer und wollte es nicht noch in den Augen der Welt sein.«

Als ihre letzten Minuten verstrichen, blickte Pamela durch die Glasscheibe und sagte: »Ich liebe euch Jungen mehr, als ihr euch vorstellen könnt.« Der Direktor gab das Zeichen, und das Gift wurde in den Infusionsschlauch in ihrem Arm injiziert. Pamela schloss die Augen, und dann war nur noch Stille. Vier Minuten und elf Sekunden später war sie tot.

Ihr Tod ging Kristy noch tagelang nach. Sie verstand inzwischen nur zu gut, wie es war, mit jemandem zusammen zu sein, den alle anderen verehrten. Nicht nur Pops und Ryan huldigten am Altar von Lance, sondern auch die Frischvermählten, denen er half, ein Eigenheim zu erwerben; der Stadtverordnete, der ihm dankbar war, weil er einen Bauinspektor mit einer Charmeoffensive dazu gebracht hatte, eine Baugenehmigung voranzutreiben; und nicht zuletzt Mac, der ständig Textnachrichten schrieb, in denen er sich erkundigte, wie es Lance gehe, und fragte, wann sie mal wieder alle zusammen ausgingen.

Bald waren Kristys einzige Lichtblicke die Briefe von Clifton und ihre Besuche bei ihm. Das war verrückt, und sie gestand sich das auch ein, aber beim Zusammensein mit ihm empfand sie so etwas wie Normalität, auch wenn ihre beider Lebensumstände alles andere als normal waren. Er hatte ihr Angebot angenommen und schrieb ihr jede Woche einen Brief, schilderte seinen Gefängnisalltag, die Routineabläufe und das Essen, das nie warm und immer grau war. Frisches Obst und Gemüse in großen Mengen waren teuer, weshalb die Häftlinge selten bis nie welches bekamen. Clifton träumte von Apfelplantagen bis zum Horizont, wo er die Früchte direkt von den Bäumen pflücken konnte.

Sie stellte ihm Fragen über seine Heimat, den Ort, wo er aufgewachsen war – eine alte Familienfarm in Bastrop –, und er erzählte ihr Geschichten darüber. Wiederholt erkundigte er sich nach ihrem Wohlbefinden.

»Sagen Sie, Ma'am, geht es Ihnen wirklich gut?«

Sie wich dann lächelnd aus. »Mein Funkeln ist noch da, es muss nur ein bisschen aufpoliert werden«, sagte sie und wechselte das Thema. Diese Besuche waren eine Auszeit für sie, in der sie vor Lance geschützt war.

Doch als sie Clifton wieder einmal gegenübersaß, rückte sie unversehens mit der Wahrheit heraus.

»Ms Tucker, darf ich Ihnen eine persönliche Frage stellen?«

Kristy hätte verneinen sollen. So etwas war unangemessen, und die Gefängnisvorschriften untersagten es strikt. Andererseits hatte sie die Regeln schon umgangen, indem sie Cliftons Interviews immer als erste oder als letzte ansetzte, damit sie mehr Zeit mit ihm hatte, und sie wollte jetzt keinen Rückzieher machen.

»Okay«, sagte sie zögerlich.

»Es geht mich nichts an, aber wie lange machen Sie das schon mit?«, fragte Clifton sanft und zeigte auf ihre Stirn. Verdutzt tastete sie nach der Stelle am Kopf, die sie so sorgfältig mit Concealer abgedeckt hatte. Lance' Misshandlungen waren von Anfang an überlegt und gezielt gewesen, damit nach außen hin nichts sichtbar wurde. Ihr Oberkörper war sein beliebtestes Angriffsziel, dann ihre Beine, ihr Rücken. Doch an diesem Morgen war sie unvorsichtig gewesen und er auch.

»Was ist dir eigentlich für eine Laus über die Leber gelaufen?«, hatte Lance gefragt, als sie sich gerade anzog.

»Gar keine«, antwortete sie, was natürlich nicht stimmte. Sie schlief seit Monaten nicht richtig und konnte kaum essen. Seine ständigen Aggressionen machten sie fertig.

»Dann hör auf, ständig so ein langes Gesicht zu machen.«

»Lance, ich …«, begann sie, aber da kam schon seine Hand auf sie zugeschossen. Er packte sie an den Haaren und riss sie zu sich, um seinen Worten Nachdruck zu verleihen, und dabei traf er sie mit dem Ehering voll über der linken Augenbraue.

»Ich hab keine Lust, dass meine Frau hier ständig so eine Fresse zieht. Das ist nicht attraktiv«, sagte er, bevor er nach unten ging.

Kristy überlegte sich ein halbes Dutzend Ausreden, während sie ihr Make-up auftrug. Sie rechnete damit, dass Pops und Ryan fragten, was passiert sei, doch die beiden achteten kaum auf sie, waren wieder ganz gebannt von Lance' Anekdoten. Manchmal befürchtete sie, einfach zu verschwinden, sich in Luft aufzulösen, ohne dass jemand es bemerkte.

Bei ihrer Ankunft im Polunsky-Gefängnis hatte sie die Luft angehalten und darauf gewartet, dass Bruce oder die Direktorin eine Bemerkung machten, aber niemand hatte etwas gesagt. Wieso hatte Clifton es also bemerkt?

»Ist nicht weiter schlimm. Ein kleiner Unfall, als ich heute Morgen aus der Dusche gestiegen bin«, schwindelte sie mit kieksiger Stimme.

»Durch ein Schmuckstück verursacht, stimmt's? Einen Ring, vermute ich. Es ist mir aufgefallen, als Sie sich vorhin kurz an die Stirn gefasst haben. Ich hab auch gesehen, wie Sie beim Hinsetzen vor Schmerz das Gesicht verzogen haben. Ihre Rippen sind geprellt, nicht wahr? Deshalb haben Sie Ihr Funkeln verloren. Jemand schlägt Sie, und das wahrscheinlich schon länger.«

Kristy sah sich um, ob auch niemand zuhörte. In manchen Kabinen gab es Aufzeichnungsgeräte, doch das in dieser funktionierte schon seit Jahren nicht mehr.

»Ich weiß nicht, wovon Sie reden«, wich sie erneut aus. Cliftons Blick war sanft und verständnisvoll.

»Hören Sie, ich bin ein Niemand hier. Weniger als ein Niemand, würden manche sagen. Aber ich weiß, wie es ist, von jemandem, den man liebt, verprügelt zu werden. Ich habe jahrelang zusehen müssen, wie mein Dad meine Mama verdroschen hat. Als ich älter wurde, kriegte ich es ab. Er hat mich mit den Fäusten bearbeitet, weil ich ihn schief angesehen hatte oder zu laut kaute oder einfach nur, weil es mich gab. Sie waren für mich da, Ms Tucker, als ich auf dem Tiefpunkt war, und ich möchte Ihnen sagen, dass ich nun für Sie da bin. Was da auch vor sich geht, Sie sind nicht allein.«

Etwas Ähnliches hatte sie vor Monaten zu ihm gesagt, erinnerte sich Kristy. Sie dachte daran, den Hörer aufzuhängen und zu gehen, aber sie war dabei, unter der Last des Schweigens zu ersticken, es brachte sie langsam um. Deshalb, nur deshalb, rechtfertigte sie sich vor sich selbst, würde sie diesem verurteilten Mörder ihr beschämendstes, dunkelstes Geheimnis anvertrauen.

»Es … es ist mein Mann, Lance. Er tut mir weh. Was er mit mir macht … Das meiste davon ist nicht zu sehen. Aber die Blutergüsse und Schwellungen sind da. Das Schlimmste sind nicht die Schmerzen, sondern dass ich nie weiß, wann er wieder zuschlägt. Überhaupt weiß ich nicht, warum er es tut. Ich weiß nie …«

Kristys Gesicht blieb ausdruckslos. Diese Kunst hatte sie gemeistert, aber sie hörte die Verzweiflung, das Flehende in ihrer Stimme. Dennoch fuhr sie fort, wenn auch nur flüsternd.

»Mein Sohn … er ist mein Ein und Alles. Und mein Vater ist schwerkrank. Sie können Lance nicht durchschauen, sie wissen nichts von alledem. Er hat sie eingewickelt, er hat alle eingewickelt und ihnen weisgemacht, dass er ein freundlicher, anständiger Kerl ist, aber das stimmt nicht … Ich weiß nicht mehr, was er ist. Ich versuche, mich zusammenzureißen, sage mir immer wieder, dass alles gut wird, aber ich bin … Gott, ich habe solche …«

»Sie haben Angst.«

Kristy nickte. »Es ist einfach … Ich wusste mir immer zu helfen. Ich war immer tüchtig und habe alles gemanagt. Und ich habe ihn … ich meine, ich liebe ihn, aber inzwischen … Ich … ich weiß einfach nicht, was ich tun soll.«

Clifton räusperte sich, schien seine Antwort sorgfältig abzuwägen.

»Ich weiß es auch nicht«, sagte er. »Aber wenn Sie wirklich keinen Ausweg mehr sehen, gibt es Leute hier drin, die eventuell einen wüssten.«

Dreizehntes Kapitel

Es dauerte einen Moment, ehe sie begriff, was Clifton da sagte. Sie starrte ihn ungläubig an, auf der Suche nach einer anderen Erklärung. Er sah ihren betroffenen Ausdruck und beugte sich zu ihr vor, schüttelte nachdrücklich den Kopf.

»Ms Tucker, es tut mir leid. Ich selbst wüsste nicht, wie man so etwas macht, das schwöre ich bei Gott. Aber es gibt Jungs hier drin, die es könnten oder jedenfalls die richtigen Leute kennen.«

»Sie meinen, jemanden anheuern? Verstehe ich Sie da richtig?«, flüsterte Kristy, obwohl eine Stimme in ihrem Kopf schrie: *Hör auf, Kristy! Hör auf, Fragen zu stellen, auf die du keine Antwort wissen willst!* Sie dachte an das Messer, mit dem sie Ryans Geburtstagstorte angeschnitten hatte, wie es in ihrer Hand gelegen hatte. Doch das war nur ein aufflackernder Impuls gewesen, eine von diesen furchtbaren Phantasien, die man manchmal hat, so wie wenn man bei einer Beerdigung lacht oder überlegt, was passieren würde, wenn man an einem Zebrastreifen den Fuß von der Bremse nähme, während gerade jemand hinübergeht. Ein Defekt im Gehirn, der Teufel auf der Schulter, der einem einflüstert, etwas Schreckliches zu tun.

»Ich will nur sagen, dass ich alles tun würde, um meine Familie zu beschützen, wenn ich die Zeit zurückdrehen könnte. Ungeachtet der Folgen«, erklärte Clifton.

»Es wird besser werden. Er wird sich ändern«, sagte sie.

»Meiner Erfahrung nach nicht. Mein Dad hat meine Mama jahrelang verprügelt und auch uns Kinder. Ich weiß, das hört sich jetzt idiotisch an, aber wenn man die Situation meiner Mutter bedenkt, ging es ihr eigentlich nicht besser als mir hier drin. Ständig musste sie auf der Hut sein, ständig versuchen, jedes Wort, jede Bewegung vorauszuahnen; sie wusste nie, was er als Nächstes sagen oder tun würde. Das zehrt an einem. Es zerstört einen. Wenn ein Mann einer Frau so etwas antut, nimmt er ihr die Freiheit. Sie kann nie frei sein.«

Jeden Tag hörte Kristy Leute über Freiheit sprechen. Häftlinge prahlten nach dem Erhalt des Bescheids mit ihrem Entlassungstag und wie sie den feiern würden. Reporter fragten sie über den Hafturlaub eines Gefangenen aus, wollten wissen, ob er noch eine potenzielle Gefahr darstellte. Tagein, tagaus kämpften die Menschen hinter diesen Mauern für ihre Freiheit, kämpften für ihre Würde, kämpften darum, gehört zu werden. Kristy dagegen hatte aufgehört zu kämpfen. Sie musste das Heft wieder in die Hand nehmen – aber nicht so, wie Clifton es angedeutet hatte. Das konnte sie nicht tun.

»Ich weiß Ihre Besorgnis zu schätzen, aber ich kriege das schon hin«, sagte sie.

»Natürlich, Ms Tucker. Es tut mir leid, ich weiß nicht, was mich da geritten hat. Sie kamen mir nur einfach so verloren vor …« Clifton unterbrach sich. »Wenn Sie mich anzeigen müssen, verstehe ich das.«

Sie dachte nicht daran. Was sollte sie der Direktorin auch sagen? »Also, ich habe mit Clifton Harris über mein Privatleben gesprochen, über meinen gewalttätigen Ehemann, und er hat vorgeschlagen, dass ich ihn beseitigen lasse?« Nein. Sie würde das niemandem gegenüber erwähnen.

»Ist schon gut, Clifton. Ich werde nichts sagen, aber ich muss jetzt gehen.«

»Warten Sie, Ms Tucker, bitte!«

Kristy legte auf und drehte sich nicht mehr um. Sie ließ sich nichts anmerken, verabschiedete sich von den Wärtern und der Direktorin und versuchte, das Endlosband in ihrem Kopf zu stoppen, das ständig Cliftons Frage wiederholte oder die Befürchtung, dass das Aufnahmegerät in dem Raum repariert worden war und bald jemand hinter ihr schändliches Geheimnis kommen würde. Sie stieg in ihren Pick-up und fuhr über den Highway, sauste am Gefängnis und den Wachen vorbei und bemühte sich, das leise, tiefe Murmeln von Cliftons Vorschlag auszublenden. Die Tränen liefen ihr übers Gesicht, und ihre Hände zitterten so stark, dass sie rechts ranfahren musste. Sie nahm eine Schachtel Streichhölzer aus der Mittelkonsole und zündete sorgsam die Marlboro Light an, die sie von dem Wachmann am Tor geschnorrt hatte. Nachdem Lance ihr seine strikten Ansichten über das Rauchen deutlich gemacht hatte, hatte sie ihr Notpäckchen weggeworfen. Gott behüte, dass er es fand und sie zur Rede stellte. Sie würde auf dem Heimweg bei einem 7-Eleven Halt machen müssen, um Kaugummi zu kaufen und sich mit Parfüm einzusprühen, aber der Nikotinflash beruhigte ihre aufgeriebenen Nerven. Immer wieder ging sie ihr Gespräch mit Clifton durch. Sie dachte an den Abend auf dem Parkplatz zurück, an das Wort »Mörder« auf ihrem Wagen, einer prophetischen Warnung gleich. Was passierte mit ihr? Jemand hatte sie als Mörderin bezeichnet, und jetzt setzte ihr Clifton so etwas in den Kopf. Da hatte sie die ganze Zeit dazu geneigt, ihn für unschuldig zu halten, und dann musste er so etwas sagen. Und wenn er seine Kinder doch umgebracht hatte und das jetzt so eine Art hinterhältige Manipulation war? Sie hatte schon so einige Geschichten über Beziehungen zwischen Häftlingen und Gefängnispersonal gehört. Gerade erst letztes Jahr hatte ein Aufseher im Lockhart-Gefängnis eine Gefangene geschwängert und einen gewieften Plan ausgeheckt, um ihr zur Flucht zu verhelfen. Zum Pech für die beiden hatte die Zellengenossin der Frau sie verraten. Der Aufseher bekam fünf Jahre und verlor sein Haus, seine Frau, seine Kinder. Kristy war bereits auf einen Heuchler hereingefallen und würde den Fehler nicht noch einmal begehen. Sie zog noch einmal an der Zigarette und drückte sie dann aus, um nach Hause zu fahren und es wieder mit Lance aufzunehmen. Es war unvorstellbar für sie, jemandem das Leben zu nehmen, und dennoch nagten Cliftons Worte an ihr, der Gedanke, ewig als Lance' Gefangene leben zu müssen.

Du kannst nie frei sein. Du kannst nie frei sein. Du kannst nie frei sein.

Liebe Ms Tucker,

es ist gut möglich, dass Sie diesen Brief gar nicht lesen. Vielleicht lesen Sie ihn auch und denken, der Staatsanwalt hatte recht, Clifton Harris ist eine Schande für die Menschheit, ein Monster, das nicht gerettet werden kann. Aber da irren Sie sich. Alle irren sich. Ich denke immer wieder an unser Gespräch und daran, wie schockierend das für Sie gewesen sein muss, was ich gesagt habe. Ich bin kein Heiliger, aber auch kein Mörder. Rückblickend ist es sogar zu verstehen, warum man mich als einen hinstellen konnte. Mir ist immer alles zugeflogen, Schule, Sport, Mädchen. Ich hatte jede Menge Charme, und darauf verließ ich mich. Es machte mich faul und selbstgefällig. Ich wollte Footballspieler werden, trainierte aber nicht hart genug. Landete schließlich in einem Büro, wo ich Versicherungen verkaufte. Wie ich diesen Job hasste, er war selbst an den besten Tagen nervtötend. Ich machte ihn halbherzig, konnte meine Kollegen kaum ertragen. Ich schummelte, wo ich konnte, und beanspruchte die Erfolge anderer für mich. Mein Versagen als Ehemann ist ja bekannt. Ich habe Janice belogen und betrogen, habe sämtliche Eheversprechen gebrochen. Jeder, der meinen Prozess verfolgt hat, weiß das. Ich war ein mieser Angestellter und ein mieser Ehemann, aber ich habe meine Kinder geliebt. Gott, wie mir jemand so eine entsetzliche Tat zutrauen kann, ist mir immer noch unbegreiflich. Und dann gehe ich her und sage so etwas Dummes, und jetzt denken Sie, dass die anderen recht hatten, dass sie mich richtig beurteilt haben. Aber das stimmt nicht, ich schwöre es Ihnen, Ms Tucker. Mir bleibt nur noch, Sie um Verzeihung zu bitten. Ich kann Ihnen gar nicht sagen, wie sehr ich mich immer auf Ihre Besuche freue. Es gibt Wochen, da sind sie das Einzige, worauf ich mich freuen kann.

Hochachtungsvoll
Clifton

Vierzehntes Kapitel

Der Kampf in Kristys Kopf ging noch eine ganze Woche lang weiter.

Er treibt sein Spiel mit dir.

Nein, er will dir nur helfen.

Du fällst schon wieder auf einen Betrüger herein. Hör nicht auf ihn.

Sie dachte daran, die Durchführung des Medientags bis zu Cliftons angesetzter Hinrichtung in ein paar Monaten Carmen zu übertragen, entwarf sogar eine E-Mail an sie, in der sie fragte, ob sie diese Verantwortung übernehmen wolle. Doch dann brachte sie es nicht über sich. Nicht nur Clifton bedeuteten diese Besuche viel. So traurig es klang, er war derzeit ihr einziger Freund, der einzige Mensch, mit dem sie über Lance und ihre ausweglose Situation sprechen konnte. Als sie am Mittwoch darauf wieder ins Polunsky kam und den Hörer nahm, sah Clifton sie mit seinen müden Augen gespannt an.

»Es ist alles gut, Clifton. Es ist alles in Ordnung.«

Seine Schultern sackten vor Erleichterung herab, und seine Augen begannen zu leuchten.

»Ich bin so froh, das zu hören, Ma'am. Ich hab ein paar schlaflose Nächte deswegen verbracht.«

»Ich hätte es niemandem gesagt«, erwiderte sie sanft, wohl wissend, dass sie gegen ein halbes Dutzend Vorschriften verstieß, indem sie Cliftons Angebot für sich behielt.

»Ach, das ist mir egal. Ich meine, was hab ich schon zu verlieren? Zweimal können sie mich nicht hinrichten. Aber ich wollte nicht, dass Sie sich in Schwierigkeiten bringen.«

Kristy stieß ein bitteres Lachen aus.

»Schlimmer kann es kaum kommen, würde ich sagen.«

Clifton seufzte und nahm den Hörer anders.

»Darf ich ganz offen zu Ihnen sein, Ms Tucker?«, fragte er.

»Bitte«, sagte sie.

»Es könnte noch sehr viel schlimmer kommen. Meinen Sie, ich hätte auch nur die leiseste Ahnung gehabt, dass ich mal hinter Gittern enden würde, als ich Janice kennenlernte? Sicher nicht. Als ich sie in meinem ersten Studienjahr auf dem Campus sah, war ich hin und weg. Mann, sie war das hübscheste Mädchen an der Texas Tech University. Obendrein hatte sie einen frechen Humor und kümmerte sich einen Dreck um den rassistischen Müll, den die Leute von sich gaben. Sie ging händchenhaltend mit mir in jede Bar, jedes Restaurant, und das Geglotze und Getuschel waren ihr völlig egal. Natürlich hab ich mich Hals über Kopf in sie verliebt.«

Kristy dachte an die erste Zeit mit Lance, während Clifton fortfuhr.

»Tatsache ist, dass wir nie richtig zueinander gepasst haben. Wir haben uns ständig gestritten, uns wegen irgendwas in die Wolle gekriegt. Aber ich hab das nicht ernst genommen, wohl auch, weil ich zu der Welt und dem Leben, das sie verkörperte, gehören wollte. Sie war so anders als ich. Ihr selbstbewusstes Auftreten, ihre Aufmachung, immer in so hübschen, bunten Sommerkleidern, die Haare perfekt gestylt. Ich war in einer bettelarmen Familie aufgewachsen, aber Janice hatte alles. Eltern, die sich nach fünfundzwanzig Jahren Ehe immer noch mochten, ein großes Haus mit Swimmingpool, alles, was sie wollte. Zu ihrem sechzehnten Geburtstag hatte sie einen Mustang bekommen, zu ihrem achtzehnten eine Reise nach Rom. Sie spielte bei jeder Theatervorführung in der Highschool die Hauptrolle und gewann Preise bei Schauspielwettbewerben. Zum Spaß redete sie manchmal davon, nach Hollywood zu gehen. Dann sagte ich: ›Gib mir Bescheid, wenn's losgeht. Ich würde mich verdammt gut auf der Kinoleinwand machen.‹ Wir lachten dann und spielten Szenen aus *Titanic* oder *Dirty Dancing* nach. So Dialoge wie ›Ich werde es nie vergessen‹ oder ›Mein Baby gehört zu mir‹. Aber das war nur so Gerede. Sie war im Herzen ein Kleinstadtmädchen und ich ein Junge vom Land. Wir hatten uns im ersten Studienjahr ineinander verliebt, gingen im zweiten fest miteinander, und im letzten machte ich ihr einen Heiratsantrag. Sie wollte ein einfaches Leben, und ich war bereit, ihr das zu geben.«

Clifton legte eine Pause ein. »Ich will Sie nicht langweilen«, sagte er, »aber ich möchte Ihnen etwas klarmachen.«

»Erzählen Sie weiter«, antwortete Kristy, die an seinen Lippen hing.

»Wir wollten Kinder, versuchten schwanger zu werden, und ich kann Ihnen sagen, das ist verflucht harte Arbeit. Wir haben sechs Jahre gebraucht. Das erste Baby haben wir nach zehn Wochen verloren. Man nennt das ›Fehlgeburt‹. Schrecklicher Ausdruck, nicht wahr? Als wäre es die eigene Schuld, ein persönliches Versagen. Ich ging abends mit dem Gedanken schlafen, dass ich bald Vater würde, und wachte dann von einem Krachen auf. Fand Janice ohnmächtig auf dem Badezimmerboden. Sie blutete so stark, dass ich dachte, ich würde sie verlieren. Ich hatte eine Scheißangst. Ich rief den Notarzt, und sie wurde mit Blaulicht ins Krankenhaus gefahren. Kaum vierundzwanzig Stunden später war unser Baby tot. Es war noch kein richtiges Baby, meinte der Arzt. Wäre zu früh gestorben, um schon ein echter Mensch zu sein. Janice sah das anders. All die Veränderungen an ihrem Körper hatten sich verdammt echt angefühlt. Danach wurde sie besessen davon, ein Kind zu bekommen. Sie hatte vier weitere Fehlgeburten. Darüber hat niemand ein Wort verloren bei meinem Prozess. Das waren auch meine Kinder, und ich habe jedes einzelne davon betrauert. Janice dagegen tat, als wären sie nie passiert.«

Clifton unterbrach sich wieder, schloss kurz die Augen.

»Als wir Rosie bekamen, waren wir schon dreißig. Michael wurde drei Jahre später geboren. Es stand nicht gut zwischen uns, aber das wissen Sie ja aus dem Prozess. Die anderen Frauen haben mir nichts bedeutet. Wirklich nicht. Ich wollte nur manchmal dem ganzen Druck entkommen, den Thermometern und Tests zur Vorhersage des

Eisprungs und dem ›Sollen wir es stehend machen oder liegend oder in der Dusche?‹ Ab und zu wollte ich einfach nur Spaß haben beim Sex. Sie haben selbst ein Kind, Sie wissen, dass die ersten Jahre schwer sind. Kleine Kinder nehmen genauso viel, wie sie geben. Wir fielen abends todmüde ins Bett, zwei erschöpfte Fremde, aber selbst wenn unsere Ehe auf der Kippe stand, hörten wir nie auf, uns am Wunder unserer Kinder zu erfreuen. Und dann waren sie plötzlich fort.« Clifton hustete, versuchte, seine Gefühle im Zaum zu halten. »Und Janice auch. Ich weiß nicht mehr, wer diese Frau ist, die mich im Gerichtssaal so böse angestarrt hat, die im Fernsehen diese Geschichten über meine Zornesausbrüche verbreitet hat. Manchmal liege ich nachts wach und denke über unser gemeinsames Leben nach. War irgendetwas davon echt? Habe ich mir die guten Zeiten nur eingebildet? Ich weiß es nicht. Aber wissen Sie, was mir inzwischen klar ist?« Clifton holte tief Luft.

»Nein. Was denn?«

»Wenn ich gewusst hätte, zu was sie fähig ist, was sie Rosie und Mikey und auch mir antun würde – wenn ich sie rechtzeitig durchschaut hätte, hätte ich das Miststück eigenhändig ermordet.«

Kristy drehte sich der Magen um. Erschüttert ließ sie sich gegen die Stuhllehne sinken.

»Janice war es? Ihre Frau? Das glaube ich nicht. Unmöglich. Keine Mutter würde je …« Clifton unterbrach sie, wurde lauter vor Erregung.

»Wirklich nicht? Ich bin mir nicht sicher. Ich habe alle Warnzeichen ignoriert, Janice' Drohungen, ihre Verbitterung, weil ich so in die Kinder vernarrt war. Wussten Sie, dass sie in der Highschool mal in der Psychiatrie war, weil sie einer Klassenkameradin damit gedroht hatte, ihr die Kehle durchzuschneiden? Ihre Eltern sorgten dafür, dass die Krankenakte unter Verschluss gehalten wurde, aber ich bin trotzdem rangekommen. Einer ihrer Ärzte schrieb sogar, sie wäre krankhaft fasziniert von Feuer.«

»Aber sie hatte ein Alibi, oder? War sie nicht in einer anderen Stadt, als es passierte?«, fragte Kristy.

»Sie war auf einer Lehrerkonferenz in Austin. Nur eine knappe halbe Stunde Fahrt pro Strecke. Niemand hat sich die Aufnahmen von irgendwelchen Überwachungskameras angesehen oder nachgeprüft, ob sie abends ihr Zimmer nicht mehr verlassen hat. Die Polizei hat sich einfach nicht die Mühe gemacht«, sagte Clifton. »Und warum auch? Sie hatten ihren Mörder ja schon.«

»Sie hat ihre eigenen Kinder umgebracht«, murmelte Kristy. Vor Lance hätte sie so etwas für unvorstellbar gehalten, doch jetzt dachte sie anders. Das Böse lauerte überall. Sie hielt sich die Hand vor den Mund, um den Brechreiz zu unterdrücken. Die Vorstellung, dass jemand Ryan vorsätzlich tötete, Benzin vergoss, ein Streichholz darauf warf und ihn verbrennen ließ, war zu entsetzlich.

»Ich hatte über zehn Jahre Zeit, um Nachforschungen anzustellen und mir die Akten immer wieder anzusehen. Mehrere Anwälte haben versucht, die kriminaltechnischen Ergebnisse zu widerlegen, die Sachverständigen anzuzweifeln und zu beweisen, dass nicht ich es war, der das Feuer gelegt und zugelassen hat, dass meine Kinder bei lebendigem Leib verbrannten. Aber niemand hat Janice unter die Lupe genommen. Warum sollten sie auch? Aber ich sage Ihnen, es gibt Menschen dort draußen, die einfach tun, was ihnen in den Kopf kommt, und sich einen feuchten Dreck um die Folgen scheren. Vielleicht ist Ihr Mann nicht so. Aber meine Exfrau garantiert, und sie lebt nun ein schönes Leben in ihrer Millionenvilla mit ihren neuen kleinen Töchtern. Wenn Sie sich also wieder einmal sagen, dass es schlimmer nicht kommen kann und alles schon wieder gut wird, dann möchte ich, dass Sie an mich denken. Ich meine damit nicht, dass Sie etwas Extremes tun sollen, Ms Tucker. Ich meine nur, seien Sie vorsichtig.«

Als Kristy ihr Gespräch mit Clifton beendete, warteten schon drei Reporter darauf, mit ihm und zwei weiteren Häftlingen sprechen zu können. Danach fuhr sie zurück nach Huntsville und brachte den Rest des Tages damit zu, Pressemitteilungen für eine bevorstehende Hinrichtung zu überarbeiten.

Sobald sie eine freie Minute hatte, verschwand sie im Google-Labyrinth. Dutzende und Aberdutzende Artikel über den Brand und Cliftons Verhaftung. In einem Bericht von *USA Today* stieß sie auf Cliftons und Janice' Hochzeitsfoto; sie in einem Prinzessinnenkleid aus weißem Tüll und mit funkelnden Augen, ein Moment reinsten Glücks. Kristy hatte einen ähnlich seligen Ausdruck auf ihren eigenen verfluchten Fotos. Wie konnte aus Liebe so etwas Krankes werden? Sie wollte es unbedingt verstehen. Es war nicht schwer, an Informationen über Janice heranzukommen, die Opferhilfe hatte ihre Adresse und Telefonnummer.

Kristy konnte nicht aufhören, Artikel über sie zu lesen. Sie schien die Kamera zu lieben und zu jedem Interview bereit zu sein, ließ sich fotografieren und erzählte ihre leidvolle Geschichte, »um anderen zu zeigen, dass es ein Leben nach einem schrecklichen Verlust gibt«, wie sie sagte.

Ein Jahr nach Cliftons Verurteilung hatte Janice einen Ölbaron aus Houston geheiratet. Sie hatten sich in der feinen Siedlung The Woodlands niedergelassen und drei Kinder, alles Mädchen, mit Hilfe einer Leihmutter bekommen. Noch einmal Kinder auszutragen wäre einfach zu schmerzlich gewesen, hatte Janice in einem Interview mit dem *People*-Magazin gesagt.

Kristy las alles, was sie über Cliftons Fall in die Hände bekam. Dann, sie wusste nicht, warum, musste sie plötzlich raus aus diesem tristen, neonbeleuchteten Raum.

»Hey, Carmen, kannst du mich entschuldigen, falls Gus vorbeikommt?«

»Na klar, Lady. Ist alles okay?«, fragte Carmen.

»Ich glaube, bei mir ist eine Migräne im Anzug«, log sie.

Als sie dieses erste Mal nach Grogan's Point fuhr, das Nobelviertel, in dem Janice mit ihrem neuen Mann wohnte, wollte sie nur das Haus sehen, vielleicht auch einen Blick auf Janice erhaschen. Sie sah sie nicht, aber an anderen Abenden darauf, wenn sie früher gehen konnte, ohne dass Lance davon wusste, oder wenn Carmen sich bereit erklärte, für sie einzuspringen, fuhr sie wieder durch die Gegend, spähte durch die Fenster von Häusern, die Millionen gekostet hatten, und fragte sich, wie viele andere Leute wohl ein Doppelleben führten. Wer waren die Misshandler und wer die Misshandelten? Wie viele für Hochglanzmagazine erkorene Hochzeitsfotos waren gerahmt und dann wieder entfernt, in Kisten weggepackt worden?

Kristy parkte stets am Ende der Sackgasse und wartete. Ein paarmal sah sie Janice kurz. Sie war nun Ende vierzig und achtete offensichtlich auf ihre Figur, die schlank und straff war. Ihre honigblonden Strähnen und die perfekte Föhnfrisur sahen teuer aus, ebenso ihre maßgeschneiderte Kleidung in gedeckten Farben und Pastelltönen, alles von zurückhaltender Eleganz. Jeder Zoll die Frau eines reichen Mannes. Janice' Töchter waren elf Monate, drei Jahre und fünf Jahre alt. Sie hatte ein neues Leben, wirkte wie eine hingebungsvolle Mutter, lächelte und scherzte mit den Kindern, als sie sie losschnallte und aus ihren Kindersitzen hob. Nach dem, was Kristy gelesen hatte – und das Internet gab ausführlich Auskunft –, ging Janice' zweiter Mann, William Conrad, inzwischen auf die sechzig zu und war ein jovialer Mann mit einem hart erarbeiteten Bierbauch. Allem Anschein nach waren sie liebevolle Eltern, die aus einer furchtbaren Tragödie etwas Gutes und Schönes gemacht hatten. Doch soviel Kristy auch über Janice in Erfahrung brachte, die Frage blieb: Was für eine Frau würde ihre Kinder umbringen, die Tat ihrem Ehemann anhängen und dann mir nichts, dir nichts ein neues Leben anfangen, eine neue Familie gründen? Noch dazu in derselben Stadt, in der die Tragödie passiert war! Wenn man Clifton glaubte, war Janice eine Soziopathin, die einfach alles tun würde, um Rache zu nehmen.

Kristy konnte sich ihre Besessenheit von Clifton und

Janice selbst nicht erklären. Manchmal fühlte sie sich weniger allein, wenn sie an deren Tragödie dachte, fand darin eine Ablenkung von ihren eigenen Problemen. Nach zwei Wochen kannte sie Janice' Terminplan auswendig. Wenn sie ganz genau hinsah, kam die Wahrheit vielleicht ans Licht.

Zu Hause ging Lance' Terror weiter. Ein Knie in den Magen, weil sie Ryans Autoversicherung zu spät bezahlt hatte, ein Schleudern gegen die Wand, weil sie ihn beleidigt hatte, indem sie sein »perfekt gewürztes Steak« nachsalzte. Trotzdem, wenn sie es recht bedachte, hätte sie bei der Polizei nichts vorzuweisen als ein paar blaue Flecken und Beulen, keine Verletzungen, für die Lance länger als eine Nacht oder zwei eingesperrt werden würde.

Dann hatte sie die Idee, ihn heimlich aufzunehmen, aber er überwachte ihr Handy ständig. »Darlin', wollte nur mal nachsehen, ob du noch genug Akku hast«, sagte er und las dann minutenlang all ihre Textnachrichten und E-Mails.

Sie wusste nicht, was sie wegen Lance unternehmen sollte, aber ihre Fixierung auf Janice blieb bestehen. Inzwischen machte sie jeden Tag einen Umweg, um an ihrem Haus vorbeizufahren. Es war lächerlich. Was erwartete sie denn? Dass Janice herauskam und sagte: »Okay, ich war es! Clifton ist unschuldig«? Trotzdem konnte sie nicht damit aufhören. Manchmal machte sie früher Schluss, nur um zu den Fenstern der Villen hineinzustarren und sich zu fragen, ob man je wusste, was in anderen vorging.

Eines Abends blieb sie ein bisschen zu lange, weil sie darauf gewartet hatte, dass Janice mit ihren Töchtern vom

Turnen zurückkam. Sie merkte gar nicht, wie die Zeit verging, bis ihr Handy piepte und sie eine SMS von Lance hatte.

Bin gerade nach Hause gekommen. Kein Abendessen. Wo bist du?

Mist. Sie hatte nicht vorgehabt, sich so lange aufzuhalten. Jetzt würde sie in den abendlichen Stoßverkehr hineingeraten, und wenn sie unterwegs noch Halt machte, um einzukaufen, würde sie noch später kommen. Auf der Fahrt nach Hause wuchs ihre Furcht mit jedem Kilometer. Sie suchte nach einer überzeugenden Ausrede, irgendetwas, das eher Bedauern als einen Zornesausbruch hervorrufen würde.

Ein Häftling hat einen Fluchtversuch unternommen. Ja, das würde sie sagen, das würde ihn vielleicht besänftigen. Auch wenn natürlich die Gefahr bestand, dass er Gus anrief und verlangte, Näheres zu erfahren. Es war ihm sogar zuzutrauen, dass er damit drohte, den Staat Texas zu verklagen, weil seine Frau in Lebensgefahr gebracht worden war. Ihre Gedanken rasten immer noch, als sie in die Einfahrt einbog und ins Haus eilte.

Lance saß am Küchentisch vor seinem geöffneten Laptop, mit einem Bier in der Hand und finsterem Blick.

»Wo ist Ryan?«, fragte sie, in der schwachen Hoffnung, dass ihr Sohn gleich die Treppe hinaufgesprungen kam und als Puffer zwischen ihr und Lance' Gereiztheit fungierte.

»Macht Hausaufgaben bei Ella«, antwortete Lance tonlos.

»Und Pops?«, sagte sie mit leicht zittriger Stimme.

»Er hatte Kopfschmerzen, also hab ich ihm eine Schlaftablette gegeben.«

Scheiße, Scheiße, Scheiße.

»Wo warst du?«, wollte Lance wissen. Kristy stellte ruhig ihre Tasche auf dem Küchentresen ab, ging rasch zu ihm, um ihm einen Kuss zu geben, und wandelte ihre Ausrede auf die Schnelle ab, wobei sie einen möglichst beiläufigen Ton anschlug.

»Es gab ein Problem mit einem der Gefangenen in der Psychiatrieabteilung. Er hat Beschwerde gegen einen der Aufseher eingelegt, und danach hat ein Haufen Journalisten angerufen«, improvisierte sie.

»Dieser verdammte Job«, schimpfte er. Er beklagte sich nur über ihre Arbeit, wenn ihm etwas gegen den Strich ging. Sonst sagte er gern, dass sie sich um ihr berufliches Fortkommen bemühen solle, und hob hervor, wie lukrativ es war, für den Staat zu arbeiten. Doch an diesem Abend hatte ihr Beruf sie zu lange beansprucht, und das konnte Lance nicht leiden.

»Und deshalb hast du nicht an mich oder Pops gedacht oder daran, dass verdammt noch mal nichts zu essen im Haus ist?«

»Doch. Ich wollte noch einkaufen gehen, aber dann wurde ich auf der Arbeit festgehalten. Ich kann dir jetzt schnell was machen, lass mir fünf Minuten Zeit«, bat sie und wandte sich zum Kühlschrank um. Wenn sie ihn friedlich stimmen konnte, nur noch heute Abend, würde sie morgen den Vorhang beiseiteziehen und das Ungeheuer dahinter entlarven. Sie hatte zu lange gezögert und war dabei, sich selbst zu verlieren. Nicht nur ihre Besessenheit von Janice erschreckte sie – wenn sie sich zuhörte, erkannte sie ihre eigene Stimme nicht mehr. Sie würde warten, bis Lance zur Arbeit gegangen war, und dann würde sie sich mit Pops und Ryan hinsetzen und ihnen alles sagen. Gemeinsam würden sie sich einen Plan überlegen. Kristy hatte genug. Sie konnte nicht mehr so weiterleben. Sie musste nur noch diesen Abend überstehen.

In dem Moment packte Lance sie an den Händen und drückte fest zu. Kristy schrie auf, und ihre Knie gaben durch den Druckpunkt nach.

»Du hältst mich wohl für einen Deppen, ja? Tust du das?«

»Nein, Lance, natürlich nicht.«

»Oh doch. Du hältst mich für eine Lachnummer. Ich merke doch, wie du mich ansiehst.«

Obwohl sie wusste, dass Ryan fort war und Pops wahrscheinlich fest schlief, sah sie unwillkürlich zum hinteren Teil des Hauses hin. »Nie den Blick abwenden«, hatte Lance einmal gesagt. Was für ein Anfängerfehler.

In dem Moment, als er sie losließ und sie sich wieder umdrehte, sah sie seine Faust auf sie zufliegen. Ein heftiger Schlag gegen ihre Schläfe, durch den sie rückwärtswankte.

Mit klingenden Ohren und getrübtem Blick versuchte sie wegzulaufen, doch er hielt sie an ihrem Pferdeschwanz fest und zerrte sie durch die Küche. Panik überkam sie. Lance zog sie zur Haustür. Sie hatte genug über Überfälle und Morde gelesen, um zu wissen, dass die Überlebenschancen sanken, wenn ein Täter den Ort wechselte, vor allem, wenn er einen abgelegenen aufsuchte.

»Lance, bitte, tu das nicht. Lass uns miteinander reden …«

»Sag mir nicht, was ich zu tun habe, scheiße noch mal.«

Er stieß sie zur Tür hinaus. Kristy fiel hin, rappelte sich dann wieder auf, immer noch benommen, mit rasendem Herzen, strömendem Adrenalin und vom Blutandrang rauschendem Kopf. Es gab kilometerweit keine anderen Häuser, keine Nachbarn, niemanden, der ihr scheußliches häusliches Drama mitbekam. Lance zerrte sie zu ihrem Pick-up und schob sie hinein. Er kletterte hinters Steuer, knallte die Tür zu und griff hinüber, um ihre Tür zu verriegeln.

»Wenn du auch nur mit einem Muskel zuckst, bist du tot«, knurrte er.

Er startete den Truck und fuhr endlos über die langen, gewundenen Landstraßen. Dieselben Straßen, die einst so romantisch gewirkt hatten, waren nun beängstigend in ihrer Abgeschiedenheit. Niemand würde ihre Schreie hören.

Sollte sie die Tür aufreißen und sich auf gut Glück aus dem fahrenden Wagen werfen? Wie schlimm würde sie sich dabei verletzen? Konnte sie den Sturz überleben, nur um dann von Lance wieder eingefangen zu werden? Oh Gott, das Letzte, was sie wollte, war, dass Pops und Ryan ihre Leiche identifizieren mussten. Nein, sie würde weiterkämpfen.

»Lance, du bist völlig außer dir. Halt doch bitte an, dann

können wir miteinander reden«, sagte sie, doch er hörte gar nicht zu, hatte den Mund zu einem zornigen, unnachgiebigen Strich zusammengekniffen. Ihr dröhnte immer noch der Schädel, und sie konnte sich nicht darauf konzentrieren, wohin sie fuhren. Sie verlor die Orientierung, weil er immer wieder auf pechschwarze Nebenstraßen abbog. Schotter spritzte und knirschte unter den Reifen. Eine Zeitlang war sie bewusstlos und kam erst wieder mit einem Ruck zu sich, als sie hörte, dass Lance in die Parkposition schaltete.

Sie sah die Straße nicht mehr, weil eine dichte Gruppe dunkler, unheimlich wirkender Kiefern den Blick verstellte. Lance riss ihre Tür auf und zerrte sie vom Sitz, schleuderte sie praktisch aus dem Wagen, wobei seine Finger sich um ihr Schlüsselbein krallten. Sie wehrte sich, trat und kratzte und schlug nach ihm, aber er wich all ihren Angriffsversuchen mühelos aus.

Hyperventilierend versuchte sie, sich an die Instruktionen aus dem obligatorischen Sicherheitstraining zu erinnern, das sie im Gefängnis absolviert hatte, an Methoden, den Gegner zu entwaffnen oder ihn mit Worten zu erreichen. Gerade als sie den Mund aufmachte, um etwas zu sagen, trat Lance nach ihr und traf sie mit der Stahlkappe seines Cowboystiefels in den Unterleib. Kristy stöhnte, zwei weitere Tritte kamen schnell hintereinander.

»Wenn du mich liebst, hörst du jetzt auf«, keuchte sie, ganz mit Kiefernnadeln und Staub bedeckt, während Blut und Tränen ineinanderflossen. Lance kniete sich neben sie und streichelte ihr übers Haar.

»So hab ich mir das nicht vorgestellt, Kristy. So sollte es nicht sein. Ich möchte, dass wir glücklich sind. Warum verhinderst du das dauernd? Ryan ist ein guter Junge. Pops macht auch keine Probleme. Aber du … du machst es uns dauernd schwer.«

»Das stimmt nicht, Lance. Was hab ich dir denn getan? Ich hab immer nur versucht, dich glücklich zu machen«, stieß sie mühsam hervor.

Lance antwortete nicht, sondern blinzelte nur zuckend und hatte diesen ausdruckslosen Blick, der bedeutete, dass das Gespräch zu Ende war. Hektisch ging sie in Gedanken all die Judo-Schlagtechniken durch, die sie sich angesehen hatte. *Ate waza* oder *Atemi waza*, bei denen auf vitale Stellen eines Gegners gezielt wird. Diese Techniken waren allgemein verboten, da sie als potenziell tödlich erachtet wurden. Sie hätte nicht sagen können, welche genau Lance anwandte. Alles, was sie sah, war seine Hand, die blitzschnell auf sie zuschoss. Ihr Schrei erstickte in ihrer Kehle, und dann war da nur noch Dunkelheit.

Fünfzehntes Kapitel

Blut. Das war das Erste, was Kristy wahrnahm, als sie wieder zu sich kam, diesen metallisch-bitteren Geruch, den sie noch tagelang, nachdem sie Clifton auf dem Boden seiner Zelle gefunden hatte, in der Nase gehabt hatte. Sie schluckte, musste würgen und husten, und die dickliche rote Flüssigkeit befleckte ihre Bluse. Das war gut, sagte sie sich. Sie war nicht tot. Noch nicht, jedenfalls. Sie blinzelte heftig und versuchte, sich zu orientieren, suchte in der Pechschwärze nach Lance. Sämtliche Knochen im Leib taten ihr weh. War er noch da, lauerte er irgendwo im Dunkeln? War er verschwunden, oder dachte er sich weitere Methoden aus, um sie zu demütigen und zu bestrafen, bevor er sie umbrachte?

»Schsch, Darlin', alles gut. Ich bin bei dir. Es wird dir nichts passieren.«

Kristy hörte Lance' gedehnten, tröstenden Tonfall und erstarrte. Ihre Augen erforschten die Dunkelheit. Sie lag nicht mehr auf dem Boden, sondern befand sich wieder auf dem Beifahrersitz, nur dass die Schnauze ihres Pick-ups eingedrückt war und Rauch aus dem Kühler quoll. Lance war mit ihr also noch woanders hingefahren. Sie bewegte sich vorsichtig, um ihre Verletzungen besser begutachten zu können und die Lage einzuschätzen. Lance nahm sie in die Arme und streichelte sie sanft.

»Es tut mir so leid, dass ich das tun musste, Darlin'. Aber du musst mir jetzt gut zuhören«, sagte er.

»Ich *höre* dir zu, Lance«, flüsterte Kristy. »Ich habe dir die ganze Zeit zugehört.«

Sie versuchte, sich aufzusetzen, aber ihr ganzer Körper krampfte sich zusammen, und ein weißglühender Schmerz schoss durch ihren Unterleib. Lance wiegte sie in den Armen, als wäre sie ein kleines Kind, genauso, wie sie einst Ryan gewiegt hatte.

»Pst, du sollst doch zuhören. Ich will, dass wir es gut miteinander haben, Kris. So wie anfangs in den ersten Monaten.«

»Das wollte ich auch, Lance. Das wollte ich.«

»Wieso redest du in der Vergangenheit?«

»Ich kann nicht mehr«, sagte sie. »Ich kann nicht so leben. Ich mache das nicht mehr mit.« Lance musste wissen, dass es keine Zukunft für sie gab. Nicht nach dem hier.

Er versteifte sich abrupt, und seine reuige Miene wurde wieder leer und ausdruckslos. Er nickte immer wieder, wie ein Geschäftsmann, der sich die Einzelheiten einer feindlichen Übernahme anhört. Dann packte er sie blitzschnell am Hals und drückte ihr die Luftröhre zu. Ein Würgegriff. Kristy wusste, dass sie wieder das Bewusstsein verlieren würde, wenn er nur ein kleines bisschen fester zudrückte.

»Es wäre interessant, nicht wahr, wenn Ryan eines Tages einfach verschwinden würde. Kommt ja dauernd vor, so was. Man würde sagen, dass er ein schwieriger Junge war.

Wurde mal wegen einer Schlägerei der Schule verwiesen. Kam beinahe ins Gefängnis. Und der arme Frank mit seiner schwachen Gesundheit, ach Gott, der Verlust seines Enkelsohns könnte ihm den Rest geben. Könnte sein, dass er eines Tages einfach zu atmen aufhört.«

Kristy krallte mit beiden Händen nach seinem Gesicht. Er lockerte seinen Griff ganz leicht, und sie rang nach Luft, dann drückte er wieder zu.

»Darlin', du musst jetzt wirklich genau zuhören und deine Aussage von eben überdenken. Wir sind jetzt ein Ehepaar. Wir haben ein Gelübde abgelegt. Wir haben uns etwas versprochen, und ich gedenke nicht, dieses Versprechen je zu brechen. Unter keinen Umständen. Es ist ganz einfach, wie es jetzt weitergeht. Du musst nur gut aufpassen. Passt du gut auf? Ich will, dass du es sagst.«

Er ließ sie los.

»Ich passe auf«, krächzte Kristy.

»Gut. Ich gehe jetzt. Ich werde ungefähr zwanzig Minuten zu Fuß bis nach Hause brauchen. Warte dann noch zehn Minuten und ruf 911 an. Sag, dass du einen Unfall hattest. Ich werde mich um Ryan und Pops kümmern. Wenn ich keinen Anruf kriege, kann ich nicht garantieren, was aus ihnen wird. Verstanden?«

Sie nickte. »Hier«, sagte Lance, »ich stelle den Wecker auf deinem Handy. Wenn er klingelt, rufst du an.«

Tränen und Rotz liefen ihr übers Gesicht. Ryan und Pops. Er bedrohte die Menschen, die ihr am nächsten standen. Sie musste zu ihnen, musste sie warnen, aber sie konnte sich nicht bewegen, und Lance … er meinte es ernst. Daran zweifelte sie nicht. Lance öffnete die Wagentür und sprang hinaus.

»Ich liebe dich, Darlin'. Wir sehen uns bald wieder.«

Sein Blick verharrte kurz auf ihr. Sie sah ihm an, was er dachte. Aus seiner Sicht war das alles ihre Schuld, und er … er hatte Mitleid mit ihr. Er drückte ihr das Telefon in die Hand und schlug die Tür zu. Ihr Kopf tat weh, und es kostete sie Mühe, die Augen offen zu halten.

Sie wollte sich Lance widersetzen, aber was, wenn ihr Ungehorsam Ryan und Pops das Leben kostete? Vor Schmerzen keuchend hievte sie sich auf die Fahrerseite hinüber. Er hatte ihr eindeutig die Rippen gebrochen. Sie blickte auf ihre blutbefleckte Bluse. Der Pick-up war irreparabel demoliert. Bis zu diesem Abend hatte sie Angst vor Lance gehabt, aber jetzt nicht mehr. Jetzt war sie nur noch scheißwütend, fuchsteufelswild. Niemand bedrohte ihre Familie. Niemand.

Wenn Lance glaubte, dass er sie auf diese Weise kleinkriegte, täuschte er sich. Sie würde nicht tatenlos zusehen, wie er alles zerstörte, was sie liebte. Sie würde ihm die Stirn bieten, und möge der Bessere gewinnen.

Doch fürs Erste musste sie mitspielen. Sie musste ärztlich behandelt werden und dafür sorgen, dass Ryan und Pops außer Gefahr waren. Offenbar war sie für einen Moment eingenickt, denn der Handywecker ließ sie plötzlich auffahren. Vorsichtig nahm sie das Telefon und wählte. Sie würde Lance' Befehle buchstabengetreu befolgen.

»Notrufzentrale. Um was für einen Notfall handelt es sich?«

»Hallo … hallo, hören Sie mich? Ich brauche Hilfe.«

»Ma'am, ganz ruhig. Atmen Sie tief durch und sagen Sie mir, was passiert ist.«

»Ich … ich hatte einen Unfall.«

»Verstehe, Ma'am. Sind Sie verletzt?«

»Ja. Meine Rippen, mein Kopf … der Airbag ist rausgekommen. Ich bin … ich brauche Hilfe.«

»Okay, wissen Sie, wo Sie sind?«

Kristy hatte ihn nicht gefragt. Sie hatte keine Ahnung.

»Nein, leider nicht.«

»Okay, bleiben Sie, wo Sie sind. Wir werden Ihr Mobiltelefon orten und Ihnen einen Krankenwagen schicken. Wie heißen Sie?«

»Kristy. Kristy Dobson.«

»Gut, Kristy. Halten Sie durch. Wir schicken Ihnen schleunigst Hilfe.«

Kristy schloss die Augen und hörte die Telefonistin die üblichen Phrasen von sich geben.

»Bleiben Sie dran … Es wird alles gut … Wir sind unterwegs.«

Die Frau wiederholte ständig ihren Namen. »Kristy? Es ist wichtig, dass Sie wach bleiben, Kristy. Okay?«

»Okay, okay«, antwortete sie und kämpfte gegen die überwältigende Erschöpfung an.

Sie ging in Gedanken ihre Möglichkeiten durch. Was würde passieren, wenn sie der Polizei sagte, was Lance ihr angetan hatte?

Mein Mann ist ein hochtrainierter Kampfsportler und schlägt mich ständig. Er hat meinen Sohn und meinen Vater mit dem Leben bedroht, um mich gefügig zu machen. Er war es, der mich so zugerichtet hat. Er wollte es wie einen Unfall aussehen lassen.

Sie stellte sich das Gesicht des gelangweilten, rechtsgerichteten Provinzpolizisten vor. Vielleicht glaubte er ja ihre Geschichte, sie war so absurd, wer könnte sich so etwas ausdenken? Vielleicht erreichte sie eine Wohnungsverweisung, ein Kontaktverbot, ein läppisches Stück Papier, das Lance keine Sekunde lang aufhalten würde. Vielleicht wäre der Cop aber auch der Meinung, dass die »kleine Lady« eine feste Hand brauchte, die ihr zeigte, wo es langging. Kristy wollte gern auf das Rechtssystem vertrauen, aber es versagte immer wieder, wenn es darauf ankam. Pamela Whitaker. Clifton Harris. Und wer weiß wie viele andere, von denen sie nur nichts gehört hatte. Selbst wenn Lance festgenommen und angeklagt würde, käme er sicher auf Kaution frei. Und dann? Sie konnte nicht rund um die Uhr auf Pops und Ryan aufpassen.

Nein. Fürs Erste musste sie den Mund halten. Sie schloss die Augen und dachte an Clifton und sein Angebot. *Es gibt Leute hier drin, die Ihnen helfen können.* Vielleicht hatte er doch recht. Vielleicht brauchte sie ein Ungeheuer, um ein Ungeheuer unschädlich zu machen.

Sie wurde wieder bewusstlos und wachte erst auf, als sie einen Rettungssanitäter hörte, der sanft auf sie einsprach. Er war nur wenige Jahre älter als Ryan, sein Gesicht mit Aknenarben übersät, seine Stimme freundlich und beruhigend.

»Ma'am, Hilfe ist hier, wir kümmern uns um Sie. Wir

fahren Sie jetzt ins Krankenhaus. Gibt es jemanden, den wir für Sie anrufen sollen?«

Kristy zögerte nicht.

»Meinen Mann. Bitte rufen Sie meinen Mann an.«

Sechzehntes Kapitel

Lance hätte Kristys Ausflug in die Notaufnahme nicht besser inszenieren können. Der junge Rettungshelfer tätschelte ihr im Blaulicht des Krankenwagens aufmunternd die Schulter. Sie stöhnte, als man sie vorsichtig aus dem demolierten Auto auf eine Trage hob und ihren Hals auf eine Nackenstütze bettete.

»Ich weiß, das ist nicht sonderlich bequem, Ma'am, aber wir machen das zur Vorsicht, für den Fall einer Wirbelsäulenverletzung«, sagte der Helfer.

»Sie haben sehr viel Glück gehabt«, fügte sein Kollege hinzu.

Nur die Schmerzen hinderten sie daran, laut zu lachen.

In der Notaufnahme des Krankenhauses von Conroe angekommen wurden sie von einer Notfallärztin in Empfang genommen, die Kristy kannte. Dr. Haunschild hatte Pops bei seinem letzten COPD-Anfall behandelt. Sie war fünfunddreißig Jahre alt, hatte strahlend grüne Augen und begrüßte sie trotz der hektischen Betriebsamkeit in dem vollen Krankenhaus mit ihrer gewohnt ruhigen, freundlichen Art.

»Sieht aus, als hätten Sie sich da ein bisschen was eingebrockt«, sagte sie freundlich.

»Ja, sieht so aus«, flüsterte Kristy schwach.

»Na, machen Sie sich keine Sorgen, Ms Tucker …«

Kristy verbesserte sie. »Ich heiße jetzt Dobson. Ich habe geheiratet.« Sie wusste nicht, warum sie das sagte, und verabscheute es, von Lance so konditioniert worden zu sein, dass sie als Erstes die Ärztin korrigierte.

»Meinen Glückwunsch, Mrs Dobson. Ihr Mann wird auch gleich hier sein. Ruhen Sie sich einfach aus, wir sorgen dafür, dass Sie wieder heil werden.«

Dr. Haunschild ordnete ein CT und Morphium gegen die Schmerzen an. Kristy betete, jemand möge bemerken, dass ihre Wunden nicht zu einem Autounfall passten. Ein Faustschlag ins Gesicht musste doch anders aussehen als Verletzungen durch einen explodierenden Airbag, oder? Doch niemand sagte etwas oder fand irgendetwas ungewöhnlich. Sie hatten einfach keinen Grund, an ihrer Erklärung zu zweifeln.

Eine der Krankenschwestern nahm sacht ihren Arm, um sie an den Tropf anzuschließen. Die Nadel drang langsam in ihre Haut ein, ein wenig Blut quoll heraus. Kristy dachte daran, die Hand der Frau zu packen und die Wahrheit hervorzupressen: *Mein Mann hat das getan, bitte helfen Sie mir.* Doch Lance' Drohung klang ihr immer noch in den Ohren. Was, wenn Ryan verschwand? Wenn Pops zu atmen aufhörte? Er hatte zwar nicht explizit gesagt: *Ich bringe deinen Vater und deinen Sohn um*, aber ihr genug Angst gemacht, um ihren vollkommenen Gehorsam zu erzwingen.

Das Morphium begann zu wirken und linderte die brennenden Schmerzen in ihrem geschwollenen Gesicht und im Bauch. Auch ihre Furcht ließ durch die benebelnde Wirkung des Medikaments ein wenig nach.

»Wir werden Sie ein paar Tage hierbehalten, um sicherzugehen, dass Sie keine Gehirnerschütterung oder irgendwelche inneren Verletzungen haben. In Kürze verlegen wir Sie dann auch in ein Krankenzimmer«, sagte Dr. Haunschild.

»Danke«, antwortete Kristy. Die Ärztin tätschelte ihren Arm und eilte hinaus. Pflegepersonal kam und ging, kümmerte sich darum, ihren Zustand zu stabilisieren. Vergeblich kämpfte sie gegen den Schlaf an.

»Wo ist meine Frau? Ich muss sofort zu ihr.« Lance' dröhnende Stimme weckte sie, und sie riss erschrocken die Augen auf. Ryan stürmte als Erster herein, mit vom Weinen roten Augen.

Du Arschloch, dachte Kristy und hasste Lance noch mehr. Er kam hinter Ryan ins Zimmer und beugte sich über sie, um sie zärtlich auf die Stirn zu küssen und ihr die Haare aus den Augen zu streichen.

»Du hast uns vielleicht Sorgen gemacht«, sagte er.

Sie lächelte schwach, sprach aber zu Ryan.

»Es ist nicht so schlimm, wie es aussieht.«

Ryan nahm ihr das nicht ab.

»Mom, du siehst scheiße aus«, sagte er schniefend.

»Vielen Dank«, erwiderte sie, auf ihre Bettkante klopfend. Ryan ließ sich behutsam neben ihr nieder, am ganzen Körper bebend. Sie nahm seine Hände.

»Hey, ich bin nicht tot. Ich bin noch hier«, sagte sie und küsste ihn.

»Du fährst zu schnell, das hab ich schon immer gesagt. Du musst vorsichtiger sein«, klagte Ryan. Den Zug, anderen stets die Schuld an ihrem eigenen Unglück zu geben, hatte er von Lance übernommen.

»Es ist das Letzte, dass es dort keine anständige Beschilderung oder Beleuchtung gibt«, empörte sich Lance. »Ich werde Beschwerde bei der Stadt einreichen deswegen«, sagte er. Er war sehr überzeugend; Kristy glaubte beinahe selbst, dass sie einfach von der Straße abgekommen war. Sie erduldete diese Farce, suchte dabei aber trotz Benommenheit und Schmerzen immer wieder nach einem Ausweg. Sie könnte Ryan auf der Stelle sagen, womit Lance sie erpresste. *Ryan, du musst ihn aufhalten. Und auf Pops aufpassen, unbedingt*, könnte sie sagen und dem Personal zuschreien, dass jemand die Polizei verständigen sollte. Dann würde sein schmutziges Geheimnis hier vor der ganzen Krankenhausbelegschaft ans Licht kommen.

Doch selbst wenn man ihr glaubte, gab es da noch so viele andere Dinge, die sie offenlegen müsste. Sie wüsste nicht einmal, wo sie anfangen sollte. Beim ersten Mal, als Lance sie geschlagen hatte? Dem ersten Mal, als er sie vergewaltigt hatte? Sie wollte sprechen, brachte aber kein Wort heraus. Lag es am Morphium? Den Verletzungen? Vielleicht hatte sie ja doch eine Gehirnerschütterung. Sie musste einfach ruhig atmen und ihre Gedanken ordnen.

»Tut mir leid, meine Herren, wir fahren Mrs Dobson jetzt auf ihr Zimmer, und dann braucht sie unbedingt Ruhe«, sagte die Schwester und stellte Kristys Tropf nach, bevor sie geschäftig wieder hinauseilte.

Ryan umarmte sie. Es tat höllisch weh, aber das war ihr egal. Sie biss die Zähne zusammen und wollte ihn nicht mehr loslassen.

»Geh nicht, Ry, bitte«, flehte sie. Sie konnte nicht klar denken, aber sie musste es ihm sagen.

Lance räusperte sich. »Ryan, warte doch bitte draußen und lass deine Mama und mich einen Moment allein.«

Ryan zögerte.

»Sie ist in guten Händen, Sohn. Geh schon«, sagte Lance.

»Ich hab dich lieb, Mom«, murmelte Ryan.

Sie versuchte erneut, ein paar Worte herauszubringen, schaffte es aber nicht. Ryan wischte sich die Augen und schlurfte aus dem Zimmer, ließ sie mit Lance allein.

Er kam an ihr Bett und streichelte ihr zerschlagenes Gesicht. Blaue Flecken hatten sich an seinen Händen gebildet, die jedoch niemandem aufzufallen schienen. Es hätte ohnehin nichts genützt. Er unterrichtete asiatische Kampfkunst, natürlich hatte er blaue Flecken.

»Darlin', von jetzt an wird sind wir wieder ein Herz und eine Seele. Ich liebe dich mehr, als du ahnst. Vergiss das nicht. Und du liebst mich auch, nicht wahr?«

Kristy nickte und zwang sich zu flüstern: »Ja, Lance, ich liebe dich.« Er musterte sie, und dann, als sei er zu dem Schluss gekommen, dass er ihr trauen konnte, gab er ihr einen letzten zarten Kuss und ging leise davon. Sie hielt die Luft an, wartete ab, ob er noch mal zurückkommen würde. Als das nicht passierte, erlaubte sie sich endlich einzuschlafen. Stunden später wachte sie allein in einem kühlen, unpersönlichen Krankenzimmer auf. Sie versuchte zu überlegen, wie es weitergehen sollte, wie ihre nächsten Schritte aussehen sollten, aber alles kam ihr so wirr und unklar vor. Als das Telefon klingelte, spannte sie sich unwillkürlich am ganzen Körper an. Sich auf weitere Einschüchterungen von Lance gefasst machend nahm sie ab.

»Hallo?«, meldete sie sich schläfrig.

»Kristy … Kristy, mein Mädchen, bist du das?«

Pops' Stimme klang zittrig.

»Ja, ich bin's, Pops.«

»Du hast mir einen solchen Schrecken eingejagt. Ist alles okay mit dir? Wird mein kleines Mädchen wieder gesund?«, fragte er.

Er weinte. Pops weinte. Das letzte Mal hatte sie ihn bei der Beerdigung ihrer Mutter weinen sehen, und jetzt war sie die Ursache. Sie wollte ihm so gern die Wahrheit sagen. *Nein, Pops, nichts ist okay. Mit mir ist schon lange nichts mehr okay.* Aber Pops war nicht mehr der furchtlose Vater, der nachts in ihr Zimmer gerannt kam und imaginäre Monster mit seinem Baseballschläger vertrieb. Er war jetzt ein kranker alter Mann, der schon außer Puste geriet, wenn er nur ins Bad ging. Das hier war nicht sein Kampf. Sie war auf sich allein gestellt.

»Nur ein paar Beulen und blaue Flecken. Ich komme bald nach Hause«, sagte sie.

»Gut, da bin ich froh, mein Schatz. Lance meinte, es wäre nicht so schlimm … Ich wollte dich besuchen, aber ich bin heute ziemlich kurzatmig. Aber ich wollte dich wenigstens anrufen. Ich musste deine Stimme hören, um mich zu vergewissern, dass es dir gut geht. Es geht dir doch gut, oder?«

Es ging ihr alles andere als gut. Wenn sie noch länger mit ihm telefonierte, würde sie die Fassung verlieren.

»Das wird wieder, Pops. Aber diese verdammten Medikamente machen mich total schläfrig.«

»Na klar, dann schlaf jetzt schön. Wir sehen uns bald.«

»Ich hab dich lieb.«

»Ich dich auch«, sagte er, und Kristy hörte ihn noch weinen, als er auflegte.

Es gab so viel zu tun, sie musste einen Plan schmieden, sich Strategien überlegen, aber die Schmerzmittel waren einfach zu stark, und ihr fielen gnadenlos wieder die Augen zu.

Am nächsten Morgen erwachte sie mit einem Ruck, als die Sonne schon durch die Jalousien hereinströmte. Ihr tat alles weh, von den Augenlidern über die Backenzähne bis hin zu den Zehenspitzen, aber irgendwie war sie auch froh, dass Lance so weit gegangen war. Sie hatte lange darauf gehofft, dass er sich änderte, wieder zu dem Mann wurde, in den sie sich verliebt hatte. Nun war sie sich nicht mehr sicher, ob es diesen Mann je gegeben hatte. So, wie sie es sah, hatte Lance ihr offiziell den Krieg erklärt.

Siebzehntes Kapitel

Kristys Krankenhausaufenthalt verschaffte ihr reichlich Zeit zum Nachdenken. Was sie auch unternahm, sie musste klug vorgehen, Lance immer einen Schritt voraus sein. Keine leichtsinnigen Abstecher zu Janice' Haus mehr – sie durfte sich nicht mehr ablenken lassen, so gern sie Clifton helfen wollte. Sie war sich nicht sicher, was sie genau tun würde, sie brauchte einen Plan, und das bedeutete, dass sie hellwach und konzentriert sein musste. So wie Lance sein Judo studierte, musste sie ihn studieren. Das Schwierigste dabei war, so zu tun, als wäre alles normal. Während Lance die Rolle des liebenden Gatten spielte, spielte sie die ergebene Ehefrau. Sie pries die Tulpen, die er ihr brachte, und sang sein Lob gegenüber Dr. Haunschild, die sich bereit erklärte, sie zu entlassen, wenn sie versprach, sich genug Ruhe zu gönnen.

»Sie ist in guten Händen, Doc«, versicherte Lance der Ärztin.

Während sie auf den Entlassungsbrief warteten, bedeutete Kristy ihm, sich zu ihr aufs Bett zu setzen. »Weißt du, was ich wegen einer Scheidung gesagt habe …«

»Kristy.« Sein Ton war streng.

»Lass mich bitte ausreden. Ich will alles dazu beitragen,

damit unsere Ehe funktioniert. Du sagst mir, was ich tun soll, und ich tue es.« Manchmal fragte sie sich, ob eine Schauspielerin an ihr verloren gegangen war. Für ihre heutige Darbietung hätte sie einen Oscar verdient.

Die Erleichterung war Lance anzusehen, und ein jungenhaftes Lächeln erhellte sein Gesicht. Er beugte sich herunter, um sie zu küssen.

»Gehen wir, Darlin'«, sagte er. »Pops und Ryan haben schon den roten Teppich für dich ausgerollt.«

Die Schwester schob Kristy im Rollstuhl aus dem Krankenhaus, und Lance folgte mit den Blumen und den Luftballons, die Carmen ihr geschickt hatte.

»Hier sind wir schon«, sagte Lance und machte der Schwester ein Zeichen, vor einem glänzenden kirschroten Ford-SUV anzuhalten.

»Gefällt er dir?«, fragte Lance.

Kristy sah ihn verwirrt an.

»Was meinst du?«

»Na, deine alte Schüssel kannst du ja nicht mehr fahren. Und es wurde sowieso Zeit für was Neues, meinst du nicht?«

Kristy starrte auf den in der Sonne glänzenden nagelneuen Wagen, während die Schwester ihr den Arm tätschelte.

»Sie haben einen, der Sie auf Händen trägt. Kann mich nicht erinnern, wann mein Mann mir zuletzt was geschenkt hat, geschweige denn ein neues Auto.«

Kristy hatte davon geträumt, sich ein neues Auto zu kaufen, aber dieses Geschenk wollte sie nicht. Sie wollte nicht jedes Mal, wenn sie sich ans Steuer setzte, daran erinnert werden, dass Lance sie besaß.

»Ja, er verwöhnt mich«, sagte sie und wandte sich dann an Lance. »Das ist umwerfend. Danke.« Er hob sie vorsichtig aus dem Rollstuhl und auf den Beifahrersitz.

»Heute fahre ich dich nach Hause, aber danach gehört der Schlitten ganz dir, Darlin'.«

Als sie zu Hause ankamen, sah sie, dass Lance nicht übertrieben hatte. Pops und Ryan hatten alle Register gezogen. Das Haus spiegelte vom Dach bis zum Keller, und sie hatten ein Festmahl zubereitet – Hühnersuppe mit Nudeln und Roastbeef-Sandwiches. In den folgenden Tagen wurde ihr jeder Wunsch von den Lippen abgelesen, bis sie das Gefühl hatte zu ersticken. Sie konnte keine Sekunde für sich sein, ohne dass jemand fragte, ob es ihr gut gehe, ob sie etwas brauche. Lance zwang sie, die Schmerztabletten zu nehmen, die die Ärztin ihr verschrieben hatte und die sie schläfrig und unkonzentriert machten. Am Ende der Woche war ihr klar, dass sie aus dem Haus musste. Ihr tat immer noch alles weh, aber lieber schleppte sie sich unter Schmerzen ins Büro, als noch länger hier festzusitzen, wo Lance mit Argusaugen über sie wachte. Allerdings würde sie das Thema geschickt anschneiden müssen, sonst verbot er ihr am Ende ganz, wieder zur Arbeit zu gehen. Sie wartete, bis es Zeit fürs Bett war und er ausgestreckt in irgendeinem Selbsthilfebuch las.

»Weißt du, Babe, langsam würde ich gern wieder zur Normalität zurückkehren. Ich überlege, wieder zur Arbeit zu gehen, aber nur, wenn es dir recht ist.«

Lance überdachte ihre Frage mit schräg geneigtem Kopf. »Bist du dir sicher, Darlin'? Wenn du noch mehr Zeit brauchst, nimm sie dir. Ich will, dass du zuerst wieder ganz gesund wirst.«

Sie begriff einfach nicht, wie er es schaffte, seine Brutalität ihr gegenüber völlig abzuspalten. Wie er sich einreden konnte, dass ihre Verletzungen Folge eines Unfalls und nicht seiner Handlungen waren. Es gab nur eine Erklärung dafür – sie hatte einen Geistesgestörten geheiratet.

»Ich fühle mich wieder fit genug. Aber nur, wenn du nichts dagegen hast«, sagte sie.

»Okay, wenn du meinst«, antwortete er.

Sie konnte es nicht erwarten, ihm zu entkommen.

Am nächsten Morgen erwachte sie in aller Frühe und kleisterte ihr Gesicht mit Make-up zu. Was wenig nützte. Auch mit noch so viel Puder und Concealer konnte sie die immer noch starke Schwellung und die Schattierungen von Lila, Grün und Gelb nicht überdecken, aber sie tat ihr Möglichstes. Als sie den neuen SUV anließ und aus der Einfahrt fuhr, stieß sie einen Seufzer der Erleichterung aus.

An einem Mittwoch wieder ins Büro zu gehen bedeutete doppelte Arbeitslast, weil sie den Medientag koordinieren und zusätzlich die aufgelaufenen E-Mails und Anrufe bearbeiten musste, aber sie war froh über die Ablenkung. Sie traf im Gefängnis ein und rechnete damit, dass Carmen viel Aufhebens um sie machen würde, aber dann überraschte Gus sie, indem er sich doch tatsächlich beinahe fürsorglich zeigte.

»Meine Güte, Tucker, gehen Sie nach Hause. Sie sollten noch nicht wieder arbeiten«, sagte er mit Blick auf ihr Gesicht.

»Gus, die Sache ist so: Ich habe hier einen Job. Ich gehe nicht wieder nach Hause, weil ich Arbeit zu erledigen habe«, erwiderte sie.

Gus blinzelte verdutzt. »Schon gut, schon gut. Machen Sie, was Sie wollen«, sagte er und stampfte in sein Büro.

»Hab noch nie erlebt, dass du Gus offen Paroli geboten hast«, bemerkte Carmen.

Kristy zuckte die Achseln. »Sollte ich vielleicht öfter tun.« Sie musste sich schon den ganzen Mist von Lance gefallen lassen, sie würde sich verdammt noch mal nicht auch noch von Gus herumschubsen lassen.

Sie brachte den Vormittag damit zu, ihre E-Mails durchzusehen, vorwiegend Anfragen von Häftlingen wegen Interviews und von Reportern wegen Statements für einen Artikel. Um zwölf fuhr sie ins Polunsky-Gefängnis und machte sich darauf gefasst, mit Bemerkungen über ihr zerschlagenes Gesicht bombardiert zu werden.

»Du lieber Gott, was ist denn mit dir passiert?«, wurde sie denn auch unweigerlich gefragt. Ihre Fähigkeit zu lügen kam ihr erneut zugute, sie lächelte tapfer und tat ihre Begegnung mit dem Tod als halb so wild ab. Auf dem Weg zum Presseraum traf sie Mac, der nur einen Blick auf ihr Gesicht warf und durch die Zähne pfiff.

»Meine Fresse, Tucker, als Lance mir eine Nachricht wegen deinem Unfall geschrieben hat, meinte er, es wäre nicht allzu schlimm. Da hat er sich aber höflich ausgedrückt. Du musst diesem Baum ganz schön eine verpasst haben.«

»Das verdammte Ding hat es nicht anders gewollt«, witzelte Kristy.

»Mal im Ernst, geht es dir wieder besser?«

Kristy nickte und hasste es, dass Lance auch Mac für sich vereinnahmt hatte. Er machte Anstalten, sie an sich zu ziehen, aber sie hob warnend eine Hand.

»Die Rippen«, sagte sie, woraufhin er vorsichtig-unbeholfen die Arme um sie legte. Sie wollte sich in seine Umarmung fallen lassen, ihm erlauben, sie zu trösten, doch das wäre nicht fair. Sie hatte ihre Wahl getroffen, hatte sich für das schnittige, protzige Modell statt für das sichere und verlässliche entschieden.

»Frau am Steuer, echt«, neckte Mac sie. »Du musst besser auf dich aufpassen.«

»Mache ich. Und so gern ich noch mit dir quatschen würde, ich bin spät dran. Wir sehen uns bald«, sagte sie.

»Ich nehm dich beim Wort«, rief Mac ihr nach.

Sie traf gleichzeitig mit einer jungen Dokumentarfilmerin aus New York namens Mem im Besucherraum ein. Ende zwanzig, stylish im Stil der Arthaus-Filmszene, brannte Mem darauf, Clifton zu treffen, warf dabei aber immer wieder verstohlene Blicke auf Kristys verschwollene Züge. Kristy machte sich auf irgendwelche Fragen gefasst, doch es kam nichts. Vielleicht dachte sie, dass es in Texas eben so war: Mord und Misshandlungen gingen Hand in Hand.

Zwei Aufseher führten Clifton herein, jede Woche derselbe Ablauf. Sie warfen sich einen langen Blick durch die Glastrennscheibe zu, und Clifton musterte ihr Gesicht, sah die Blutergüsse. Sichtlich betroffen sank er auf seinen Stuhl, aber das Interview ging vor. Kristy entfernte sich und wartete. Eine Stunde später gab sie Mem die Hand, die ihr für ihre Zeit dankte.

»Jetzt muss ich Sie aber doch fragen: Hat ein Häftling Ihnen das angetan?«

Kristy schüttelte den Kopf. »Nein. Es war ein Autounfall.«

Mem seufzte erleichtert. »Gott, da bin ich aber froh. Wäre ja schlimm, zur Arbeit zu kommen und die ganze Zeit Angst um Leib und Leben haben zu müssen.«

Ungefähr so schlimm, wie in den eigenen vier Wänden Angst um Leib und Leben haben zu müssen, wollte Kristy erwidern. Sie brachte Mem zum Ausgang und musste sich beherrschen, um nicht zu weinen. Nachdem sie sich verabschiedet hatten, ging sie zurück zu Clifton.

»Hallo, Clifton«, sagte sie. »Wie geht es Ihnen?«

»Viel wichtiger ist, wie geht es Ihnen, Ms Tucker?«

»Ging schon besser«, antwortete sie wahrheitsgemäß.

»Was ist denn nur passiert?«

Aus dem Augenwinkel sah sie Bruce zu Tode gelangweilt an die Decke starren. Sie senkte die Stimme.

»Ich bin spät nach Hause gekommen, und das hat ihm nicht gepasst«, sagte sie. »Ich war bei Janice. Ich meine, ich hab sie beobachtet.« Lieber Himmel, wie dumm das klang.

Clifton riss die Augen auf. »Wie … ich verstehe nicht ganz. Warum?«

»Weiß ich selbst nicht. Um zu sehen … ich wollte wissen, ob …«

»Ob ich die Wahrheit gesagt habe?«

Kristy wich verlegen seinem Blick aus.

»Dachten Sie, Sie würden Teufelshörner erkennen? Vielleicht sogar einen Schwanz?«, fragte Clifton sarkastisch.

»Ich weiß nicht, was ich gedacht habe.« Sie rieb sich die Schläfen gegen ein beständiges leichtes Pochen, das nicht mehr wegzugehen schien.

»Ich bin Ihnen dankbar dafür, dass Sie sich um meinen Fall kümmern, Ms Tucker«, sagte Clifton milder. »Aber halten Sie sich von Janice fern. Das ist zu gefährlich. Sie müssen jetzt für sich selber sorgen.«

Kristy dämpfte ihre Stimme noch mehr.

»Das tue ich. Sie haben gesagt, es gebe Männer hier drin …«

»Nein. Vergessen Sie das bitte. Das war ein Fehler. Wie gesagt …«

»Ich muss etwas unternehmen. Meine Familie ist alles, was ich habe. Das darf er mir nicht nehmen«, beharrte sie.

»Wissen Sie, wenn ich noch mal von vorn anfangen könnte, würde ich diesmal all den nagenden Zweifeln nachgehen, die ich wegen Janice hatte. Wenn sie etwas sagte, dass nicht hinkam, zum Beispiel über die Lücke in ihrem Leben, als sie in jungen Jahren in der Psychiatrie war, weil sie eine Klassenkameradin bedroht hatte – heute würde ich hartnäckiger nachfragen, um herauszufinden, warum. Wie viel wissen Sie über Lance? Seine Freunde, seine Geschäfte, Familienangehörige, die im Ernstfall kommen würden?«

Kristy zog eine Grimasse. Sie wusste nichts über Lance' Vergangenheit außer dem, was er ihr und Ryan erzählt hatte – und was sie blauäugig geglaubt hatte. Hätte sie ihn bei einem Blinddate kennengelernt oder in einer Bar abgeschleppt, hätte sie ihn als Erstes gegoogelt. Das gehörte zum Einmaleins der Partnersuche. Doch bei Lance hatte die Sache anders gelegen. Er war Ryans Lehrer gewesen. Pops hatte sich auf Anhieb mit ihm verstanden. Er hatte ein achtbares Geschäft, Geld, gutes Aussehen. Kristy hatte keinen Grund gesehen, ihm nicht zu glauben. Weshalb sie sich jetzt nicht weniger dumm vorkam.

»Ist schon gut, Ms Tucker. Manche Menschen sind einfach zu vertrauensselig. Selbst nach dem Brand habe ich lange keine Fragen gestellt, nie geargwöhnt, dass Janice vielleicht die Schuld von sich abwälzen wollte. Forschen Sie nach, Ms Tucker. Tragen Sie Beweismaterial zusammen wie die Staatsanwälte, und wenn Sie genug beisammenhaben, entscheiden Sie, ob Sie diese Grenze immer noch überschreiten wollen.«

Kristy schluckte schwer. Nein, auf keinen Fall konnte sie ihren Mann umbringen, auf keinen Fall diese Grenze überschreiten. Es musste eine andere Lösung geben. Vielleicht konnte sie wirklich genug schmutzige Tatsachen über Lance herausfinden und ihn dann damit erpressen, ihn zwingen, aus ihrem Leben zu verschwinden. Das wäre eine Möglichkeit. Zuerst alle anderen Möglichkeiten ausschöpfen, das war der Plan. Dann konnte sie sich entscheiden. Sie bemerkte, wie Bruce sie beäugte, sie war schon zu lange geblieben. Sie lächelte ihm zu zum Zeichen, dass sie fast fertig war.

»Ich muss jetzt gehen, Clifton. Vielen Dank.«

»Seien Sie vorsichtig, Ms Tucker. Sie spielen ein gefährliches Spiel mit jemandem, der sich nicht an die Regeln hält.«

»Tja, da wären wir schon zwei«, entgegnete Kristy. Sie würde ihre Beweise zusammentragen und dann eine Entscheidung treffen.

Ms Tucker,

ich bin unruhig und besorgt, so viele Gedanken kreisen in meinem Kopf. Es ist schwer, die richtigen Worte zu finden, deshalb fasse ich mich diesmal kurz. Passen Sie auf sich auf. Seien Sie klug, und denken Sie bitte daran, dass ich für Sie bete.

Ihr Freund
Clifton

Achtzehntes Kapitel

Nach Kristys »Unfall« nahmen Lance' bis dahin fast tägliche Bestrafungen ab. Er hatte jetzt die Oberhand. Er brauchte sie nicht mehr zu schlagen, um sie zu beherrschen, weil er über etwas noch Besseres verfügte als rohe Gewalt – emotionale Erpressung. Wenn ihr nicht nach Sex zumute war, wenn sie zu müde war, um das Abendessen zu kochen, wenn ihm ihr Ton nicht gefiel, stellte er einfach eine scheinbar harmlose Frage. »Sag mal, hat Ryan auch seine Bremsen inspizieren lassen?« oder »Bilde ich mir das ein, oder schnauft Pops neuerdings mehr als sonst?«

Kristy verstand die Botschaft: Gehorche, oder du bringst deine Lieben in Gefahr. Das war seine Methode, um sie unter seiner Knute zu halten, sich ihre Gefügigkeit zu sichern.

Cliftons Ratschlag, dass sie zuerst wissen musste, mit wem sie es zu tun hatte, leuchtete ihr ein. Sie würde nachholen, was sie gleich zu Anfang hätte tun sollen – Lance' Vergangenheit durchleuchten. Ihn zu googeln war nicht so einfach. Mit Sicherheit kontrollierte er ihren Suchverlauf. Er checkte regelmäßig ihr Handy, las jede eingehende und ausgehende Nachricht und nahm sie ins Verhör, wenn er auf eine unbekannte Nummer stieß.

»Keine Geheimnisse, Darlin'«, sagte er gern, obwohl er die PIN seines eigenen Handys vor ihr geheim hielt. Ihr Bürocomputer war ebenfalls tabu, denn die Justizvollzugsbehörde überwachte jegliche Internetnutzung. Falls sie Lance etwas antun musste, falls es tatsächlich so weit kam, durfte ihr Suchverlauf nicht auf Probleme zwischen ihnen schließen lassen oder sie sonst wie in Verdacht bringen. Bibliotheken dagegen waren der ideale Ort für Recherchen aller Art. Entsprechend den Gesetzen zum Schutz der geistigen Freiheit löschten die meisten Bibliotheken jeden Tag die Browserchroniken, um auszuschließen, dass man sie im Zusammenhang mit eventuellen Straftaten als Zeugen vorlud. Außerdem boten sie Gastzugänge für einen Tag an und registrierten ihre Benutzer nicht. Das galt auch für die öffentlichen Bibliotheken in Huntsville und Conroe. Kristy entschied sich für die in Huntsville, weil sie näher an ihrem Arbeitsplatz lag und sie mal eben in der Mittagspause hingehen konnte.

Sie wählte einen Computer in einer kleinen staubigen Nische weit hinten. Ihre ersten Eingaben förderten nur bereits Bekanntes zutage. Die Website von Lance' Immobilienfirma und die Termine der nächsten Hausbesichtigungen, ein Artikel im *Houston Chronicle* über einen Verkauf in Millionenhöhe, eine Anzeige für seine Judokurse. Sie scrollte durch weitere Einträge, fand aber nichts Verdächtiges. Lance schien der zu sein, für den er sich ausgab.

Nachdenklich lehnte sie sich zurück. Menschen machten häufig einen Neuanfang, aber es war nicht so leicht, seinen Namen zu ändern. Sie wusste, dass Lance sein zweiter Vorname war und er seinen ersten hasste. Seine Mutter habe ihn Wayne genannt, hatte er mal erzählt, und als sie fortgegangen sei, habe er aufgehört, diesen Namen zu benutzen. Sie tippte *Wayne Dobson* ein, und im Nu ergab sich ein völlig anderes Bild. Eine fragwürdige finanzielle Vorgeschichte, ein Bankrott, mehrere schlechte Bewertungen von einem verärgerten Geschäftspartner in Shreveport. Sie überflog eine Seite nach der anderen, bis sie zur achten ihrer Google-Suche kam und nach Luft schnappte. Dort, in der *San Antonio Express-News*, war eine ganzseitige Anzeige, mit der stolz die Hochzeit eines Wayne Lance Dobson bekannt gegeben wurde.

»Ich hatte bisher einfach nicht die Richtige gefunden«, hatte er ihr nach fünf Monaten Beziehung zugeflüstert und ihr dabei den nackten Rücken gestreichelt. Sie hatten eng umschlungen in seinem Schlafzimmer mit Blick über die Stadt gelegen, als er diese Andeutung machte, dass sie die Richtige sein könnte.

Sie starrte wie gebannt auf dieses Farbfoto von Lance und seiner ersten Frau Hannah Mendoza. Hannah hatte eine attraktive Bräune, pechschwarze Haare, dunkle Augen und die sportlich-trainierte Figur einer Tennisspielerin. »Schön« war gar kein Ausdruck. In dem Begleittext hieß es außerdem, dass sich die siebenunddreißigjährige ehemalige Miss Louisiana einen Namen auf dem Immobilienmarkt von Lafayette gemacht habe.

So hatten sie und Lance sich wahrscheinlich kennengelernt. Beide unverheiratet, in derselben Branche, Rivalen, die darum konkurrierten, wer den nächsten großen Deal unter Dach und Fach brachte. Auf jedem Foto, das Kristy von Hannah fand – ein Tennisturnier, bei dem ihr Frauenteam den ersten Platz gemacht hatte, auf dem River Walk mit einem etwa zwölfjährigen Mädchen, das die gleichen schönen Haare und Augen hatte, vermutlich ihre Tochter, bei der Freiwilligenarbeit in einer Tierauffangstation – lächelte sie einem strahlend entgegen.

Mit fliegenden Fingern klickte Kristy weiter, um herauszufinden, wie sie Kontakt zu Hannah aufnehmen konnte. Sie wollte nicht daran denken, was passieren würde, falls Lance dahinterkam – sie musste einfach in Erfahrung bringen, was aus dieser Ehe geworden war, warum sie gescheitert war. Sie klickte eine weitere Seite mit Suchergebnissen an und stieß erneut auf Hannahs fröhlich lächelndes Gesicht. Darüber jedoch stand fettgedruckt das Wort *Traueranzeige*. Lance' erste Frau war tot.

Neunzehntes Kapitel

> Hannah Mendoza ist am 16. Juni 2012 heimgegangen. Geboren und aufgewachsen in Lafayette, Louisiana, hinterlässt sie ihren Mann Wayne Dobson, ihre Mutter Eloisa Mendoza, ihren Vater Hector Mendoza, ihren Bruder Benji Mendoza und ihre Tochter Lisette Mendoza. Hannah war Schauspielerin und Tänzerin, eine geborene Entertainerin, und hatte ihren BFA an der Tulane University gemacht. Sie wurde zur Miss Lafayette gekrönt und gewann in der Folge auch den Titel der Miss Louisiana. In letzter Zeit betrieb Hannah ein erfolgreiches Immobilienbüro und sang im Kirchenchor von Saint Francis. Die Trauerfeier wird am Sonntag, dem 24. Juni 2012, in der Stetson's Leichenhalle in Lafayette abgehalten.

Die Wände um sie herum schienen näher zu rücken. Kristys Hände schwitzten, ihr Herz raste. Hannah Mendoza war vier Jahre vor ihrer eigenen Heirat mit Lance gestorben, aber woran? Verzweifelt durchforstete sie das Internet nach der Todesursache, fand aber nichts. Ihre Mittagspause war längst vorbei, sie musste zurück ins Büro. Die

Ungewissheit quälte sie. Hatte Lance Hannah umgebracht? Sie eilte aus der Bibliothek, ganz mit der Frage beschäftigt, wie er Hannahs Leben ein Ende gesetzt haben könnte. Autounfall, Ertränken, Gift, Schlag auf den Schädel? Die schrecklichsten Vorstellungen gingen ihr durch den Kopf, eine schlimmer als die andere.

In den folgenden Tagen funktionierte sie nur mechanisch, machte ihre Büroarbeit, sprach mit Gefangenen, informierte Journalisten. Sie kochte das Abendessen, schob es auf ihrem Teller herum und lachte an den richtigen Stellen, während Pops, Ryan und Lance redeten. Sie trank Cocktails auf der Hollywoodschaukel mit Lance, fügte sich seinen sexuellen Ansprüchen und grübelte dabei die ganze Zeit darüber nach, was mit Hannah Mendoza passiert war.

Sie überlegte, in der Gerichtsmedizin anzurufen, aber sie war keine Familienangehörige, und einen falschen Presseausweis zu benutzen erschien ihr zu riskant. Nein, sie musste mit jemandem aus der Familie sprechen, so würde sie am ehesten Auskunft bekommen. An einem der nächsten Nachmittage bat sie Carmen, für sie einzuspringen, und verschwand früher. Diesmal fuhr sie zur Conroe Library, damit das Personal nicht anfing, Fragen zu stellen. Sie suchte sich einen Computer und tippte nacheinander die Namen auf Hannahs Traueranzeige ein. Beim zweiten Versuch erhielt sie einen Treffer für Hannahs Tochter, Lisette Mendoza – eine Facebook-Seite. Der Zugang war auf Freunde beschränkt, so dass sie nur das Profilfoto zu sehen bekam. Lisette war mittlerweile Anfang zwanzig, hatte große grüne Augen, kurze dunkle Haare und war ihrer Mutter wie aus dem Gesicht geschnitten.

Außerdem förderte ihre Suche eine Meldung im *Austin American-Statesman* zutage, in der die polizeilichen Festnahmen in der Stadt aufgelistet wurden.

> Die College-Stipendiatin Lisette Mendoza wurde wegen Trinkens in der Öffentlichkeit festgenommen. Die Polizei griff sie vor einer Bar in Austin auf, nachdem andere Gäste sich über Belästigungen beschwert hatten.
> Lisette Mendoza, die aus San Antonio stammt, wurde wegen Alkohol- und Drogenmissbrauchs am Steuer und Widerstand gegen die Festnahme angeklagt.

Kristy wusste, dass der Verlust der Mutter eine bleibende Narbe auf der Seele einer jungen Frau hinterließ. Er beeinträchtigte alles, warf sie aus der Bahn. Man konnte es Lisette nicht verübeln, dass sie über die Stränge geschlagen war. Das Gleiche hatte Kristy auch getan – sie hatte sich mit Freunden betrunken, mit Unbekannten auf Partys rumgemacht, war mit sechzehn schwanger geworden.

Es wurde zu einer fixen Idee, dass sie mit Lisette sprechen musste. Da sie weder ihr eigenes Handy noch das Bürotelefon benutzen konnte, fuhr sie am nächsten Tag in der Mittagspause zu einem Minimarkt und kaufte ein Prepaidhandy. Dann fuhr sie weiter zur öffentlichen Bibliothek in Conroe, eröffnete ein Facebook-Profil unter falschem Namen und schickte Lisette eine Nachricht.

Hallo, mein Name ist Ellen Stevens. Ich bin auf der Suche nach der Tochter von Hannah Mendoza. Es geht um eine Entschädigungszahlung. Bitte rufen Sie mich unter folgender Nummer an: 361-422-8625.

Das war ein mieser Trick, aber es gab keinen schnelleren Weg, eine Antwort von einer fremden Person zu bekommen, als ihr Geld in Aussicht zu stellen. Kristy kehrte ins Büro zurück und wartete unruhig darauf, dass das Handy klingelte.

Am späten Nachmittag hatte sie immer noch nichts von Lisette gehört. Sie konnte es nicht riskieren, dass Lance das Telefon fand, also versteckte sie es hinten in ihrer Schreibtischschublade. In der Nacht schlief sie kaum, und als sie am nächsten Morgen ins Büro kam, sah sie ein blinkendes rotes Lämpchen, das eine Voicemail ankündigte.

»Hallo, Ellen, ich habe Ihre Nachricht gelesen. Sie können mich bis vier Uhr heute Nachmittag erreichen, am besten über meine Handynummer: 361-822-3749.« Lisettes Stimme klang flach und emotionslos.

Kristy wartete, bis Carmen in die Mittagspause ging, dann schloss sie die Bürotür und rief Lisette an. Sie meldete sich beim zweiten Klingeln.

»Hallo? Ist dort Ellen?«, fragte sie. »Sie wollten über irgendetwas sprechen, das meine Mutter betrifft?«

Kristy kam sich wie ein Scheusal vor. »Ehrlich gesagt rufe ich wegen Wayne Lance Dobson an.«

Schweigen am anderen Ende.

»Lisette? Sind Sie noch dran?«

»Weiß Wayne, dass Sie mich anrufen?«

Sie hörte die Panik in der Stimme der jungen Frau.

»Nein, nein, er weiß nichts davon. Ich … ich bin Lance' Frau, und ich wusste nicht, dass er schon einmal verheiratet war. Ich habe es gerade erst herausgefunden und wollte Ihnen gern ein paar Fragen über Ihre Mutter stellen … über das, was mit ihr passiert ist.«

Kristy stellte sich Lisettes traurigen Gesichtsausdruck vor, diesen vertrauten Schmerz, der nie vergeht.

»Ist es wegen Waynes Pick-up?«

»Wieso? Was ist mit seinem Pick-up?«

»Hören Sie, wenn ich gewusst hätte, dass gleich der gesamte Staat deswegen hinter mir her ist, hätte ich es nicht getan.«

Kristy musste erst mal zwei und zwei zusammenzählen.

»Moment mal … Sie haben *meinen* Pick-up beschädigt«, sagte sie dann.

»Ich habe Wayne gesagt, dass ich nicht wusste, dass es Ihrer war, und er hat versprochen, mich nicht anzuzeigen. Ich bin auf dem Weg der Besserung, ich wohne in einem Rehabilitationszentrum. Ich bin trocken und will mein Kind zurück. Das hab ich Wayne alles gesagt. Ich hab ihm geschworen, mich von Ihnen fernzuhalten. Ich versuche nur, mein Leben wieder auf die Reihe zu kriegen, okay? Worum es da auch geht bei Ihnen, ich will nichts damit zu tun haben, haben Sie verstanden? Rufen Sie mich nie wieder an.«

»Lisette, warten Sie … Bitte.«

Das Freizeichen brummte ihr ins Ohr. Zuerst wollte sie

gleich wieder anrufen, doch das war sicher zwecklos. Sie musste Lisette finden. Musste herausbekommen, warum sie Lance einen Mörder genannt hatte. Hatte sie handfeste Beweise dafür, dass er Hannah umgebracht hatte? War das am Ende etwas, das sie gegen ihn benutzen konnte, ein klarer Hinweis, mit dem sie zur Polizei gehen konnte? Sie musste mit Lisette persönlich sprechen und die ganze Geschichte in Erfahrung bringen.

Als Erstes galt es, ihre Adresse herauszufinden. Lisette hatte es ihr leicht gemacht, indem sie erwähnte, dass sie in einem Rehabilitationszentrum wohnte. Es kostete Kristy zwei Stunden Zeit, um nacheinander die betreffenden Einrichtungen in Austin anzurufen, aber dann hatte sie ihre Information. Sie hatte sich lediglich als potenzielle Arbeitgeberin vorzustellen brauchen, die sich vergewissern wollte, dass Lisette Mendoza an dieser Adresse wohnhaft war. Es handelte sich um das Lonestar Recovery Center in North Austin.

Sie hätte den Zeitpunkt nicht besser wählen können. Ryan nahm in zwei Wochen an einem überregionalen Debattierwettbewerb an der University of Texas teil. Normalerweise hätte Lance sie niemals allein nach Austin fahren lassen, doch für das betreffende Wochenende hatte er bereits andere Pläne.

»Darlin', es ist Jagdsaison, und ich habe gerade meinen Schein gekriegt. Aber du kannst ruhig hinfahren. Wünsch euch viel Spaß.«

Da alle weg sein würden, brauchte sie jemanden, der nachts nach Pops sah. Sie fragte Mac, ob es ihm etwas ausmachen würde, die eine Nacht bei Pops zu verbringen. Mac, hilfsbereit wie immer, erklärte sich einverstanden.

Der Samstagmorgen dämmerte launisch und grau herauf. Lance schlief still neben ihr. Kristy betrachtete sein attraktives, wettergegerbtes Gesicht, die Krähenfüße und Lachfalten, die ihm so gut standen, und ihr krampfte sich der Magen zusammen. Als spürte er, dass sie ihn beobachtete, regte er sich. Sie fühlte seinen Ständer gegen ihren Bauch drücken, und obwohl sie Horror vor dem Sex mit ihm hatte, küsste sie ihn und sagte mit tiefer, erotischer Stimme:

»Babe, aber nur ein Quickie. Ich muss Ryan noch zum Bus fahren, bevor ich mich auf den Weg mache.«

Lance hielt inne, die Arme um sie gelegt. Kristy machte sich auf seinen Zorn gefasst, doch er lächelte nur und drückte ihr ein keusches Küsschen auf die Wange.

»Geh nur, Darlin', ich döse noch ein paar Minuten. Sag Ryan, er soll's ihnen zeigen. Ich ruf dich später an.«

Kristy murmelte ihr obligatorisches »Ich liebe dich«, woraufhin Lance sich umdrehte und mühelos wieder einschlief. Was ging in ihm vor, wenn er schlief? Vielleicht waren seine Träume Festgelage, bei denen er darauf trank, dass er wieder eine Frau gebrochen und sich unterworfen hatte. Vielleicht aber waren es auch einfach die friedlichen Träume eines Mannes ohne jedes Gewissen.

Kristy duschte und zog ihre beste Jeans und eine dunkelblaue Seidenbluse an. Sie hatte Tränensäcke und dunkle Ringe unter den Augen, die über Nacht gekommen zu sein schienen. Die Frauenzeitschriften logen nicht, wenn sie schrieben, dass Stress einen schneller altern lässt. Sie sah wirklich um Jahre gealtert aus, Gesicht und Körper gezeichnet von Angst und Unschlüssigkeit.

Als sie nach unten kam, war sie schon wieder eine Viertelstunde zu spät dran. Ryan saß in seinem ordentlich gebügelten weißen Hemd und locker um den Hals geschlungener goldgelber Krawatte am Küchentisch, sein Sakko hing über dem Stuhl daneben. Sie rechnete mit einer ironischen Bemerkung, aber er war in seine Debattennotizen vertieft. In gut einem halben Jahr würde er siebzehn werden und bald danach aufs College gehen. Ihr größter Wunsch war es, ihm das zu ermöglichen, dafür zu sorgen, dass all das, wofür er arbeitete, all das, wovon sie beide träumten, Wirklichkeit wurde.

»Entschuldige, dass ich ein bisschen spät dran bin«, sagte sie. Er sah lächelnd von seinen Notizen auf.

»Kein Problem«, sagte er. »Ich hab dir schon Kaffee gemacht.« Er zeigte auf ihre Thermoskanne. »Dieses Thema ist vertrackt, aber ich glaube, wir haben es im Griff.«

»Daran zweifele ich nicht. Du wirst sie heute alle fertigmachen«, antwortete sie. »Bist du bereit?«

»Aber so was von, Mama Bär. Wir packen den ›Stier bei den Hörnern‹ und so, du weißt schon«, flapste Ryan. Er war aufgedreht und konzentriert zugleich, »Wettkampfmodus«, nannte er das. Unaufgefordert nahm er Kristys Reisetasche und ging damit zur Haustür.

»Wir sind gut vorbereitet. East Tyler und Houston Prep sind starke Gegner, aber unsere Argumentation sitzt. Wenn wir nicht die Nerven verlieren, müssten wir's hinkriegen.«

Kristy fand es toll, wie bescheiden er war, dass er nicht prahlen und großtun musste, sondern sein Können für sich sprechen ließ. Seine Pfeif-drauf-Haltung brachte Lance regelmäßig auf die Palme. Wie oft hatte sie in den letzten zwei Jahren gehört, dass er Ryan aufforderte »ein Mann zu sein«.

»Du musst deinen Erfolg nach außen tragen, Ry. Den Leuten zeigen, dass du kein Loser bist. Dass sie dich ernst zu nehmen haben.«

Kristy mischte sich nie in diese Gespräche ein – das war nicht gestattet –, aber abgesehen von dieser einen Episode bei seiner Geburtstagsparty hatte sich an Ryans bescheidenem Wesen nichts geändert. Sie hoffte sehr, dass es so blieb.

Sie gingen hinaus, wo sich dunkle Wolken zusammenballten. Die Luft war schwül und drückend, und tiefes Donnergrollen rollte durch die verschlafenen Hügel. Kristy fuhr, Ryan saß neben ihr. Ausnahmsweise ließ er sein Handy stecken.

»Ist es wirklich okay, wenn du ganz allein nach Austin fährst?«, fragte er.

»Falls du es vergessen hast, ich bin durchaus in der Lage, allein zurechtzukommen. Hab ich jahrelang gemacht.«

Kristy unterließ es, ihr Alles-gut-Lächeln aufzusetzen. Sie hatte einfach nicht die Kraft dazu.

»Weiß ich doch, Mom. Ich wollte nur nachfragen. Seit dem Unfall wirkst du ein bisschen …«

»Ein bisschen was?«

»Weiß nicht, von der Rolle oder so.«

Wie üblich wich sie aus.

»Ry, ich bin wieder völlig gesund. Alles im Lot.«

»Bist du dir sicher?«, hakte er mit forschendem Blick nach. Kristy hielt die Augen auf die Straße gerichtet, entschlossen, keine Risse in der Fassade zu zeigen.

»Absolut«, log sie, wie es ihr inzwischen zur Gewohnheit geworden war.

»Ich hab mir überlegt, statt mit dem Schulbus könnte ich ja auch mit dir zurückfahren. Wir könnten zusammen Mittag essen, so wie früher, nur wir beide.«

»Das wäre sehr schön«, sagte Kristy.

Sie bog auf den leeren Schulparkplatz ein, wo der Bus schon mit laufendem Motor wartete. Ryan verabschiedete sich mit einem kurzen Winken, und sie sah ihn einsteigen, seine Freunde faustend begrüßen und sich auf den Platz neben Ella setzen. Er sah aus dem Fenster, fing ihren Blick auf und winkte noch einmal. Kristy schluckte und sagte sich, dass alles in Ordnung war, dass ihm nichts passieren würde. Aber die dunkle Vorahnung, dieses Vernichtungsgefühl, war wieder da, und sie glaubte nicht, dass es je weggehen würde.

Sie fuhr aus der Stadt hinaus, am Gefängnis vorbei, und beäugte die hohen Mauern mit Stacheldraht, die Scharfschützen mit ihren Gewehren auf den Wachtürmen. Jahrelang war sie achtlos daran vorbeigefahren und hatte höchstens gedacht, dass dort Schuldige einsaßen, hinter Gittern, wo sie hingehörten. Doch jetzt fragte sie sich, wie viele von den Häftlingen in einer ähnlichen Situation gewesen waren wie sie. Was, wenn man sich keinen Rat mehr wusste? Verzweifelt war? Nach irgendeinem Ausweg suchte? Unwillkürlich überlegte sie, wie sie im Gefängnis überleben würde, weggesperrt und getrennt von allen und allem, was sie liebte. Sie schüttelte den Gedanken ab. Sie hatte nichts Unrechtes getan – noch nicht, jedenfalls.

Der Wagen schnurrte über den Highway, und sie kam an Farmhäusern und dann an einem endlosen Gewerbegebiet aus Tankstellen, Schnellrestaurants und Supermärkten vorbei. Nach Auskunft der Frau von der Rehabilitationseinrichtung war die Besuchszeit von neun bis vierzehn Uhr.

Kristy fuhr die Strecke in Rekordzeit und war schon um acht Uhr fünfundvierzig am Ziel. Sie parkte vor einem Terrassenhaus, das als Übergangswohnheim für Süchtige und kürzlich entlassene Strafgefangene diente, und wartete bis Punkt neun, bevor sie ausstieg. Als sie den Gehweg entlangging, sah sie Lisette über die Vordertreppe herauskommen.

Sie war klein, höchstens einen Meter sechzig groß, und trug die dunklen Haare jetzt lang und mit Ponyfransen, die ihre dunkelgrünen Augen verbargen. Ihr olivbrauner Teint war makellos, von einer frischen Glätte, wie nur die Jugend sie schenkt. Sie trug Jeans, die ihr ein paar Nummern zu groß waren, ein T-Shirt und eine Strickjacke und wischte über ihr Smartphone, während sie die Auffahrt hinunterging. Dabei wirkte sie so zart und zerbrechlich, als könnte sie von einem heftigen Windstoß weggeweht werden.

»Lisette?«, sprach Kristy sie an. »Lisette Mendoza?«

Lisette blickte erschrocken auf und drückte ihre Handtasche an sich. Offensichtlich erkannte sie Kristy wieder.

Wie lange sie sie wohl an dem Abend auf dem Restaurant-Parkplatz beobachtet hatte? Und nur dort, oder hatte sie sie schon öfter mit Ryan und Lance herumfahren sehen und sich ein Familienleben vorgestellt, wie sie es einmal mit ihrer Mutter gehabt hatte?

»Ich hab doch gesagt, Sie sollen mich in Ruhe lassen«, zischte Lisette und sah sich mit dem gleichen Ausdruck eines in der Falle sitzenden Tieres um wie damals Yoli im Supermarkt.

»Lance ist nicht bei mir«, sagte Kristy. »Mein Sohn hat einen Debattierwettbewerb hier an der Uni, und Lance ist auf einem Jagdausflug in Conroe. Er weiß nicht, dass ich hier bin, ich schwör's.«

»Ist mir egal. Verschwinden Sie«, erwiderte Lisette und ging weiter.

Kristy hatte es satt, dass Leute ihr sagten, was sie zu tun hatte. Sie packte Lisette fest am Arm, so wie Lance es immer mit ihr machte.

»Sie kennen Lance. Und Sie haben ›Mörder‹ auf meinen Pick-up gesprüht, verdammt noch mal. Also, Sie erzählen mir jetzt, was Sie über ihn wissen, okay? Ich habe ein Recht darauf zu erfahren, wen ich geheiratet habe.« Ihre vor Verzweiflung raue Stimme versagte.

Lisette starrte sie an, offenbar hatten ihre Worte etwas bewirkt.

»Ich habe jetzt ein Treffen, Anonyme Alkoholiker, vom Gericht angeordnet«, sagte sie und zeigte auf die elektronische Fußfessel um ihren Knöchel, mit der jeder ihrer Schritte überwacht wurde. »Ich kann mich in einer Stunde mit Ihnen treffen. Gleich um die Ecke ist ein Café namens ›Dialog‹.«

Kristy nickte. Lisette konnte sie natürlich versetzen, aber das Risiko musste sie eingehen.

Sie ließ ihr Auto stehen und ging zu Fuß zu dem Café, das ganz in strahlendem Weiß mit hier und da ein paar roten Akzenten gehalten war. Ein bisschen grell fürs Auge, als würde man in einem riesigen, dreidimensionalen Warhol-Bild herumsitzen, aber der Laden war proppenvoll. Sie bestellte einen Donut mit Schokoladencreme und einen Chai Latte und drückte sich in eine Ecke, um so wenig wie möglich aufzufallen. Als sie sich umsah, beneidete sie all die frischgesichtigen jungen Dinger, die irgendwelche Klassiker verschlangen und dabei Zukunftspläne schmiedeten.

Besonders faszinierte sie ein Mädchen mit violetten Haaren, bauchfreiem Oberteil und Nasenring, das sexy lachte, während sie sich an ihren stark tätowierten Freund schmiegte. Wie es wohl war, so unbeschwert zu sein? Kristy hatte das nie gekannt, und im Moment wünschte sie sich nichts sehnlicher. Nein, das stimmte nicht. Sie wollte so viel mehr, als dieses Leben ihr gegeben hatte. Eigentlich hatte sie sich Arbeit zum Durchlesen mitgenommen, doch sie saß nur da und starrte vor sich hin, dachte daran, wie anders alles gekommen wäre, wenn sie Lance nie begegnet wäre. Sie merkte gar nicht, wie die Zeit verging, bis Lisette sie ansprach.

»So, hier bin ich. Was wollen Sie?«

»Ich möchte mehr über Ihre Mutter und Lance … Wayne erfahren. Das ist alles.«

Lisette ließ kurz den Blick durch das Café schweifen und setzte sich dann auf den Stuhl gegenüber. Sie wirkte wie ausgehöhlt, von Kummer verzehrt. Als sie Kristy abschätzend musterte, bemerkte sie die inzwischen verblassten, aber immer noch sichtbaren Blutergüsse auf Stirn und Wangen.

»Autounfall«, sagte Kristy automatisch.

Ein dünnes Lächeln erschien auf Lisettes Gesicht.

»Ja, klar«, sagte sie.

Sie hatte etwas Hartes an sich, das Kristy verstörend fand. War sie schon immer so gewesen oder war das ein Nebeneffekt davon, mit Lance aufzuwachsen? Würde sie bei Ryan eines Tages eine ähnliche Veränderung feststellen? Oh Gott, das könnte sie nicht ertragen.

»Es tut mir leid wegen Ihrer Mom«, sagte sie, auch wenn es wie eine hohle Phrase klang. Ähnliche Floskeln hatte sie selbst nach dem Tod ihrer Mutter bis zum Erbrechen gehört. »Es tut mir sehr leid.« – »Mein aufrichtiges Beileid.« – »Was für ein schwerer Verlust.« – »Wenigstens hat sie es jetzt besser, dort, wo sie ist.« Man musste so etwas sagen, es gehörte sich einfach. Lisette machte sich nicht die Mühe, darauf zu reagieren.

»Wayne hat meine Mutter nicht umgebracht. Ich meine, er hat sie nicht eigenhändig ermordet. Sie hat Selbstmord begangen.«

»Sind Sie sich sicher?«, fragte Kristy.

»Ja. Wayne war mit meinem Großvater auf der Jagd, als Mom starb.«

Kristy versuchte, sich ihre Erleichterung nicht anmerken zu lassen. Es entsetzte sie selbst, zu einer Person geworden zu sein, die froh darüber war, dass eine andere Frau sich das Leben genommen hatte.

»Aber er hat sie dazu getrieben. Er ist der Grund, weshalb sie tot ist. Tag für Tag hat er sie tyrannisiert, bis sie keinen Ausweg mehr sah.« Lisette sprach vollkommen sachlich.

»Und niemand wusste, dass er …«

»Das Böse in Person war? Nein. Das hat uns alle kalt erwischt. Auf so was waren wir einfach nicht gefasst, schätze ich. Meine Eltern haben sich scheiden lassen, als ich neun war. Einvernehmlich, wie man so sagt. Sie haben sich mit mir hingesetzt und gesagt: ›Schätzchen, das funktioniert nicht mehr mit uns, aber wir haben dich sehr lieb. Du bleibst immer unser Kind, bla, bla, bla.‹ Mein Dad hat wieder geheiratet, aber Mom hatte ein echtes Talent dafür, Loser aufzugabeln. Oder Typen, die keinen Bock auf ein Kind als Ballast hatten. Mom und Wayne lernten sich auf einer Immobilienmaklerkonferenz in New Orleans kennen, kamen sich über Prime-Hypotheken näher. Wayne hat ständig was für uns gemacht, den Abfluss gereinigt oder uns ein neues TV-Regal gekauft. Er hat mich in Judo eingeführt, und ich wurde richtig gut. Also, soll heißen, ich hätte es beinahe zu den olympischen Jugendspielen geschafft. Dad war inzwischen aus beruflichen Gründen nach Florida gezogen, und Wayne übernahm immer mehr die Vaterrolle.«

Kristy wollte nichts mehr hören. Sie wollte nicht hören, dass sie nur eine weitere Nummer in Lance' perfidem Spiel war.

»Aber dann hat er ein anderes Gesicht gezeigt? Ich meine, Lance wurde gemein zu Ihrer Mutter?«, fragte sie, weil sie zugleich die Bestätigung brauchte, dass sie nicht die Einzige war, die er hinters Licht geführt hatte.

»Und ich habe nichts gemerkt. Mir ist nichts aufgefallen, gar nichts«, sagte Lisette. Schuldgefühle huschten schattenartig über ihr Gesicht, aber sie hatte sich gleich wieder im Griff.

»Mom ist in meinem zweiten Highschool-Jahr gestorben. Ich hatte den Homecoming-Abend bei meiner besten Freundin Cara verbracht. Unsere Nachbarin kam herüber, um Mom zu sagen, dass der Rasensprenger noch an war, und hörte ein Auto in der Garage laufen. Zwei Stunden später tauchte ein Polizist bei Cara auf. Er sagte zu mir: ›Deine Mutter ist dahingegangen‹, und ich verstand überhaupt nicht, was er wollte. Wohin gegangen? Wohin sollte sie denn gehen? Es gab keinen Abschiedsbrief, nichts. Ich war außer mir vor Wut. Ich verstand nicht, wie sie mir das antun konnte. Uns das antun konnte. So dachte ich zumindest in den ersten Tagen danach. Schließlich war ich nicht allein, Wayne und ich waren in Trauer vereint.« Lisettes Stimme schwankte zum ersten Mal.

»Aber er hat sie geschlagen?«

»Das wissen Sie doch«, antwortete Lisette, jetzt wieder schroff. »Sonst wären Sie nicht hier.«

Sie pickte an ihren Fingernägeln herum, deren blassrosa Lack am Abblättern war, und sprach leiser.

»Es war drei Tage nach Moms Tod. Wayne war unten und organisierte die Beerdigung, rief beim Bestattungsinstitut an, der Blumenhandlung. ›Keine Sorge, Lizzy, ich kümmere mich um alles‹, sagte er. Auf einmal sah ich eine E-Mail eingehen, von einem anderen Account, ich sah ihren Namen in der Betreffzeile, und es war wie ein Gruß aus dem Jenseits. Offenbar hatte sie sich eine neue E-Mail-Adresse zugelegt und sie mit einer App so datiert, dass sie erst einging, nachdem wir sie gefunden hatten. Ich saß auf meinem Bett und las alles, was Wayne ihr angetan hatte. Jeden Tritt, jeden Schlag, den er mir beigebracht hatte, hatte er zuerst an ihr ausprobiert, als wäre sie sein lebender Trainingsdummy. Aber Sie wissen ja, wovon ich rede …«

Kristy nickte. Besser als irgendwer sonst.

»Er benutzte mich gegen sie und drohte damit, sonst was mit mir anzustellen, um sie gefügig zu halten. Irgendwann hielt sie es nicht mehr aus. Sie kam zu der Überzeugung, dass Wayne verschwinden würde, wenn sie tot wäre. Es ging ihr vor allem darum, mich zu beschützen. Ich habe Moms E-Mail ausgedruckt und sie auf den Esstisch gelegt, zusammen mit einem Zettel, auf dem stand: *Ich weiß jetzt, was du getan hast. Verpiss dich.* Als ich am nächsten Tag nach Hause kam, war Wayne fort, zusammen mit Moms ganzem Schmuck.«

Lisette blickte auf den Smaragdring an Kristys Hand. Kristy keuchte entsetzt auf und merkte, wie ihr übel wurde.

»Oh Gott, nein! Nein … nein … er sagte, der sei von seiner Großmutter.«

»Nicht seiner. *Meiner.*«

Kristy wollte den Ring abziehen, aber Lisette hielt sie zurück.

»Nicht. Ich will ihn nicht mehr. Außerdem, wer weiß, was er macht, wenn er sieht, dass Sie ihn nicht mehr tragen.«

Kristy zuckte zusammen. Das wollte sie sich lieber nicht vorstellen.

»Und Sie haben es nicht der Polizei gemeldet?«, erkundigte sie sich.

»Mom war tot, was sollte das noch nützen? Und ich wette, Sie sind auch nicht zur Polizei gegangen. Weil man einfach nicht weiß, zu was Wayne fähig ist.«

Kristy nickte. Lisette gab ihren Befürchtungen zum ersten Mal Ausdruck.

»Also … waren Sie es, die meinen Wagen beschädigt hat?«, fragte sie.

»Ich dachte, er würde Lance gehören. Der Onkel von meinem Freund wohnt in Conroe, er hatte uns für die Frühjahrsferien eingeladen. Mit mir ging es gerade richtig bergauf. Ich hatte eine Kirche gefunden, die mir gefiel, ich ging zu den Treffen. Hatte schon lange nichts mehr angestellt und dachte, jetzt hab ich mein Leben wieder im Griff. Dann sehe ich Sie und Wayne und Ihren Sohn, und Sie lachen zusammen und haben Spaß, als hätte meine Mom nie existiert. Als hätte er uns einfach durch eine neue Familie ersetzt. Es war dumm, was ich getan habe, aber ich war einfach so stinkwütend. Als ich zurück in Austin war, hab ich die Sache plötzlich in den Nachrichten gesehen, und die Leute haben davon geredet, dass dem Schuldigen Gefängnis droht, weil er eine Staatsbeamtin drangsaliert hat, und da hab ich es total mit der Angst zu tun bekommen. Dann tauchte Wayne auf, und ich so zu mir ›Gott, Lisette, du bist echt der dümmste Mensch auf Erden‹. Ich hatte anscheinend vergessen, wie durchgeknallt er ist.«

»Er kam zu Ihnen nach Hause?«

»Nein, das ist nicht seine Art. Er fing mich auf der Arbeit ab. Ich jobbte als Kellnerin, und da saß er auf einmal im Lokal, in meinem Bereich. Meinte, er wolle bloß mit mir reden. Er würde ja verstehen, dass ich noch trauere, aber er hätte kapiert, dass das Leben weitergeht, und das müsste ich auch. Nicht nur mir selbst zuliebe, sondern auch meiner Tochter. Er hatte Fotos dabei, von uns beiden, wie wir zusammen in einem Park spielen. Er grinste und sagte: ›Guck nicht so überrascht, Lizzy. Wir haben beide viel zu verlieren. Denk immer daran.‹ Ich hab versprochen, von ihm wegzubleiben, und daran hab ich mich gehalten.«

»Wir waren da noch nicht zusammen. Erst nach diesem Abend … das hat uns einander nähergebracht.«

»Er hätte eine andere Möglichkeit gefunden, Sie zu erobern. Wenn Wayne Sie wollte, hätte er Sie auch gekriegt«, sagte Lisette ungerührt.

»Und Ihre Probleme?«, fragte Kristy nach einer Pause, auf die elektronische Fußfessel deutend.

»Vor dieser Sache war ich auf einem echt guten Weg. Das Leben hat sich beinahe wieder normal angefühlt. Aber als ich Wayne sah, kam alles wieder hoch. Haben Sie je Meth genommen?«

»Nein. Bin nie über Pot hinausgekommen.«

»Meth bringt einen auf so ziemlich das geilste High, das man sich vorstellen kann«, sagte Lisette blinzelnd und beinahe ehrfurchtsvoll, als würde sie eine Reise nach Mekka oder eine Begegnung mit Jesus persönlich beschreiben. »Es nimmt dem Leben die Härte, macht alles leicht und heiter. Eine Zeitlang hab ich mich richtig toll gefühlt – und dann richtig mies.«

»Und … Lance hat Sie nie geschlagen oder sonst irgendwie körperlich bedrängt?«

»Nein. Ich glaube, er wollte wirklich nur meine Mutter, und ich hab halt zu dem Paket dazugehört. Hätte er es doch nur mal bei mir versucht – ich bin eine ziemlich gute Kämpferin. Aber das weiß Wayne, er hat mich schließlich selbst trainiert.«

Kristy wollte verstehen, was für ein widerlicher, kranker Wurm in Lance' Kopf lebte und ihn zu seinen Taten trieb.

»Wissen Sie irgendetwas über seine Vergangenheit? Freunde, Familie?«, fragte sie.

»Ach, er hat sich ständig mit irgendwem verkracht, war aber nie selbst daran schuld. Von seiner Familie erzählte er nur, dass seine Mutter ihn und seinen Vater verlassen hätte, aber ich habe den Verdacht, dass der liebe Daddy der Mutter gern eine gescheuert hat und sie irgendwann die Nase voll hatte. Vielleicht war Wayne noch zu jung, um das mitzubekommen. Was auch passiert ist, er ist ein extrem gestörtes Arschloch.«

Lisette schnippte geistesabwesend ein Häufchen rosa Nagellacksplitter auf den Boden und blickte auf die Uhr ihres Handys.

»Ich muss los, ich stehe noch unter Hausarrest.«

»Vielen Dank, dass Sie mit mir gesprochen haben«,

sagte Kristy, auch wenn sie es beinahe bereute. Lisette hatte ihre schlimmsten Befürchtungen bestätigt. »Ich hätte nur noch eine Bitte.«

»Ja?«

»Es geht niemanden etwas an, dass wir uns getroffen haben.«

»Einverstanden«, sagte Lisette sofort und griff nach dem kleinen Goldkreuz um ihren Hals. »Sind Sie mit der Heiligen Schrift vertraut? Gottes Wort, meine ich?«, fragte sie.

»Nein. Ich fürchte, ich bin nicht sehr religiös.«

»Der Herr hat mir durch viele schwere Zeiten hindurchgeholfen. Er hat mir geholfen, trocken und clean zu werden. Hat mir eine zweite Chance mit meiner kleinen Tochter und meinem Freund gegeben. Gottes Führung hab ich es zu verdanken, dass mein Vater wieder mit mir spricht. Doch selbst Gott weiß, dass manche Seelen nicht gerettet werden können. Im ersten Petrusbrief, Kapitel fünf, Vers acht, heißt es: ›Seid nüchtern und wachet; denn euer Widersacher, der Teufel, geht umher wie ein brüllender Löwe und sucht, welchen er verschlinge.‹ Passen Sie auf, Kristy, sonst wird Wayne Sie und Ihre ganze Familie verschlingen.«

Damit eilte Lisette hinaus. In dem Café herrschte immer noch viel Betrieb, aber Kristy nahm die Geräuschkulisse nicht mehr wahr. Sie dachte an Pamelas nüchtern erzählte Geschichte. Pamela hatte alles richtig gemacht, war zur Polizei gegangen, hatte versucht, Hilfe zu bekommen, aber niemand hatte ihr zugehört. Selbst wenn sie das auch machte, den legalen Weg einschlug – sie hatte nun den Beweis, dass Lance ein bösartiger Irrer war. Er hatte bereits eine Frau zu Tode gequält. Er bedrohte nicht nur ihr eigenes Leben, sondern auch das ihres Vaters und ihres Sohns. All die Verbrennungen und Prellungen, die körperlichen und verbalen Angriffe und erzwungenen sexuellen Handlungen, die sie stumm ertragen musste. Pamelas Worte hallten in ihrem Kopf wider. *Roger war ein verdammter Sadist. Letztlich blieb mir nichts anderes übrig.* Dasselbe konnte man auch von Lance sagen. Falls sie seinetwegen noch irgendwelche Zweifel gehegt hatte, so hatte Lisette die gründlich ausgeräumt.

Sie hatte gehofft, durch ihre Nachforschungen über ihn eine andere Lösung zu finden. Jetzt wusste sie, dass es keine gab. Lance wirkte sich immer noch zerstörerisch auf Lisettes Leben aus, selbst nach dem Tod ihrer Mutter. Sie wollte, dass Ryan eine Zukunft hatte, aufs College ging, seine Erfahrungen machte, glücklich war. Nichts davon würde eintreten, solange Lance' dunkler Schatten über ihm hing. Nach all den Monaten voller Leid und Angst sah sie nun klarer. Sie war zu einer Entscheidung gekommen: Sie würde ihren Mann umbringen.

Zwanzigstes Kapitel

Noch nie zuvor in ihrem Leben hatte Kristy ernsthaft an Mord gedacht. Auch als Clifton erwähnt hatte, dass es Möglichkeiten gebe, hatte sie die Idee schnell verworfen. Und nun, da ihr Entschluss feststand, konnte sie die Stimme in ihrem Kopf nicht zum Schweigen bringen, die immer wieder schrie: *Du bist keine Mörderin. Du bist keine Mörderin.* Aber vielleicht hatten alle so gedacht, die bis zum Äußersten getrieben worden waren.

Begierig, Ryan zu sehen, hastete sie über den weitläufigen Campus der University of Texas und schob jeden Gedanken an die Zukunft und Lance fürs Erste beiseite. Das war ein großer Tag für Ryan, und sie war es ihm schuldig, dabei zu sein.

Bei Debattierwettbewerben waren im Gegensatz zu Sportwettkämpfen keine Zuschauer zugelassen, aber einige von den anhänglicheren Eltern, darunter Kristy, versammelten sich manchmal schon im Vorraum, um auf die Ergebnisse zu warten und zu hören, wie ihre Kinder sich geschlagen hatten. Sie war allerdings spät dran, und als sie dort ankam, feierten Ryan und sein Team schon in der Eingangshalle. Ryan strahlte vor Glück, und seine Krawatte saß locker wie bei einem Politiker, der gerade die

Nominierung seiner Partei als Kandidat für ein wichtiges Amt angenommen hatte. Sobald er Kristy erspähte, legte er jede pubertäre Befangenheit ab, sprang auf sie zu und warf ihr die Arme um den Hals.

»Mama Bär, wir haben gewonnen! Kannst du das glauben? Wir haben sie alle niedergemacht, total vernichtet. Wir sind Staatsmeister geworden«, sagte er mit leuchtenden Augen.

Kristy drückte ihn fest.

»Ich bin so verdammt stolz auf dich, Ry«, flüsterte sie.

»Ella, komm her. Erzähl Mom, wie wir die anderen Teams fertiggemacht haben. Ihre Argumentationsgebäude sind regelrecht in sich zusammengefallen.«

»Ryan war toll, Ms Tucker. Alle reden von ihm«, sagte Ella und lehnte sich an ihn.

»Nix da, Ellas Kreuzverhör hat ihnen den Garaus gemacht. Nur ihretwegen haben wir es in die Endrunde geschafft. Nicht zu fassen, Mom, was? Staatsmeister im vorletzten Highschool-Jahr!«, jubelte Ryan.

»Ich habe keine Sekunde daran gezweifelt«, sagte Kristy. Ryan und seine Freunde schossen noch mehr Fotos voneinander und fielen sich in die Arme. Eltern und Teamkameraden kamen herbei, um ihr gratulierend die Hand zu schütteln. Es war ein lebhaftes Gefeiere, und Ryan stand im Mittelpunkt, entspannt und selbstsicher. Was auch geschah, was sie auch würde tun müssen, sie hatte einen prima Menschen großgezogen. Das konnte Lance ihr nicht nehmen.

»Hey, Mom, wir gehen jetzt in der Sixth Street eine

Kleinigkeit essen, und dann wollen wir zurück ins Hotel, um zu schwimmen. Kommst du später zum gemeinsamen Abendessen?«, fragte er.

»Ehrlich gesagt hab ich daran gedacht, das Abendessen ausfallen zu lassen.«

»Echt?«

»Ja, feier du mal ruhig mit deinen Freunden.«

»Bist du dir sicher?«

»Ja. Ich freue mich irgendwie schon auf Take-away und *Desperate Housewives*. Ein bisschen Zeit für mich selbst, weißt du? Aber ich hole dich morgen früh ab, und dann essen wir irgendwo zusammen zu Mittag, okay?«

»Super«, sagte Ryan.

»Du bist wirklich ein guter Junge. Hab ich dir das schon mal gesagt?«, fragte Kristy.

»Vielleicht ein bis drei Millionen Mal«, antwortete Ryan lachend. »Oh, und falls du vor mir mit Lance telefonierst, sag ihm, dass wir Kleinholz aus ihnen gemacht haben, okay?«

»Das ist das Erste, was ich ihm erzähle.«

Auf der Fahrt zu den Homestead Suites, wo sie alle übernachteten, klingelte ihr Handy. Lance hatte keinen guten Empfang in seiner Jagdhütte, deshalb fuhr er manchmal abends zu der ein paar Kilometer entfernten nächsten Tankstelle, um sie anzurufen. Bei jedem anderen Mann hätte sie das süß gefunden, aber sie wusste, dass nur seine Kontrollsucht dahintersteckte.

»Hallo, Darlin'«, sagte er. »Hast du gute oder schlechte Neuigkeiten?«

»Phantastische. Sie sind Texasmeister geworden. Ryan und sein Team haben den ersten Platz gemacht.«

Lance johlte. »Verdammt, wusst ich's doch.«

»Ryan war total aus dem Häuschen, Lance. Er wollte, dass du es gleich erfährst«, sagte Kristy und dachte, wie normal ihr Gespräch klang, zwei Eltern, die sich stolz über ihr Kind unterhielten.

»Er hätte sich keine Gedanken zu machen brauchen. Hab ich das nicht gesagt?«

»Ja, das hast du«, antwortete Kristy. *Ja, Lance, du hast immer recht. Du bist der klügste Mensch, der je gelebt hat.*

»Ich schick ihm gleich eine Nachricht und sag ihm, wie stolz ich auf ihn bin«, fuhr Lance fort. »Und morgen, wenn ich zurück bin, zaubere ich ein Festessen für ihn.«

»Da wird er sich freuen.« Eine Pause entstand. Kristy wollte ihn nach Hannah fragen. Warum hatte er sie so gepeinigt? Warum hatte er sie in den Selbstmord getrieben? Hatte er das Gleiche mit ihr vor?

»Wie ist die Jagd?«, sagte sie stattdessen.

»Hab heute Morgen einen Bock erlegt. Einen echten Kaventsmann. Wir werden wochenlang Wild essen.«

»Das ist toll«, sagte Kristy und empfand spontanes Mitgefühl mit dem wehrlosen Tier, das Lance gnadenlos verfolgt und getötet hatte.

»Ich liebe dich, Kris, ich vermisse dich.«

»Ich liebe dich auch«, antwortete sie automatisch. Sie legte auf und träumte von einem Abend für sich, ohne all die Ungewissheit.

Eine Gruppe von erschöpften Flugbegleiterinnen kam

ihr am Empfang zuvor, und sie lauschte ihrem aufgeregten Geplauder über die nächsten Flüge. Die paar Male, die sie Texas verlassen hatte, konnte sie an einer Hand abzählen. Wie es wohl war, ständig herumzureisen, neue Städte, andere Kulturen und Sprachen kennenzulernen, frei und ungebunden? Sie stellte sich vor, wie es wäre, jetzt einfach zum Flughafen zu fahren.

»Ich lasse mich gern überraschen«, würde sie zu der Angestellten am Schalter sagen. »Jedes Ziel der Welt ist mir recht.« Aber war das letztlich nicht das Gleiche, was Hannah getan hatte – ihre Liebsten allein zurückzulassen? Sie konnte Hannah deswegen nicht verurteilen, aber für sie kam das nicht in Frage. Niemals würde sie Ryan und Pops im Stich lassen.

Sie checkte ein, nahm den Zimmerschlüssel an sich und ging rasch durch die Flure. Nachdem sie aufgeschlossen hatte, zog sie die Vorhänge zu und warf sich auf das King-Size-Bett, ohne auch nur die Schuhe abzustreifen. Sie ließ sich in die weiche Matratze sinken und genoss das Alleinsein. Bald jedoch wurde die Stille unerträglich, und alle möglichen Gedanken an Lance und Hannah und Lisette und Ryan und Pops drängten sich in ihrem Kopf. Sie machte den Fernseher an und zappte durch die Programme, bis sie auf eine Wiederholung von *Friends* mit der so vertraut-tröstlichen Lachkonserve stieß.

Irgendwann döste sie weg und wachte vier Stunden später in einem dunklen Zimmer mit laufendem Fernseher wieder auf. Gierig trank sie eine Flasche Wasser aus, bestellte sich eine große Pizza und Knoblauchbrot bei Domino's und machte die Flasche billigen Merlot auf, die sie am Abend zuvor bei H-E-B gekauft hatte.

Sie zappte weiter durch die Sender, trank ihren Wein und wünschte, sie hätte eine zweite Flasche mitgebracht. Seit ihrem »Unfall« hatte sie aufgehört zu trinken. Der Alkohol machte sie benommen, und sie konnte dann Lance' Stimmungen weniger gut einschätzen. Es war einfacher, ihn ganz wegzulassen, aber heute Abend sehnte sie sich nach einer kleinen Flucht, nach der schweren Wärme, die ihre Adern durchströmte. Sie hatte sich seit Monaten nicht mehr entspannen können und brauchte das jetzt. Scheiß drauf, dachte sie, während sie die Flasche leerte. Sie würde zu dem Laden an der Ecke gehen und noch eine kaufen. Als sie in ihrer Tasche nach dem Schlüssel kramte, entdeckte sie Cliftons neuesten Brief. Sie las seine Briefe sonst immer gleich und vernichtete sie hinterher, damit Lance sie nicht fand. Diesen hier hatte sie offenbar vergessen, eine gefährliche Nachlässigkeit, aber nun öffnete sie den Umschlag begierig und begann zu lesen.

Liebe Ms Tucker,

Sie fragen sich vielleicht, woher ich von Ihren Problemen wusste. Ich dagegen habe mich immer gefragt, wieso andere Leute nichts merken. Es ist immer da, immer in den Augen. Wenn ein Mann eine Frau schlägt, verändert sich ihr Blick. Jahrelang dachte ich, dass doch mal jemand Mamas Augen bemerken müsste, die Abwesenheit darin, als wäre sie weit weg von ihrem Körper, weit weg von der Welt. Ich dachte, dass andere auch sehen müssten, was er ihr antat, weil es für mich so offensichtlich war.

Wenn Daddy spätabends, nachdem die Bars zugemacht hatten, hereingetorkelt kam, nach billigem Whiskey und noch billigerem Parfüm stinkend, dann hat sie ihm zugesetzt, hat ihn an sein Ehegelübde, seine Familie erinnert, hat gesagt, dass er sie blamiert. Er hat dann immer durchgedreht und sie verdroschen. Ich höre sie heute noch schreien, dass er aufhören soll, höre sie flehen und betteln und sagen, dass wir Kinder doch alles mitbekämen. Natürlich hat nie jemand die Polizei gerufen. »Die sollen das unter sich ausmachen«, so lautete das Motto in der Nachbarschaft. Mama wachte am nächsten Morgen voller Blutergüsse auf, die sie mit Make-up kaschierte, und wir zeigten uns alle in der Kirche. Manchmal hatte sie auch ein verstauchtes Handgelenk oder ein blaues Auge und die passenden Erklärungen dafür, aber die meisten Leute fragten sowieso nicht nach. Schon als Kind habe ich mich gewundert, warum denn bloß niemand auf so was achtet. Aber ich achte darauf, Ms Tucker. Ich sehe Sie an. Ich sehe Ihren Schmerz.

Als wir uns kennenlernten, ging ein Funkeln von Ihnen aus, ein Licht, das Sie erfüllte. Ich habe dieses Funkeln schon länger nicht mehr gesehen. Ich kann mir nicht vorstellen, Ihre Arbeit zu machen, aber ich wette, Sie könnten Ihren Job auch erledigen, ohne einen Hauch von Freundlichkeit oder Rücksicht gegenüber uns hier im Trakt zu zeigen. Manche vom Gefängnispersonal verachten uns abgrundtief und zeigen das auf jede nur erdenkliche Art.

Aber Sie, trotz alldem, was Sie aushalten müssen, setzen ein Lächeln auf und kommen her. Das sagt verdammt viel über Ihren Charakter aus, und Sie sollen wissen, dass ich mir darüber im Klaren bin, was Sie leisten. Wir müssen weiterkämpfen, Sie und ich auch.

Ich male mir gern aus, wie es sein wird, wenn der Staat eines Tages meine Unschuld anerkennt. Er würde mir hunderttausend Dollar für jedes Jahr schulden, das ich hier eingesperrt war, also hätte ich das nötige Kleingeld für einen Neuanfang. Ich würde mir ein Haus irgendwo am Ende der Welt kaufen, mit einem großen Garten und einem Gartentisch. Ich würde all meine Mahlzeiten unter den Sternen einnehmen. Hey, vielleicht würde ich mir sogar einen Schlafsack zulegen, um unterm Sternenhimmel zu schlafen. Hin und wieder würde ich Sie anrufen und sagen: »Wir müssen uns mal wieder treffen.«

Wir würden in dieses kleine, aber feine kreolische Restaurant in Houston gehen und draußen auf der Terrasse sitzen. Sie würden mir von Ihrem Alltag erzählen. Ich würde Ihr Funkeln wieder sehen und wissen, dass Sie glücklich und in Sicherheit sind. Sie hätten hier aufgehört und was anderes angefangen, würden vielleicht Geschichten für Zeitschriften schreiben oder gemeinnützige Arbeit für Leute wie mich machen. Wir würden kaltes Bier bestellen und Schüsseln voller Gumbo und die größten Po'boy-Sandwiches, die Sie je gesehen haben. Vielleicht hätte ich wieder eine Freundin, vielleicht würde ich sogar daran denken, noch mal Kinder zu bekommen. Auf jeden Fall hätte ich einen Job. Ich glaube, ich würde gern unter-

richten und etwas von dem weitergeben, was ich hier drin gelernt habe. Sie würden sagen: »Clifton, wieso bist du nur so glücklich? Ich meine, man hat dich um Jahre deines Lebens betrogen. Ich begreife es nicht. Trägst du denn keinen Hass im Herzen?« Und ich würde antworten: »Kristy« – wir wären inzwischen gute Freunde und würden uns duzen –, »ich habe alles verloren, meine Kinder, meine Frau, mein Zuhause. Aber jeden Morgen, wenn die Sonne durch meine Vorhänge scheint oder wenn ich nachts die Sterne auf mich herunterblinken sehe, weiß ich, dass ich einen Neuanfang gemacht habe. Ich habe meine Freiheit, und das ist wunderbar.« Für mich ist das nur ein Wunschtraum, ich weiß, aber für Sie soll er wahr werden. Und Sie sollten das auch wollen.

Kristy las den Brief zu Ende und las ihn dann noch einmal. Wie sehr wünschte sie, dass Cliftons Zukunftshoffnungen sich erfüllten. Aber sie hatte keine Ahnung, wie sie beide ihrer jeweiligen Situation entrinnen sollten.

Sie schlief wieder ein, mehr als nur ein bisschen betrunken. Ihr Schlaf war unruhig, durchsetzt von Bildern einer in einer Garage zusammengesackten Gestalt inmitten strömender Gase. Im Traum hörte sie einen Motor laufen, bekam die Garagentür aber nicht auf. Als sie die Tür endlich aufgebrochen hatte, sah sie Ryan in sich zusammengesunken auf dem Fahrersitz. Ihr kleiner Junge war tot. Nach allem, was sie für ihn getan hatte, hatte sie ihn letztlich doch im Stich gelassen.

Um neun Uhr morgens erwachte sie ruckartig, aber der

Albtraum trübte ihre Gedanken weiterhin. Mit hämmerndem Kopf, trockenem Mund und flauem Magen von dem Fett und dem Käse schüttete sie eine Tasse grässlichen Hotelkaffees hinunter und duschte. Doch selbst so ließ sich das Grauen nicht wegspülen.

Um kurz nach zehn traf sie sich mit Ryan in der Hotellobby. Seine Haare waren zerzaust, die Augen trüb und blutunterlaufen. Er hatte die Nacht durchgemacht, Videospiele gespielt und am Pool abgehangen, war aber immer noch in Hochstimmung von dem Sieg und erzählte ihr fröhlich plappernd von seinem Abend.

Sie hatte nur noch so selten Zeit mit ihm allein, dass sie jede Minute genoss. Sie würde jetzt nicht an die Zukunft denken, sondern ganz im Hier und Jetzt leben. Sie fuhren zu Lydia's, einem Restaurant am Stadtrand von Austin, das es schon seit fast fünfzig Jahren gab und das für seine hausgemachten panierten Beefsteaks und eine vorzügliche Rahmbratensoße berühmt war. Nach einer Wartezeit von zwanzig Minuten konnten sie bestellen, und als die Kellnerin wieder weg war, beugte Ryan sich zu ihr über den Tisch.

»Mom, ich hab große Neuigkeiten.«

»Ach ja, was denn?«

»Ich wollte es dir nicht sagen, bis es sicher ist, aber heute hab ich diese Mail bekommen.«

Er reichte ihr sein Smartphone.

Lieber Ryan Tucker,

nach sorgfältiger Durchsicht von über dreitausend

Bewerbungen für unser diesjähriges Collegevorbereitungsprogramm würden wir Sie gerne einladen, am Führungsseminar von Notre Dame teilzunehmen. Ihre schulischen Leistungen haben uns ebenso überzeugt wie Ihr Engagement für Ihre Schulgemeinde. Unsere Kurse werden Sie fordern und Ihnen die Gelegenheit geben, Ihre Führungsqualitäten zu entwickeln und Ihre Kommunikationstechniken zu verbessern. Wir freuen uns darauf, Sie in diesem Sommer an der University of Notre Dame begrüßen zu dürfen.

Kristy sah von dem Schreiben auf. Ryan kaute aufgeregt auf seinem Strohhalm herum.

»Das ist ja großartig«, sagte sie und versuchte zu begreifen, was es bedeutete. »Können wir uns das denn leisten?«

»Ich bekomme alles bezahlt. Alles. Und Mom, ich habe mit der Frau von der Zulassungsstelle gesprochen, und sie meinte, dass die meisten Schüler, die an diesem Programm teilnehmen und sich dann um einen Studienplatz bewerben, angenommen werden. Ich meine, das ist eine der besten Unis des Landes, und ich hätte dann eine echte Chance.«

»Du tust so überrascht, aber ich weiß noch, wie wir das Capitol besucht haben, als du fünf warst …«, begann Kristy, und Ryan stöhnte.

»Mom, jetzt fang nicht wieder mit dieser alten Geschichte an.« Doch er lächelte.

»Du bist direkt auf einen der Kongressabgeordneten

zumarschiert und hast gesagt: ›Ich werde später auch für den Kongress kandidieren.‹ Ehrlich, das Gesicht von dem Mann, er war schockiert. Dann hat er gesagt: ›Mein Sohn, da wirst du hart arbeiten müssen, um es so weit zu bringen.‹ Und jetzt bist du auf dem besten Weg dorthin. All dein Einsatz macht sich jetzt bezahlt.«

Kristy strahlte. Ryan würde Texas hinter sich lassen. Er würde dem ganzen Mist und all den primitiven Idioten entkommen. Er würde alles erreichen, was sie nicht geschafft hatte.

»Das ist die beste Neuigkeit überhaupt. Oh Gott, ich bin ja so stolz auf dich«, sagte sie.

»Ich … ich wollte mich bei dir bedanken. Für diesen Ausflug nach Washington. D.C. damals, obwohl wir eigentlich nicht das Geld dafür hatten. Für alles. Ich meine, ich weiß, inzwischen hat sich viel verändert, und ich habe dir oft die Hölle heißgemacht wegen deinem Job, aber ich sehe jetzt, was du für Opfer gebracht hast.«

Jetzt bloß nicht die Fassung verlieren, sagte Kristy sich. *Reiß dich zusammen. Du musst dich zusammenreißen.*

Sie nahm Ryans Hand.

»Du bist es wert, Kleiner.«

Das Essen kam, und die Unterhaltung verlegte sich auf Ryans Sommerpläne und die Sommercamps für die Schülerdebattierclubs an Highschools in benachteiligten Großstadtvierteln, die er mitorganisierte. Kristy wollte für immer in diesem gemütlichen Restaurant sitzen bleiben und mit ihm reden, aber binnen Kurzem saßen sie wieder im Auto und fuhren zurück nach Conroe. Ryan döste mit angezogenen Beinen und einem Ausdruck reinster Zufriedenheit auf dem Beifahrersitz.

Als sie zu Hause ankamen, war Lance allerbester Stimmung. Sein Jagdausflug war ein voller Erfolg gewesen, und er hatte zur Feier des Tages bergeweise Rippchen und Wildfleisch gegrillt. Pops und er saßen an dem Holztisch im Garten hinten und tranken Budweiser. Als Ryan kam, standen sie auf und applaudierten, und Lance zog ihn in eine ungestüme Umarmung.

»Du bist ein verdammter Champion, Mann, weiß Gott!«

Ryan lachte und sonnte sich in dem Lob. Loben konnte Lance wie sonst nichts.

»Wir haben sie vernichtet, Lance. Genau wie du's prophezeit hast.«

»Weil du ein Krieger bist und Krieger das so machen.«

Lance streckte einen Arm nach Kristy aus. »Und hier ist die Kriegermama und sieht so verflixt hübsch aus.« Er zog sie auf seinen Schoß, während er sich wieder auf der Bank niederließ, und schnupperte an ihrem Hals.

»Ich hab mein Mädchen vermisst.«

»Ich hab dich auch vermisst«, sagte sie, die Worte wie Murmeln in ihrem Mund.

»Kristy-Schatz, hast du dich gut amüsiert?«, fragte Pops schnaufend, aber mit einem Grinsen im Gesicht.

»Es war so was von toll, Pops«, warf Ryan ein.

»Wie war dein Wochenende?«, fragte sie Pops. Er hatte eine gesunde Gesichtsfarbe, und seine Augen blitzten. Außerdem schien er gerade geduscht zu haben und trug saubere Sachen.

»Ich hatte wirklich meinen Spaß. Gestern Abend haben Mac und Vera für mich gekocht und mich dann zu einer Partie Poker herausgefordert. Ich sag's euch, diese Frau hat's faustdick hinter den Ohren. Hat mich bis aufs Hemd ausgezogen.«

Kristy lachte, auch wenn sie die körperliche Nähe zu Lance, der ihr mit beiden Händen sanft den Rücken rieb, unerträglich fand. Nach einem Moment befreite sie sich behutsam aus seinen Armen.

»Ich mache mich mal kurz frisch vor dem Essen«, sagte sie.

»Ist gut, Darlin'. Dann kann Ryan uns ja solange alles erzählen, uns an seinem Triumph teilhaben lassen.«

Kristy ließ die drei am Gartentisch zurück und ging nach oben, um zu duschen, wobei sie an Clifton dachte, dem sie am liebsten sofort erzählen wollte, was sie herausgefunden hatte. Manchmal fand sie es unerträglich, dass sie ihn nicht einfach besuchen oder anrufen konnte, fand es unerträglich, dass er allein in seiner Zelle saß, in der Falle genau wie sie. Sie wollte ins Bett kriechen, aber Lance war in Feierstimmung und erwartete, dass sie mitmachte.

Sie ging nach draußen, stocherte auf ihrem Teller mit Rippchen und Kartoffelsalat herum und wurde immer stiller, während die anderen fröhlich schwatzten. Später lag sie mit immer noch wirbelnden Gedanken im Bett, als Lance nach ihr griff.

»Darlin', wo warst du denn heute Abend?«, fragte er. »Du bist ja völlig geistesabwesend, seit ihr zurück seid.« Erschrocken und über sich selbst verärgert, weil sie in seiner Gegenwart unvorsichtig geworden war, legte sie ihm eine Hand auf die Brust.

»Ich bin hier bei dir, Lance.« Er nahm ihre Hand.

»Weißt du, ich hab den Verkauf dieses Outlet-Centers unter Dach und Fach gebracht. Darlin', meine Provision wird enorm sein. Ich denke, es ist langsam an der Zeit, dass du deinen Job aufgibst. Damit du dich mehr um uns kümmern und an die Familie denken kannst. Wir haben bisher nicht über Kinder gesprochen, aber es wäre doch schön, noch eins zusammen zu haben.«

Kristy erstarrte. Die Vorstellung, ein Kind von ihm zu bekommen, war entsetzlich. Tagein, tagaus hier im Haus festzusitzen, während Ryan weit weg studierte und Pops in ein Pflegeheim abgeschoben worden war, sie und das Baby Lance vollkommen ausgeliefert.

Das würde sie nicht zulassen. Nie und nimmer. Sie spielte erst mal auf Zeit.

»Schöne Idee. Wir können ja noch mal darüber reden, wann ich meine Kündigung einreichen soll.«

Am nächsten Tag ging sie wieder zur Arbeit, immer noch erschüttert von Lance' Baby-Bombe. Wenn er sich einmal etwas in den Kopf gesetzt hatte, ließ er nicht locker. Also musste sie es genauso machen. Sie saß in ihrem Büro und grübelte über ihren nächsten Schritt nach, als Carmen anklopfte.

»Hey, Kristy, ich glaube, du hast dich hier im Datum geirrt. Du hast Clifton Harris in sechs Wochen für ein Interview mit einem Reporter von der Associated Press eingeplant.«

Kristy sah auf.

»Und? Was ist damit?«

Carmen zeigte auf den großen Wandkalender, auf dem alle bevorstehenden Hinrichtungen eingetragen waren. Kristy drehte ihren Bürostuhl herum, und ihr rutschte das Herz in die Magengrube.

In weniger als sechs Wochen, falls nicht in letzter Minute einem Gnadengesuch stattgegeben wurde, sollte Clifton sterben.

Liebe Ms Tucker,

vermutlich ist das einer der letzten Briefe, die ich Ihnen schreibe. Ich komme mir ein wenig wie ein Versager vor, weil ich versprochen hatte, Ihnen in Ihrer Situation zu helfen, aber leider kann ich nicht viel tun. Wie es auch weitergeht, Sie sind auf jeden Fall stärker, als Sie denken. Ich weiß, es gibt Zeiten, da glaubt man, die Dunkelheit nicht mehr ertragen zu können. Noch immer erinnere ich mich an jeden Augenblick meiner Fahrt vom Bezirksgefängnis ins Polunsky damals. Zwei Stunden lang habe ich ununterbrochen nach draußen gesehen. Man hatte mich schon darauf vorbereitet, wie es im Todestrakt zugeht. Die Aufseher im County-Gefängnis schilderten mir genüsslich, was mich erwartete, zum Beispiel, dass ich aufgrund des eingeschränkten Hofgangs nur wenig Tageslicht zu sehen bekommen würde. Wirklich, was würde ich darum geben, einmal wieder dunkle Wolken aufziehen zu sehen oder einen Regenbogen nach einem Juligewitter. Ich wäre der glücklichste Mensch der Welt. Ich hoffe, im Himmel gibt es viel weiten, offenen Raum. Bin nicht sicher, was weitere Interviews angeht, scheint mir nicht mehr viel Zweck zu haben. Aber Sie könnten mich wahrscheinlich umstimmen. Auf jeden Fall bete ich, dass ich mich von Ihnen verabschieden kann.

Ihr Clifton Harris

Einundzwanzigstes Kapitel

Hinrichtung des Kindsmörders festgesetzt, plärrte die Titelseite des *Huntsville Item* über einem Polizeifoto von Clifton mit heimtückisch-finsterer Miene. Kristy hatte schon andere Fotos von ihm gesehen, auf denen er zivil gekleidet war, ein gestärktes Oberhemd mit Krawatte trug, die Haare ordentlich gekämmt hatte und eine Brille seinen stoischen Ausdruck weicher machte. Doch mit solchen Fotos verkaufte man keine Zeitungen. Clifton musste wie ein Ungeheuer wirken, sonst wurde den Leuten unwohl. Das Bild von ihm, das die Zeitungen veröffentlichten – in seinem orangen Häftlingsanzug, mit wild abstehenden Haaren und aufgerissenen Augen, die Fassungslosigkeit ausdrückten, wie Kristy wusste, nicht den Wahnsinn, den die Welt darin sehen sollte –, zielte darauf ab, dass man ihn und seine Tat verabscheute. Doch die oberflächliche Wahrnehmung war oft trügerisch, und die meisten Menschen blickten nie hinter die Fassade. Ein Foto von Lance würde sie an einen Filmstar denken lassen: adrett, gut aussehend. Hannah und Liza Mendoza aber hatten den anderen Dobson kennengelernt und sie ebenfalls.

Als sie im Polunsky eintraf, hob sich ihr der Magen bei dem Gedanken daran, in den Hinrichtungsraum zu starren und Clifton dort auf die Bahre gefesselt zu sehen. Wie sollte sie nur die gefühllosen Witzeleien von Gus und den Journalisten überstehen? Würde sie in der Lage sein, stumm dazusitzen und den Galgenhumor über sich ergehen zu lassen, mit dem die Reporter sich alle behalfen?

Wie belastend ihre Arbeit auch manchmal war, sie hatte stets darauf geachtet, sich emotional abzuschotten. In diesem Fall war ihr das nicht gelungen. Trotzdem würde ihr nichts anderes übrig bleiben, als an vorderster Front bei Cliftons Hinrichtung dabei zu sein und die Medien in ihrem Bestreben zu unterstützen, sein Leid zu Geld zu machen. Genug Anzeigen verkaufen, genug Klicks bekommen und dann weiter zur nächsten Story. Kristy hasste es zu sehen, wie ihr Freund zu einer Art Monster-Berühmtheit im Stil von Ted Bundy oder Charles Manson gemacht wurde. Daher hatte sie ein paar Presseleute kontaktiert, von denen sie hoffte, dass sie ein Interesse daran hatten, eine faire, ausgewogene Geschichte über Clifton zu schreiben, und konnte nun wenigstens mit einer guten Neuigkeit aufwarten.

»Wie halten Sie sich?«, fragte sie Clifton in der Woche darauf. Diese Frage hatte sie ihm schon bei zig Besuchen gestellt, aber noch nie hatte sie so hohl geklungen. Zu wissen, dass in einigen Tagen einer von ihnen beiden nicht mehr auf dieser Welt sein würde, veränderte die ganze Atmosphäre. Aber Clifton wirkte sehr gefasst. Er begrüßte sie mit seinem charakteristischen Grinsen und einem freundlichen Nicken, als sie den Hörer abnahm. Dass er die Anweisung zur Vollstreckung seines Todesurteils so sanftmütig hinnahm, machte beinahe alles noch schlimmer. Kristy wollte die Trennscheibe zwischen ihnen zerschmettern, seine Hände nehmen und sagen: »Ich glaube Ihnen.« Stattdessen saß sie nur da, das Telefon fest ans Ohr gedrückt, und hoffte, dass Clifton alles in ihrem Blick las.

»Ganz ehrlich, Ms Tucker«, sagte er leise, »ich bin bereit.«

»Bitte geben Sie den Kampf noch nicht auf«, flüsterte sie zurück. »Ich hätte nächste Woche noch einen Interviewtermin. Es wäre mit CNN, und ich kann für die Journalistin garantieren. Sie wird beide Seiten zu Wort kommen lassen. Es ist eine gute Möglichkeit, sich Gehör zu verschaffen.«

»Klar, warum nicht. Eins schaffe ich noch. Und wissen Sie, es gibt so viele Leute da draußen, die sich für mich einsetzen. Fiona und Bev werden auf keinen Fall aufgeben, bevor sie meinen Namen reingewaschen haben. Ich werde das hier unten vielleicht nicht mehr erleben, aber ich werde oben im Himmel mein kleines Mädchen und meinen kleinen Jungen in den Armen halten und in die Wolken schreien: ›Ich hab euch gesagt, dass ich unschuldig bin. Ich hab euch gesagt, dass ich es nicht war!‹«

»Es tut mir leid, dass ich nicht mehr für Sie tun konnte.«

»Oh, da irren Sie sich, Ms Tucker. Sie haben sehr viel für mich getan. Ich wollte mich nur vergewissern, dass Sie okay sind. Wissen Sie, ich hab mit einigen von den Männern hier drin gesprochen, aber was die gesagt haben … ich traue ihnen nicht, und ich denke, Sie sollten das auch nicht tun.«

»Ich finde schon eine Lösung, Clifton. Ich schaffe das.«

»Ich hoffe es, Ma'am. Und ich hoffe, Sie wissen, dass Sie nichts weniger als das Beste verdienen, was das Leben zu bieten hat.«

Kristy übertrug Carmen einige der Aufgaben im Zusammenhang mit Cliftons Hinrichtung und bat sie, den Ansturm der Reporter aufzufangen, die ständig anriefen und Exklusivberichte und O-Töne anfragten. Sie hoffte, sich dadurch auf Lance konzentrieren zu können, aber irgendwie kam sie nicht voran. Manchmal saß sie in ihrem Büro und grübelte darüber nach, wieso jemand wie Lance weiterleben und sie weiter tyrannisieren konnte, während Clifton bald tot und begraben sein würde. Gelähmt vor Unschlüssigkeit wusste sie nicht, wo sie anfangen sollte. Wie machte man das, einen Mord zu planen? Sie versuchte, wie ein Berichterstatter an die Sache heranzugehen. Reporter lernten in ihrer Ausbildung, die vier großen W-Fragen zu stellen. Warum wusste sie bereits – Lance war ein gewalttätiger Soziopath –, aber das Wie, Wann und Wo der Beseitigung ihres Ehemanns war ihr noch schleierhaft. Jedenfalls konnte sie nicht ewig weiter so in der Luft hängen, sonst würde sie noch enden wie Hannah.

Zu ihrer eigenen Überraschung war es dann weder Clifton noch Lance, der sie zum Handeln zwang und alles ins Rollen brachte, sondern Pops.

Nach monatelangem Beharren hatte sie es endlich geschafft, ihm einen Termin im MD Anderson Cancer Center in Houston zu besorgen, einer der größten Krebskliniken des Landes. Ihre Hoffnung war, dass er für eine klinische

Studie in der dortigen Lungenheilkunde in Frage kam, bei der neuartige Inhalatoren getestet werden sollten. Falls dieser medizinische Verzweiflungsschuss gelang, konnten dadurch eventuell Pops' Atemprobleme erleichtert und seine Lebensqualität verbessert werden. Sie berichtete Lance von der geplanten Tagesexkursion und rechnete damit, dass er darauf bestehen würde mitzukommen. Doch ausnahmsweise war das Glück auf ihrer Seite, denn er hatte eine Hausbesichtigung an diesem Tag, so dass sie mit Pops allein nach Houston fahren konnte.

Pops' Arzttermine waren stets eine Geduldsprobe für sie. Jedes Mal, wenn sie sich nach seinem Befinden erkundigte, antwortete er: »Fit wie 'n Turnschuh.« Dann kam der Arzt oder die Ärztin und fragte dasselbe, woraufhin er betrübt den Kopf schüttelte und eine Litanei seiner zunehmenden Beschwerden von sich gab. So auch heute wieder.

»Doc, mir tut der Rücken weh, mein Nacken bringt mich um, die Seiten stechen, und ich huste die ganze Zeit Schleim. Grünen Schleim.«

Kristy saß mit offenem Mund dabei und musste an sich halten, um ihn nicht daran zu erinnern, dass er noch vor fünf Minuten im Auto beteuert hatte, es gehe ihm gut. Doch der Arzt war optimistisch und erachtete ihn als ausgezeichneten Anwärter für die Studie.

»Sie müssten einmal im Monat zur Behandlung herkommen. Wir übernehmen die Kosten für Ihre Medikamente und die Parkgebühren und zahlen eine kleine Aufwandsentschädigung.« Diese Antwort und die Aussicht, sich in absehbarer Zeit besser fühlen zu können, verbesserte Pops' Stimmung ungemein. Kristy überlegte, ihn darauf hinzuweisen, dass es sich nicht um eine Heilmethode handelte, ließ es aber. Sollte er doch seine Freude haben.

Zum ersten Mal seit Langem verließen sie ein Krankenhaus guten Mutes. Es war noch früh, und sie hatten beide einen Bärenhunger, also fuhren sie zum Red Oak Steakhouse, einem von Pops' Lieblingsrestaurants, wo sie riesige Steaks und Ofenkartoffeln mit zerlassener Butter in sich hineinschlangen. Pops bestellte sich aufgekratzt ein Bier dazu und flirtete schamlos mit der hübschen rothaarigen Kellnerin. Nach dem Hauptgang gönnten sie sich noch ein Dessert – Apfelstrudel mit Vanilleeis für Pops und einen Brownie mit Sahne für Kristy. Als er den letzten Rest Eis aufgetunkt hatte, strich er sich seine wuscheligen grauen Haare aus der Stirn und sah sie freundlich-besorgt an.

»Ist alles in Ordnung mit dir, Kristy-Girl? Du scheinst mir ein bisschen bedrückt in letzter Zeit.«

Immer wenn sie dachte, dass er nicht mehr viel von dem mitbekam, was um ihn herum passierte, verblüffte er sie wieder.

»Wie kommst du denn darauf?«

»Ist nur so ein Gefühl. Das Eheleben ist nicht einfach, das weiß ich. Sosehr ich deine Mutter geliebt habe, es war auch zwischen uns nicht alles perfekt.«

»Mit Lance und mir ist alles okay«, log sie. Sie wollte schnell das Thema wechseln, bevor sie sich noch mehr verriet.

»Liegt's am Job? Macht dir dieser kleine Scheißer von

Gus Probleme? Ich kann dem Kerl immer noch den Arsch versohlen, wenn's sein muss.«

Kristy lachte schallend und trank den letzten Schluck von ihrem Chardonnay.

»Ehrlich, Pops, das könnte selbst ich, Gus den Arsch versohlen.«

Er schnaubte. »Auch wieder wahr. Also, jetzt mal im Ernst, Kristy, wo drückt der Schuh? Ich weiß doch, dass dir irgendwas zu schaffen macht.«

Sie konnte nicht über Lance sprechen, aber es gab schließlich noch etwas anderes, das sie beschäftigte.

»Hast du zu deiner Zeit je einen der Insassen im Todestrakt für unschuldig gehalten?«

Pops zögerte, was sie nicht erwartet hatte.

»Vielleicht einen oder zwei. Ich meine, man kann in keinen Menschen reingucken, oder? Es gab da mal einen, ein wirklich netter Kerl. Er war wegen Vergewaltigung und Ermordung einer Collegestudentin verurteilt worden, und ich konnte es einfach nicht glauben, dass er zu so etwas fähig sein sollte. Typen, die so was tun, denen sieht man es meist schon an den Augen an. Man spürt es geradezu in den Knochen. Sie sind vom Teufel gezeichnet. Aber dieser Typ war so freundlich und gelassen, und er beharrte darauf, dass die Zeugen sich geirrt hatten und die medizinischen Sachverständigen ebenfalls. An manchen Tagen tat er mir richtig leid. Aber ich glaube an unser Justizsystem. Der Mann hatte einen fairen Prozess gehabt, mit Geschworenen aus seiner sozialen Schicht, und er wurde rechtskräftig verurteilt. Ich meine, so ist das Gesetz. Was sollten wir sonst tun?«

Kristy wollte erwidern: *Sie nicht umbringen. Wenn die Beweislage nicht absolut unanfechtbar ist.*

»Du denkst also, dass dieser Mann unschuldig war?«

Pops schüttelte den Kopf. »Dachte ich. Jahre später haben DNA-Tests ergeben, dass er noch andere Frauen vergewaltigt hatte. Der Typ war schuldig wie die Hölle. Das Gesetz ist das Gesetz, Kristy Ann, und ich habe meinen Teil dazu beigetragen, dass es geachtet wird.«

Sie dachte darüber nach. Wenn ihr Vater, dieser eisenharte und mit allen Wassern gewaschene Justizvollzugsbeamte, sich von diesem Mann hatte täuschen lassen, konnte es dann nicht sein, dass sie nicht nur auf Lance, sondern auch auf Clifton hereingefallen war?

»Du wirst mir doch jetzt nicht weich werden, oder?«, neckte Pops sie, der ihre Gedankenversunkenheit bemerkte.

Kristy lächelte breit.

»Nein, natürlich nicht.«

Doch sie *war* weich geworden. Deshalb war sie überhaupt erst in diesen verdammten Schlamassel hineingeraten, weil sie nicht wachsam gewesen war, weil sie Lance erlaubt hatte, sich bei ihr einzuschleimen. Sie warf einen Blick auf die Handyuhr. Wenn sie sich jetzt nicht aufmachten, würden sie vor Houston in den höllischen Stoßverkehr hineingeraten, und sie müsste sich wieder Lance' Gemecker anhören.

»Bereit zur Weiterfahrt?«, fragte sie Pops.

»Donnern wir los.«

Er nahm seine tragbare Sauerstoffflasche auf den Schoß, und Kristy schob ihn hinaus auf den Parkplatz.

»Meinst du, wir könnten unterwegs bei einem Walmart Halt machen?«, fragte er.

»Klar, Pops. Was brauchst du denn?«

»Lance hat mich gebeten, ein paar Formulare auszudrucken und zu unterschreiben, und meine verdammte Tintenpatrone ist leer.«

Kristy wusste nichts von irgendwelchen Formularen. Was konnte Lance von ihrem Vater wollen? Das vertraute düstere Vorgefühl überfiel sie mit solcher Macht, dass sie beinahe das Gleichgewicht verlor und Pops aus seinem Rollstuhl kippte. Er klammerte sich an den Armlehnen fest und zappelte hektisch, um nicht zu fallen.

»Herrgott, Kristy-Girl, pass auf, wo du hintrittst!«

»Tut mir leid, Pops, tut mir leid«, stammelte sie und versuchte, wieder normal zu atmen.

Um Fassung bemüht öffnete sie die Wagentür, nahm seine Sauerstoffflasche und half ihm in den SUV.

»Was sollst du denn für Lance unterschreiben?«

»Irgendwas wegen der Krankenversicherung. Er meinte, er hätte mit dir darüber gesprochen.«

Pops musterte sie stirnrunzelnd, aber sie fing sich schnell. »Ja, jetzt erinnere ich mich. War mir gerade total entfallen.«

»Wart's ab, bis du so alt bist wie ich, dann erinnerst du dich an gar nichts mehr.«

Kristy lachte leise und achtete darauf, sich nichts mehr anmerken zu lassen. Sie musste sich bedeckt halten, bis sie wusste, was Lance nun schon wieder plante.

»Auf geht's, Kapitän der Straße«, sagte sie mit gespielter Munterkeit.

Sie hielten bei dem Super Walmart am Stadtrand. Kristy kaufte Druckertinte und Küchentuch und auch eine Flasche billigen Chardonnay. Heute Abend musste sie wieder was trinken.

Das Bier zum Mittagessen hatte Pops gesprächig gemacht, und er gab ihr Kapitel für Kapitel die Handlung des neuesten Romans von Stephen King wieder. Kristy konnte nur daran denken, schnell nach Hause zu kommen und sich diese Unterlagen anzusehen. Als sie eintrafen, stand Lance draußen am Grill, während Ryan sich am Gartentisch über seine Mathebücher beugte. Lance reichte Pops eine Dose Bier, der sie grinsend aufzog und mit kindlicher Hemmungslosigkeit trank.

»Pops, der Arzt hat gesagt, zu viel Alkohol kann die Wirkung der Medikamente beeinträchtigen«, mahnte Kristy.

»Lieber Himmel, Kristy Ann, ich will einfach mal einen Abend lang locker lassen. Zwei Bier werden mich nicht gleich umbringen.«

»Du hast gehört, was der Mann sagt, Kristy. Entspann dich.« Lance zog sie glucksend auf seinen Schoß, was er gern tat, um seine Dominanz zu zeigen. Er konnte es nicht leiden, wenn sie so mit Pops sprach. »Hör auf, ihn zu kastrieren«, sagte er immer. »Der Mann ist schwer krank, gönn ihm ein bisschen Spaß.«

»Mach nicht so ein Gesicht, Babe.«

Sie lächelte und küsste ihn.

»Du hast ja recht. Verzeih bitte, Papa«, sagte sie neckend mit affektiert-britischem Akzent. »So, meine Herren, habe ich noch Zeit, mich kurz frisch zu machen?« Sie lächelte Lance lieblich an.

»Geh nur und mach dein Ding. Die Jungs und ich verputzen solange die Reste vom Fest«, sagte er verträglich. Kristy ging ins Haus, wo ihr Lächeln augenblicklich erstarb. Sie eilte in Pops' Zimmer, das vor lauter Büchern aus den Nähten platzte: Krimis, Sachbücher, Liebesromane. Sie hatte ihn einmal mit seiner Begeisterung für »Nackenbeißer«-Schnulzen aufgezogen, was ihm aber überhaupt nicht peinlich war. Damit würde er seine weibliche Seite ausleben, hatte er gescherzt.

Sie ging zu seinem Schreibtisch, dem einzigen aufgeräumten Platz, neben dem Aktenmappen aus vielen Jahren systematisch nach Datum und Thema in Plastikboxen geordnet waren. Auf seinen Bürostuhl sinkend öffnete sie seinen alten Laptop und sah sich die Ordner auf dem Desktop an. Als sie die Aufschrift *Gulf Coast Insurance* sah, schlug ihr Herz schneller.

Beruhige dich, Kristy. Beruhige dich. Sie überflog die Seiten des Dokuments. Das waren keine Formulare von der Krankenversicherung, das waren Lebensversicherungen. Eine auf Pops' Namen ausgestellt, eine auf Ryans. Über dreihunderttausend Dollar jeweils, insgesamt also sechshunderttausend.

Sie dachte an Lance' kaum verhohlene Drohungen gegen Ryan, um sie davon abzuhalten, ihn zu verlassen. Hatte er die Lebensversicherungen deshalb abgeschlossen? Wusste er von ihrem Besuch bei Lisette? Wollte er sie auf diese Weise dafür bestrafen, dass sie ihn hintergangen hatte?

Oder war ihm mit der Zeit klar geworden, dass er sie ganz für sich allein haben wollte? So viele verfluchte Fragezeichen.

Wenn es sein musste, würde sie bis an den Rest ihres Lebens Schläge und Beleidigungen ertragen, aber sie würde es nicht überleben, die beiden Menschen, die sie am meisten liebte, zu verlieren. Ryans Lachen drang von draußen herein, und sie hörte, wie Lance nach ihr rief. Hastig schaltete sie den Computer aus und rannte nach unten, wo sie wieder ein Lächeln aufsetzte und mit ihnen zusammen aß.

Danach räumte sie auf, während Lance fernsah. Er war immer noch nicht im Bett, als sie aus der Dusche kam. Nachdem sie ihr pfirsichfarbenes seidenes Lieblingsnachthemd übergezogen hatte, setzte sie sich an ihren Toilettentisch und bürstete sich vor dem Spiegel hundertmal die Haare, wie ihre Mutter es immer getan hatte, ein Ritual, für das sie sich sonst nie Zeit nahm. Während sie sanft mit langen, regelmäßigen Strichen bürstete, betrachtete sie ihr Spiegelbild. Gewöhnlich hasste sie es, sich anzusehen, hasste es, die Frau zu sehen, die es zugelassen hatte, dass Lance sie als Geisel hielt. Doch nicht heute Abend. Heute Abend fühlte sie sich stärker als sonst. Kein Zögern oder Warten auf Besserung mehr. Es würde sich nichts bessern.

»Was ist los, Darlin'?«

Kristy fragte sich, wie lange er sie schon beobachtet hatte. Sie wollte ihn wegen dem, was sie auf Pops' Computer gesehen hatte, zur Rede stellen. Eine innere Stimme warnte sie, dass das nicht gut gehen würde, aber sie konnte sich nicht zurückhalten. Nicht nach dem, was sie von Lisette erfahren hatte.

»Hattest du vor, mir von den Lebensversicherungen für Pops und Ryan zu erzählen?«, fragte sie. »Gibt es einen Grund, weshalb du mir das verschwiegen hast? Ich glaube langsam, dass du mir Dinge verheimlichst. Dinge, die ich wissen sollte.« Sie sah die Wut in ihm aufflackern, aber dann zuckte er nur die Achseln und zeigte sein ewiges charmantes Grinsen.

»Ist nur 'ne kluge Absicherung, Darlin'. Man muss auf alle Eventualitäten gefasst sein«, sagte er. Damit ging er ins Bad und urinierte laut. Er blieb lange, sein abendliches Schönheitsritual war eine zeitaufwendige Sache. Früher hatte sie ihn mal damit aufgezogen, doch inzwischen wusste sie, dass er auch diesen Teil seiner Existenz zwanghaft kontrollieren musste. Mit dem Entschluss, nicht den Mut zu verlieren, wenn ein neuer Tag anbrach, glitt sie in den Schlaf.

Als Erstes spürte sie etwas Kaltes, Metallenes gegen ihre Stirn drücken. Sie schlug die Augen auf und sah Lance rittlings auf sich sitzen. Er klemmte sie mit den Beinen fest. Sie erkannte die Pistole, es war Pops'. *Oh mein Gott, Pops! Ryan!* Sie wollte hochfahren, doch Lance drückte ihr die Pistolenmündung noch fester gegen den Kopf.

»Es gibt da anscheinend ein paar Unklarheiten, über die wir sprechen müssen. Ich liebe dich, Kristy. Ich weiß nicht, wie oft ich dir das noch sagen muss oder was ich noch tun muss, um es dir zu zeigen. Ich kümmere mich gut um dich. Ich überschütte dich mit Liebe und Zärtlichkeit. Du hast oft Schwierigkeiten, dich mir gegenüber richtig zu verhalten, das weiß ich, aber das ist okay für mich. Ich verzeihe dir deine Fehler immer wieder. Und ich nehme Ryan und Pops in Kauf, ich bin nett zu ihnen. Aber du bist mir am wichtigsten. Als ich dich an diesem ersten Tag im YMCA gesehen habe, wusste ich, dass ich dich haben muss. Und so lange zwischen dir und mir alles gut ist, geht es ihnen auch gut. Hast du mich verstanden?«

Sie weinte nicht. Diesmal nicht. Sie war viel zu wütend auf sich selbst, weil sie zu lange gewartet und Lance wieder einmal unterschätzt hatte.

»Sind Sie … du hast doch nicht … Pops was angetan? Oder Ryan?«

Lance legte die Waffe auf dem Nachttisch ab.

»Gott, nein. Das würde alles verderben. Nein, sie sind wohlauf. Fürs Erste.«

Kristy dachte daran, sich die Pistole zu schnappen, ein Kampf auf Leben und Tod, aber körperlich hatte sie noch nie gegen ihn gewonnen.

»Wir machen es, wie du sagst, Lance. Ich werde dich nicht mehr kritisieren. Ich mache alles, was du willst«, flehte sie und hoffte, dass ihr demütiger Ton überzeugend klang.

Sie hatte schon zu viel verloren, zu viel gelitten. Sie hatte es satt, abzuwarten, darauf zu warten, dass jemand sie oder ihre Familie rettete. Als er die Arme um sie schlang und kurz darauf einschlief, schüttelte sie ihre letzten Zweifel ab.

Jetzt geht es dir an den Kragen, Lance.

Zweiundzwanzigstes Kapitel

Kristy kannte die Definition von Mord besser als die meisten: die unrechtmäßige, vorsätzliche Tötung eines Menschen, was bedeutete, dass die Tat geplant war beziehungsweise der Täter dem Opfer aufgelauert hatte. Im Laufe der Jahre hatte sie Dutzenden von geständigen Mördern gegenübergesessen, die alle eine Erklärung, eine Rechtfertigung gehabt hatten. »Es hieß er oder ich.«

Anfangs war es ihr unfassbar erschienen. Dann aber ließ sie einzelne Schicksale Revue passieren, und sie konnte sie jetzt besser verstehen, die tätowierten Männer aus dem Barrio, die gezwungen waren, sich vor einer rivalisierenden Gang zu schützen. Den sanftmütigen Buchhalter, der den Vergewaltiger seiner Tochter umgebracht hatte. Die Kassiererin, die die Schikanen ihres Chefs nicht mehr ertragen hatte. Die Frauen wie Pamela, die vom Justizsystem im Stich gelassen worden waren. Es war ihnen wie ihr gegangen, sie hatten keine andere Möglichkeit gesehen. Was ihr die Entscheidung jedoch nicht leichter machte.

Furcht beherrschte sie und krallte sich in ihre Eingeweide. Sie hatte vor, ein Leben auszulöschen, noch dazu das ihres Ehemannes, den sie einmal sehr geliebt hatte. Sie plante tatsächlich, einen Mord zu begehen. Manchmal machte sie Ausflüchte, suchte nach Formulierungen, die es weniger schrecklich klingen ließen.

Sich um eine Angelegenheit kümmern.

Eine Sache erledigen.

Ein Problem beseitigen.

Doch alles Beschönigen half nichts, Mord blieb Mord. Eine Todsünde. Lance ließ ihr keine andere Wahl. Was nun vor ihr lag, waren Aufgaben rein praktischer Natur: Es galt nicht nur zu klären, wie sie ihn umbringen sollte, sondern auch, wie sie ungestraft davonkommen konnte. Sie hatte elf Jahre Erfahrung mit Aussagen von Häftlingen, sie kannte deren Fallakten und konnte aus ihren Fehlern lernen. Stets gab es ein Muster, immer gleiche, immer wieder begangene dumme Nachlässigkeiten, die zu Festnahme und Verurteilung eines Täters führten. Sie hatte unbeschränkten Zugang zu den genauen Einzelheiten Hunderter von Verbrechen, sie verfügte über die Medienberichterstattung sowie die Dokumentation des Beweismaterials, auf dem die Verurteilungen beruhten. Zwar hatte sie von jeher eine schnelle Auffassungsgabe gehabt, doch das war jetzt der Ernstfall, jetzt ging es um Leben und Tod. Pamelas Bemerkung klang ihr noch in den Ohren: »Wenn ich das wirklich geplant hätte, meinen Sie, ich wäre so schlampig gewesen?« Genau das war es, was den meisten Gewalttätern passierte: Die Nerven gingen mit ihnen durch, und das machte sie unvorsichtig. Sie verloren den Überblick in der Hitze des Gefechts und hatten sich nicht gut genug vorbereitet. Kristy musste außerordentlich sorgfältig vorgehen, sie wusste, dass ihre zerstreute Art ihr Verderben sein konnte. Deshalb würde sie alles minutiös planen. Sie kannte zig Geschichten und trug viele entscheidende Fakten zusammen. In jedem ihrer recherchierten Fälle konnte sie den genauen Moment bestimmen, in dem der Mörder einen Fehler begangen hatte, den Scheideweg, an dem er oder sie die falsche Abzweigung genommen hatte, die verhängnisvolle Schwachstelle, die sie in die Todeszelle gebracht hatte.

Während Lance ahnungslos seinem Alltag nachging, brütete Kristy über ihren Akten, morgens vor der Arbeit, in der Mittagspause und spätabends im Büro, unter dem Vorwand, dass Gus sie zu Überstunden nötige. Von der Lügnerin zur Mörderin in zehn einfachen Schritten, dachte sie.

Fall für Fall analysierte sie die Todesursache, das Alibi, den Fundort der Opferleiche, die Verhaftung des Täters sowie dessen strafrechtliche Verfolgung. Insgesamt sah sie sich zweihundertzwölf Morde an. Die meisten konnten als Verbrechen aus Leidenschaft gelten, ohne große Planung oder Berechnung. In manchen Fällen, wie in Pamelas, gab es zu viele materielle Beweise – Blutspritzer auf dem Fußboden, die sie beim Säubern übersehen hatte, Aufnahmen von Verkehrsüberwachungskameras, die sie in der Nähe der Fundorte der Leichenteile zeigten. In anderen hatte der Täter ein Handy in dem Funkzellenbereich benutzt, in dem das Opfer getötet worden war, oder er hatte in einem Walmart mit dem Mord in Verbindung stehende Gegenstände gekauft und war vom Personal oder dem Wachdienst identifiziert worden. Wieder andere Verbrechen standen im Zusammenhang mit Drogen, waren aus dem Ruder gelaufene Auseinandersetzungen um gestohlene Tütchen mit Gras oder ein paar Gramm Heroin. Dann gab es die psychisch Kranken, die ihre Medikamente nicht genommen hatten und unter Druck ausgerastet waren, im Affekt gehandelt hatten. Das alles waren plumpe Tötungsdelikte mit jeder Menge Spuren, weshalb die Täter von vornherein keine Chance gehabt hatten, der Strafverfolgung zu entgehen. Kristy musste dafür sorgen, dass Lance spurlos verschwand und niemand sie je verdächtigte, etwas damit zu tun zu haben.

Eine der wichtigsten Voraussetzungen war, sich ein wasserdichtes Alibi zu verschaffen. Im Prinzip hieß das, sich gleichzeitig an zwei Orten aufzuhalten, die noch dazu ein ganzes Stück voneinander entfernt liegen mussten. Um das zu bewerkstelligen, musste sie eine Situation abwarten, in der Lance sie allein ließ, was leider zunehmend selten vorkam. Wenn er nicht gerade potenziellen Käufern ein Haus zeigte oder einen Kampfsportkurs gab, ließ er sie kaum noch aus den Augen. Die einzige Ausnahme waren seine Jagdausflüge, und die fanden nur sporadisch statt, und außerdem bestand stets die Möglichkeit, dass Mac oder Ryan mitkamen. Allerdings würde Ryan am Wochenende von Lance' nächstem geplantem Ausflug seinen Schülerdebattierverein coachen, und Mac und Vera hatten eine Hochzeit in Waco. Lance machte es nichts aus, allein loszuziehen. Er liebte es, mit zwei Sixpacks Budweiser mitten im Wald zu hocken, seine Beute zu belauern und auf die Gelegenheit zum Schuss zu warten. Sie passte zu ihm, diese Leidenschaft. Die Jagd erforderte Geduld, man musste den schwachen Punkt des Opfers ausmachen und dann gnadenlos zuschlagen. Das war seine Spezialität.

Die nächsten zwei Wochen vergingen wie im Flug. Während Kristy nach außen hin zuverlässig ihren beruflichen Pflichten nachkam, klopfte sie zugleich heimlich ihren Plan auf jegliche Schwächen ab. Wieder und wieder ging sie ihn durch, um sicherzustellen, dass sie jedes Detail bedacht hatte. Lance war mindestens zwölf Zentimeter größer als sie und fünfzig Kilo schwerer. Es hatte ihr Kopfzerbrechen bereitet, was sie tun sollte, falls er noch dazu kam, sich zu wehren. Sie musste auf alles vorbereitet, auf jede mögliche Gefahr gefasst sein. In der Mittagspause, im hintersten Winkel der Stadtbibliothek, hatte sie online zum Thema Selbstverteidigungswaffen recherchiert.

Die größte Schwierigkeit hatte darin bestanden, an eine Waffe heranzukommen. Sie hasste Schusswaffen, aber es war nun einmal die schnellste und effizienteste Methode. Flüchtig dachte sie daran, eins von Lance' Jagdgewehren zu benutzen, doch die waren zu schwer und unhandlich. Sie brauchte etwas Kleines, Narrensicheres. Natürlich waren jede Menge Risiken damit verbunden, eine Waffe zu erwerben. Man kannte sie in der Stadt, weshalb es nicht in Frage kam, zu einer Waffenmesse zu gehen oder von einem privaten Anbieter zu kaufen. Von Häftlingen hatte sie allerdings etwas über das Darknet gehört, und Ryan hatte darüber für ein Diskussionsthema recherchiert und ihr seine Ergebnisse weitergeleitet.

»Pass auf, Mama Bär. Das Darknet ist eine Ansammlung

von Tausenden von Websites mit verborgenen IP-Adressen. Das garantiert Anonymität für eine Reihe von unfeinen Aktivitäten, wie zum Beispiel Waffen oder Drogen zu kaufen oder irgendwelches anderes illegales Zeugs.«

Es waren viele Schritte erforderlich, um sich die Waffe zu besorgen. Als Gus dienstlich in Austin war (lies: zu einem Männerklüngel-Golfturnier), entschuldigte sie sich mit einem Zahnarzttermin und fuhr zur öffentlichen Bibliothek von Montgomery, einer anderen Kleinstadt in der Nähe. Dort loggte sie sich im Darknet ein und schloss einen Handel mit jemandem, der sich MadDogg12 nannte. Für fünfhundert Dollar verkaufte er ihr den Taser und eine Smith & Wesson .38 Special. MadDogg12 wies sie an, drei Amex-Geschenkgutscheine zu kaufen, zwei über zweihundert Dollar, einen über hundert. Sie bezahlte die Gutscheine bar und hob das Geld über mehrere Tage verteilt ab, damit es nicht auffiel. Dann schickte sie sie an verschiedene Standorte von »Mail Boxes Etc.« in Houston.

Eine weitere Herausforderung war die Frage gewesen, was mit Lance' Leiche geschehen sollte. Zuerst dachte sie daran, ihn auf dem Wasser zu erschießen und in einen der vielen Seen der Umgebung zu werfen, aber sie besaß kein Boot, und um eines zu mieten, musste man ein Formular ausfüllen, und obendrein war sie keine gute Schwimmerin. Falls Lance auch nur für einen Moment die Oberhand gewann, konnte sie über Bord gehen.

Die Leiche zu verbrennen wäre ebenfalls eine Möglichkeit, zumal dabei jegliches forensisches Material vernichtet würde. Doch das Feuer musste dazu sehr heiß sein, was bedeutete, dass man große Mengen Brandbeschleuniger brauchte. Den gab es zwar in jedem Walmart oder Baumarkt, aber damit wären Aufzeichnungen verbunden, Kreditkartenbelege, Aufnahmen von Sicherheitskameras, mögliche Augenzeugen, ganz zu schweigen von einer Brandgrube, die auffallen könnte. Außerdem war es gar nicht so einfach, eine Leiche vollständig zu verbrennen. Ein Krematoriumofen, hatte sie einmal gelesen, musste Temperaturen von 650 bis 850 Grad Celsius erzeugen, um die Einäscherung eines Leichnams zu gewährleisten, und selbst dann konnten Knochenstücke zurückbleiben. Zuweilen wurde ihr regelrecht übel bei diesen Nachforschungen, aber es gab jetzt kein Zurück mehr. Schon gar nicht, da Lance seine eigenen finsteren Pläne hegte.

Ihn zu vergraben war ihr letztlich als die realistischste Lösung erschienen. Sie fand heraus, dass die Grube mindestens zwei Meter tief sein musste, um zu verhindern, dass Bären oder Wölfe die Leiche ausbuddelten. Außerdem war es wichtig, dass man bis auf circa fünfzehn Meter an das geheime Grab heranfahren konnte. Der Adrenalinausstoß hielt nur eine gewisse Zeit lang an, und es würde von Vorteil sein, den Toten nicht weit schleifen zu müssen, insbesondere, wenn ein Größenunterschied zu bedenken war. Kristy sah sich Hunderte von Katasterbüchern und amtlichen Karten an, um eine geeignete Stelle zu finden, bis sie sich schließlich für ein Stück Land entschied, das seit den 1930er Jahren nicht genutzt wurde. Es lag kilometerweit vom nächsten Campingplatz oder Wanderweg entfernt, aber nur fünfundzwanzig Kilometer von Lance' bevorzugtem Jagdrevier. Eine echte texanische Einöde. In den letzten zwei Wochen hatte sie immer früh Feierabend gemacht und war dorthin gefahren, um das Grab auszuheben. Am Donnerstag schließlich hatte ihre Nervosität ein schier unerträgliches Ausmaß erreicht. Nur noch ein Tag, bevor sie Lance töten würde.

»Ich bin dir auf der Spur, Tucker.«

Kristy machte beinahe einen Satz. Mac stand an der Tür zu ihrem Büro und sah sie forschend an. Sie widerstand dem Impuls, schnell ihr Notizbuch beiseitezuschieben. Mac hatte keine Ahnung, dass irgendetwas im Argen lag, sie brauchte nur weiter so zu tun, als sei alles in Ordnung.

»Du liebst mich nicht mehr, stimmt's?«, sagte er dann mit einem schelmischen Grinsen. Kristy lachte gezwungen. »Wie lange ist das jetzt schon wieder her, dass wir was zusammen unternommen haben – Wochen?«

»Tut mir leid, dass ich nicht angerufen hab. Es war so viel los bei uns.«

»Ja, ja, spar dir deine Ausreden und lad mich lieber zum Mittagessen ein.«

Kristy hatte vorgehabt, in der Mittagspause noch einmal die Zeitabläufe durchzugehen, ihr Alibi auf Lücken zu überprüfen und an ihrem Ausweichplan zu arbeiten, für den Fall, dass Lance seinen Ausflug absagte. Doch je mehr Leute sie in alltäglichen Situationen sahen, je mehr Leute ihr Verhalten als normal beschreiben konnten, sollte sie irgendwann als Verdächtige gelten, desto besser.

»Gut, gehen Sie voran, Sir«, flapste sie und nahm ihre Handtasche. Mac hakte sich lächelnd bei ihr unter. Sie musste sich davon abhalten, ihn wegzustoßen, eine Folge ihres zunehmenden Wahns, dass Lance überall seine Spitzel hatte. Das würde nach morgen kein Thema mehr sein. Sie erlaubte ihrem alten Freund, sie in die Personalkantine zu führen, einen großen fensterlosen Raum in der Mitte des Gefängniskomplexes. Früher war das mal der Höhepunkt ihres Tages gewesen – sich vom Schreibtisch wegzustehlen und mit Mac und den anderen Aufsehern oder mit Carmen ein wenig zu tratschen. In letzter Zeit jedoch hatte sie die Kantine gemieden, weil Angst und Unruhe an ihrer Mageninnenwand fraßen. Die Liebe zu gutem Essen hatte Mac und sie immer verbunden, aber heute ging gar nichts. Er zog eine Grimasse beim Anblick ihres Eisbergsalats mit Datteltomaten und schüttelte missbilligend den Kopf.

»Kaninchenfutter? Hey, du Alien, was hast du mit meiner Freundin Kristy gemacht?«

»Ich hab viel gefrühstückt«, schwindelte sie.

Sein Blick blieb auf ihr ruhen. »Ehrlich?«

»Frühstücks-Tacos machen satt, das weißt du doch«, erwiderte sie, woraufhin Mac die Achseln zuckte und sich über sein in Soße schwimmendes Steak hermachte.

»Lance meinte, bei euch sei alles in Ordnung. Aber dann hat er was gesagt, das mich erstaunt hat. Er meinte, du denkst daran aufzuhören?«

Kristy spürte die Anspannung in ihren Mundwinkeln, als sie lächelte.

»Wir haben darüber gesprochen. Ich hab mich noch nicht entschieden«, sagte sie.

Gott, sie hatte es so satt, sich zu verstellen. Sie wollte das alles einfach nur hinter sich haben. Manchmal beneidete sie Hannah Mendoza, und sie hatte tatsächlich schon öfter, besonders nachts, daran gedacht, sich das Leben zu nehmen. In ihr Auto zu steigen und durch die verlassenen Straßen zu fahren, in einem Wald zu parken, Pops' Pistole zu nehmen und abzudrücken. Oder das Medizinschränkchen zu öffnen, die Aspirin zu zählen, Lances Ambien-Schlaftabletten, die übrig gebliebenen Schmerztabletten von ihrer Weisheitszahn-OP, und zu überschlagen, wie viele sie nehmen musste, um nie wieder aufzuwachen. Doch dann hatte sie sich vorgestellt, wie Pops auf den kalten, leblosen Körper seiner Tochter hinabstarrte. Wie einige der Trauergäste bemerkten, dass sie hübsch und friedlich aussehe, während andere flüsterten, dass sie seltsam wirke, und warum habe man sie bloß so stark geschminkt? Wie Lance seinen Arm um Pops legte, um ihn zu stützen, und sie sich beide kopfschüttelnd fragten: »Warum?« Und Ryan – er würde das nie verwinden, er würde sich ewig Vorwürfe machen und sich fragen, wie er seine Mutter von dieser Verzweiflungstat hätte abhalten können.

»Kris … huhu, hörst du mir zu?«

»Entschuldige, was hast du gesagt?«

»Ich hab dich gefragt, was du machen willst, wenn du wirklich hier weggehst?«

Kristy hatte noch nicht ernsthaft darüber nachgedacht.

»Es gibt zahllose Möglichkeiten.«

»Und mit dir und Lance ist alles okay?«

»Könnte nicht besser sein«, sagte sie und wechselte rasch das Thema. »Hab ich dir schon erzählt, dass Pops in eine klinische Studie im MD Anderson aufgenommen worden ist? Er lässt mich jetzt wie eine Irre zwischen hier und Houston hin- und herhetzen, aber das ist die Sache wert. Sie probieren ein paar revolutionäre neue Behandlungsmethoden aus. Ist zwar keine Heilung, aber die Ärzte hoffen, dass es seine Beschwerden lindern hilft.«

»Donnerwetter, das freut mich! Er war auch echt gut drauf, die letzten Male, die ich ihn gesehen habe. Und Ryan? Ich hab ihm ein paar Mal eine WhatsApp geschickt, aber nichts von ihm gehört.«

»Ja, ich bekomme ihn zurzeit auch kaum zu Gesicht. Entweder ist er bei Ella oder er lernt für seinen Zulassungstest für die Uni.« Sie senkte ihre Stimme zu einem verschwörerischen Flüstern. »Aber Mac, er hat gute Chancen, in Notre Dame angenommen zu werden.«

»Leck mich«, sagte Mac. »Im Ernst?«

»Er ist zu einem Sommerprogramm dort eingeladen worden, was ihm einen echten Vorteil bei der Bewerbung verschaffen kann.«

Mac schüttelte breit lächelnd den Kopf.

»Das hat er dir zu verdanken, Kris. Dafür hast du das alles gemacht, hier zu arbeiten, all die Opfer zu bringen. Glückwunsch.«

Sie lächelte, während ihr die Tränen über die Wangen kullerten.

»Ach du Scheiße, ich wollte dich nicht zum Weinen bringen.«

Sie betupfte sich die Augen mit einer Papierserviette.

»Oh Gott, ich bin schon ein Wrack, wenn ich nur daran denke, dass er zum Studieren weggeht«, sagte sie. *Hör auf. Zeig ihm nicht, wie fertig du bist.* Glücklicherweise machten ihre Tränen Mac verlegen, so dass er es jetzt war, der ein anderes Thema anschnitt.

»Wie ich höre, wird Clifton Harris demnächst hingerichtet«, bemerkte er. »Kriegt der Kerl endlich, was er verdient.« Kristy kämpfte schon wieder mit den Tränen. Dass sie rührselig wurde, weil Ryan bald von zu Hause fortgehen würde, war ja noch verständlich, aber dass sie wegen Clifton weinte, war verdammt viel schwerer zu erklären.

»Ja, da kommt ein Haufen Arbeit auf mich zu«, sagte sie und erkundigte sich dann nach Macs Familie. Er begann einen empörten Monolog über den neuesten Diätwahn seiner Mutter, die darauf bestand, dass die ganze Familie Gluten aus ihrem Speiseplan verbannte.

Kristy beneidete ihn um seine normalen, harmlosen Probleme. Wie würde ihr Leben wohl aussehen, wenn sie sich für den *guten* Kerl entschieden hätte? Als die Pause vorbei war, umarmte Mac sie.

»Sag Lance, wir sehen uns demnächst. Und gib auf dich acht, du wirst ja immer weniger.«

Sie machte früh Schluss an diesem Tag. *Gib auf dich acht. Gib auf dich acht.* Genau das würde sie tun, sagte sie sich. Sie fuhr nach Hause und machte Hackbraten zum Abendessen. Ryan war nicht da, er würde die nächsten beiden Tage mit Ella und ihrer Familie in Galveston verbringen und erst am späten Samstagnachmittag zurückkommen. Lance wirkte gut gelaunt, bereitete einen Nachtisch zu und bestand darauf, dass sie nach dem Essen alle zusammen gemütlich fernsahen. Sie setzten sich ins Wohnzimmer, wo er ihr einst seinen Heiratsantrag gemacht, ihr das Blaue vom Himmel herunter versprochen hatte. Pops residierte in seinem Lehnsessel, während Lance wie üblich zu ihr aufs Sofa kam und seine Hand auf ihrem Oberschenkel ruhen ließ. Pops durfte aussuchen, was sie sahen, und entschied sich für die Endrunde seiner Lieblingsshow, irgendeinen Talentwettbewerb, bei dem angehende Popstars um Plattenverträge buhlten. Kristy konnte diese Sendung nicht ausstehen, sie fand die ganze aufgesetzte Begeisterung und die alles bestimmende Gier nach Ruhm grässlich, erhob aber keinen Widerspruch.

Lance nahm ihre Hand, presste sein Bein leicht gegen ihres. Sie ertrug den körperlichen Kontakt, indem sie immer wieder einen verstohlenen Blick auf das Foto über dem Fernseher warf. Es war ein Familienfoto von ihr, Pops und Ryan, gemacht vor rund acht Jahren – das einzig gute in einer Reihe von Aufnahmen mit viel zu gestellten Posen bei einem Fotoshooting, zu dem eine enthusiastische Verkäuferin im Einkaufszentrum sie verleitet hatte.

Hat sich aber gelohnt für dieses eine Bild, dachte sie. Sie erinnerte sich nicht mehr, worüber sie so sehr gelacht hatten, obwohl sie immer glaubte, dass es ihr gleich wieder einfallen müsse. Während die übermäßig gestylte Moderatorin weiterplapperte und den Namen des Gewinners in die Länge zog, streichelte Lance ihr den Nacken. Er hatte sich schon immer gern in Zärtlichkeiten ergangen, aber heute Abend war er besonders anhänglich. Spürte er den emotionalen Umbruch in ihr? Wollte er sie überlisten? Sie verunsichern? Gut möglich – aber das spielte keine Rolle mehr. Vergiss es, Lance, dachte sie. *Das fällt dir viel zu spät ein.*

Dreiundzwanzigstes Kapitel

Heute war der Tag. Der Tag von Lance' Hinrichtung. Kristy lag bereits wach, als ein zartes Morgenrot durch die Vorhänge schimmerte. Er schlief noch neben ihr, beide Hände auf seine Brust gelegt, so verdammt friedlich. Jedes Mal, wenn ihr Zweifel kamen, ob sie das wirklich durchziehen konnte, dachte sie daran, was er ihr alles angetan hatte. Wie sie in ihrem zerbeulten Pick-up gelegen hatte, mit höllisch schmerzenden Rippen, seine Hände um ihren Hals. Das kalte Metall der Pistolenmündung an ihrer Stirn, die Lebensversicherungen. Es gab mehr als genug Gründe. Sie stand leise auf und machte sich klar, dass Lance sich die Sache selbst zuzuschreiben hatte. Er hatte sie in Gang gesetzt.

Im Bad schloss sie die Tür hinter sich und zog ihr Nachthemd aus, starrte ihre ausgemergelte Gestalt im Spiegel an. Bei der Arbeit versuchte sie, ihren Gewichtsverlust durch weite Blusen und ausgestellte Kleider zu kaschieren. Sie hatte ihren Körper nie gemocht. Zu rundlich, zu volle Hüften, hatte sie immer gefunden und Kalorien gezählt, Mahlzeiten ausgelassen, auf Kohlehydrate, Desserts und Wein verzichtet (Gott, sogar auf Wein). Und nun das hier. Ihre Rippen zeichneten sich unter der Haut ab, ihre Augen traten übergroß hervor. Einst hatte sie von einem derart flachen Bauch geträumt, doch jetzt gemahnte sie das alles nur daran, dass ihr eigener Körper ihr nicht mehr gehörte. Lance dagegen fand die Veränderung toll, redete von ihrem »Supermodel-Body« und ergötzte sich an ihrer eckigen Figur. Nicht ein einziges Mal hatte er etwas zu ihren Blutergüssen gesagt, von denen manche zwar verblassten, andere aber noch ganz frisch waren. Er übersah geflissentlich ihre Narben, manche heilend, andere bleibend, sie für immer zeichnend.

Kristy duschte und zog ihre schwarze Lieblingshose und die graue Seidenbluse an. Ihre Tasche war gepackt und in der Abstellkammer in ihrem Büro versteckt. Darin befanden sich ein exaktes Duplikat ihres heutigen Outfits sowie ein Paar Handschuhe, Kabelbinder und Klebeband.

Beim Frühstück musste sie den Impuls unterdrücken, Pops zu umarmen. Jeder Gefühlsüberschwang konnte im Nachhinein zu denken geben. Das war ein Freitagmorgen wie jeder andere. Sie plauderte beiläufig mit ihrem Vater, schenkte Kaffee ein und würgte eine Scheibe Toast hinunter, denn sie durfte ihren Blutzuckerspiegel nicht zu sehr abfallen lassen. Eigentlich wollte sie aus dem Haus sein, bevor Lance aufwachte, aber ausnahmsweise war er heute früh auf, kam um Viertel vor sieben die Treppe heruntergeschlendert, barfuß, in Jeans, nackter Oberkörper, Haare noch feucht vom Duschen. Sie starrte auf seine straffen Muskeln, seine skulpturale Gestalt, die schiere Körperkraft, die von ihm ausging und mit der er selbst gleichwertigen Gegnern ernsthaften Schaden zufügen konnte. Das verunsicherte sie kurz. Rasch rief sie sich zur Ordnung und ermahnte sich, das Ziel nicht aus den Augen zu verlieren, aber Lance hatte offenbar etwas Ungewöhnliches an ihrem Benehmen ausgemacht. Er ging zu ihr und nahm sie in die Arme.

»Willst du wirklich nicht mitkommen?«, fragte er. »Es geht diesmal nur um eine Populationskontrolle.«

»Ach, ich war seit Monaten nicht mehr im Kino, weißt du«, antwortete sie. »Aber ich wünsche dir viel Spaß.«

»Na schön, selber schuld«, sagte er lächelnd. Er küsste sie, drückte sich an sie, beanspruchte sie mit seiner Körpersprache als Eigentum. *Du gehörst mir.* Das war sie für ihn, ein Stück Besitz, nicht anders als sein Pick-up oder seine Jagdgewehre. Dann ließ er sie los und ging vor sich hin pfeifend nach oben, unbeschwert und sorglos. Kristy sah ihm nach. Ich kann das, ich kann das, betete sie vor sich hin und hoffte, dass sie, wenn sie es nur oft genug sagte, es auch wirklich glaubte.

Vierundzwanzigstes Kapitel

»Um Gottes willen, Kristy, was läuft denn hier?«

Kristy blickte erschrocken von ihrem Schreibtisch auf und sah sich einer entsetzten Carmen gegenüber.

Wusste sie von ihrem Vorhaben? Wie konnte das sein? Sie suchte nach Worten, während Carmen ein Blatt Papier auf ihren Tisch warf.

»Hast du das gesehen? Es wurde auf einer Website für Stellenanzeigen gepostet. Gus macht Ernst. Er will mich rauswerfen und jemand anders einstellen. Kristy, das darf nicht sein! Ich fange im Herbst mit dem Abendstudium an und brauche diesen Job, um die Studiengebühren bezahlen zu können«, sagte Carmen schniefend und ein Taschentuch in der Hand zerknüllend.

Kristy kochte vor Wut. Warum zum Teufel musste Gus ausgerechnet heute so einen Scheiß verzapfen? *Keine Panik. Du wirst diesen Tag überstehen. Du musst einfach nur diesen Tag überstehen.*

»Carmen, er wird dich nicht rauswerfen. Es gibt keinerlei Grund dafür, und wenn er es trotzdem versucht, haben wir genug Aufzeichnungen über seine miesen, sexistischen, homophoben Kommentare. Dir kann nichts passieren.«

Sie zog einen Zehn-Dollar-Schein aus dem Portemonnaie. »Fahr ein bisschen rum, geh einen Kaffee trinken, okay? Und atme erst mal kräftig durch.«

Carmen nahm ihre Handtasche und die Autoschlüssel und ging hinaus, immer noch schniefend. Kristy konnte ihren Frust gut verstehen. Als Carmen vor ein paar Jahren im Gefängnis angefangen hatte, hatte sie sie einmal gefragt, warum sie bloß in diesem rückständigen Kaff blieb. Im Gegensatz zu Kristy hatte sie schließlich weder Kinder noch alte Eltern, die sie hier hielten. Obendrein arbeitete sie an einem Ort, an dem abfällig über ihre sexuelle Orientierung, ja ihre ganze Lebensweise, geurteilt wurde.

»Das hier ist mein Zuhause, Kristy. Niemand wird mich von hier vertreiben«, hatte Carmen leidenschaftlich geantwortet.

Kristy fasste das in diesem Moment als ein Zeichen auf, eine Erinnerung daran, für was sie kämpfte – *ihr* Zuhause und ihre Familie. Sie sollte ihren eigenen Rat beherzigen und nicht die Nerven verlieren. *Tief durchatmen. Tief durchatmen.*

Sie schielte auf die Uhr und wollte gerade noch einmal prüfen, ob sie irgendwelche veränderlichen Größen übersehen hatte, als ihr Telefon klingelte.

»Hallo, hier spricht Kristy Dobson.«

»Kristy, hier ist Donald Kasen von ABC13. Haben Sie eine Minute Zeit?«

Donald war einer der wichtigsten Investigativ-Reporter des hiesigen Regionalablegers von ABC. Wenn er anrief, bedeutete das einen Scheißtag. Sie beugte sich vor und trommelte nervös mit dem Bleistift auf den Tisch.

»Ich hätte ein paar Fragen bezüglich Gordon Peterson.«

Kristy schloss die Augen. Scheißtag war noch eine Untertreibung. Gordon Peterson saß eine lebenslängliche Haftstrafe ab. Tagsüber LKW-Fahrer, nachts Serienvergewaltiger, war er wegen sexueller Gewalttaten an mindestens dreißig Frauen verurteilt worden, wobei die Staatsanwaltschaft noch von wesentlich mehr Opfern ausging. Er war lange nicht gefasst worden, weil er sich Frauen, die ethnischen Minderheiten angehörten, in Gegenden mit vorwiegend weißen, vorwiegend rassistischen Polizeiwachen ausgesucht hatte. Viele seiner Opfer waren Prostituierte gewesen, die ohnehin nicht viel Achtung bei den Cops genossen. Gordons verbrecherische Streifzüge gingen über Jahre, bis er irgendwann die Falsche aufs Korn nahm. Alice Stevens, eine fünfzigjährige Frau, bereits Großmutter, kam nachts aus einem 7-Eleven, als er sie packte. Sie wehrte sich erfolgreich und schaffte es, ihn zu kratzen und seine DNA unter ihre Fingernägel zu bekommen. Ihre Zeugenaussage, die forensischen Beweise sowie ein Haufen auf Halde liegender medizinischer Untersuchungsergebnisse nach Vergewaltigungsanzeigen sorgten dafür, dass er lebenslänglich hinter Gitter wanderte.

»Okay, Donald, inwiefern hat der Staat Mr Peterson nun wieder Unrecht getan?«, fragte Kristy mit vor Sarkasmus triefender Stimme.

»Offenbar hat er Klage eingereicht, weil ihm seine Grundrechte verweigert werden.«

»Nämlich welche?«

»Seine Rechte als Frau. Er behauptet, transgender zu sein.«

»Ich höre wohl nicht recht.«

»Er hat uns einen Brief geschrieben, in dem er darlegt, dass seine Taten von Selbsthass motiviert gewesen seien. Wir haben seinen Anwalt kontaktiert, der seine Geschichte bestätigt. Er hat einen Antrag auf Geschlechtsumwandlung gestellt. Ich wollte gern ein Statement dazu von Ihrer Abteilung.«

»Bitte sagen Sie nicht, dass Sie eine Topstory daraus machen wollen.«

»Na, was denn sonst? Heute ist sonst nicht viel los«, antwortete Donald.

Kristy seufzte und schlug ihren besten Bürokratenton an. »Die Justizvollzugsbehörde Texas gibt keinen Kommentar dazu ab, nimmt aber die Grundrechte der Gefangenen sehr ernst. Wir werden Mr Petersons Antrag prüfen.«

»Danke. Sorry, wenn das Staub aufwirbeln sollte.«

»Gehört ja zum Geschäft, stimmt's?«, sagte sie, bevor sie auflegte.

Von da an drehte sich ihr ganzer Tag um Gordon Peterson und seine lächerlichen Forderungen. Schon der Gedanke, dass ein Serienvergewaltiger zusammen mit Hunderten von Frauen untergebracht werden sollte, war vollkommen irrwitzig. Sie informierte Gus und gab Carmen Anweisungen, alle Anrufe bezüglich dieser Story abzuwehren. Anschließend fuhr sie hinüber ins Polunsky, wo sie ein Gespräch mit Peterson angesetzt hatte. Er war ein kleiner Mann, höchstens eins siebzig, aber mit der brachialen, massigen Körperlichkeit eines Mannes, der unablässig Krafttraining machte, um sich vor größeren Mitgefangenen schützen zu können, die Sexualtäter auf ihre eigene Weise bestrafen wollten.

»Ich bin gekommen, um Ihnen mitzuteilen, dass wir über Ihre Klage informiert wurden. Es wird medizinische Formulare auszufüllen geben, außerdem Untersuchungsgespräche mit Psychologen und Psychiaterinnen. Das ist ein äußerst langwieriger Prozess, und es gibt keine Garantie, dass Ihr Antrag bewilligt wird«, sagte sie zu ihm.

Er antwortete nicht, taxierte sie nur.

»Ich wette, Sie sind gut zu ficken«, zischte er, griff in seine Hose und drückte seine Zunge gegen die Glasscheibe. Der Wärter hinter ihm packte ihn grob und beendete sein groteskes Treiben.

Kristy stand auf und wollte gehen, doch plötzlich brannte ihr die Sicherung durch.

»Sie sind ein wertloses Stück Scheiße, und irgendwann wird jemand dafür sorgen, dass Sie bekommen, was Sie verdienen. Ich hoffe, es wird langsam und schmerzhaft sein, und Sie leiden Höllenqualen.«

Sie knallte den Hörer auf und marschierte davon, ohne Bruce, der sie eskortierte, auch nur anzusehen. Am Ende des Gangs blieb sie stehen und lehnte sich an die kalte Betonwand. *Einatmen. Ausatmen. Einatmen. Ausatmen.* Schließlich sah sie zu ihm auf.

»Ich hab gerade ziemlich die Fassung verloren, stimmt's?«

Bruce blickte starr geradeaus. »Ich weiß nicht, wovon du redest«, sagte er.

Er würde keinem etwas von ihrem Ausbruch erzählen, da war sie sich sicher, aber sie hatte sich noch nie von einem Gefangenen derart provozieren lassen. Sie musste sich zusammenreißen. Sie überlegte kurz, noch mit Clifton zu sprechen, befürchtete aber, dass er ihr etwas ansehen könnte, dass er etwas sagen könnte, um sie aufzuhalten, und sie wollte nicht aufgehalten werden. Schließlich gelang es ihr, sich zu beruhigen und mechanisch ihren Aufgaben nachzugehen. Als sie nach Huntsville zurückkehrte, war es Viertel vor fünf. Carmen hatte eine Flasche Wein auf ihren Tisch gestellt.

»Ich hab uns deinen Lieblings-Chardonnay spendiert«, sagte Carmen. »Den haben wir uns verdient, finde ich.« Ausgerechnet heute wollte sie sich näher mit ihr anfreunden.

»Tut mir leid, Carmen«, sagte sie, »aber ich bin schon fürs Kino verabredet. Nach dieser Woche brauche ich unbedingt Popcorn und George Clooney in meinem Leben.«

Carmen war die Enttäuschung anzusehen.

»Hey, wir holen das nächste Woche nach, ja? Ich lade dich ein«, tröstete sie, und Carmen lächelte tapfer.

»Ist gut. Mach dir ein schönes Wochenende und ruh dich aus. Du wirkst erschöpft.«

Die Aufseher und das Betreuungspersonal riefen ihr »Schönen Abend« zu, als sie zum Parkplatz ging. Sie stieg ins Auto und fuhr aus dem Gefängnis, dessen Gitter und Turmwachen im Rückspiegel immer kleiner wurden.

Als sie zum Lone Star Cinema kam, dem beliebtesten Kino von Conroe, parkte sie ihren SUV an der Rückseite des Gebäudes, nahe dem Ausgang. Sie kaufte eine Karte für zwei verschiedene Filme, eine Liebeskomödie um halb sieben und einen Thriller, der um elf anfing.

Lance ermutigte sie sogar immer dazu, ins Kino zu gehen, wenn er zu seinen Jagdausflügen aufbrach. »Kann man keinen Blödsinn machen, wenn man einen Film guckt, stimmt's?«, meinte er. Also hatte sie das als Alibi gewählt – zumal sie dort von reichlich Leuten gesehen würde. Zu einer Doppelvorstellung zu gehen, war ebenfalls nichts Ungewöhnliches für sie, sie hatte das früher oft gemacht, bevor Lance auf der Bildfläche aufgetaucht war.

Das Multiplex-Kino war erst vor Kurzem erbaut worden und sollte vor allem die jungen Leute anlocken, die sich nicht mehr mit einem normalen Kinobesuch zufriedengaben. Es hatte zwölf Säle, jeder davon mit Stadionbestuhlung, außerdem ein Restaurant und eine Bar, auf die Kristy als Erstes zusteuerte.

Sie setzte sich an den Tresen und bestellte einen Margarita mit Salzrand sowie mit Käse überbackene Kartoffelhälften und begann eine Unterhaltung mit zwei munteren Hausfrauen, die ihre Happy-Hour-Cocktails, zwei für den Preis von einem, und den kinderfreien Abend genossen. Als zwei wohlmeinende Cowboys ihnen eine neue Runde spendieren wollten, nahm sie ebenfalls an und trank in kleinen Schlucken. Sie hörte sich die Klagen der Frauen über ihre Ehemänner an, sagte aber nichts dazu und schielte gelegentlich auf die Uhr.

Um Viertel nach sechs ging sie hinaus und rief Lance an.

»Lance, ich bin's. Du bist noch nicht losgefahren?«, fragte sie mit zittriger Stimme, was ziemlich übertrieben in ihren Ohren klang, wie von einer jugendlichen Darstellerin in einer schlechten Highschool-Aufführung. *Herrgott, Kristy, vermassel es nicht jetzt schon.*

»Ich bin heute spät losgekommen und hab mich gerade erst auf den Weg gemacht. Warum? Ist was passiert?«

»Mein Auto ist vor dem Kino abgesoffen. Ich hab jemanden gebeten, mir Starthilfe zu geben, aber es liegt nicht an der Batterie. Muss der Anlasser sein oder sonst was.«

»Was redest du da? Das ist ein nagelneuer Wagen.«

»Ich weiß. Ich hab den Abschleppdienst angerufen, sie sind schon unterwegs. Also werde ich wohl den Film sausen lassen und mit dem Taxi nach Hause fahren. Ich wollte dir nur Bescheid sagen.«

Ihr ganzer Plan stand und fiel damit, dass Lance sie gern kontrollierte. Zwei Reaktionen waren möglich: Er wurde sauer und sagte: »Verdammt, sieh zu, wie du zurechtkommst«, oder er kam, um ihr zu Hilfe zu eilen. Ihr prügelnder Ritter in schimmernder Rüstung.

»Mist, Darlin', ich bin noch nicht weit weg. Ich drehe um und bring dich nach Hause, dann können wir zusammen zu Abend essen. Fahre ich halt erst morgen bei Tagesanbruch ins Revier.«

»Wirklich? Ich will dir nicht dein Wochenende verderben.«

»Sei nicht albern. Ich muss mich doch in erster Linie um meine Frau kümmern.«

So weit, so gut.

»Ich glaube, es fängt gleich an zu regnen. Ich warte hinterm Kino auf dich«, sagte sie.

»Bin in zwanzig Minuten da«, sagte Lance und legte auf.

Sie ging zurück in die Bar, bezahlte ihre Rechnung und verabschiedete sich von ihren neuen Freunden. Dann steuerte sie auf den Platzanweiser zu und plauderte ein bisschen über das heraufziehende Gewitter mit ihm, denn der Himmel wurde mit jeder Minute dunkler. Er riss ihre Karte ab und wies sie zu Saal acht. Freitagsabends war das Kino meist proppenvoll, so auch an diesem Abend. Sie schickte Ryan und Pops eine SMS. *Film fängt gleich an. Hab euch lieb.* Gleich darauf wurde das Licht gedämpft, und es liefen endlose Trailer für lärmige Superhelden-Remakes und Schenkelklopfkomödien über die riesige Leinwand. Nachdem sie fünf Minuten gewartet hatte, schlüpfte sie zum Notausgang hinaus.

Sie lief zum Rand des Parkplatzes, wo ihr Auto stand und der Geruch von Popcorn in der Luft hing. Das Handy musste sie im Handschuhfach lassen, damit nicht nachverfolgt werden konnte, dass sie sich woanders aufgehalten hatte, falls jemand sie kontaktierte. Solange sie nicht mit Lance telefonierte oder ihm Textnachrichten schrieb, während er auf dem Kinogelände war, sollte alles gut sein. Ihr einer Anruf würde zwar registriert werden, aber lediglich anzeigen, dass sie ihn angerufen hatte, als er zu seinem Campingplatz unterwegs war. Am häufigsten war es die Technik, die Kriminellen das Genick brach. Sie würde nicht so unvorsichtig sein. Kristy nahm ihre große Umhängetasche und ging zur Rückseite des Kinogebäudes, gerade als es leicht anfing zu regnen. Von all den Kinos in der Gegend hatte dieses hier die laxesten Sicherheitsvorkehrungen, was sie ganz leicht durch einen Anruf beim Sitz des Unternehmens herausgefunden hatte.

»Hallo, ich bin von Fox News und arbeite an einem Beitrag über die Sicherheit in Filmhäusern. Vielleicht könnten Sie mir ein paar Fragen dazu beantworten.«

Es war erstaunlich, welche Auskünfte die Leute einem gaben, ohne irgendeine Legitimation zu verlangen. Die Frau am Telefon erklärte ihr ruhig, dass dieses Kino neu sei und daher noch keine Überwachungskameras installiert seien, die Sicherheit der Besucher aber dennoch an oberster Stelle stehe.

»Ein Sicherheitsbeauftragter geht regelmäßig Wache auf dem Gelände. Lone Star Cinema legt Wert darauf, seinen Besuchern ein sicheres und entspanntes Kinoerlebnis zu bieten«, beteuerte sie. Der Sicherheitsbeauftragte schien nicht ganz so viel Wert darauf zu legen, denn jedes Mal, wenn sie an dem Kino vorbeigefahren war, hatte sie ihn in seinem Dienstfahrzeug dösen gesehen. Sie hoffte, dass er sich nicht gerade bemüßigt fühlte, auf Patrouille zu gehen, während sie hier auf Lance wartete. Mit Magenflattern vor Nervosität und Ungewissheit stand sie in der Seitengasse, und es dauerte fast eine halbe Stunde, bis Lance vorfuhr. Sie stieg bei ihm ein und lehnte sich hinüber, um sich von ihm küssen zu lassen.

»Der Verkehr war ein Albtraum. So ein Pech, was? Ausgerechnet heute Abend«, sagte er.

»Ich weiß. Danke noch mal, dass du mich abholst. Der Abschleppwagen ist gerade weg. Sie meinten, ich kann morgen in der Werkstatt anrufen.« Inzwischen gingen ihr die Lügen glatt über die Lippen.

»Aber lass nichts machen, bevor ich weiß, was sie sagen«, erwiderte Lance. Er musste sie bis zum bitteren Ende am Gängelband führen.

»Natürlich. Das hab ich dem Fahrer schon gesagt.« Gott bewahre, dass sie eine Entscheidung ohne ihn traf.

»Der Feierabendverkehr lässt langsam nach. Wir bringen dich jetzt erst mal nach Hause, und dann können wir Netflix anschmeißen.«

»Weißt du, ich hab mir überlegt, ich könnte doch auch mit dir kommen«, sagte sie zögerlich, weil sie damit rechnete, dass ihn dieser Vorschlag misstrauisch machen würde.

»Tatsächlich? Wo ist der Haken?«, fragte er glucksend.

»Kein Haken. Ich hab nicht gesagt, dass ich mit auf die Jagd gehe, aber ich kann doch derweil im Camper bleiben, oder? Ich könnte ein bisschen Ruhe und Erholung gebrauchen. Wir beide. Und wir könnten ein bisschen Spaß miteinander haben, ehe du morgens aufbrichst.« Sie legte ihm die Hand aufs Bein. Lance sog scharf die Luft ein und sah sie mit schräg gelegtem Kopf an.

»Das ist ja eine Überraschung. Bist du dir sicher?«

»Na klar. Es sei denn, du willst mich nicht dabeihaben?«, fragte sie. Lance legte lächelnd den Gang ein.

»Red keinen Unsinn, Darlin'. Das wird eine unvergessliche Nacht.«

Fünfundzwanzigstes Kapitel

Die ganze Zeit hatte Lance stets ein feines Gespür für ihre Reaktionen gehabt, jedoch nicht an diesem Abend. Als er vom Parkplatz fuhr, sah Kristy auf die Uhr. Der erste Film würde in zwei Stunden zu Ende sein. Der zweite sollte um elf anfangen und um Viertel nach eins enden, was bedeutete, dass sie genau fünfeinhalb Stunden Zeit hatte, falls sie ihren Plan wirklich in die Tat umsetzte.

Sie kämpften sich durch den Freitagabendverkehr, und Kristy hörte Lance mit halbem Ohr zu, während er von seinem Tag erzählte. Eine Dreiviertelstunde später fuhr er vom Highway ab und gab auf den dunklen Landstraßen Gas, deren weiße Markierungen nur von den Scheinwerfern beleuchtet wurden, der Wald nichts als vorbeifliegende schwarze Schatten zu beiden Seiten. Etwa zehn Minuten von seinem Lagerplatz entfernt fing es an zu regnen, und dicke Tropfen prasselten auf die Windschutzscheibe, gegen die die Scheibenwischer kaum ankamen.

Nein, oh nein. Kristy hatte darum gebetet, dass es nicht regnete. Zwar hatte sie das unsichere Wetter einkalkuliert und deshalb einen zweiten Satz Kleidung sowie eine Haarbürste und ein zweites Paar Stiefel mitgenommen, aber trotzdem würde ihr der Regen alles erschweren. Sie wusste nicht, was Lance zu ihr hinsehen ließ, vielleicht hatte sie unwillkürlich geseufzt, oder es lag an seinen guten Antennen für ihre Stimmungen.

»Ist noch nicht zu spät zum Umkehren«, sagte er.

Kristy schüttelte den Kopf. »Nicht so kurz davor.«

Sie kamen an dem Lagerplatz im Naturpark Little Creek Lake Wilderness an, wo hohe dünne Föhren im stürmischen Regen schwankten. Hier stand Lance' Camper. Auf seinen Wunsch hin war sie einmal für einen Tag mit ihm und Ryan hierhergekommen, hatte Bier getrunken und sich sein Geprahle über sein Jagdgeschick angehört.

Im Frühjahr blühten ringsherum die Hornsträucher, deren cremefarbene Blüten durch den Wald trieben wie bleiche Feen. An einem Flüsschen ein Stück weiter westlich äste Rotwild auf den Lichtungen bei den alten Eichen, wo Lance gern sein Lager aufschlug. Er genoss die Einsamkeit. Reiter waren hier nicht zugelassen, nur Wanderer und Jäger, aber auch die wagten sich nur selten in diesen Teil des Waldes vor. Heute Abend aber schien es Lance zu gefallen, ein Publikum zu haben.

»Werd in den nächsten Wochen dickes Geld verdienen. Ein paar große Firmen interessieren sich für diese neue Gewerbeimmobilie, die ich gerade in die Finger gekriegt hab«, sagte er. Kristy fragte sich, ob es sich dabei um einen der Kunden handelte, die er Roy abgeworben hatte. Was für ein Mann hinterging seine Freunde? Was für ein Mann freundete sich mit alleinerziehenden Müttern an, um sie dann zu terrorisieren? *Was bist du nur für ein Mann?*, wollte sie ihn fragen.

Sie war immer noch nicht dahintergekommen. Gäbe es doch irgendein verräterisches Merkmal, an dem man erkennen konnte, wie gestört er war. Doch da war nichts, was ihr oder sonst jemandem signalisierte, dass sich hinter all der Großtuerei und den Grübchen und dem lässigen Charme ein äußerst niederträchtiger Mensch verbarg.

Ihre Nerven begannen zu versagen. Sie redete sich gut zu, dass sie es tun musste. Es musste sein. Sie sah aus dem Fenster, schloss kurz die Augen und nahm ihren Mut zusammen. *Denk daran, was er dir angetan hat. Denk daran, was er alles gesagt hat.* Doch sie war wie gelähmt. Sosehr sie Lance auch hasste, sosehr sie ihn für all das verachtete, was er mit ihr gemacht hatte, schrie eine innere Stimme doch: *Ich kann das nicht! Ich kann es nicht tun, ich kann nicht, ich kann nicht!* Die Worte klirrten in ihrem Kopf. All ihre Planungen und Vorbereitungen waren sinnlos. Sie war keine Mörderin, wollte aber auch keine Gefangene mehr sein.

»Lance, wir müssen miteinander reden.«

Das kam schärfer heraus als beabsichtigt. Lance erstarrte, sein Blick wurde bohrend, seine Augen zogen sich zu Schlitzen zusammen. Der Regen ging sturzflutartig auf die Windschutzscheibe nieder, und der Innenraum des Pick-ups schrumpfte augenblicklich zusammen.

»Tun wir das nicht die ganze Zeit, Kristy?«, sagte er. »*Reden.*«

Lass dich nicht von ihm einschüchtern. Lass ihn nicht die Oberhand gewinnen.

»Ich weiß von Hannah Mendoza. Ich will mich scheiden lassen. Es ist aus.«

Lance schloss die Augen und holte tief Luft.

»Wie blöd bist du eigentlich? Fährst mit mir hier raus und sagst mir so was. Du dumme, dumme Schlampe.« Noch bevor sie diese Antwort verarbeiten konnte, hatte er schon ihren Kopf gegen das Beifahrerfenster gestoßen. Seine Handfläche bedeckte ihr gesamtes Gesicht, drückte es immer fester gegen die Scheibe.

Kristy fummelte in der Tasche ihrer Regenjacke nach dem Elektroschocker. Wenn sie daran gelangte, konnte sie ihn noch rechtzeitig abwehren.

»Es tut mir leid«, flüsterte sie, um Zeit zu gewinnen, während sie nach dem Einschalter tastete. Ein leichtes Vibrieren bestätigte ihr, dass das Gerät an war, und sie stieß es gegen Lance' Hüftknochen, jagte fünfzehn Millionen Volt durch ihren Ehemann. Kaum zu glauben, dass ein menschlicher Körper einen derart starken Stromschlag überstehen konnte, doch dieser Taser war dazu gedacht, erwachsene Männer kampfunfähig zu machen, und er erfüllte seinen Zweck. Lance ließ sie los und wand sich in krampfhaften Zuckungen.

Er hatte komplett die Kontrolle über seine Motorik verloren. Kristy schockte ihn noch zweimal, bis er sabbernd über dem Lenkrad hing. Er stöhnte und stieß ihren Namen hervor, gefolgt von einem Erguss unverständlicher Flüche. Sie setzte den Taser noch einmal an, diesmal im Nacken, worauf er vollkommen außer Gefecht gesetzt war. Als sie auf Lance hinunterstarrte, ihr jetzt völlig ausgeliefert, dachte sie an die Häftlinge im Todestrakt. In all den Jahren im Gefängnis hatte sie siebenunddreißig Menschen vor ihren Schöpfer treten sehen. Sechsunddreißig Männer und eine Frau, die auf eine Bahre geschnallt wurden und eine intravenöse Spritze in den Arm gesetzt bekamen. Sie war Zeugin bei jeder dieser gesetzlich sanktionierten Hinrichtungen gewesen. Das hier heute Nacht dagegen war nicht sanktioniert. Nach keinem Gesetz.

Siebenunddreißig Insassen, deren letzte Atemzüge sie bezeugt hatte und deren Gesichter und Namen sie verfolgten.

Randall, Michael, Jesse, David, Leroy, Peter, Darrell, Eddie, Maurice, Jorge, Hector, Clark, Steven, Travis, Jason, Franklin, Stanley, Alan, Gilberto, Trevor, Isaac, José, Willie, Oscar, Ernest, Miles, Nelson, Alberto, Karl, Timothy, Emmanuel, Tim, Marcus, Quincy, Barry, Carlos, Pamela. Siebenunddreißig Menschen, und Lance würde nun der achtunddreißigste sein.

Kristy musste schnell arbeiten, bevor die Wirkung des Tasers nachließ. Sie fesselte Lance an Händen und Füßen mit Kabelbinder und klebte ihm den Mund mit dem Klebeband zu. Speichel tropfte auf sein Hemd, und wütendes Gegrunze drang unter dem Knebel hervor. Wenn sie ihn entfernte, wusste sie, würde er eine Tirade hasserfüllter Drohungen vom Stapel lassen.

Drohungen gegen sie.

Drohungen gegen Ryan.

Drohungen gegen Pops.

Drohungen.

Drohungen.

Drohungen.

Noch bis vor Kurzem hatte sie sich als eine rechtschaffene, gesetzestreue Bürgerin betrachtet, den Männern und Frauen, denen sie jeden Tag im Gefängnis begegnete, moralisch überlegen. Damit war jetzt Schluss. Von heute Nacht an stand sie mit ihnen auf einer Stufe.

Unter Aufbietung aller Kräfte schob sie Lance auf den Beifahrersitz. Dann kletterte sie hinters Steuer und fuhr die vierundzwanzig Kilometer zu dem Waldstück, das sie zu seiner letzten Ruhestätte auserkoren hatte. Ein abgelegener Weg führte dorthin, der von einer Forstwirtschaftsstraße westlich des Lake Conroe abzweigte, kilometerweit entfernt von den nächsten Landstraßen. Kristy fuhr bis dicht an die Grube heran. Das Standlicht beleuchtete das tiefe Grab. Lance' Grab.

Mit zitternden Händen zog sie ein Paar Männerarbeitshandschuhe an und bedeckte ihren Kopf mit der Kapuze ihres schwarzen Anoraks. In der Kabine des Pick-ups war es unerträglich warm, so dass ihr der Schweiß den Rücken hinunterlief. Sie spürte, wie Lance' Blick jede ihrer Bewegungen verfolgte. In ihre Jackentasche greifend zog sie die illegal gekaufte Pistole heraus. Keine Seriennummer. Kein Führungszeugnis erforderlich. Lance atmete schnappartig und wand sich in seinen Fesseln, begriff offenbar, wie ernst die Lage war und dass er sie unterschätzt hatte. Kristy hielt seinen Blick fest und suchte verzweifelt nach einem Funken von Reue darin, einer Andeutung, dass es ihm leidtat, wie er sie behandelt hatte. Doch sein Ausdruck blieb unerbittlich. Aus seiner Sicht war sie die Böse in dieser Geschichte. Würde immer die Böse sein.

Solange er am Leben war, gab es kein Entkommen. *Kein Entkommen. Kein Entkommen.* Ständig wiederholte sie dieses Mantra. Sie hatte sich geschworen, nicht zu weinen, denn Lance verdiente ihre Tränen nicht, aber nun strömten sie ihr doch übers Gesicht. So lange war sie von ihm mundtot gemacht worden; jetzt konnte sie endlich reden.

»Es war alles nur gespielt, stimmt's? Du hast dir Ryan herangezogen und mich und Pops manipuliert. Das ist deine Masche, nicht wahr? Und ich hab mir noch den Kopf darüber zerbrochen, was ich tun kann, damit es wieder so wird wie am Anfang. Aber diese Zeit war gar nicht echt. All diese schönen ersten Monate waren nichts als Lügen. Ich wünschte, ich könnte verstehen, warum du so bist, aber so oder so, es ist vorbei, Lance. Du hast mich dazu getrieben.«

Er schüttelte den Kopf und brabbelte aufgebracht etwas unter dem Klebeband, aber Kristy fuhr fort. Jetzt würde er zuhören. Jetzt musste er endlich zuhören.

»Ich wollte nur, dass du aufhörst, mir wehzutun. Dass du aufhörst, mich zu bedrohen. Warum konntest du das nicht? Warum konntest du nicht einfach verschwinden?«, fragte sie.

Sie riss ihm das Klebeband ab, und er rief als Erstes um Hilfe. Es war mehr ein Heulen als ein Rufen, der Laut eines Bären, wenn die Falle um seine Pfote zuschnappt.

»Ich habe einen abgeschiedenen Ort ausgesucht, damit dich niemand hören kann. Das habe ich von dir gelernt.« Die Kälte in ihrer Stimme erschreckte ihn offensichtlich, und er wehrte sich beim Sprechen weiter gegen seine Fesseln.

»Du weißt ja nicht, was Liebe ist. Hast dich ständig nur um Ryan und Pops gesorgt und nie an mich gedacht. So verdammt selbstsüchtig, genauso wie dieses Miststück Hannah.«

»Du bist krank, Lance. Du bist ein schwer gestörter, kaputter Mensch. Du hast Hannah so gequält, dass sie sich in den Selbstmord geflüchtet hat.«

Lance wimmerte. »Niemand liebt mich. Du nicht, Hannah nicht, nicht meine Schlampe von Mutter. Mein Dad hatte recht, ihr seid alle Dreckshuren. Und ich war so gut zu dir, Kristy. Ich war gut zu deiner Familie. Aber jetzt ist Schluss. Ich schwör's bei Gott, ich bring sie um, diesen Fotzenknecht von deinem Sohn und diesen Nichtsnutz von deinem Vater.«

»Ich muss das hier nicht tun«, flehte Kristy. »Wenn du mich einfach nur in Ruhe lässt. Einfach abhaust.«

»Das wird nicht passieren«, grunzte Lance. »Wir wissen beide, wie das hier ausgeht.«

Kristy musterte ihn und begriff, dass er sie niemals in Frieden lassen würde.

»Ich glaube, wir haben sehr unterschiedliche Vorstellungen vom Ausgang dieser Nacht.«

Sie löste die Kabelbinder um seine Füße und hielt dabei die Pistole auf seinen Oberkörper gerichtet. Wenn er ihr jetzt irgendwie blöd kam, würde sie ihn in die Brust schießen und scheiß auf die Spuren.

Sie öffnete die Tür, sprang hinaus. Schwere Regenvorhänge gingen auf sie nieder, während sie drei Schritte rückwärts machte. Abstand zu Lance zu halten war wichtig, denn sonst bestand die Gefahr, dass er sich auf sie stürzte und sie entwaffnete. Sie bedeutete ihm mit einem Schwenken der Pistole auszusteigen.

»Komm zu mir rüber«, befahl sie. »Füße zuerst, ganz langsam.«

»Leck mich«, knurrte er. Sie senkte die Waffe um fünfzehn Zentimeter, so dass sie auf seinen Schritt gerichtet war, und bewegte den Finger am Abzug.

»Okay, okay, ich komme.«

Unsicher wankte er zur Fahrerseite herum, setzte seine Stiefel auf den nassen, matschigen Untergrund. Dann richtete er sich gerade auf, starr vor Zorn und Verachtung. Kristy dirigierte ihn zu seinem Grab. Zum ersten Mal sah sie einen Anflug von Verunsicherung in seiner Miene.

»Geh weiter. Einen Fuß vor den anderen.«

Lance gehorchte, ging langsam vor ihr her. Die Grube war weniger als drei Meter entfernt. Sie zauderte nicht und ließ ihn nicht aus den Augen, doch er, darauf trainiert, den Handlungen seines Gegners zuvorzukommen, nutzte die Gelegenheit. Er wirbelte herum und streckte die Arme nach ihr aus, um sie zu packen. In Horrorfilmen hatte der Killer immer das Überraschungsmoment auf seiner Seite, aber nach all der Zeit mit Lance rechnete Kristy mit seinem Angriff. Sie duckte sich nicht ängstlich, schützte nicht ihr Gesicht mit den Händen, zuckte nicht mal zusammen. Sie reagierte bloß. So viel passierte gleichzeitig: Die Patrone zischte aus der Kammer, das Mündungsfeuer blendete sie kurz, der Rückstoß der Waffe ging ihr durch Mark und Bein. Ihre Arme verkrampften sich bei dem fremdartigen Gefühl dieses widernatürlichen Tuns, das Klingen ihrer Ohren übertönte jedes andere Geräusch, und alles verlangsamte sich, bis die Zeit stillzustehen schien. Die erste Kugel traf Lance mitten in die Brust, bohrte sich mit beängstigender Wucht in sein Fleisch. Er taumelte rückwärts, während sie wieder einen festen Stand suchte und um einen klaren Blick rang.

Kristy dachte an das erste Mal, dass Lance sie geohrfeigt hatte. *Ich liebe dich.*

Sie schoss.

Seine Faust, die gegen ihr Kinn krachte. *Ich liebe dich.*

Sie schoss erneut.

Sein Stiefel, der ihr die Rippen brach. *Ich liebe dich. Ich liebe dich. Ich liebe dich.*

Lance schlug dumpf auf der durchweichten Erde auf. Blut rann aus seinen Wunden, das vom Regen fortgespült wurde. Ungläubig blinzelte er zu ihr auf, würgte und spuckte noch mehr Blut. Er streckte die Hand nach ihr aus, winkte sie heran.

»Bitte … lass mich nicht allein.«

Er hatte sie gepeinigt, gebrochen, zerstört, aber sie wandte sich nicht von ihm ab, sondern ließ sich auf den nassen Boden sinken. Die Pistole mit der Rechten haltend, falls er noch einen letzten Angriff versuchte, nahm sie seine Hand mit der Linken.

»Du bist nicht allein, Lance. Ich bin hier.«

Er konnte ihr nichts mehr anhaben. Sie saß bei ihm,

während in der Ferne Donner krachte. Lance' Organe versagten, sein Körper wurde schlaff, sein Augenlicht erlosch. Kristy schuldete ihm nichts, aber sie hatte ihn einmal geliebt und geglaubt, dass er sie liebte. Sie hatte so viele Menschen sterben sehen, doch das war nichts im Vergleich mit dem hier, dem allmählich verebbenden Herzschlag ihres Mannes. Ihr Schluchzen ging im Sturm unter, und sie konnte nichts mehr tun, als zuzusehen, wie er verschied.

Sechsundzwanzigstes Kapitel

Kristy würgte Galle und sah nur verschwommen vor lauter Tränen. Mühsam schluckend zählte sie immer wieder bis zehn. Lance war tot. Ihr Mann war tot, und sie hatte ihn ermordet.

Hör auf. Hör sofort auf. Steh auf, beweg dich. Sonst konnte sie genauso gut gleich die Polizei rufen und sich stellen. Es kostete sie ihre ganze Kraft, Lance hinüber zu seinem Grab zu zerren, ihn hineinzuwälzen und zuzusehen, wie er dumpf unten aufschlug. Sie konnte es nicht begreifen, dass er tot war, dass sein Herz eben noch geschlagen hatte und auf einmal … Doch sie durfte sich jetzt nicht von Trauer und Reue überwältigen lassen. Dazu war keine Zeit. Sie schaltete den Teil ihres Gehirns aus, der behauptete, dass sie es nicht schaffen würde, und zwang sich, an die nächsten Schritte zu denken. Nur darauf kam es jetzt an. Sie entfernte die restlichen Kabelbinder von Lance' Händen und starrte auf seine Leiche hinab.

Leiche, noch so ein Wort, das auf Unwiderrufliches verwies. Es gab kein Zurück. Sie durfte jetzt nicht an Lance denken, sondern musste sich auf den Plan konzentrieren. *Reiß dich zusammen, Kristy.*

Sie brauchte eine halbe Stunde, um das Loch vollständig

zuzuschaufeln. Anschließend legte sie die fortgeräumten Steine wieder darauf, bis kein Untergrund mehr sichtbar war. Sie arbeitete hektisch und musste sich ermahnen, langsamer zu machen. *Fehler passieren, wenn man unachtsam wird.*

Es war kurz vor elf. Sie musste bis Viertel nach eins zurück im Kino sein und dafür sorgen, dass sie beim Hinausgehen gesehen wurde, damit ihr Alibi genügend abgesichert war. Inzwischen hatte es fast aufgehört zu regnen und nieselte nur noch ein wenig. Kristy zog sich nackt aus, begoss sich mit dem mitgebrachten Wasser aus Flaschen, bis alles Blut und aller Schmutz abgewaschen waren, und untersuchte ihre Hände und Füße auf hartnäckige Spuren hin. Dann steckte sie ihre blutverschmierten Kleider in eine Plastiktüte und stopfte sie zusammen mit der Pistole in eine Sporttasche. Sie würde die Sachen morgen loswerden, bevor Lance' Verschwinden bemerkt wurde.

Als sie wieder angezogen war, flocht sie ihre Haare zu derselben Frisur, die sie bei der Arbeit getragen hatte. Sie stieg in den Pick-up und trug sorgfältig frisches Make-up auf. Mit einem neuen Paar schwarzer Handschuhe an den Händen (um Fingerabdrücke zu vermeiden) fuhr sie Lance' Wagen anschließend zurück zu seinem Lagerplatz, nur rund zwanzig Kilometer von seiner letzten Ruhestätte entfernt.

Dort öffnete sie ein paar Bier aus der Kühlbox, leerte sie aus und ging in einem Paar alter Stiefel von Lance herum, um Fußabdrücke auf dem matschigen Boden zu hinterlassen. Das getan, brachte sie seine Sachen in den Camper.

Handy und Schlüssel auf den kleinen Resopaltisch. Seine Jagdgewehre an die Tür gelehnt. Seine Reisetasche auf das Bord neben dem Bett.

Kristy sah sich mehrfach prüfend um, geradezu zwanghaft, um sicherzugehen, dass jeder Hinweis auf ihre Anwesenheit getilgt war. Wenn alles gut ging, würden die ermittelnden Behörden zu dem Schluss kommen, dass Lance schlichtweg verschwunden war.

Sie nahm ihre Tasche und ging tiefer in den Wald hinein, bis sie zu einer Lichtung kam. Dort drückte sie dichtes Gebüsch auseinander und brachte ein kleines graues Moped zum Vorschein. Sie hatte die Kleinanzeigen der Gegend durchforstet, bis sie auf einen Mann aus Sugar Land gestoßen war, der das Moped seines Sohns verkaufen wollte.

Mit einer tief in die Stirn gezogenen Schirmkappe war sie dort aufgetaucht und hatte bar bezahlt, eine Sache von sechzig Sekunden, bei der keine Schriftstücke die Hände wechselten. Trotzdem war natürlich ein Risiko damit verbunden, der Verkäufer könnte sie später identifizieren, aber sie durfte keines ihrer eigenen Fahrzeuge benutzen, da die Polizei möglicherweise die GPS-Daten auswerten würde. Kristy startete das Moped und warf noch einen letzten Blick auf Lance' Grab, ehe sie zurück in die Stadt fuhr.

Die Wege waren glitschig und machten das Fahren schwierig, die Reifen rutschten immer wieder auf dem nassen Schotter weg. Sie umklammerte den Lenker, betete, dass sie nicht stürzte, und erreichte Huntsville unbeschadet in weniger als vierzig Minuten. Es erschien ihr unmöglich, dass sie nur vier Stunden fort gewesen war. Sie stellte das Moped drei Häuserblocks vom Kino entfernt in einer Seitengasse ab und ließ den Schlüssel stecken, darauf hoffend, dass jemand in der Stimmung für einen kleinen Gelegenheitsdiebstahl war. Dann eilte sie durch die verlassenen Straßen und huschte zurück in den Saalbereich, nachdem sie ihre abgerissene Karte flüchtig demselben gelangweilten Platzanweiser gezeigt hatte, der sie durchwinkte, ohne von seinem Handy aufzusehen.

Sie ging kurz zur Toilette und inspizierte sich im Spiegel, suchte nach Anzeichen für das, was sie getan hatte. Kein Blut, keine Schlamm- oder Dreckspritzer mehr zu sehen, nichts Ungewöhnliches mit Ausnahme ihrer Augen. Clifton hatte einmal gesagt, dass die Augen einen verrieten, dass sie die inneren Kämpfe und den Kummer preisgaben. »Es ist immer da, immer in den Augen.« Kristys Blick wirkte leblos und leer. Das »Funkeln« in ihren Augen war unwiderruflich verloschen.

Der letzte Film ging nur noch eine Viertelstunde. Sie setzte sich in eine der hinteren Reihen, fröstelnd, vom Regen ausgekühlt, und die Last dessen, was sie getan hatte, stürzte auf sie ein. Auf der Leinwand tobte eine endlose, nervtötende Polizeiverfolgungsjagd. Die Schauspieler leierten schrottige Dialoge über das Gute, das letztlich immer siegt, herunter, aber sie bekam kaum etwas davon mit. Als der Film zu Ende war, verließ sie den Saal, eine Besucherin unter vielen, die wie alle nach Hause in ihr warmes, kuscheliges Bett wollte. Sie schrieb eine SMS an Lance: *Film vorbei, fahre jetzt nach Hause. Liebe dich.* Auf dem

Lagerplatz gab es schlechten bis gar keinen Empfang, aber die Polizei würde die Nachricht einer liebenden Ehefrau lesen.

Kurz nach zwei Uhr morgens kam sie nach Hause und traf Pops hellwach beim Fernsehen im Wohnzimmer an. Er grinste, als er sie sah, und stellte den Ton aus.

»Hey, Kristy-Girl, wie war's im Kino?«

»Gut, Pops. Gute Filme.«

»Hast du was von Lance gehört?«

»Nein, aber der Empfang ist dort ja auch total unregelmäßig. Brauchst du noch was, bevor ich ins Bett gehe?«, fragte sie und betete, dass er nein sagte. Zu nettem Geplauder war sie jetzt nicht in der Lage.

»Ich hab alles. Leg dich ruhig schlafen. Wir sehen uns morgen früh.«

Obwohl sie wusste, dass Ryan nicht da war, ging sie kurz hinunter zu seinem Zimmer. Von der Tür aus blickte sie auf sein zerwühltes, ungemachtes Bett, den mit Papierstapeln bedeckten Schreibtisch, die stolz an der Wand prangenden Debattier-Medaillen. Sie tat das für ihn. Sie tat es für sie alle.

Auf rationaler Ebene war ihr das klar. Doch sobald sie ins Schlafzimmer kam, drang alles auf sie ein, was noch von Lance übrig war, sein moschuslastiges Aftershave, seine Kuhle in dem ungemachten Bett, sein auf die Kommode geworfenes Nachtzeug und das verdammte Hochzeitsfoto darüber. Wankend ging sie zum Bett, warf sich darauf und biss in ihr Kissen, um das Schluchzen zu ersticken. Sie weinte, heulte in den weichen Frotteebezug, bis aus dem

Wehklagen ein Wimmern wurde und sie endlich in einen unruhigen Schlaf fiel.

Stunden später fuhr sie ruckartig auf, verwundert, dass sie geschlafen hatte. Die Sonne strömte durch die Jalousien herein, und sie musste feststellen, dass die bekannte Vorahnung drohenden Unheils stärker war denn je. Sie duschte und verbrühte sich beinahe an dem heißen Wasser, als sie eingebildete Blutspritzer wegschrubben wollte. Sosehr sie auch schrubbte, irgendwie konnte sie nicht richtig sauber werden. Danach zog sie sich schnell an und ging nach unten, wo es beunruhigend still war. Sie kochte Kaffee und goss ihn in ihre Thermoskanne. Es war kurz nach neun, Pops würde bestimmt erst in ein paar Stunden aufstehen. Da sie öfter am Wochenende arbeitete, hatte sie geplant, das auch heute zu tun. Sie würde ins Büro fahren, nett mit den Aufsehern plaudern und sich an ihren Schreibtisch hocken, um E-Mails und Anrufe wegen Gordons geplanter Geschlechtsumwandlung zu beantworten. Sie würde Pressemitteilungen schreiben und versuchen, nicht daran zu denken, was los sein würde, wenn Ryan und Pops merkten, dass Lance verschwunden war. Sie würde sich so verhalten, wie Menschen es taten, die nicht gerade ihren Ehepartner umgebracht hatten.

Kristy fuhr am See vorbei, unschlüssig, ob sie die Waffe jetzt versenken oder warten sollte, bis es dunkel war. Sie sah sich um – es hatte sich zugezogen, keine Menschenseele in Sicht. Sie tat die Pistole in einen beschwerten schwarzen Plastiksack, den sie fest mit Hühnerdraht verschloss. Dann warf sie ihn so weit hinaus, wie sie konnte, und sah zu, wie er aufklatschte und kreisförmige Wellen bildete, während er im See versank.

Eine halbe Stunde später bog sie auf das Gefängnisgelände ein und winkte Ernesto zu, einem der Wochenendaufseher. Er arbeitete fast schon so lange hier wie sie, und sie sprachen kurz über seine Tochter, die gerade ihr erstes Kind erwartete.

Ihr Büro wirkte immer etwas duster, selbst wenn die Neonröhren oben an der Decke summten. Am liebsten wollte sie das Licht ausmachen und im Dunkeln sitzen, aber für den Fall, dass Carmen oder Gus heute ebenfalls zur Arbeit kamen, sollte sie sich besser nicht auffällig benehmen.

Sie sah ihren Posteingang durch und warf einen Blick auf die Aufgabenliste, die sie in den letzten Wochen vernachlässigt hatte – doch es war lächerlich zu denken, dass sie heute irgendetwas erledigt bekommen würde. Die meiste Zeit saß sie nur still da, starrte aus dem Fenster auf den Wachturm und ließ die Zeit verstreichen. Um Viertel vor vier brummte ihr Handy, eine Nachricht von Ryan.

Bin zurück. Wollen wir zusammen zu Abend essen? Bin auf dem Weg zum Chili's.

Das war das letzte Restaurant, auf das sie Lust hatte, denn dort hatte alles angefangen, aber das konnte sie Ryan nicht sagen. Außerdem wollte sie ihn gern sehen. Sie musste ihn in die Arme nehmen und sich vergewissern, dass es ihm gut ging.

Sie antwortete: Bin in zwanzig Minuten da.

Als sie im Lokal eintraf, saß er schon in einer Ecknische.

»Hallo, Ry«, sagte sie und ließ sich auf die Sitzbank gegenüber sinken, in der Hoffnung, dass er die Veränderung an ihr nicht bemerkte. Er sah von der Speisekarte auf. Seine Augen waren gerötet, die Mundwinkel kummervoll herabgezogen. Offenbar hatte er geweint. Wusste er, dass etwas passiert war? Und wenn er gar nicht mit Ella nach Galveston gefahren war? Wenn er zu dem Lagerplatz gekommen war und alles mitangesehen hatte? Nein. Nie und nimmer hätte er ein gemeinsames Abendessen vorgeschlagen, wenn er auch nur die leiseste Ahnung hätte, was seine Mutter getan hatte.

»Was ist los? Was ist passiert?«, fragte Kristy.

»Sie hat mit mir Schluss gemacht, Mom.«

»Ella?«

Ryan nickte, vollkommen niedergeschlagen.

»Wieso das denn? Hat sie gesagt, warum?«

»Sie meinte, ich wäre ja in meinem Führungscamp im Sommer, und sie besucht einen Monat lang ihre Tante in Kalifornien, und sie will einfach nur Spaß haben, sagt sie, und es nicht so eng sehen.«

»Oh. Das tut mir leid, Ry.«

»Und dann hat sie geweint und geweint, und ich so: ›Warum weinst du denn? Du machst doch mit *mir* Schluss.‹«

Es gab so viel, was sie ihm sagen wollte, aber alles klang so verflucht abgedroschen. *Beziehungen sind eben schwer. Du wirst dich wieder verlieben. Jeder Topf findet irgendwann seinen Deckel.* Sie hatte sich dieselben Sprüche anhören müssen, hatte daran geglaubt, hatte sich davon beeinflussen lassen, als sie ihre Beziehung mit Lance begann. Aber Ryan ging es schlecht, und manchmal waren solche Gemeinplätze besser als gar nichts.

»Ich weiß, im Moment tut es sehr weh, aber das geht vorbei, das verspreche ich dir«, sagte sie. Auf eine Art war es auch eine sanfte Vorwarnung vor dem, was noch kam.

»Ich will jetzt nicht mehr über Ella reden. Können wir einfach was essen?«

»Klar, wie du willst.«

Sie bestellten, und Kristy sah zu, wie er verzweifelt Textnachrichten an Ella schickte und sie bat, es sich noch einmal zu überlegen. Als das Essen kam, pickte er an seinem Burger herum und hing Erinnerungen an die schöne gemeinsame Zeit nach. Kristy trank Wasser und stocherte in ihrem Caesar Salad mit Hühnchen herum, während die nagende Sorge sich in ihren Magen fraß. Ihre Gedanken schweiften von Ryans Liebeskummer zu Lance ab, wie er mit vor Überraschung vorquellenden Augen auf sie zugetaumelt war, wie der Schuss krachte, wie sie Erde auf seine Leiche schaufelte …

Konzentrier dich auf Ryan. Konzentrier dich auf Ryan. Sie durfte sich jetzt nicht in so was verstricken. Lance war tot. Ryan war hier bei ihr. Ryan war alles, was zählte.

»Ich hab Lance eine Nachricht geschickt, wollte nur mal kurz mit ihm reden, aber er hat sich nicht gemeldet. Habt ihr heute miteinander telefoniert?«

Als hätte er ihre Gedanken gelesen. Kristy trank einen Schluck Wasser und überlegte sich ihre Antwort gut.

»Nein, heute noch nicht. Ich bin irgendwie in Arbeit

versunken und wohl davon ausgegangen, dass er noch auf der Jagd ist.«

Ryan runzelte die Stirn. »Das ist komisch. Lance schreibt dir doch sonst mindestens tausend Nachrichten am Tag, oder?«

Manchmal hasste sie es, wie scharfsinnig er war. Sie zuckte die Achseln. »Das Netz ist dort nicht gut.«

»Ruf ihn doch jetzt an, vielleicht geht er ja ran.«

Es war unvermeidlich, dass sie lügen und sich verstellen musste, und jetzt ging es schon los. Sie konnte seinem fragenden Blick nicht ausweichen, während er wartete.

»Komm schon, Mom. Ich will ihm nur kurz hallo sagen und hören, wie es mit der Jagd läuft.«

Kristy gab nach. Sie wählte die Nummer und ließ es klingeln, bis die Mailbox ansprang. »Hallo, Leute, hier ist Lance Dobson. Ich bin im Moment nicht erreichbar, aber hinterlasst mir gern eine Nachricht und habt noch einen gesegneten Tag.«

Es piepte laut. »Hallo, Lance, ich bin's. Wollte nur mal hören, wie es dir dort draußen geht. Hoffe, du hast eine schöne Zeit. Ryan möchte mit dir sprechen, also ruf mal zurück, wenn du dazu kommst. Kuss.«

Sie legte auf, besorgt, dass sie zu gezwungen geklungen hatte. Die Realität setzte nun mit Macht ein. Sie war so darauf fixiert gewesen, Lance zu stoppen, dass sie nicht richtig bedacht hatte, wie schwer es sein würde, ihren Sohn anzulügen. Fürs Erste allerdings drehten sich Ryans Gedanken vorwiegend um Ella. Als sie fertig gegessen hatten, sah er sich seine Nachrichten an.

»Bei Zac gibt es heute Abend eine Party, aber ich komme nicht spät nach Hause«, verkündete er.

»Pass auf dich auf, Ry. Und wenn ihr was trinkt …«

»Mom, ich trinke nicht.«

»Okay. Ich will nur sagen, falls es Alkohol auf der Party gibt und du doch ein Glas trinkst, fahr bitte nicht mehr. Ruf mich an, dann hole ich dich ab.«

»Klar, mach ich«, sagte Ryan und stieg mit hängenden Schultern in sein Auto. Kristy sah ihm nach, bis seine Scheinwerfer um die Ecke verschwunden waren.

Danach saß sie auf dem Parkplatz, auf dem alles angefangen hatte, und fragte sich, ob sich die Dinge vielleicht anders entwickelt hätten, wenn sie an dem Abend nicht zusammen essen gegangen wären. Wenn Lisette sie nicht gesehen und die Beherrschung verloren hätte – wäre Kristy dann auch so wenig auf der Hut gewesen? Hätte sie Lance genügend vertraut, um sich derart verwundbar zu machen? Hätte sie ihn geküsst? Oder wäre ohnehin alles so gekommen, schicksalhaft? *Zu spät für »hätte« und »wäre«*, sagte sie sich.

Ihr blieb keine Zeit zum Grübeln, es gab immer noch Arbeit zu tun. Sie fuhr zu einem verlassenen Waldstück zwanzig Kilometer außerhalb der Stadt, wo sie mehrere Holzscheite hinten aus ihrem SUV nahm und ein Streichholz anriss. Das Feuer brannte lichterloh. Sie warf ihre blutgetränkten Kleider hinein, die rasch in den heißen, im lauen Abendwind tanzenden Flammen verbrannten.

Nachdem die letzten glühenden Stücke zu Asche geworden waren, holte sie eine Pizza für Pops und fuhr nach

Hause. Sie setzte sich zu ihm und sah sich eine von den Polizeiserien mit ihm an, die er so liebte. Normalerweise fand sie solche Sendungen mit den topfrisierten, unrealistisch wirkenden Detectives und der übermäßigen Gewalt gegen Frauen ziemlich hirnlos, aber an diesem Abend konnte sie nicht wegsehen und fieberte mit einer jungen Frau mit, die bei einem Date vergewaltigt worden war und sich rächte, drückte ihr die Daumen, dass sie mit ihrem Mord davonkam, und war niedergeschlagen, als das natürlich nicht passierte.

Gegen elf ging sie ins Bett. Morgen war der entscheidende Tag. Lance würde nicht nach Hause kommen, und Ryan und Pops würden begreifen, dass ihm etwas passiert war. Sie würde die beiden Menschen, die sie am meisten liebte, wiederholt anlügen müssen. Sie schlief unruhig, und als sie am nächsten Morgen aufwachte und um zehn hinunter in die Küche ging, saßen die beiden schon am Küchentisch.

»Mom, hat Lance was von sich hören lassen?«, fragte Ryan, nervös mit den Fingern auf den Tisch trommelnd.

»Nein, nicht mehr, seit er losgefahren ist.«

»Wann war das?«, erkundigte sich Pops.

»Freitagabend, als ich schon im Kino war. Er hat mir eine SMS geschrieben und mir eine gute Nacht gewünscht.«

»Das ist wirklich seltsam«, sagte Ryan. »Lance schreibt mir sonst ständig über WhatsApp und so. Fragt mich immer, ob ich okay bin. Pops auch. Irgendwas stimmt da nicht.« Ryan fuhr sich mit den Händen durch seinen blondbraunen Strubbelkopf und kniff die Augen zusammen. Gott, er war so ein lieber Junge. Das hier würde ihm verdammt noch mal das Herz brechen.

»Ich würde keine voreiligen Schlüsse ziehen, Ry. Das Netz ist wirklich schlecht dort.«

»Schon, aber Lance fährt doch sonst immer in den Ort, um dich von da aus anzurufen. Hat er aber nicht, oder?«

»Nein, das nicht …«

»Kristy-Girl, ich finde, der Junge hat in dem Fall recht. Lass uns raus zum Lagerplatz fahren und nach ihm sehen. Sicher ist sicher.«

»Bitte, Mom, Lance könnte krank sein oder verletzt«, bat Ryan.

Kristy drehte sich der Magen um, und eine Welle von Übelkeit schwappte über sie hinweg. Zeit, es mit den Konsequenzen aufzunehmen.

»Okay, fahren wir«, sagte sie.

Pops stand auf.

»Ich komme mit.«

»Pops …«

Er ignorierte sie und schlurfte zum Dielentisch, wo er seinen großen Sauerstoffapparat für zu Hause gegen einen kleineren, tragbaren austauschte. Sie war drauf und dran, ihm zu sagen, dass er sich anständig anziehen und die Haare kämmen oder wenigstens richtige Schuhe statt seiner hässlichen grau-weiß gepunkteten Schlappen anziehen solle, aber sie waren hier schließlich nicht auf einer Scheißmodenschau. Was spielte es für eine Rolle, was ihr Vater anhatte?

Sie fuhren die Strecke schweigend und kamen eine

halbe Stunde später am Lagerplatz an. Alles war so, wie Kristy es verlassen hatte. Nur Lance fehlte.

»Wahrscheinlich ist er irgendwo im Wald jagen«, sagte sie. *Lügnerin. Lügnerin.*

Ryan warf einen Blick in den Camper. »Seine Sachen sind alle hier. Auch seine Gewehre.«

»Das ist kein gutes Zeichen. Er würde doch nicht ohne ein Gewehr in den Wald gehen.«

Kristy wusste nicht, was sie sagen sollte. Alles war so furchtbar vorhersehbar, und sie fragte sich, wie sie das Ganze durchstehen sollte, wenn die beiden sie mit großen Augen anstarrten, als würde eine Welt für sie zusammenbrechen.

»Mom, hör mal, hör mir zu. Pops bleibt hier für den Fall, dass Lance inzwischen zurückkommt. Wir beide teilen uns auf und suchen den Wald nach ihm ab.«

Ryan übernahm die Führung. Das war nicht ungewöhnlich, und sie könnte es unterbinden, indem sie sagte, dass sie zurückfuhren, aber sie brachte es nicht über sich. Also folgte sie ihm in das dichte Unterholz, wo sie immer wieder nach Lance riefen, über eine Stunde lang, bis Ryan endlich vorschlug zurückzugehen. Als sie am Lagerplatz ankamen, warf Pops nur einen Blick auf Ryans geknickte Miene und sagte: »Schluss jetzt. Wir müssen die Polizei rufen.«

Kristy widersprach nicht. Es hatte keinen Sinn, das Unvermeidliche hinauszuschieben.

Sie fuhren eine Viertelstunde nordwärts, bevor sie wieder ein Netz bekamen.

»Notrufzentrale, um was für einen Notfall handelt es sich?«, fragte die Telefonistin mit monotoner Stimme.

»Mein Mann … er ist verschwunden. Ich meine, ich habe Angst, dass er verschwunden sein könnte. Er ist campen gegangen, und wir können ihn nicht finden.«

»Wie lange ist er schon weg?«

»Wir haben seit sechsunddreißig Stunden nichts mehr von ihm gehört«, antwortete Kristy, während Ryan und Pops an ihren Lippen hingen. Die Telefonistin notierte ihren Namen und sagte, sie werde einen Polizeibeamten zu ihnen hinausschicken. Sie fuhren zurück zum Lagerplatz und warteten in bedrücktem Schweigen, bis ein Streifenpolizist auftauchte. Er war jung, Anfang dreißig, hatte einen militärischen Bürstenhaarschnitt und eine muskulöse, im Fitnesscenter gestählte Statur.

»Mrs Dobson?«, fragte er und nahm seinen Strohhut ab. Kristy nickte, woraufhin er ihr die Hand gab, danach auch Pops und Ryan.

»Ich bin State Trooper Matt Meyers. Die Zentrale sagt, Sie wollen jemanden als vermisst melden?«

»Mein Ehemann, Lance Dobson, ist am Freitagabend hier herausgefahren, und wir haben seitdem nichts mehr von ihm gehört. Wir haben seinen Pick-up gefunden und alle seine Sachen, aber nirgends eine Spur von ihm.«

»Gehören Sie alle zur Familie?«, fragte der Polizist.

»Ryan ist mein Sohn, Lance' Stiefsohn. Und das ist mein Vater, Frank Tucker.«

Trooper Meyers machte sich Notizen, während Kristy weiter berichtete. Pops und Ryan standen geschockt und ungläubig blinzelnd dabei. Kristy hoffte, dass sie nach außen genauso wirkte, auch wenn es in ihr drunter und drüber ging. Sie musterte die Szene bei Tageslicht. Der Regen hatte ein Schlammfeld aus dem Lagerplatz gemacht, aber es bestand dennoch die Gefahr, dass irgendwelche Spuren gefunden wurden, sei es nur ein Haar oder eine Faser, die alles auffliegen lassen konnten. Der Officer stieg in Lance' Camper, während sie drei draußen blieben.

Ryan sah sie an und flüsterte: »Es ist doch bestimmt alles okay mit ihm, Mom, oder?«

Die Lügen. Sie hatte jetzt schon so viel gelogen, und das war erst der Anfang.

»Ich hoffe es, Ry.« Verflucht sei Lance, weil Ryan ihn so ins Herz geschlossen hat. Verflucht sei er, dachte sie. Officer Meyers kam wieder heraus und wischte sich den Staub von den Händen.

»Okay. Also wann haben Sie alle das letzte Mal mit Lance gesprochen?«

Ryan trat vor. »Ich hab ihn zuletzt gesehen, bevor ich am Donnerstagmorgen zur Schule gefahren bin. Am Freitagabend gegen sechs hat er mir eine Textnachricht geschickt und mir viel Spaß in Galveston gewünscht.« Seine Stimme versagte.

Kristy nahm seine Hand. Es würde nicht leichter werden.

Pops antwortete als Nächster.

»Lance hat am Freitag gegen Viertel vor sechs das Haus verlassen. Vorher hat er noch dafür gesorgt, dass ich was zum Abendessen hatte, und mir schnell noch einen Burger auf dem Grill gebraten. Der Mann hat wirklich ein Händchen fürs Grillen, stimmt's, Kristy?«

»Und ob, Pops.«

»Und Sie, Mrs Dobson?«

Officer Meyers sah sie an. »Wann haben Sie das letzte Mal mit Ihrem Mann gesprochen?«

»Persönlich zuletzt am Freitagmorgen, bevor ich zur Arbeit bin. Ich bin Pressebeauftragte drüben im Huntsville-Gefängnis und war bis etwa fünf Uhr im Büro. Danach bin ich ins Kino gefahren, ins Lone Star Cinema. Lance und ich haben vor dem ersten Film miteinander telefoniert, ungefähr um sechs, und das war das letzte Mal, dass ich etwas von ihm gehört habe.«

Sie zeigte dem Polizisten ihr Handy, und er schrieb alles auf. Im Laufe der Befragung fing sie irgendwann beinahe selbst an, ihre Story zu glauben, die Geschichte von der besorgten Ehefrau, deren Mann verschwunden war.

»Weiß jemand von Ihnen vielleicht, ob Lance mit irgendwem Probleme hatte?«, fragte Meyers.

»Niemand würde Lance etwas tun wollen. Er ist ein guter Mensch. Er hat sich immer um uns alle gekümmert, nicht wahr, Kristy?«, sagte Pops.

Diesmal sah Kristy den Officer direkt an. Augenkontakt war wichtig.

»Das stimmt. Er ist ein hingebungsvoller Familienvater.«

Das war nicht gelogen. Mangelnde Hingebung war nie das Problem mit Lance gewesen.

»Wie lange sind Sie schon verheiratet?«

»Fast zwei Jahre.« Zögerte er, bevor er ihre Antwort notierte, oder bildete sie sich das ein?

»Gut. Wenn es Ihnen nichts ausmacht hierzubleiben, werde ich jetzt meinen Vorgesetzten informieren.«

Er nahm den Platz noch einmal gründlich in Augenschein und ging dann gemessenen Schritts zu seinem Streifenwagen. Sie warteten. Nach einer halben Stunde traf ein weiterer State Trooper ein, ein schmerbäuchiger Mann mit Schnurrbart, zu dem sich kurz darauf die Jagdaufseherin gesellte, eine schlaksige, glubschäugige Frau. Trooper Meyers stellte alle einander vor, aber Kristy hörte nicht zu, sondern wappnete sich schon für die nächste Runde Fragen.

Immer wieder gingen sie alles mit ihnen durch – wann sie Lance zuletzt gesehen hatten, zuletzt mit ihm gesprochen hatten. Das Verhalten des ranghöheren Polizisten nahm eine neue Dringlichkeit an, als er die Jagdgewehre untersuchte.

»Hat Ihr Mann noch andere Waffen?«, fragte er.

»Soweit ich weiß, nicht«, antwortete sie.

Die drei Beamten besprachen sich untereinander, und im Laufe des Nachmittags erschienen weitere Polizisten und weitere Jagdaufseher am Schauplatz. Trooper Meyers hatte die Rolle des Sprachrohrs übernommen und informierte Kristy nach und nach über die Entscheidungen.

»Wir befürchten, dass Ihr Mann verletzt sein oder sich verlaufen haben könnte. Mein Vorgesetzter hat das Such- und Rettungsteam unserer freiwilligen Feuerwehr verständigt. Die Suche wird sich ein bisschen schwierig gestalten, weil dieser Teil des Waldes so dicht ist, aber sie haben Allradfahrzeuge und Pferde, so dass wir mit ihnen viel mehr Fläche abdecken können als nur zu Fuß. Es wird auch ein Ermittlungsbeamter des Bezirks hier herauskommen, um sich die Gegend anzusehen und Fotos von dem Camper und dem Pick-up zu machen.«

»Wir helfen bei der Suche. Wir dürfen doch helfen, oder?«, fragte Ryan.

Kristy wollte schreien: *Nein! Wir fahren nach Hause.* Aber da war nichts zu machen.

»Wenn Ihr Sohn sich an der Suche beteiligen möchte, kann er das gern tun. Und Sie, Mrs Dobson, wenn Sie bei den Freunden und Verwandten Ihres Mannes anrufen könnten, um zu hören, ob irgendjemand Nachricht von ihm hat, wäre das gut. Außerdem bräuchten wir seine Krankengeschichte und ein aktuelles Foto, das wir an unsere Rettungsteams verteilen können.«

»Natürlich. Alles, was Sie brauchen«, sagte Kristy mit einem Blick auf die zunehmende Betriebsamkeit um sie herum. All diese Menschen, all dieser Zeit- und Geldaufwand für einen Mann, der längst tot war. Sie könnte jetzt sofort gestehen. Sie könnte sich stellen. Doch alles passierte auf einmal so schnell, es schien unaufhaltsam, was sie in Gang gesetzt hatte.

Hilflos sah sie zu, wie Ryan im Dickicht verschwand, zusammen mit Dutzenden von Freiwilligen von der örtlichen Feuerwehr, Männern und Frauen, die ihre Freizeit für Suchen wie diese opferten, alle ernsthaft und motiviert. Sie trösteten sie mit Schulterklopfen und ermunternden Worten, versprachen, ihren Mann nach Hause zu bringen.

Ein paar von ihnen kannte sie sogar, Aufseher aus dem Huntsville und dem Polunsky, deren grimmige Mienen weicher wurden, wenn sie ihr die Hand schüttelten und sagten: »Gott wird ihn beschützen.«

Genau das war ihr Problem mit der Religion: Wo war Gott denn gewesen, als Lance sie Tag für Tag verprügelt hatte? Wo? Aber sie konnten ja nicht wissen, was sie durchgemacht hatte. Sie handelten nach den bekannten Tatsachen: Ein liebender Ehemann und Vater wurde vermisst, und sie würden weiß Gott noch mal alles daransetzen, ihn zu finden.

Kristy setzte sich mit Pops in ihren SUV und rief als Erste Roy und Yoli an, die erstaunt über ihren Anruf waren und keine Informationen hatten. Danach probierte sie es bei Craig, dem neuen Immobilienmakler-Kompagnon aus Lance' Büro, und bei der Handvoll seiner Bekannten. Alle drückten sie ihr Mitgefühl und ihre Besorgnis aus, aber natürlich hatte keiner etwas von Lance gehört. Nachdem die Anrufe erledigt waren, blieb sie mit Pops im Wagen sitzen und starrte hinaus auf die Lichtung voller Menschen. Pops döste irgendwann ein, so dass nur noch das Zischen seiner tragbaren Sauerstoffflasche zu hören war. Sie verfolgte, wie die Polizisten und die anderen Suchtrupps sich zielstrebig und entschlossen durch den Wald bewegten. Die Stunden verflossen, die Sonne ging langsam unter. Ryan kam mit einem der ersten Trupps zurück, fröstelnd in der kühlen Abendluft. An seinen blutunterlaufenen Augen erkannte sie, dass er am Rand der Erschöpfung war. Trooper Meyers sah es ebenfalls.

»Sie sollten jetzt alle nach Hause fahren und sich ausruhen«, sagte er. »Es könnte eine lange Nacht werden.«

»Mir geht's gut. Ich will weitersuchen«, erwiderte Ryan, aber Kristy schüttelte den Kopf.

»Wir müssen Pops nach Hause bringen, und du solltest auch ein bisschen schlafen. Wir kommen morgen früh wieder, wenn das in Ordnung ist?«, wandte sie sich an Trooper Meyers.

»Ja, Ma'am. Falls wir Mr Dobson nicht vorher ausfindig machen, sind wir hier.«

Ryan öffnete den Mund zum Protest, besann sich aber eines Besseren. Sie stiegen wieder in den Wagen, wobei Pops aus dem Schlaf schrak.

»Irgendwas Neues von Lance?«, fragte er hoffnungsvoll und blinzelte hinaus auf den geschäftigen Lagerplatz.

»Nein«, sagte sie sanft. »Noch nicht.«

Pops nickte knapp und schloss die Augen, als wäre er schon in Trauer. Ryan saß auf dem Rücksitz und starrte in den Himmel, versuchte, tapfer zu sein, während er offenbar mit dem Schlimmsten rechnete. So minutiös sie auch alles geplant hatte – darauf war sie nicht vorbereitet gewesen. Sie hatte nicht nur Lance getötet, erkannte sie, sondern auch einen Teil von Ryan und Pops.

Es tut mir leid, drängte es sie zu sagen. *Das alles tut mir furchtbar leid.*

Doch stattdessen fuhr sie schweigend los. Alle drei waren sie stumm vom Gewicht ihrer Gedanken. Ihr, ihnen allen, blieb jetzt nichts weiter zu tun als abzuwarten. Früher oder später würde es vorüber sein.

Siebenundzwanzigstes Kapitel

Das Warten war schwerer als gedacht. Als sie zu Hause ankamen, hoffte Kristy auf ein bisschen Zeit für sich, um alles zu überdenken, ihre Gedanken zu ordnen, sich auf weitere Befragungen seitens der Polizei vorzubereiten. Sie rechnete damit, dass Pops und Ryan direkt ins Bett gingen.

Stattdessen ging Pops in die Küche und förderte von ganz hinten aus dem Barschrank eine Flasche erlesenen Chivas Regal zutage. Er schenkte ihnen allen einen ordentlichen Schluck voll ein.

»Das wird uns ein bisschen entspannen. Uns helfen zu schlafen«, meinte er.

Normalerweise würde sie Ryan nicht erlauben, Hochprozentiges zu trinken, und für einen alten Mann, der starke Medikamente nahm, war das erst recht nicht gut, aber sie sagte nichts. Sie setzten sich zusammen an den Küchentisch und nippten an ihren Drinks.

»Weißt du, Kristy-Girl, manchmal, wenn du abends lange gearbeitet hast, haben Lance und ich uns ein paar Bier geschnappt und sind rüber zum Baseballplatz gefahren, haben uns hinten auf seinen Truck gesetzt, dem Spiel zugesehen und rumgequatscht. Der Mann hat mich manchmal so zum Lachen gebracht, dass ich Bier in die Gegend gespuckt hab«, sagte Pops glucksend.

Ryan stimmte in den Lobgesang auf Lance mit ein.

»Lance geht es gut, das weiß ich. Er passt schon gut auf sich auf. Niemand ist besser darin als er. Es ist komisch, aber ich muss ständig an all das denken, was er mir beigebracht hat. Zum Beispiel, wenn er über Judo redet, dann immer so, dass es mir hilft, besser mit dem Leben klarzukommen. Und er treibt mich ständig dazu an, noch härter zu trainieren, weil er mein Potenzial sehen kann, meint er. Und die Art, wie er zuhört … als würde er mich wirklich verstehen. Er weiß, wie das ist, wenn man nicht dazugehört, und dadurch hab ich mich weniger wie ein Sonderling gefühlt. Wenn Lance nicht gewesen wäre, wäre ich immer noch ein Außenseiter, aber jetzt kennen mich alle. Mögen mich sogar.«

Kristy fand es grässlich, dass er Lance das Verdienst daran zuschrieb. Sie wollte ihm widersprechen, ihm sagen, dass die Leute ihn mochten, weil er ein großartiger Junge war, aber das war nicht das, was er und Pops in diesem Moment hören wollten. Es war still am Tisch geworden, und sie merkte, dass sie auf ihren Beitrag warteten. Wie sehr wünschte sie, dass der Lance ihrer Erzählungen auch *ihr* Lance sein könnte, dass auch sie ehrlichen Herzens sein Lob singen könnte, aber zu viele ihrer Erinnerungen waren von Gewalt überschattet.

»Wisst ihr noch, als ich letztes Jahr den Preis für besondere Leistungen in Public Relations bekam? Lance war so stolz, dass er mein Büro mit Blumen überschwemmt hat …«

Sie ließ aus, was danach auf dem Parkplatz passiert war, wie er sie ins Auto gestoßen und am Kinn gepackt hatte.

»Hör mal, Kristy, warum hast du mich überhaupt hierher eingeladen? Du hast mich praktisch den ganzen Abend ignoriert. Warum willst du, dass ich mich schick mache und mitkomme, wenn du dann kein einziges gottverdammtes Wort zu mir sagst? Ich will, dass du in den Spiegel guckst und dich fragst, war dieses Verhalten angemessen? Frag dich … habe ich meinem Mann heute Abend den Respekt gezollt, den er verdient?«

So sahen ihre Erinnerungen aus, aber die beiden brauchten jetzt Trost von ihr, also schwafelte sie weiter über die »guten Zeiten«.

Ein wenig betrunken entschuldigte Pops sich schließlich und murmelte optimistisch etwas davon, dass Lance bis zum Morgen sicher zurück sein werde. Ryan stand ebenfalls auf, druckste aber noch etwas herum und suchte in ihrem Gesicht nach einer beruhigenden Botschaft. Besorgt, dass er sie durchschauen könnte, umarmte sie ihn rasch.

»Ich schließe mich morgen früh wieder den Suchtrupps an. Soll ich dich wecken?«, fragte er, als sie ihn gegen die Tränen ankämpfend losließ.

»Wir fahren zusammen hin«, sagte Kristy. Das war ihre Buße – gezwungen zu werden, sich immer wieder mit ihrer Tat auseinanderzusetzen. Was konnte schlimmer sein, als mit dem eigenen Sohn nach dem Mann zu suchen, den man ermordet hatte? Dem Mann, von dem man hoffte, dass er für immer verschwunden blieb?

Am nächsten Morgen wachte sie vor Ryan auf, eine

lange Erledigungsliste im Kopf. Als Erstes rief sie Gus an. Er meldete sich schroff nach dem ersten Klingeln und machte keinen Hehl aus seiner Verärgerung.

»Herrgott, Kristy, es ist noch nicht mal sieben. Ich hoffe für Sie, dass es was Wichtiges ist.«

»Lance wird vermisst«, sagte Kristy knapp und hörte ein verdutztes Nachluftschnappen. Ausnahmsweise einmal hatte es Gus Fisher die Sprache verschlagen.

»Haben Sie mich verstanden, Gus?«

»Ja. Wie das denn bloß?«

Sie erzählte ihre Geschichte, deren Einzelheiten sich inzwischen in ihr Gehirn eingebrannt hatten. »Lance ist am Freitag zu einem Jagdausflug aufgebrochen, und seitdem hat niemand mehr etwas von ihm gehört. Wir haben die Polizei benachrichtigt, sie suchen mit Rettungsteams nach ihm …«

»Aber Sie machen sich Sorgen um ihn?«

»Mein Mann ist nicht nach Hause gekommen und hat seit zwei Tagen weder angerufen noch eine Nachricht geschickt. Ja, ich mache mir Sorgen«, erwiderte sie, ohne ihre Verärgerung spielen zu müssen.

»Verstehe. Dann kommen Sie heute nicht ins Büro, nehme ich an?«, fragte Gus.

Gott, der Mann war so ein Schwachkopf. »Ja, Gus, deshalb rufe ich Sie an. Ich komme heute nicht zur Arbeit, weil mein Mann vermisst wird.«

»Okay, okay. Geben Sie Carmen Bescheid, dann kann die erledigen, was zu erledigen ist. Hören Sie, Kristy, er ist ja erst seit zwei Tagen weg. Wahrscheinlich lässt er in irgendeinem Puff die Sau raus. Ich meine, so was machen Männer halt manchmal. Heute Abend kommt er bestimmt mit eingekniffenem Schwanz zurück.«

Gus konnte einen wirklich aufmuntern. Kristy rief Carmen an, die ihr versicherte, dass sie allein zurechtkommen würde.

»Und wenn du irgendetwas brauchst, Kris, ich bin da.«

Sie legte auf und wünschte, sie könnte ihr von Clifton erzählen oder selbst nach ihm sehen. Es bedrückte sie, dass er sich vielleicht vergessen fühlte, denn es gab kein einsameres Gefühl. Doch sie konnte ihn unmöglich besuchen, nicht solange dieses ganze Durcheinander herrschte. Ihr Kopf hämmerte, aber sie musste noch einen Anruf machen.

»Hallo, Kristy, alles okay?«

Sie rief Mac nur selten an, kommunizierte seit ihrer Heirat fast nur noch per Textnachricht mit ihm.

Am Küchentisch sitzend umklammerte sie das Telefon.

»Es geht um Lance.«

Sie legte mit ihrem Bericht los, schilderte all das, was sie mit Ryan und Pops am Lagerplatz erlebt hatte.

»Ich komme zu euch. Ich bin schon unterwegs«, sagte Mac.

»Mac, du brauchst nicht …«

»Ich weiß, aber ich will für euch da sein. Meine Güte, ich kann's nicht fassen … Lance ist einer von den Guten.«

Kristy legte auf. Das Letzte, was sie wollte, war, dass Mac herkam und auch noch in den Lance-Jubelchor mit einstimmte. Doch er ließ sich nicht aufhalten. Eine halbe Stunde später kam er, beladen mit Einkäufen und übertrieben zuversichtliche Bemerkungen verströmend. Sie ließ ihn bei Pops zurück und fuhr mit Ryan wieder hinaus zum Campingplatz.

Die Suche ging weiter. Ebenso der Ansturm von Besuchern und Anrufern, darunter auch Reporter.

Zweiter Tag.

Dritter Tag.

Vierter Tag.

Fünfter Tag.

Am sechsten Tag der Suche nach Lance kehrten Kristy und Ryan tropfnass von den unablässigen Gewittern aus dem Wald zurück, mit schmerzenden, tauben Füßen, nachdem sie wieder stundenlang die Wildnis durchstreift hatten. Ryans Erschöpfung und der emotionale Zoll, den ihm das alles abverlangte, waren für sie kaum zu ertragen. Sie tätschelte sanft seine Schulter, als könnte das seinen Kummer irgendwie lindern.

»Ich mache uns ein bisschen Suppe heiß«, sagte sie. Ryan zuckte die Achseln.

»Ich hab keinen Hunger.«

»Du musst was essen, Ry. Wir müssen bei …«

Ihr Handy klingelte.

»Geh ran, Mom! Vielleicht ist es Lance«, rief Ryan hoffnungsvoll.

»Hallo«, meldete sie sich.

»Hallo, hier ist Detective Joanna Davenport von der Kriminalpolizei Huntsville. Kann ich mit Mrs Dobson sprechen?«

»Am Apparat.«

»Mrs Dobson, mir ist soeben der Vermisstenfall Ihres Mannes zugeteilt worden. Hätten Sie eventuell Zeit, noch heute Abend aufs Revier zu kommen und mit mir zu sprechen?«

»Ja, kann ich machen«, antwortete sie.

»Danke«, sagte die Polizistin und legte auf.

Kristy warf ihr Handy in ihre Handtasche und setzte ein schwaches Lächeln auf, als sie in die Küche zurückkehrte.

»Alles in Ordnung, Mom?«, fragte Ryan, der sich mit seinen Siebensachen am Küchentisch eingerichtet hatte.

Sie wollte ihn nicht damit belasten. Noch nicht.

»Ich muss kurz weg. Brauchst du irgendwas?«, fragte sie.

»Nein, ich hab alles. Fahr vorsichtig«, sagte er und wandte sich wieder seinem Laptop und den kürzlich von ihm entdeckten Internetforen für Vermisstenfälle zu, um sich mit Leuten im ganzen Land in Verbindung zu setzen, die ihre Lieben zu finden versuchten.

Kristy ging mit schwirrendem Kopf aus dem Haus, ein schwindelerregender Gedanke jagte den anderen. War es normal, dass der Ehepartner eines Vermissten aufs Polizeirevier bestellt wurde? Hatten sie am Ende die Leiche freigelegt? Was war, wenn sie ihre Geschichte zerpflückten? Wenn sie zusammenbrach, die Nerven verlor? *Stopp.* Das kam nicht in Frage. Sie hatte so viel überlebt, sie musste weitermachen.

Auf dem Revier saß sie in einem tristen grauen Wartezimmer und rieb ihre schweißfeuchten Hände nervös an ihren Jeans ab.

»Mrs Dobson?«, fragte Detective Davenport.

»Ja, das bin ich«, antwortete sie und stand auf. Die Polizistin gab ihr die Hand, ihr Händedruck war überraschend fest. Detective Davenport war klein und zierlich, Anfang dreißig, und hatte dunkle Haare und scharf geschnittene Gesichtszüge. Über ihren ausgeprägten Wangenknochen saß eine riesige Brille mit Schildpattgestell. Ihre Kleidung bestand aus Jeans, einer weißen Bluse und einem maßgeschneiderten dunkelblauen Blazer, ein Look, der eher nach Collegeprofessorin als nach Kriminalpolizistin aussah. *Eine interessante Taktik.* Sich als harmlos zu präsentieren, damit die Leute weniger auf der Hut waren. Kristy musste sich bewusst machen, dass die am arglosesten wirkenden Menschen oft die gefährlichsten waren. Diese Lektion hatte sie Lance Dobson zu verdanken.

»Entschuldigen Sie bitte, dass ich Sie warten ließ, Mrs Dobson. Wir haben seit gestern noch den Fall eines vermissten Kindes, deshalb sind alle im Einsatz. Bitte kommen Sie mit.«

Kristy folgte ihr mit wackeligen Beinen durch einen langen, von Neonröhren beleuchteten Flur. Detective Davenport öffnete eine graue Tür zu einem Vernehmungszimmer und bat sie hinein. Sie setzte sich an den billigen Tisch mit Holzoptik und starrte auf ihre Hände. Ihre Fingernägel waren krumm und schief. Es war ewig her, seit sie sich eine richtige Maniküre gegönnt hatte.

Wie blöd. Wie kann man nur so etwas Blödes denken. Sie sah Detective Davenport an, die sich stirnrunzelnd auf dem Stuhl gegenüber niederließ.

»Es tut mir leid, was Sie gerade durchmachen müssen.

Unsere Ressourcen sind leider recht begrenzt, aber ich versichere Ihnen, dass wir tun, was wir können, um Ihren Mann zu finden.«

»Danke«, sagte Kristy leise.

»Hat Lance Ihnen je Anlass gegeben, ihm nicht zu vertrauen?«

Ja … nein … ich bin mir nicht sicher.

»Überhaupt nicht«, sagte sie.

»Dann muss ich Sie jetzt darauf vorbereiten, dass einiges von dem, was ich Ihnen zu sagen habe, möglicherweise schwer zu verkraften ist. Ich möchte außerdem zu bedenken geben, dass Menschen manchmal aus eigenem Antrieb verschwinden. Wegen finanzieller Fehlentscheidungen zum Beispiel oder weil sie sich mit den falschen Leuten angelegt haben oder auch, weil sie ganz von vorn anfangen wollen. Ich sage nicht, dass das in diesem Fall so ist, ich will nur mögliche Szenarien aufzeigen, was passiert sein könnte. Wir haben Mr Dobsons Vergangenheit durchleuchtet. Bonität, frühere Adressen, Familienangehörige, frühere Arbeitsstellen und Partnerschaften.«

»Okay …«, sagte Kristy und machte sich auf weitere schockierende Neuigkeiten gefasst.

»Hat Lance je finanzielle Probleme in seiner Vergangenheit erwähnt?«, fragte Detective Davenport mit forschendem Blick.

»Lance und ich haben nicht viel über die Vergangenheit gesprochen. Für uns war es wichtiger, eine gemeinsame Zukunft aufzubauen«, antwortete Kristy und hoffte, dass ihr Gesicht nicht so verkniffen aussah, wie es sich anfühlte.

»Wussten Sie, dass Mr Dobson schon einmal verheiratet war und dass seine erste Frau Selbstmord beging?«, fragte Davenport weiter.

»Ja, aber er hat nicht gern darüber gesprochen. Es war eine schwere Zeit für ihn.«

Es war besser zuzugeben, dass sie von Hannah wusste, als sich dumm zu stellen, sagte sich Kristy. Sie hörte zu, während die Polizistin all das durchging, was ihr schon bekannt war. Je länger das Gespräch dauerte, desto mehr entkrampften sich ihre Hände, hörten ihre Knie auf zu zittern. Hier ging es nicht um sie. Es schien vor allem um Lance zu gehen und darum, was schlimmstenfalls seinen Tod herbeigeführt haben könnte. Offensichtlich wussten sie nicht, dass er tot war, und schon gar nicht, dass sie ihn umgebracht hatte. Zumindest noch nicht.

Man verdächtigte sie zwar nicht, aber je länger sie sich hier aufhielt, desto größer war die Wahrscheinlichkeit, dass sie sich verplapperte oder in irgendeinen Widerspruch verstrickte.

»Danke, dass Sie mir das alles mitgeteilt haben, Detective«, sagte Kristy und faltete ihre Hände im Schoß. »Ich sollte jetzt wohl besser gehen. Meine Familie wartet auf mich.«

Davenport sah sie noch einmal prüfend an. »Die Suchtrupps werden vorläufig weitermachen, aber unsere Möglichkeiten sind begrenzt, wenn die Ermittlungen keine neuen Hinweise ergeben.«

»Sie werden aufhören zu suchen?«, fragte Kristy mit großen Augen. Genau das wollte sie. Dass sie einfach aufhörten.

»Nein, wir geben noch nicht auf. Sie sollten sich allerdings darauf einstellen, dass der Zeitpunkt kommen kann, an dem uns nichts anderes übrig bleibt, als die Suche einzustellen.«

Detective Davenport hielt ihr die Tür auf und führte sie zurück zum Empfangsbereich, gab ihr wieder die Hand mit diesem knochenbrechenden Griff.

»Wir melden uns bei Ihnen, Mrs Dobson«, sagte sie.

Kristy hatte nicht die Absicht, Ryan und Pops etwas von dem zu sagen, was sie über Lance »erfahren« hatte. Nicht nötig, ihr Idol jetzt schon vom Sockel zu stoßen. Nein, sie würde die Fassade aufrechterhalten. Lance war ein liebevoller, treu ergebener Ehemann, sie seine liebende Gattin.

Ihre Nerven waren so aufgerieben, als hätte jemand sie mit einem Kartoffelschäler bearbeitet. Doch sie wurde nicht erneut auf die Polizeiwache bestellt, es gab keine weiteren Unterredungen über ihr gemeinsames Leben mit Lance. Sie hoffte darauf, dass die Suche bald abgeblasen wurde und sie den Horror hinter sich lassen konnten. Als sie eines Abends nach Hause kam, war es aber Ryan, der alles wieder aufwühlte. Er sprach sie an, sobald sie zur Tür herein war.

»Du kennst doch die ganzen Presseleute in der Stadt, oder?«, fragte er aufgeregt.

»Ja, schon …«, antwortete sie.

»Komm, Mom, du kennst jede Menge Reporter, stimmt's?«

»Ja.«

»Ich hab in einem Forum gelesen, dass manchmal

Pressekonferenzen zu einem entscheidenden Durchbruch in einem Vermisstenfall führen. Kannst du nicht ein paar Leute anrufen? Wir müssen die Nachricht weiter verbreiten, es müssen mehr Leute davon erfahren, dass Lance vermisst wird.«

Ihr lag es auf der Zunge zu antworten: *Nein, wir warten einfach ab. Lass uns unsere gemeinsame Zeit genießen, ehe sie mich für immer einsperren.* Stattdessen setzte sie sich hin, formulierte eine E-Mail und schickte sie an die fast dreihundert Journalisten in ihrem Adressbuch. Falls sie irgendwelche Zweifel hinsichtlich ihrer Beliebtheit gehegt hatte, so wurden die innerhalb von vierundzwanzig Stunden ausgeräumt. Jede einzelne Medienperson auf ihrer Kontakteliste meldete sich, und dann taten die Nachrichtenredaktionen das, was sie am besten konnten: Sie machten ein Spektakel aus ihrem Leben.

Medienrummel war noch eine Untertreibung. Reporter fielen bei ihr ein und drängten sich in ihrem Vorgarten, Ü-Wagen und SUVs parkten auf jeder freien Fläche bis hinaus auf den Bürgersteig und die Straße. Kristy stand auf der Verandatreppe, Ryan und Pops hinter sich, und blickte auf die Journalisten aus Houston, Huntsville und Conroe hinunter, Berichterstatterinnen von sämtlichen lokalen Niederlassungen der großen TV-Sender, Leute, die sie teils seit vielen Jahren kannte und die sie alle erwartungsvoll ansahen. Sie hatte ihre Rede mehrmals umgeschrieben. Dieser Auftritt war nie Teil ihres Plans gewesen, aber inzwischen hatte sie gelernt zu improvisieren. Den ganzen Morgen hatte sie sich den Kopf darüber zerbrochen, was sie anziehen sollte. Frauen wurden nach ihrem Äußeren beurteilt: War sie zu sehr zurechtgemacht, würde man sagen, dass sie nuttig aussah, der Typ Frau war, dem man nicht über den Weg trauen konnte. Legte sie dagegen zu wenig Make-up auf, würde es heißen, dass sie ungepflegt wirkte, sich und andere vernachlässigte. Sie holte tief Luft und begann.

»Mein Ehemann, Lance Dobson, wird seit neun Tagen vermisst. Er hat weder angerufen noch sich per Textnachricht gemeldet. Er hat seine Kreditkarten nicht benutzt. Wir haben nichts von ihm gehört und sind in tiefer Sorge. Falls Sie irgendwelche Informationen über ihn haben, wenden Sie sich bitte an die Polizeiwache von Montgomery County. Seine Familie ... Wir vermissen ihn und wollen, dass er wieder nach Hause kommt.«

Die Journalisten bestürmten sie mit Fragen, und sie beantwortete sie alle und bemühte sich dabei, Kummer und Sorge auszustrahlen. Sie war erschöpft und hatte schreckliche Angst, vor Müdigkeit einen Fehler zu begehen. Lance' Verschwinden war die Topstory an diesem Abend, aber am nächsten Tag wurde das vermisste Kind, das Detective Davenport erwähnt hatte, ermordet aufgefunden, wodurch Lance' Fall in den Hintergrund rückte.

Je mehr Tage vergingen, der elfte, zwölfte, dreizehnte, desto mehr nahm der Eifer der Freiwilligen ab. Ihre Einsatzfreude machte Hoffnungslosigkeit Platz. Möglicherweise kam der Gesuchte nicht zurück. Möglicherweise konnte man nichts mehr tun. Das Schwerste war, dass sie Ryan kaum noch wiedererkannte. Er hatte sich in einen wütenden, mürrischen Teenager verwandelt, grunzte nur, wenn sie ihn etwas fragte, und verzog sich stundenlang in sein Zimmer. Oder er verdrückte sich zu Ella, mit der ihn die Erschütterung über das Geschehene wieder zusammengebracht hatte.

»Ich kann ihn jetzt nicht verlassen, Mrs Dobson«, sagte Ella einmal zu ihr, als sie Ryan abholte. »Er ist so traurig.«

Sie gingen zusammen weg, und Kristy hörte Ryan in den frühen Morgenstunden nach Hause kommen, wonach er den ganzen Tag schlief. Sie wollte ihm eine Standpauke halten, ihm sagen, dass das so nicht ging, dass er immer noch ein Kind war, ihr Kind, und nicht die ganze Nacht wegbleiben konnte, aber sie hatte ihm so viel genommen, sie brachte es nicht übers Herz.

Auch Pops litt. An manchen Tagen kam er nicht einmal aus seinem Zimmer heraus. Er machte seine Atemübungen nicht mehr und weigerte sich, seine Termine für die klinische Studie wahrzunehmen. Wie gern hätte sie ihm den Kopf zurechtgerückt, ihnen beiden.

Hört auf, wollte sie schreien. *Hört endlich auf! Lance war dabei, mich umzubringen. Er hat es darauf angelegt, mich umzubringen. Jeden Tag. Er hätte euch vielleicht auch umgebracht. Wehe, ihr vergießt noch eine verdammte Träne für diesen Mann.* Doch sie konnte nichts weiter tun, als ihren Kummer stumm auszuhalten.

Am Sonntag, vierzehn Tage nach Lances »Verschwinden«, klopfte sie an Ryans Zimmertür. Er hockte über seinem Laptop, hatte kein Licht an und trug nach wie vor seine ausgewaschene Jogginghose und das Sweatshirt vom letztjährigen Debattierwettbewerb.

»Hey, Ry, ich finde, es ist an der Zeit, dass du wieder zur Schule gehst.«

Ryan stand mit blitzenden Augen und geballten Fäusten auf und starrte sie an, als wäre sie vollkommen durchgeknallt.

»Scheiße, Mom, ich glaube, meine Lehrer haben verdammt noch mal Verständnis dafür, dass ich nicht zum Unterricht komme, wenn mein Stiefvater verschwunden ist und vielleicht sogar …«

Sie zuckte zurück. Sein aggressiver Ton erschreckte sie, und sie hob unwillkürlich die Hände vors Gesicht. Verwirrung zuckte über seine Miene.

»Oh Gott, Mom, hast du gedacht, ich würde dich schlagen?«

»Nein, ich bin nur … ich bin einfach mit den Nerven runter. Ich habe nicht …« Hatte sie doch. Für den Bruchteil einer Sekunde hatte sie Angst gehabt.

Ryan ist nicht Lance, hielt sie sich vor.

»In mir sieht's furchtbar aus, aber ich wollte dich nicht erschrecken. Ich bin einfach noch nicht bereit, wieder zur Schule zu gehen. Nicht, solange Lance verschwunden ist. Wir dürfen die Hoffnung nicht aufgeben.«

»Ich gebe die Hoffnung nicht auf, Ry, aber ich muss trotzdem die Rechnungen bezahlen, und Gus erwartet mich morgen zurück im Büro. Ich kann dir noch ein paar Tage Zeit lassen, aber dann musst du wieder zur Schule gehen. Da hilft alles nichts.«

Ryans Schweigen sprach Bände. Er ließ sich zurück aufs Bett fallen und wandte sich wieder seinem Laptop zu, schickte weiter E-Mails an Nachrichtensender, tat alles Erdenkliche, um Lance' Verschwinden noch mehr Aufmerksamkeit zu verschaffen. Kristy blieb nichts anderes übrig, als zu gehen und die Tür hinter sich zu schließen.

Gus hatte nicht darauf gedrungen, dass sie wieder zur Arbeit kam, das war allein ihre Entscheidung. Sie ertrug keinen weiteren Tag in diesem Haus mit Ryan und Pops und deren alles überschattendem Gram.

Doch das war nicht der einzige Grund. Clifton sollte am nächsten Tag hingerichtet werden, und sie konnte ihn nicht im Stich lassen. Sie musste ihm an seinem letzten Tag beistehen, das war sie ihm schuldig.

Kristy hatte Carmen gebeten nachzusehen, ob Clifton ihr wieder geschrieben hatte, doch es gab keine neuen Briefe. War die Nachricht von Lance bis zum Todestrakt vorgedrungen? Verdächtigte Clifton sie? Was würde er sagen? Würde er enttäuscht von ihr sein? Oder würde er Verständnis haben, weil er wusste, wie es war, wenn gefährliche Menschen ungestraft davonkamen?

Der morgige Tag würde in jeder Hinsicht eine Prüfung für sie darstellen. Für ihr Gerechtigkeitsgefühl, ihre Fähigkeit, zwischen Richtig und Falsch zu unterscheiden, ihr Vermögen, einen Job zu machen, der gegen ihre Überzeugung ging. Trotz ihrer Erschöpfung kämpfte sie gegen den Schlaf an, weil sie sich vor dem Moment fürchtete, wenn ihr die Augen zufielen und Lance ihre Träume beherrschte, ihr mit tiefer, unheilvoller Stimme Drohungen zuraunte, denen sie nicht entrinnen konnte.

»Ich kriege dich, Kristy. Ich kriege euch alle.«

Achtundzwanzigstes Kapitel

Kristy erwachte schweißgebadet. Es war noch früh am Morgen. Sie duschte und zog eine schwarze Hose und einen grauen Pulli an, gedeckte Farben. Beim Kaffeetrinken am Küchentisch starrte sie auf die Zeitung. Auf der Titelseite des *Houston Chronicle* war erneut Cliftons Polizeifoto abgedruckt. *Endlich Vollstreckung*, lautete die Schlagzeile. Unten rechts ein kleineres Foto von Lance. *Mann aus Conroe immer noch vermisst.*

Es war unerträglich, ihn so zu sich auflächeln zu sehen. Sie hatte das Foto an ihrem ersten gemeinsamen Wochenendtrip gemacht, einem Ausflug nach Corpus Christi. Gerade wollte sie die Zeitung in den Müll werfen, als Ryan in zerknitterten Jeans und seinem verwaschenen T-Shirt mit dem Aufdruck *Argumente statt Aggressionen* hereinkam. Er schüttete Frosted Flakes in eine Müslischale und aß schweigend. Kristy beugte sich zu ihm hinüber und drückte seine Hand, worauf seine Augen sich mit Tränen füllten.

»Es tut mir so leid, Ry. Ich weiß, wie schwer das ist.«

»Meinst du, wir werden je erfahren, was mit ihm passiert ist?«, fragte er.

»Ich weiß es nicht. Aber es tut mir leid, dass du so traurig bist.«

Sein Blick zuckte fragend zu ihr hoch.

»Du bist doch auch traurig, Mom, oder?«

Kristy zögerte, suchte nach der richtigen Antwort.

»Ja, das bin ich. Es ist nur … ich bin deine Mutter. Ich kann es irgendwie verkraften. Aber du …«

»Vielleicht ist es für dich anders, weil du schon so viele Jahre ständig mit Tod und Sterben zu tun hast«, sagte Ryan, als sei ihm der Gedanke zum ersten Mal gekommen.

»Na ja, nur dass ich mit den hingerichteten Männern nicht verheiratet war.«

»Warum bist du dann so …«

»Was? Warum bin ich was?«

Sie sah, wie es in ihm arbeitete. Er schüttelte den Kopf. »Egal.« Teils wollte sie, dass er es aussprach, teils fürchtete sie sich davor – vor der Frage, warum sie nicht verzweifelter, nicht am Boden zerstört war. Sollte sie sich nicht vor Trauer verzehren, statt einfach … weiterzumachen? Aber vielleicht war das nur ihre ewige Paranoia. Ryan blieb stumm, aß langsam und widerwillig, als würde er sich das Essen nur hineinzwingen, um am Leben zu bleiben. Es würde sie bis ans Ende ihrer Tage schmerzen, dass sie ihm solchen Kummer bereitet hatte, aber die Rechnung war einfach: ein Tod, um drei andere zu verhindern.

Ryan würgte den letzten Löffel herunter und nahm seinen Rucksack.

»Ich muss los, Ella kommt gleich.«

Sie wollte ihn zurückhalten, ihn in die Arme nehmen und ihm sagen, dass alles wieder gut werden würde, aber das konnte sie ihm nicht versprechen. Ryan hatte sich

Lance geöffnet, und nun war Lance fort. Sie hatte ihre Mutter verloren und verstand, was er durchmachte, was der Verlust seines Ersatzvaters für ihn bedeutete. Als er gegangen war, blieb sie noch einen Moment sitzen, um sich innerlich für den bevorstehenden Tag bereit zu machen.

Es gehörte nicht zum normalen Ablauf, Häftlinge vor ihrem Transport ins Huntsville-Gefängnis zu besuchen, war aber auch nicht so ungewöhnlich, dass jemand sich wundern würde. Kristy fuhr ins Polunsky und sah Cliftons Angehörige bei ihm im Besucherbereich, dort, wo sie selbst sonst saß. Clifton hielt sich aufrecht, hatte die Haare frisch geschoren bekommen und war glatt rasiert, seine Gefängnisuniform strahlend weiß. Er hatte ihr so viel von seiner Schwester Fiona und seiner Nichte Nina erzählt, dass sie die beiden sofort erkannte.

Fiona war eine königlich wirkende Frau von Anfang fünfzig mit einer kurzen Afrofrisur. Ihre Augen waren rot geschwollen, und sie zerknüllte ein Taschentuch in der Hand. Ihre sechzehnjährige Tochter Nina hatte lange, schmale Dreadlocks und ein permanentes Stirnrunzeln. Beide trugen sie Schwarz, als wären sie schon in Trauer. Fiona entdeckte Kristy und stand auf, um sie zu begrüßen.

»Hallo, Ms Tucker. Wir haben gerade über Ihre Sorgen gesprochen. Wir denken an Sie und beten alle dafür, dass Ihr Mann wohlbehalten zurückkommt.« Kristy bemerkte, wie Clifton sie ansah. Er wusste, was sie getan hatte. Es war ihr nicht ganz klar, woran sie das erkannte, aber er wusste es. Sie schluckte schwer und wandte sich wieder Fiona zu.

»Das ist sehr freundlich von Ihnen. Es tut mir leid, wenn ich hier reinplatze. Ich wollte kurz mit Clifton sprechen, aber bitte, lassen Sie sich Zeit. Und ich hoffe, Sie und Ihre Familie wissen, dass ich bis zum Ende dabei sein werde …«

»Danke«, sagte Fiona mit versagender Stimme.

»Wenn Sie etwas brauchen …«, fügte Kristy noch hinzu, ehe sie sich wieder zurückzog, damit sie unter sich waren.

Sie konnte nicht hören, was Clifton sagte, zumal Fionas Weinen und Ninas leiseres Wimmern den Besucherraum erfüllten. Auf ihre Hände blickend wünschte sie, sie könnte ihnen irgendeinen Trost spenden. Nach zwanzig Minuten erschien Bruce und kündigte das Ende der Besuchszeit an.

Fiona und Nina machten bestürzte Gesichter, und es kam zu einem betretenen, schmerzerfüllten Abschied, bei dem sie an die Glasscheibe tippten und ein letztes Mal »Ich hab dich lieb« flüsterten. Beim Hinausgehen drehten sie sich alle paar Schritte um und winkten Clifton noch einmal zu. Er winkte zurück, bis sie fort waren, mit aufrechter Haltung und festem Blick, eher wie ein Soldat, der in den Krieg zog, als wie ein zum Tode Verurteilter wenige Stunden vor seiner Hinrichtung.

Kristy machte Bruce mit erhobenen zehn Fingern ein Zeichen, worauf er sein Einverständnis nickte und sich ein Stück entfernte. Sie wusste, dass das Transportteam bald hier sein würde, deshalb musste sie sich beeilen. Zwar würde sie noch einmal in Huntsville mit Clifton sprechen, doch da würde der Direktor dabei sein, so dass jetzt die letzte Gelegenheit für einen privaten Abschied war. Sie setzte sich und nahm den Hörer, Clifton ebenfalls.

»Geht's einigermaßen?«, fragte er.

Sie lächelte grimmig.

»Das ist doch mein Spruch.«

Er zuckte die Achseln. »Es tut mir leid, dass Sie so viel durchmachen mussten. Dass all das passiert ist, dass Sie all das tun mussten. Aber Sie werden darüber hinwegkommen.«

»Da bin ich nicht so sicher«, entgegnete sie.

»Ich schon. Wenn ich fast zehn Jahre an diesem Ort überleben konnte, können Sie diese Sache auch überleben.«

»Kaum zu glauben, dass Sie hier *mir* gut zureden«, sagte Kristy.

»Bei all dem, was bei Ihnen los ist, hätte ich nicht gedacht, dass ich Sie noch einmal sehen würde. Dass Sie jetzt hier sind, dass Sie heute gekommen sind ...« Clifton schloss die Augen und rang um Fassung.

»Ich lasse Sie doch nicht allein. Nicht ohne mich zu verabschieden«, sagte Kristy. »Ich muss bald rüber nach Huntsville, und dort sehen wir uns noch einmal. Wir werden alles mit dem Direktor durchsprechen, und Sie bekommen Zeit mit dem Geistlichen. Und dann, Clifton, werde ich auf der anderen Seite des Fensters sein. Sie werden mich sehen können. Ich werde mit Nina und Fiona bis zur letzten Minute bei Ihnen sein.«

Cliftons Gefasstheit wankte, Tränen traten ihm in die Augen.

»Ich weiß nicht, womit ich Ihre Freundlichkeit verdient habe, Ms Tucker. Sie haben die letzten Jahre sehr viel erträglicher für mich gemacht.«

»Sie sind mir ein guter Freund gewesen, Clifton. Das werde ich nie vergessen.«

Bruce hob die Hand und zeigte auf seine Armbanduhr. Es war Zeit.

»Ich muss gehen.«

»Auf Wiedersehen, Ms Tucker, und danke.«

»Clifton?«

Er nickte abwartend.

»Nennen Sie mich Kristy.«

Ein breites Lächeln erhellte sein Gesicht. Er nickte wieder und verstand, dass ihre Freundschaft besiegelt war, auch wenn sie nie zusammen auf einer Veranda sitzen und Bier trinken würden. Er legte den Hörer auf und ließ sich von Bruce hinausführen. Diesmal schlurfte er nicht mit hängendem Kopf, sondern ging aufrecht, die Schultern gerade.

Die Aufseher würden ihn in seine Zelle zurückbringen, wo er seine letzten Stunden im Polunsky verbringen und auf den Transporttrupp warten würde. Dieser würde ihm Handschellen sowie die Fuß- und Taillenketten anlegen und ihn durch den Gang des Todestrakts führen, unter den Abschiedsrufen seiner Mitgefangenen.

»Bleib fest im Glauben, Cliff.«

»Gib nicht auf.«

»Bis bald, Babykiller.«

Sobald Clifton im Transportwagen gesichert war, würde ein aus drei Fahrzeugen bestehender Konvoi das Polunsky-Gefängnis verlassen und eine geheime, nur dem Direktor bekannte Route einschlagen. Bei normalem Verkehr würde er eine Dreiviertelstunde später in Huntsville eintreffen. Die Wärter würden Clifton durch einen Hintereingang hineinbringen und durch lange, höhlenartige Gänge in eine Wartezelle führen, seiner letzten Station, ehe man ihn zum Hinrichtungsraum brachte. Dort würde Kristy ihn in Empfang nehmen.

Unmöglich, sich vorzustellen, was auf dieser letzten Fahrt seines Lebens in Clifton vorgehen würde, auf der Fahrt am See vorbei, wo das hohe Gras im Wind nickte, Urlauber in Kleinbussen an ihm vorbeikamen, Lastwagenfahrer auf dem Heimweg nach einer Fernstrecke.

Kristy stieg ins Auto und fuhr die gewohnte Strecke nach Huntsville, den Kopf voller Gedanken an Lance und Clifton. Am Gefängnistor hatten sich rund hundert Demonstranten versammelt, alte wie junge Leute. Idealistische Jurastudierende vom strafrechtlichen Zweig der Sam Houston State University, Großmütter, fromme Christen, alle wollten sie ihren Protest kundtun und hielten Schilder in die Höhe, auf denen stand: *Texas tötet Unschuldige* oder *Auge um Auge macht die ganze Welt blind.* Auf der anderen Seite des Tors wartete eine kleinere Gruppe von rund dreißig Befürwortern der Todesstrafe begierig darauf mitzuerleben, wie Clifton seine ihrer Ansicht nach wohlverdiente Strafe bekam. *Stirb, Babykiller, stirb* war einer von den vielen einfallsreichen Plakatsprüchen, die Kristy auf dem Weg zu ihrem Parkplatz entzifferte.

Berühmt gewordene Todeskandidaten zogen stets ein größeres Publikum an, und Clifton war mehr als berühmt. Im Gang vor dem Büro hörte sie die Liveberichterstatter ihre Mikrofone testen, wobei die meisten mit derselben absurden Anmoderation begannen: »Zwei kleinen Kindern, deren junges Leben brutal beendet wurde, wird heute endlich Gerechtigkeit zuteil.«

Sie hätte Clifton gern verteidigt, aber es gab nun mal keine Beweise, keine Zeugenaussagen, die ihn entlasteten. Und ihr Gefühl hatte sie schon zuvor getrogen. Vielleicht wollte sie Clifton glauben, weil sie an irgendetwas glauben musste. Sie war keine Seelenklempnerin, also würde sie jetzt nicht anfangen, die Situation zu analysieren. Es spielte ohnehin keine Rolle, was sie dachte. Der Staat hatte seine Entscheidung getroffen, und in ein paar Stunden würde alles vorbei sein.

Im Büro angekommen sagte sie Carmen hallo und sah sich dann von Kolleginnen und Kollegen belagert, die vorbeikamen, um ihr zu sagen, dass sie sie in ihre Gebete einschlossen, oder um ihr einfach alles Gute für Lance' sichere Rückkehr zu wünschen. Als sie sich endlich an ihrem Schreibtisch niedergelassen hatte, saß sie nur reglos da und konnte sich auf nichts konzentrieren, klickte pro forma auf eingegangene E-Mails, die vor ihren Augen verschwammen.

Um halb zwei ging sie hinüber zu der Verwahrzelle neben dem Hinrichtungsraum. Direktor Hal Casey, ein freundlicher, etwas farbloser gläubiger Christ aus Waco, erklärte Clifton in allen Einzelheiten, was ihn erwartete, und dann war es ihre Aufgabe, ihn über die letzte Möglichkeit zu einer öffentlichen Mitteilung zu informieren.

»Wenn Sie möchten, können Sie eine Erklärung für die

Presse formulieren, die ich dann kopieren und verteilen werde«, sagte sie.

»Nein danke, Ma'am, ich glaube, ich habe genug gesagt. Es ist gut so«, antwortete Clifton. Er hatte ihr schon anvertraut, dass er keine Erklärung abgeben wolle, aber so war dem Protokoll Genüge getan.

Außerdem musste sie sich ein Bild von Cliftons Zustand und Verhalten machen, damit sie die Fragen der Medienleute beantworten konnte.

»War der Verurteilte nervös?«

»Hatte er Angst?«

»Zeigte er Reue?«

»Wie hat er sich benommen?«

»Hat er geweint?«

»Was hat er als Henkersmahlzeit gegessen?«

Es war anstrengend, so zu tun, als sei das nur eine Hinrichtung unter vielen anderen. Clifton war still und fügsam, und bald gesellte sich Kaplan Gohlke zu ihnen, selbst ein ehemaliger Krimineller, der sein Leben der Arbeit mit Gefangenen widmete. Der Kaplan versprach, bei Clifton zu bleiben und ihm bis zum Ende Trost zu spenden. Der Direktor fragte Clifton, ob er noch Fragen habe.

»Nein, Sir. Ich denke, Sie haben mir alles erklärt.«

»Auf Wiedersehen, Clifton«, sagte Kristy, ohne ihn anzusehen, weil sie befürchtete, in Tränen auszubrechen.

»Auf Wiedersehen, Ma'am«, antwortete er, seine letzten Worte zu ihr.

Bis zur Hinrichtung waren es noch mindestens fünf Stunden. Sie machte bei der Opferhilfe Halt, um zu hören, ob Janice oder jemand von ihrer Familie ein Interesse daran bekundet hatte, nach Cliftons Ableben eine Pressekonferenz abzuhalten. Als sie das Büro der Dienststelle betrat, erhaschte sie aus dem Augenwinkel einen Blick auf Janice, die davor wartete. Bei all ihrem wohlhabenden Aussehen blickten ihre eisblauen Augen trüb und unstet, und es schien eine bange Unruhe von ihr auszugehen. Kristy hatte sie seit den Abenden, als sie vor ihrem Haus im Auto gesessen hatte, nicht mehr gesehen. Das war nicht mehr dieselbe wohlmaniküre, topfrisierte Frau. Jeder spielte eine Rolle, dachte Kristy. *Manche nur besser als andere.*

Aus naheliegenden Gründen war es üblich, die Angehörigen der Verurteilten und die der Opfer voneinander zu trennen. Die Opferhilfe würde den Nachmittag mit Janice und deren Mutter verbringen und sie über das Bevorstehende ins Bild setzen. Jemand von der Seelsorgestelle würde Cliftons Familie die gleiche Unterstützung anbieten.

Der Staat ließ fünf Medienvertreter als Zeugen der Hinrichtung zu, wobei drei Plätze Journalisten aus Texas vorbehalten waren und zwei an solche anderer US-Staaten oder aus dem Ausland gingen. Die Reporter würden im Presseraum des Gefängnisses kampieren, Kaffee trinken und schwatzen, bis der Anruf vom Direktor oder dem Justizminister kam – das Signal, dass die Hinrichtung vonstattengehen würde.

Die Stunden schlichen dahin, und Kristy fühlte sich wie in der Falle in dem Raum mit den Journalisten, von denen viele nur allzu gern ihre eigenen Thesen zu Lance' Verschwinden zum Besten gaben, eine lächerlicher als die andere, wie eine Entführung durch Aliens oder ein Doppelleben als CIA-Agent. Schließlich hatte sie genug von den zudringlichen Fragen und sagte Carmen, dass sie in ihrem Büro auf den Anruf warten werde. Dort sah sie immer wieder angespannt zur Wanduhr hin. Um sechs begann sie sich zu fragen, ob Clifton verschont bleiben würde, zumindest für heute. Die Sekunden vergingen, dann Minuten.

Zehn nach sechs.

Zwölf nach sechs.

Viertel nach sechs.

Halb sieben.

Zehn nach sieben.

Die Spannung war unerträglich. Sie hörte die Journalisten stöhnen und über verpasste Deadlines schimpfen, während Gus meckerte, dass seine Tischreservierung zum Abendessen im Country-Club verfallen würde.

Um neunzehn Uhr vierzig klingelte Kristys Diensttelefon. Sie hörte die Stimme des Direktors: »Es ist so weit.« Ihr wurde das Herz schwer wegen Clifton, aber sie hatte ihren Pflichten nachzukommen. Per SMS teilte sie Gus mit, dass es Zeit war, und ging hinüber in den Hauptwartebereich. Als die Reporter sie sahen, sprangen sie auf, klappten ihre Laptops zu und nahmen ihre Notizbücher zur Hand. Gus begrüßte Kristy und klatschte dann süffisant in die Hände.

»Showtime, Leute«, witzelte er, sein Standardspruch vor jeder Hinrichtung. Das Prozedere war Kristy schon immer sehr nüchtern vorgekommen, aber heute fand sie es regelrecht herzlos. Sie sammelte die Zeugen zusammen und machte sich mit ihnen auf den Weg über die Straße zur Todeskammer. Sie würde die eine Gruppe betreuen, zu der auch Cliftons Angehörige gehörten, während Gus sich mit Janice, deren Mutter und den anderen staatlichen Zeugen in einem anderen Raum aufhalten würde.

Kristy hatte alle instruiert, wo sie stehen sollten, und jeder fand rasch den ihm zugewiesenen Platz. Die Stimmung war ernst, aber von Routine geprägt. Für die meisten Presseleute war das ein alter Hut, nur eine weitere Story, die es herunterzureißen galt. Die anwesenden Politiker dagegen würden diesen Abend dazu nutzen, mal wieder vor ihrer Wählerschaft mit ihrer harten Haltung gegenüber dem Verbrechen zu prahlen.

Der Vorhang ging auf und enthüllte dem versammelten Publikum Clifton, der bereits auf die Bahre geschnallt war. Was für eine makabre Szene für eine zivilisierte Gesellschaft, dachte Kristy. Das Aufseherteam, das die Fixierungen anbrachte, alles Freiwillige, also Befürworter der Todesstrafe, hatte seine Arbeit getan. Einer hatte den Kopf befestigt, einer den rechten Arm, ein anderer den linken Arm und so weiter, bis es keinerlei Möglichkeit zur Gegenwehr mehr gab. Jetzt waren nur noch der Direktor und Kaplan Gohlke bei Clifton im Hinrichtungsraum. In einem angrenzenden Zimmer bereitete das Injektionsteam die Schläuche und die genaue Menge an tödlichen Substanzen vor, die Clifton gespritzt werden sollte.

Kristy hatte nicht daran gedacht, ihn zu fragen, ob er Angst vor Spritzen habe. Sie selbst hatte einen regelrechten Horror davor. Jedes Mal, wenn sie eine Impfung brauchte oder Blut abgenommen bekam, informierte sie das medizinische Personal über ihre Phobie, in der Hoffnung, sie zu überwinden, indem sie darüber sprach. Das Problem war weniger der eigentliche Einstich als die Erwartung desselben. Die erste Spritze würde Pentothal enthalten und den Gefangenen betäuben. Die zweite enthielt Pancuroniumbromid, ein Skelettmuskulatur-Relaxans, das die Atemmuskulatur lähmen würde. Der endgültige Todesstoß würde die dritte und letzte Injektion mit Kaliumchlorid sein, die zum Herzstillstand führte.

Kaplan Gohlke stand am Ende der Bahre und umfasste leicht Cliftons Füße, um ihm zu sagen: *Ich bin hier. Sie sind nicht allein.*

Clifton lag reglos da, den Blick unverwandt zur Decke gerichtet, die Hände mit den Handflächen nach oben festgeschnallt. Ein Reporter hatte diese Haltung einmal mit Christus am Kreuz verglichen. Kristy hatte das überspitzt gefunden, ein pathetisches Bild, um Zeitungen zu verkaufen. »Was für ein Schwachsinn«, hatte sie zu Carmen gesagt, doch an diesem Abend sah sie es genauso. Ein unschuldiger Mensch, der für die Sünden anderer starb.

Ihre Hände kribbelten wie von tausend Nadelstichen, ihr Atem ging stoßweise. Sie fragte sich, was jetzt wohl in Janice vorging. Dankte sie Gott? Jubilierte sie, weil sie Clifton nun in jeder Hinsicht vernichtet hatte? Oder war Janice unschuldig und ihr Mitgefühl fehlgeleitet? Sie schüttelte den Kopf, vertrieb die Zweifel. Ich bin bei dir, dachte sie und hoffte, er konnte ihren Beistand fühlen. *Ich bin ganz nahe bei dir.*

Die stickige, abgestandene Luft verstopfte ihr die Poren. Fiona wehklagte bereits laut, während ihre Tochter stoisch neben ihr stand und ihr den Rücken rieb, die Rolle der Trösterin übernahm. Das Galgenmikrofon kam von der Decke herab. Manche Verurteilten versuchten, ihren Oberkörper aufzurichten, um an das Mikro zu gelangen, obwohl das gar nicht nötig war. Clifton jedoch nicht. Er lag nach wie vor still, schluckte nur nervös und leckte sich über die Lippen. Die Stimme des Direktors mit ihrem gedehnten Südstaatentonfall ertönte durch die Lautsprecher.

»Clifton Harris, möchten Sie noch ein paar letzte Worte sagen?«

Clifton nickte, drehte seinen Kopf zu der Glasscheibe und sah Janice an.

»Ich habe Rosie und Mikey, meine wunderbaren Kinder, sehr geliebt. Ich habe sie nicht getötet und werde meinem Schöpfer mit reinem Gewissen gegenübertreten. Janice kennt die Wahrheit, und eines Tages werden auch alle anderen sie erfahren. Ich danke Fiona und Nina und der ganzen Familie Harris, die zu mir gehalten und an mich geglaubt hat, und meinen Freunden, die mir Mut zugesprochen haben. Ich werde euch nicht vergessen. Und ich hoffe, dass auch ihr mich nicht vergesst.« Cliftons Stimme wurde brüchig, aber er weinte nicht. »Ich bin bereit, Direktor«, sagte er.

Sein Blick fiel auf Kristy, und sie nickte ihm zu, froh, dass er sie sah, sah, dass sie ihr Versprechen gehalten hatte. Es war Viertel nach acht. Sie blinzelte und stand wieder auf dieser verlassenen, regendurchweichten Wiese, die

.38er in der Hand, die sie immer wieder abfeuerte. Lance, der rückwärtstorkelte, auf die nasse, schlammige Erde stürzte. Sie schüttelte das Spukbild ab und sah, wie der Direktor seine Brille abnahm, das Zeichen für das Exekutionsteam, die Drogen zu spritzen. Kristy wollte aus dem Raum rennen und nur noch rennen, immer weiter, aber stattdessen schloss sie nur die Augen. Sie hatte schon zu viele Tode mitangesehen. Sie saß da und wartete darauf, dass der Direktor den Todeszeitpunkt bekanntgab, dass Cliftons Leid zu Ende war, dass alles vorbei war. Dann klingelte das Telefon …

Neunundzwanzigstes Kapitel

Der Anruf kam vom Amtssitz des Gouverneurs. »Das Berufungsgericht Texas hat einen Vollstreckungsaufschub erlassen«, sagte der Direktor. Kristy atmete auf. Sie sah, wie er und Kaplan Gohlke den Wärtern Zeichen machten, den Vorhang zu schließen.

Der Urteilsspruch war im letzten Moment gekommen. Clifton würde an diesem Abend nicht sterben. Aus Erfahrung wusste Kristy, dass hier gleich der Teufel los sein würde – und sie im Mittelpunkt des Chaos. Fiona war schon auf den Beinen, tränenüberströmt, fassungslos.

»Er ist gerettet. Oh mein Gott, Nina, unsere Gebete wurden erhört. Cliff ist gerettet.«

Sie kam schnurstracks auf Kristy zu. »Können wir zu ihm? Ich will … ich muss meinen Bruder sehen.«

Kristy zögerte. Sie spielte nicht gern die Böse, aber Vorschrift war Vorschrift.

»Leider wird Clifton gleich wieder zurück ins Polunsky-Gefängnis gebracht. Sie können ihn erst sehen, wenn der Direktor eine Besuchsgenehmigung erteilt hat«, antwortete sie. »Sie können sich morgen dort melden und mit den Zuständigen sprechen.«

Fiona schüttelte den Kopf, ihre Lider schwer vor Erschöpfung. »Dieses ganze System ist dermaßen krank und rückständig. So mit meinem Bruder umzuspringen, ihm noch mal Hoffnung zu machen. Ihr werdet ihn nie verschonen, das wissen wir doch beide.«

»Es tut mir leid …«

»Ach was, ist ja nicht Ihre Schuld. Sie sind nur ein Rädchen in diesem verdammten Getriebe.«

Genau das war sie. Ein verdammtes Rädchen in diesem verdammten Getriebe.

»Wenn Sie Cliff sprechen, sagen Sie ihm bitte, dass wir ihn lieben und weiter für ihn beten?«, fragte Fiona.

»Das mache ich«, versprach Kristy.

Daraufhin gingen Mutter und Tochter widerstrebend, und Kristy wandte sich Carmen zu, die auf Anweisungen wartete.

»Kannst du bitte die Presse zurück in die Abteilung führen, während ich Clifton nach einem Statement frage?«, bat sie.

»Natürlich. Verrückter Tag, was?«

»Das kannst du laut sagen.« Kristy überließ ihr die Reporter, die schon mit Schaum vorm Mund nach einer Stellungnahme lechzten. Nichts trieb die Einschaltquoten so in die Höhe wie ein Hinrichtungsaufschub in letzter Minute. Bestimmt hatte ein Reporter von AP die Nachricht bereits getwittert. Ihr Handy hörte jetzt schon nicht mehr auf zu vibrieren. Sie warf kurz einen Blick darauf und sah zwei Nachrichten von Ryan.

Gehe jetzt mit dem Team los, um noch mehr Flugblätter aufzuhängen.

Hab dir dein Abendessen (Putenburger) in den Ofen gestellt. Pops ist früh ins Bett gegangen. Hab dich lieb.

Sie schrieb zurück: Du bist der beste Sohn der Welt. Ich hab dich auch lieb.

Sie überlegte, etwas wegen Lance hinzuzufügen, war aber zu ausgelaugt für diesen Grad an Unehrlichkeit.

Auf dem Weg zu Cliftons Zelle sah sie Janice, die ihre Wut an Annabelle, der Opfervertreterin, ausließ.

»Was soll das? Was geht da vor?«, kreischte sie. »Ich habe zwölf gottverdammte Jahre auf diesen Tag gewartet, und jetzt das? Was soll ich jetzt bloß machen?«

Ihre Mutter versuchte, sie zu beschwichtigen. »Bitte mach keine Szene, Liebling.« Doch Janice hörte nicht auf sie. Für Außenstehende wurde ihre Wut wahrscheinlich von Trauer und Gerechtigkeitsdurst befeuert. Kristy glaubte das weniger. Sie sah Gus zurück in die Dienststelle eilen und rief ihm nach.

»Was war los?«, wollte sie wissen.

»Offenbar haben Harris' Anwälte die Rechtmäßigkeit der Medikamente angefochten, die wir für die letale Injektion verwenden. Sie werden in Kürze eine Stellungnahme veröffentlichen.«

»Oh Gott, sagen Sie nicht, dass wir ungesetzliche Drogen verwenden«, stöhnte Kristy. Sie hatte gehört, dass viele Pharmafirmen aufgrund des öffentlichen Drucks und zunehmender Ablehnung der Todesstrafe nicht mehr an Gefängnisse verkauften und die Justizbehörden anderer Staaten daher schon Käufe auf dem Schwarzmarkt getätigt hatten.

»Setzen Sie sich bloß nicht gleich aufs hohe Ross. Die Medikamente wurden von denen ganz da oben zugelassen. Und wenn Sie mich jetzt entschuldigen, ich muss mit dem Direktor sprechen. Sehen Sie zu, dass Sie ein Statement von Harris kriegen.«

Kristy wollte Gus und all diese verdammten Bürokraten zusammenschreien, aber noch mehr lag ihr jetzt daran, Clifton zu sehen. Sie eilte zu seiner Zelle und fragte sich, wie lange es dauern würde, bevor die anderen Insassen des Todestrakts von Cliftons Aufschub erfuhren und ihre Anwälte ähnliche Anträge stellen ließen. Es war nicht fair, diesen Männern und Frauen falsche Hoffnungen zu machen. Der Staat würde niemals unkorrektes Handeln zugeben. Das konnte er sich nicht leisten. Man würde die besten juristischen Köpfe zusammentrommeln und Argumente vorbringen, welche die Öffentlichkeit davon überzeugten, dass die Medikamente sicher waren und die Todesstrafe ein unabdingbares Instrument zur Gewährleistung von Recht und Gerechtigkeit darstellte. Was bedeutete, dass sich nichts ändern würde. Gewiss nicht für Clifton. Es wurde nur das Unvermeidliche hinausgezögert, genau wie Fiona gesagt hatte.

Ein Wärter begleitete sie durch den Gang zu Cliftons Verwahrzelle. Durch die Gitterstäbe hindurch sah sie ihn auf der Pritsche sitzen, mit gesenktem Kopf, die Hände wie zum Gebet gefaltet.

»Hallo, Clifton«, sagte sie sanft.

Er hob ruckartig den Kopf, noch völlig benommen.

»Ma'am …«

Er erhob sich halb, wie ein Gentleman bei einem ersten Rendezvous, ein wenig unbeholfen und unsicher. Zwei Wärter flankierten Kristy. Sie bemühte sich, knapp und geschäftsmäßig zu klingen, hoffte aber, dass ihre Augen das Ausmaß ihrer Erleichterung verrieten.

»Clifton, Sie haben einen Vollstreckungsaufschub vom texanischen Berufungsgericht erhalten, da der Staat einige Fragen bezüglich der für die letale Injektion verwendeten Medikamente klären muss. Sie können mit Ihrem Anwalt sprechen, bevor man Sie zurück ins Polunsky-Gefängnis bringt. Zuvor jedoch muss ich die Presse informieren und möchte Sie fragen, ob Sie etwas sagen wollen, das ich weiterleiten soll.« Sie hatte ihren Notizblock herausgezogen, um seine Stellungnahme aufzuschreiben.

Clifton schwieg zunächst. Ein leichtes Zittern ging durch seinen Körper, seine Hände und Beine zuckten. Posttraumatischer Stress höchstwahrscheinlich.

»Ist schon gut, Clifton. Lassen Sie sich Zeit.«

Er versuchte, sich zu fangen.

»Sagen Sie ihnen, dass ich unschuldig bin. Der Aufschub heute ist ein Zeichen dafür, dass ich weiterkämpfen soll, und das habe ich auch vor.«

Kristy schrieb es auf, womit ihre offiziellen Angelegenheiten mit Clifton erledigt waren.

»Bleiben Sie stark. Ich soll Ihnen von Fiona und Nina ausrichten, dass sie Sie lieben und Sie bald wieder besuchen kommen.«

»Danke, Ma'am.«

Zurück in ihrem Büro arbeitete sie Cliftons Stellungnahme aus und zwang sich, dabei nicht an den Mann zu denken, den sie als Freund bezeichnete, sondern die Fakten und Zahlen zusammenzuschreiben, das Wer, Was, Wo, Wann, Warum, aus dem jede Story bestand. Carmen kam mit der Nachricht herein, dass Janice darauf bestand, mit der Presse zu sprechen.

Kristy war sich nicht sicher, ob sie emotional dazu in der Lage war, diese Pressekonferenz zu moderieren.

»Carmen, würde es dir etwas ausmachen, die Leitung zu übernehmen? Ich werde dabei sein, aber es war einfach ein langer Tag«, sagte sie. Die nervliche Belastung durch die Hinrichtung und den Aufschub in letzter Minute und die ständige Ungewissheit, wie es wegen Lance weitergehen würde, waren mehr, als sie verkraften konnte.

Carmen drückte ihr die Hand. »Klar, mach ich doch gern.«

Sie hielten die Pressekonferenz vor der düsteren Kulisse von »The Walls« ab. Janice' flammende Wut von vorhin war zu einem schwelenden Zorn heruntergebrannt. Kristy und die übrige Belegschaft sahen zu, wie sie gegen das Justizsystem wetterte.

»Meine Kinder waren noch Babys, als mein damaliger Mann sie mir genommen hat. Sie wären heute im Teenageralter, junge, hübsche Highschool-Kids, die noch das ganze Leben vor sich haben. Die Entscheidung heute ist ein Hohn, eine Verspottung der Justiz. Ich kann nur hoffen, dass diese Situation bald geklärt wird und dieser Mann … dieses Ungeheuer endlich seine verdiente Strafe erhält.«

Janice forderte die Bewohner des ganzen Staats dazu auf, bei den zuständigen Behörden anzurufen und zu verlangen, dass Cliftons Todesurteil vollstreckt wurde. Kristy machte sich auf einen weiteren Ansturm gefasst; die Telefone im Büro hatten vermutlich schon angefangen zu klingeln. Als die Pressekonferenz vorbei war, wurde Janice von Annabelle hinausgeleitet. Janice drehte sich noch einmal um und ertappte Kristy dabei, wie sie ihr nachsah. Ihre Miene war das reinste Eis.

»Kristy, bist du so weit?«, fragte Carmen. Kristy wandte sich kurz um, und im Nu war Janice fort. Doch es kam nicht darauf an, was sie von der Frau hielt, es gab immer noch eine Menge Arbeit zu tun. Sie mussten noch zwei Stunden ausharren, bevor die Associated Press und die Lokalreporter ihre Berichte fertig abgeliefert hatten. Carmen bestand darauf, bis zum Schluss zu bleiben.

Es war schon fast elf, als Kristy nach Hause kam, das Haus stockfinster. Sie öffnete die Ofentür und fand den von Ryan hübsch auf einem Teller angerichteten Burger. Der Appetit war ihr zwar völlig vergangen, aber sie machte ihn trotzdem warm und aß ihn, kaute langsam und freute sich über die nette Geste.

Auf dem Weg ins Bett sah sie kurz nach Pops und fand ihn lang ausgestreckt und laut schnarchend daliegend, während im Fernseher ein Infomercial lautstark irgendwelche Fitnessvideos anpries und einen Waschbrettbauch versprach. Sie beobachtete einen Moment, wie seine Brust sich hob und senkte, wie er rasselnd atmete. Wie gern hätte sie sein Leid gelindert, das körperliche wie das seelische, aber es gab vorläufig nichts, was sie tun konnte. Sie machte den Fernseher aus und ging in Ryans Zimmer. Auch er schlief, die Haare wild zerzaust, die graue Steppdecke ans Fußende gerutscht. Sie deckte ihn wieder zu, dachte daran, wie er als kleiner Junge immer ins Bett gebracht werden wollte und sie ihm »La le lu, nur der Mann im Mond schaut zu« vorgesungen hatte.

Ihr Blick wanderte von seinem friedlichen Gesicht zum Fußboden. Sie hatte es nicht gleich bemerkt, doch da lag ein Plakat mit einem Foto von Lance und dem Wort *VERMISST* in großen roten Blocklettern darunter.

Dieses verdammte, selbstzufriedene Grinsen, das sie verspottete, Cliftons bestürztes Gesicht, Janice' kühles Starren, auf einmal kam alles zusammen. Kristy schnappte nach Luft, und ein lautes Schluchzen brach aus ihr hervor.

»Mom, was ist los? Was ist passiert?« Ryan war aus dem Schlaf geschreckt und starrte sie benommen an.

Kristy konnte nicht antworten. Es war alles zu viel. Es war einfach alles zu viel. Sie wurde am ganzen Körper von krampfartigem Weinen geschüttelt.

Ryan nahm sie in die Arme und versuchte sie zu trösten, versuchte, wenigstens für diesen Abend so zu tun, als sei ihre Familie nicht dabei auseinanderzubrechen.

»Ist ja gut, Mom. Es wird alles wieder gut«, sagte er immer wieder, ein Mantra, an das sie verzweifelt gern glauben wollte.

Liebe Ms Tucker,

ich hoffe, Sie sind guten Mutes. Keine Nachrichten sind in dem Fall gute Nachrichten, denke ich.
Ich freue mich schon auf Ihren nächsten Besuch. Die Woche ist zäh dahingeschlichen, und für mich kann es nicht schnell genug Mittwoch werden. Es kommt mir so unwirklich vor, was passiert ist. Da liege ich auf diesem Tisch und spreche meine Gebete, versuche nicht daran zu denken, was mit mir passiert, und plötzlich klingelt das Telefon. Ich sage Ihnen, ich habe wirklich geglaubt, ich halluziniere. Man hat mich in meine Zelle zurückgebracht, und ich hatte eine solche Angst, dass sie mich wieder in den Hinrichtungsraum zerren, dass ich zwei Tage lang nicht geschlafen habe.
Wieder im Polunsky zu sein war schwer. All die Jungs, die mir gratulierten und meinten, ich müsste doch überglücklich sein. Glücklich? Das ist ein Witz. Was habe ich denn zu feiern? Ich weiß, dass Janice keine Ruhe geben wird, bis sie zu Ende gebracht hat, was sie begonnen hat. Und auch der Staat wird todsicher nicht aufgeben, bis er mich losgeworden ist. Ich weiß, ich habe danach gesagt, dass ich weiterkämpfen will, aber als ich wieder in meiner Zelle saß, war mir alles auf einmal zu viel. Ich war wirklich am Ende, bis Fiona kam. Sie hat mir ordentlich die

Meinung gegeigt, kann ich Ihnen sagen. »Cliff«, sagte sie, »du kannst wehleidig sein und aufgeben, oder du kannst stinkwütend sein und weiterkämpfen.« Dann hat sie mich mit Schimpfnamen überhäuft, die ich lieber nicht wiederhole. Aber sie hat mir den Kopf zurechtgerückt. Ich habe eine zweite Chance bekommen und werde sie beim Henker (!) nicht vertun. Hier sitze ich also wieder und bitte Sie, sich dafür einzusetzen, dass ich weitere Interviews geben und meine Unschuld in die Welt hinausposaunen kann.

Herzliche Grüße
Clifton Harris alias Das Stehaufmännchen

Dreißigstes Kapitel

In den Tagen und Wochen vor Lance' Tod hatte Kristy strikt darauf geachtet, keine Fehler zu begehen. Sie hatte es vermieden, mit Kreditkarte zu bezahlen, und sich für ihre Recherchen nie zu Hause ins Internet eingeloggt, sondern nur in Bibliotheken und Schulen, in denen kein Ausweis mit Foto verlangt wurde. Außer Clifton hatte sie keiner Menschenseele von ihren Eheproblemen erzählt, hatte nie in einer Textnachricht oder E-Mail etwas davon geschrieben, wie unglücklich sie war. Es gab keine Fotos von den Misshandlungen. Keine virtuellen Spuren, keine materiellen Spuren. Keine Augenzeugen. Soweit sie wusste.

Ihre Bemühungen, sich ein perfektes Alibi zu verschaffen, waren allem Anschein nach erfolgreich gewesen. In Ermangelung irgendwelcher neuen Hinweise war die Suche eingestellt worden. Ryan und seine Freunde sowie ein paar unbeugsame Freiwillige suchten immer noch alle paar Tage den Wald und die Campingplätze in der Nähe ab und verteilten Handzettel an Wanderer und Ortsansässige, aber keine Indizien und keine Spur von einer Leiche bedeutete, dass es keinen Fall gab.

Somit blieb auch Ryan und Pops nichts anderes übrig, als in irgendeiner Form ihren Alltag wiederaufzunehmen.

Ryan musste für seine Abschlussprüfung lernen und sich auf seinen Sommerkurs an der Notre Dame University vorbereiten. Pops willigte ein, seine Teilnahme an den klinischen Tests fortzusetzen. Mit jedem vergehenden Tag kam Kristy ihr Mord an Lance ein bisschen weniger wirklich vor, verblasste und verschwamm diese Nacht immer mehr, bis es ihr beinahe so schien, als hätte jemand anders die Tat begangen. Sie hörte auf, jeden Moment seines Todes ständig von Neuem zu durchleben. Sie zwang sich, in der Gegenwart zu leben, und genoss das Zusammensein mit ihrem Sohn und ihrem Vater morgens beim Frühstück und beim Abendessen. Ihr Appetit kehrte langsam zurück, zusammen mit der Freude am Kochen und anderen alltäglichen Verrichtungen, da sie nun keinen von Lance' Ausbrüchen mehr fürchten musste.

Allmählich ließ ihre ständige ängstliche Anspannung nach. Wie hatte sie sich stundenlang den Kopf darüber zerbrochen, was sie anziehen sollte, damit sie Lance gefiel, aber nicht die falschen Signale an ihre Kollegen oder die Gefangenen aussandte. Sie hörte auf, manisch darauf zu achten, wie viel Pfeffer sie auf ein Steak tat oder dass die Spaghetti nicht zu al dente waren oder dass sie Pops und Ryan keine größeren Portionen auftischte als ihrem Mann.

Abends, wenn sie ins Bett ging, machte sie sich in der Mitte der Matratze breit und schwelgte in dem Gefühl, dass ihr Körper wieder ihr selbst gehörte. Sie war frei. Das sagte sie sich zumindest. Doch dann roch sie irgendwo einen Rest von Lance' Aftershave oder hörte einen Song im Radio, ihr gemeinsames Lied, und ihr wurde für einen

Augenblick das Herz schwer wegen dem, was hätte sein können. Keine Nachrichten waren gute Nachrichten, hatte Clifton geschrieben, aber sie merkte, wie sie jedes Mal die Luft anhielt, wenn das Telefon klingelte oder ein Auto in die Einfahrt fuhr oder es an der Haustür klopfte. An manchen Tagen fragte sie sich, ob sie nur das eine Gefängnis gegen ein anderes eingetauscht hatte.

Sie arbeitete wieder Vollzeit. Die Tage verflogen, während sie eine Krise nach der anderen bewältigte. Sie bekam einen Anruf von einer Reporterin wegen Julia Vidal, einer Gefangenen in Gatesville, die einen Brieffreund namens Steve hatte. Steve war Fernfahrer, und sie hatte ihn auf einer Website für Gefängnisinsassen kennengelernt. (Dank IT-bewanderter Freunde draußen gab es jetzt auch Internet-Dating für Gefangene.) Die beiden hatten eine heiße Liebesaffäre (zumindest schriftlich), und Julia fand irgendwann, dass es doch lustig wäre, ihre Briefe auf Facebook zu posten, und spannte ihren Trucker dafür ein. Die Korrespondenz war ziemlich unterhaltsam und bekam Tausende von Likes, wurde rasch zu einem Riesenerfolg. Ein New Yorker Verlag bot Julia und Steve daraufhin einen Buchvertrag für eine Art Knast-Erotika an, die auf das Lesepublikum von *Shades of Grey* abzielen sollte. Dummerweise hatte man nicht bedacht, dass verurteilte Straftäter keinen Profit erzielen durften, solange sie ihre Haftstrafe absaßen. Die Reporterin hatte mit den Angehörigen des Mannes gesprochen, den Julia vergiftet hatte, und sie waren natürlich sehr aufgebracht.

Kristy verwendete den Vormittag darauf, die Wogen zu

glätten, bevor sie am Nachmittag ins Polunsky-Gefängnis fahren würde. Seit seinem Hinrichtungsaufschub war Clifton zum populärsten Häftling von Texas geworden. Der wachsende Dissens über den Tatbestand der Menschenrechtsverletzungen bei Hinrichtungen (es war im ganzen Land zu einer Reihe von verpfuschten Exekutionen gekommen) hatte zu einem weiteren Aufschub für Clifton geführt.

Clifton war ganz aufgeregt darüber, welchen neuen Auftrieb sein Rechtsfall bekam. Angesehene Wissenschaftler aus der ganzen Welt stellten den Brandsachverständigen bei seinem Prozess und dessen Gutachten über die Brandursache in Frage. Auch gab es eine neue Aussage von der Exfreundin des leitenden Brandermittlers, die behauptete, dass der Mann ein Alkoholiker und Rassist und möglicherweise voreingenommen gegen den Angeklagten gewesen sei. Die Gerichte prüften derzeit alle Aussagen, aber Kristy wusste, dass es schon eines wahren Wunders bedurfte, um Clifton dem Tod ein zweites Mal von der Schippe springen zu lassen.

Sie war so in ihre Gedanken versunken, dass sie Gus nicht bemerkte, bis er direkt vor ihr stand und mit den Fingern schnippte.

»Mensch, Tucker, ich rede mit Ihnen.«

»Was gibt's, Gus?«, fragte sie und hoffte, er wollte sie nicht mit irgendeinem albernen Anliegen nerven wie weniger Toilettenpapier für die Personaltoilette zu bestellen, um die Kosten zu senken.

»Da draußen warten zwei Detectives, die mit Ihnen

sprechen wollen«, sagte Gus und kniff seine Schweinsaugen zusammen.

»Ich muss aber doch gleich ins Polunsky«, erwiderte sie, obwohl sie wusste, wie lächerlich das war – doch sie wollte ein wenig Zeit gewinnen, um sich von ihrem Schreck zu erholen.

»Carmen kann Polunsky übernehmen, ich habe ihr schon Bescheid gesagt. Ist es Ihnen jetzt recht, wenn ich die Detectives hereinschicke?«

Ohne ihre Antwort abzuwarten, ging er hinaus. Kristy ließ sich gegen die Stuhllehne sinken und atmete tief durch. Sie sah bereits Männer in Uniform vor sich, die ihr ihre Rechte vorlasen, ihr Handschellen anlegten und sie an der ganzen Kollegenschaft vorbeiführten. Blicke bohrten sich in ihren Hinterkopf, Getuschel folgte ihr nach draußen.

»Hätten wir uns denken können, dass es die Ehefrau war. Es steckt immer die Ehefrau dahinter.«

»Tja, stille Wasser sind tief.«

»Kristy Tucker? Niemals, sie würde keiner Fliege was zuleide tun.«

Sie strich sich die Haare glatt und setzte sich aufrecht hin, denn sie wusste, von diesem Moment an würde jede ihrer Regungen bewertet werden. Detective Davenport kam in Begleitung eines Texas Rangers herein, der leicht an seiner Uniform zu erkennen war: ein Abzeichen in der Form des Staates Texas, weißes Oberhemd, dunkelbeige Hose und weißer Cowboyhut. Er war Anfang dreißig und sah noch recht gut aus – glatte, olivbraune Haut, grüne Augen, schlanke Figur –, aber sie stellte ihn sich in fünf

Jahren vor, zehn bis zwanzig Kilo schwerer, Hängebacken, die glatte Haut von der Sonne gegerbt. Sie stand auf und gab Davenport zuerst die Hand.

»Detective, wie geht es Ihnen?«

»Ging schon besser, Mrs Dobson.« Sie zeigte auf ihren Begleiter.

»Das ist Texas Ranger Eduardo Santiago. Er wird uns im Fall Ihres Mannes unterstützen.«

Sie hatten Lance gefunden. Deshalb waren sie hier. Texas Ranger wurden häufig bei Mordermittlungen hinzugezogen, besonders in kleineren Städten, in denen kein Bedarf an einem eigenen Morddezernat bestand. Das war das Ende, es war vorbei. Ihre Knie gaben nach, und der Ranger stützte sie unwillkürlich und half ihr, sich wieder zu setzen. Detective Davenport sah sie ungerührt an, während sie auf dem Besucherstuhl Platz nahm. Kristy griff nach einer Flasche Wasser und trank einen Schluck gegen ihren trockenen Mund.

»Geht es … geht es um Lance?«, fragte sie leise.

»Ja«, sagte Ranger Santiago mit ernster Miene. »Wir haben seine Leiche etwa fünfzig Kilometer außerhalb der Stadt gefunden, vierundzwanzig Kilometer von seinem Lagerplatz entfernt.«

Kristy rang nach Luft und sackte in sich zusammen. Sie brauchte kein Weinen vorzutäuschen, die Tränen fielen ganz von selbst, strömten ihr übers Gesicht. Die Erinnerung an diese Nacht stand deutlich vor ihr, wie Lance sich im Pick-up auf sie gestürzt hatte, die Gewalt seiner Fäuste, als er sie schlug, die gemurmelten Flüche und Beschimpfungen und der Moment, als er sich rückwärtstaumelnd aufbäumte, als die Schüsse ihn töteten.

»Wer ihn auch ermordet hat, hatte sich eigentlich eine gute Stelle ausgesucht. Konnte ja nicht wissen, dass die Stadt plante, dort zu roden und eine neue Straße zu bauen. Ziemliches Pech«, sagte Davenport.

Ja, das war großes Pech.

Kristy hatte sich die Fragen genau angesehen, die die Kriminalpolizei stellte, wenn eine Leiche gefunden worden war. Fragen, die andere Frauen, andere *Mörderinnen*, nicht bedacht hatten. Viele Leute in ihrer Situation machten sich durch Nachlässigkeit, durch einen Mangel an Emotionen oder eine übermäßige Zurschaustellung von Emotionen verdächtig. Ihre Aufgabe war es nun, die Rolle der gramgebeugten Witwe perfekt zu spielen.

»Was ist mit ihm passiert? Wissen Sie das?«

»Es steht uns nicht frei, über Einzelheiten zu sprechen«, antwortete Detective Davenport, ein sicheres Zeichen dafür, dass sie als Hauptverdächtige galt. Andernfalls hätte man ihr die Todesursache genannt.

»Ich muss mit meiner Familie sprechen. Mein Sohn und mein Vater müssen davon erfahren«, sagte sie. Ryan und Pops sollten nicht von anderer Seite von Lance' Tod hören. Sie wollte es ihnen selbst sagen.

»Das verstehen wir, aber wir möchten, dass Sie zuerst mit aufs Revier kommen und die Leiche identifizieren. Wir haben auch ein paar Fragen«, entgegnete Ranger Santiago mit durchdringendem Blick.

»Ich kenne Sie«, platzte Kristy plötzlich heraus.

»Die Torres-Hinrichtung«, antwortete er.

Genau, daher. Kristy erinnerte sich noch gut an die untröstlichen Angehörigen der beiden Wanderer, die Gilbert Torres getötet hatte, ein Serienkiller, der insgesamt elf Menschen auf dem Gewissen hatte. Sie wartete darauf, dass Santiago noch etwas über diesen Tag hinzufügte, zum Beispiel, dass er der beste Freund eines der Opfer gewesen und als Vertreter der Familie gekommen war, doch er schwieg. Er wollte sich auf keine Vertraulichkeiten mit ihr einlassen. Etwas an seiner Art verunsicherte sie. Er unterbrach nie den Blickkontakt, eine geschickte Technik, mit der er einen zwang, ihn anzusehen. Sie bemerkte seinen Ehering und fragte sich, wie wohl sein Familienleben aussah. War er der Typ, der Arbeit mit nach Hause nahm? Erzählte er seiner Frau von all den schrecklichen Dingen, die er tagtäglich mitbekam? Oder war er einer, der alles in sich hineinfraß und ein Doppelleben lebte, ähnlich wie Lance?

Hatten sie noch andere Beweise außer Lance' Leiche gefunden? Hatte ein Augenzeuge beobachtet, wie Lance sie am Kino abgeholt hatte? War sie beim Abstellen des Mopeds von einer Überwachungskamera erfasst worden?

Hör auf. Hör sofort auf. Sie würde sich mit diesem Rätselraten nur verrückt machen.

»Ich komme aufs Revier, sobald ich mit meiner Familie gesprochen habe«, wiederholte sie. Sollten sie sie doch festnehmen, dann wäre es wenigstens vorbei.

Ranger Santiago stand auf, Detective Davenport ebenfalls.

»Das ist in Ordnung, Mrs Dobson. Wir erwarten Sie also heute Nachmittag bei uns auf dem Revier.«

»Gut, bis dann. Danke«, sagte sie. Die beiden gingen, ohne ihr ein Wort des Beileids gesagt zu haben, aber einer Mordverdächtigen kondolierte man wohl nicht.

Kristy inspizierte ihren Schreibtisch, um sich zu vergewissern, dass sie nichts übersehen hatte. Sie hatte Cliftons Briefe verbrannt und alles in Verbindung mit Lance und ihrem Mordplan vernichtet, aber sicher war sicher. Es konnte gut sein, dass die Ermittler auf einen Durchsuchungsbeschluss des zuständigen Richters warteten und dann, während sie auf dem Revier war, all ihre Sachen im Büro und zu Hause durchwühlten, um Beweismaterial zusammenzutragen. Sie steigerte sich in eine immer größere Furcht hinein, doch vorrangig war es, mit Ryan und Pops zu sprechen.

Sie schrieb Gus eine SMS.

Ich muss weg. Rufe Sie später an.

Es kümmerte sie nicht, ob er aus den Abendnachrichten von ihrer Verhaftung erfuhr. Ihm war sie nichts schuldig. Sie hastete aus dem Gebäude und war fast schon beim Auto, als jemand nach ihr rief.

»Kris… hey, Kristy…«

Mac kam auf sie zugeeilt.

»Ich hab gehört, dass Cops hier waren, irgendwas mit Lance?«

»Sie haben ihn gefunden… seine Leiche«, flüsterte sie.

»Scheiße. Das tut mir sehr leid, Kristy.«

Er nahm sie in die Arme, doch sie ließ sich nicht lange

von ihm trösten. Eine Frau, deren Mann vor Kurzem ermordet worden war, durfte nicht dabei gesehen werden, wie sie einen anderen Mann umarmte. Das gehörte zum Grundkurs »Wie man einer Mordanklage entgeht«.

»Ich muss los und es Pops und Ryan sagen … und die Polizei will mit mir sprechen.«

»Die wollen mit *dir* sprechen? Wieso das denn?«

»Keine Ahnung«, sagte Kristy.

»Willst du mir nicht vielleicht doch irgendwas sagen? Wegen Lance … und dir?«

Was redete Mac da? Wusste er Bescheid? Hatte er schon die ganze Zeit einen Verdacht gehabt?

»Was willst du hören? Außer, dass mein Mann tot ist und die Cops mit mir reden wollen?«

Mac sah verlegen zur Seite, beinahe beschämt, dass er angedeutet hatte, sie könnte etwas zu verbergen haben.

»Entschuldige. Ich wollte nur … Ach, ich weiß nicht. Sei einfach vorsichtig. Nimm dir einen Anwalt, okay?«

»Mach ich. Sobald mir irgendwas schräg vorkommt, mache ich das, das weißt du.«

Es herrschte die weit verbreitete Auffassung, dass man schon schuldig wirkte, wenn man bei einer Befragung oder Festnahme einen Rechtsanwalt verlangte. Die Strafverfolgungsbehörden wollten, dass man das glaubte. Deshalb gestanden so viele Unschuldige irgendwann etwas, das sie gar nicht getan hatten. Es war eine echte Zwickmühle. Nimm dir einen Anwalt, und du wirst sofort zu einem Hauptverdächtigen. Nimm dir keinen, und du wirst zu einem Spielball der Cops.

»Kristy …«

»Ich muss los.«

Er hielt sie fest.

»Pass auf dich auf. Du weißt so gut wie ich, dass so etwas leicht aus dem Ruder läuft.«

Allerdings wusste sie das.

»Ich ruf dich später an«, sagte sie.

»Ich bin für dich da, denk daran. Und wenn ihr irgendwas braucht, sagt Bescheid.«

»Danke, Mac.« Sie winkte ihm zu und stieg in ihren SUV.

Es war kurz vor zwei. Ryans letzte Unterrichtsstunde ging bis halb vier. Sie musste ihn vor Schulschluss abfangen, bevor die ersten Online-Nachrichten die Meldung brachten und er sie sah.

Kristy gab Gas und schaffte es in Rekordzeit zur Schule. Sie fuhr auf einen Besucherparkplatz und eilte zum Sekretariat. Es schien eine Ewigkeit her zu sein, dass sie hier wegen Ryans Fehltritt hatte verhandeln müssen. Alice saß auf ihrem Empfangshocker und wandte sich ihr sogleich auf diese übertrieben mitfühlende Art zu, die sie stets auf die Palme brachte.

»Kristy, mein Bibelkreis hat diese Woche speziell für dich und deine Familie gebetet.«

Sie nickte freundlich, hatte aber keine Zeit für einen Schwatz. »Ich muss zu Ryan. Sofort«, sagte sie.

Ausnahmsweise einmal schien Alice den Ernst der Lage zu begreifen. Sie ging zum Direktorzimmer und klopfte an. Liza saß an ihrem Schreibtisch, elegant wie immer in einem türkisfarbenen Blazer mit Korallenschmuck, und tippte konzentriert am Computer.

»Ms Tucker … ich meine, Mrs Dobson ist hier wegen Ryan. Ich dachte, sie könnte hier warten, während ich ihn hole.« Liza stand auf und winkte Kristy herein.

»Ja, das ist eine gute Idee, Alice. Danke.«

Liza schloss die Tür.

»Kann ich dir irgendetwas anbieten? Irgendetwas für dich tun?«

»Nein danke«, antwortete Kristy leise.

Ihre Hände zitterten, und ihre Zähne klapperten, als wäre sie zu lange in der Kälte gewesen. Sie war am Ende, vollkommen fertig, ganz und gar vernichtet. Kristy Tucker, die Mörderin. Kristy Tucker, die kaltblütige Killerin. Und trotzdem war sie immer noch Ryans Mom. Immer noch eine Pressesprecherin der Justizvollzugsbehörde Texas. Die Frau, die geschlagen und verprügelt worden war und sich gewehrt hatte. Konnte sie wirklich all das zugleich sein?

Ein paar Minuten später hörte sie Alice' Stimme draußen, und dann stand Ryan in der Tür. Sie erhob sich, strich ihre Hose glatt und sah ihren Sohn an, dessen Haare ihm tief in die Stirn hingen. Seine Augen waren blutunterlaufen und umschattet.

Er stolperte auf sie zu.

»Mom, ist es …«

»Wir reden im Auto.«

»Nein, ich muss es gleich wissen. Bitte …«

»Lasst euch Zeit«, sagte Liza und ging diskret hinaus, schloss die Tür hinter sich.

»Die Polizei ist vorhin zu mir ins Büro gekommen. Man … man hat Lance gefunden … seine Leiche. Es tut mir so leid, Ry.«

Er stieß einen gequälten Schrei aus. Sie nahm ihn in die Arme.

»Warum, Mom? Ich verstehe das nicht. Er war so ein guter Kerl. Er war so gut.«

Nein, war er nicht. Ganz und gar nicht.

»Es tut mir leid, mein Liebling. Es tut mir furchtbar leid.«

Ryan heulte Rotz und Wasser, laut und rückhaltlos. Kristy wiegte ihn in den Armen und hasste sich für jede verdammte Träne, die er vergoss. Sie wollte ihn gern in Ruhe trauern und sich ausweinen lassen, aber ihr stand noch mehr bevor. *Zeit, die Suppe auszulöffeln*, sagte sie sich.

»Ryan, Schatz, wir müssen leider gehen. Wir müssen es Pops beibringen, und dann muss ich auf die Polizeiwache.«

»Warum?«, fragte er mit großen Augen.

»Ich muss … ich soll Lance identifizieren, und sie haben noch ein paar Fragen.«

»Aber du bleibst doch nicht lange weg, oder? Du kommst bald wieder nach Hause?«

»Aber ja«, antwortete sie. Sie wusste nicht, ob das stimmte, aber sie wollte es ihm jetzt nicht noch schwerer machen.

Er wischte sich unwirsch die Augen, sein Hemd fleckig von Tränen, seinen und ihren. Kristy führte ihn hinaus und nickte Liza und Alice im Vorbeigehen zu. Sie waren freundlich zu ihr gewesen, aber sie hatte jetzt nicht die Kraft für eine Unterhaltung.

Nur Ryans Schniefen unterbrach die Stille auf der Fahrt nach Hause, und jedes einzelne gab ihr einen Stich ins Herz.

Es Pops beizubringen war genauso schrecklich. Er saß vollkommen starr in seinem Sessel und nickte nur, atmete mühsam.

»Wenigstens wissen wir jetzt Bescheid«, sagte er schließlich. »Wenigstens wissen wir es jetzt.«

Kristy wollte nicht gleich wieder weg, aber es wurde schon dunkel, und sie hatte Angst, dass man sie zu Hause abholen lassen würde, wenn sie nicht bald auf dem Revier erschien.

»Ich muss leider noch mal weg.«

»Wir kommen mit«, sagte Pops.

»Nein, das ist keine gute Idee.«

Falls die Polizei irgendetwas gegen sie in der Hand hatte, wollte sie auf keinen Fall, dass die beiden mitansehen mussten, wie sie in Handschellen abgeführt wurde. Die Demütigung, der Vertrauensbruch wären unerträglich.

»Wir sind eine Familie, und wir stehen das gemeinsam durch«, sagte Pops, seine Rolle als der Mann im Haus beanspruchend. Ryan half ihm, seine Sauerstoffgeräte zu wechseln, und dann stiegen sie in Kristys Wagen. Sie schnallten sich an, als könnten die Gurte sie vor der bevorstehenden Katastrophe bewahren.

Um kurz nach sechs kamen sie an der Polizeiwache an. Kristy hatte sich kaum bei dem Officer am Empfang gemeldet, als Ranger Santiago schon auf sie zumarschierte. Er nickte zum Gruß und stellte sich Ryan und Pops vor.

»Mein Beileid«, sagte er und gab ihnen die Hand. Kristy schluckte schwer und schmeckte Blut, weil sie sich die Wange aufgebissen hatte.

Bleib ruhig. Bleib ruhig.

Santiago wies auf eine Stuhlreihe an der Seite des Eingangsbereichs. Die Stühle waren alle besetzt, aber das schien ihn nicht zu kümmern.

»Ich möchte Sie beide bitten, hier draußen zu warten. Wenn Sie bitte mitkommen, Mrs Dobson«, sagte er.

Kristy drückte Ryans Schulter.

»Ich bin bald zurück. Ich hab euch lieb.«

Sie folgte dem Ranger durch einen langen, neonbeleuchteten Korridor und ein Labyrinth aus weiteren Fluren, bis sie zum Leichenschauhaus kamen. Noch nie hatte sie sich so eindringlich gemustert gefühlt, nicht einmal in der Haftanstalt, wo jeder ständig überwacht wurde. Sie spürte, dass der Ranger beobachtete, wie sie sich bewegte, wie sie sprach; großer Gott, vielleicht analysierte er sogar ihren Atemrhythmus. Atmeten Schuldige anders? Konnte das Ausdehnen und Zusammenziehen ihres Brustkorbs ihr Verderben sein? Bei ihren Recherchen hatte sie nichts dergleichen gelesen, aber die Möglichkeit bestand, oder?

Vor einem großen, mit einem schweren schwarzen Vorhang verhängten Fenster blieben sie stehen. Ranger Santiago instruierte sie auf seine routiniert-ruhige Art.

»Ich möchte Sie darauf hinweisen, dass Ihr Mann

geraume Zeit den Elementen ausgesetzt war. Es ist kein schöner Anblick.«

Der Vorhang ging auf und gab den Blick auf Lance' Leiche frei, die auf einer Bahre lag, genau wie alle anderen Todeskandidaten. Sein Gesicht war blaugrau angelaufen und aufgedunsen, die geschwollenen Augen waren geschlossen. Nein, er war nicht wiederzuerkennen. Entsetzlich im Tod, aber im Leben war er noch viel angsteinflößender gewesen. Ihr Blick kam auf dem schlichten Ring aus Weißgold zu ruhen, den sie ihm bei ihrer Trauung angesteckt hatte.

»Steht mir gut, oder?«, hatte Lance am Morgen nach ihrer Hochzeitsnacht gesagt, als sie Händchen haltend im Bett die Morgensonne begrüßten.

»Steht dir perfekt«, hatte sie gesagt und seine beringte Hand geküsst.

»Mrs Dobson, ist das ihr Ehemann?«, unterbrach Ranger Santiago die sentimentale Erinnerung.

Kristy nickte und drehte sich zu ihm um. »Ja, das ist sein Ring. Das ist Lance' Ehering.«

Von Frauen wurde erwartet, dass sie weinten. Sie mussten weinen, hatte sie gelernt, sonst wurden sie als herzlos und kalt, als Drachen oder nicht ganz normal bezeichnet. Kristy vergoss ihre Tränen, aber nicht für Lance, für ihn hatte sie schon viel zu viele vergossen. Nein, diese weinte sie wegen Pops und Ryan und dem, was passieren würde, wenn sie heute versagte.

Ranger Santiago machte dem Rechtsmediziner ein Zeichen, dass die Identifizierung abgeschlossen war. Der

Vorhang ging wieder zu, und Santiago führte sie durch einen anderen Gang in einen Vernehmungsraum.

»Kann ich Ihnen einen Kaffee oder ein Glas Wasser holen?«, fragte er.

»Ein Kaffee wäre gut, danke«, sagte sie.

»Milch? Zucker?«, fragte er so zuvorkommend, als wären sie alte Freunde, die sich viel zu erzählen hatten.

»Einfach schwarz, bitte.«

Sie wollte keinen Kaffee, nur einen Moment allein sein. Allerdings könnte sie wetten, dass Detective Davenport samt ihren Vorgesetzten sie durch den Einwegspiegel beobachteten, jeden Seufzer und jedes Herumrutschen bewerteten, die Betonung jedes Worts registrierten. Sie hatte genug Fallakten gelesen, um zu wissen, worauf sie achteten. Nervöse Ticks gehörten dazu. Zuckte irgendetwas an ihr unwillkürlich? Was sonst noch? Die Augen. Ausdruckslose Augen waren ein sicheres Zeichen von Schuld. Heulkrämpfe nervten, weil sie zu viel Zeit kosteten, aber emotionale Zurückhaltung wurde als Weigerung angesehen, die Ermittlungen voranzubringen. Kristy beugte sich über den Tisch und stützte den Kopf in die Hände.

Ich bin eine verzweifelte, trauernde Witwe, betete sie sich vor. *Eine verzweifelte, trauernde Witwe.*

Dies war der kritische Moment, in dem eine scheinbar harmlose Unterhaltung zur Grundlage einer ganzen Mordermittlung werden konnte und über ihre Schuld oder Unschuld innerhalb von Sekunden, Minuten, höchstens Stunden entschieden wurde. Sie dachte daran, einfach aufzugeben. Hier und jetzt ihre Sünden zu bekennen. Wäre das nicht viel leichter? Dann hätte sie es hinter sich. Aber sie hatte das alles für ihre Familie getan, für Ryan und Pops. Sie waren immer noch die Hauptsache.

Sie dachte an Lance und dass die Welt nur die eine Seite seiner Persönlichkeit gesehen hatte, den charmanten, liebevollen Ehemann, den fürsorglichen Stiefvater, den Spaßvogel, den gewieften Geschäftsmann. Nur sie selbst, Hannah und Lisette hatten den anderen Lance gekannt. Kalt, berechnend, brutal, fordernd. Wenn sie unbeschadet aus dieser Sache herauskommen wollte, musste sie sich vielleicht eine Scheibe von Lance abschneiden. Er hatte mit einer gespaltenen Persönlichkeit Erfolg gehabt – warum dann nicht auch sie?

In diesem grauen, tristen Raum mit seiner muffigen Luft traf sie eine bewusste Entscheidung. Sie war nicht Kristy Dobson, die verängstigte, geschlagene Frau. Jetzt nicht mehr.

Ranger Santiago kam mit dem schlechtesten Kaffee zurück, den sie je getrunken hatte (dabei arbeitete sie in einem Gefängnis). Sie nippte daran und versuchte, ihre Atmung zu beruhigen. Er setzte sich ihr gegenüber, kreuzte die Beine und öffnete den obersten Knopf seines weißen Hemds. Macht es sich bequem, bevor er zuschlägt, dachte sie.

»Das Gespräch wird aufgenommen. Sind Sie damit einverstanden?«, fragte er.

Kristy nickte.

»Würden Sie bitte verbal antworten?«

»Ja, ich bin damit einverstanden«, sagte sie.

Dann stürmten die Fragen auf sie ein, und eine Flutwelle von Informationen rollte auf sie zu.

Wie haben Sie Lance kennengelernt?

Wie lange waren Sie liiert?

Wann haben Sie geheiratet?

Was haben Sie zusammen in Ihrer Freizeit gemacht?

Mit wem sind Sie befreundet?

Namen?

Alter?

Beruf?

Hatte Lance irgendwelche geschäftlichen Schwierigkeiten?

Hatten Sie finanzielle Probleme?

Eheprobleme?

Alkohol- oder Drogenprobleme?

Irgendwelche Feinde?

Sie beantwortete alle seine Fragen bereitwillig.

»Hatten Ryan und Lance Probleme miteinander? Gab es manchmal Streit?«

Kristy blinzelte erschrocken. Moment mal, warum zog er plötzlich Ryan mit hinein?

»Entschuldigung«, sagte sie. »Können Sie die Frage wiederholen?«

»Sie haben gesagt, Ihr Sohn sei schon mit Lance befreundet gewesen, bevor Sie sich miteinander einließen. War das schwierig für Ryan?«, fragte Santiago.

»Nein, überhaupt nicht. Er hat sich für uns gefreut.«

»Er hatte also kein Problem damit, dass seine Mutter etwas mit seinem Lehrer und Mentor hatte?«

»Nein, gar nicht.«

»Aber Ryan ist schon manchmal aufbrausend? Da gab es mal einen Vorfall in der Schule, bei dem die Polizei gerufen wurde. War er beim Schulpsychologen deswegen?«

»Nein, das war ein einmaliger Vorfall. Das können Sie an seinen Zeugnissen sehen.«

Das war nicht möglich. Sie konnten doch nicht Ryan verdächtigen. Auf keinen Fall.

»Ryan hat Lance geliebt. Lance war wie … wie ein Vater für ihn.«

Ihre Stimme klang schrill, und sie umklammerte mit beiden Händen die Tischkante. *Beruhige dich. Genau das wollen sie doch.*

Sie bezichtigen jemand anders, um eine Reaktion bei einer Verdächtigen auszulösen.

Lass dich nicht von ihm verrückt machen.

»Sie können jeden fragen. Man wird Ihnen sagen, wie sehr Ryan seinen Stiefvater geliebt hat.«

Der Ranger änderte daraufhin die Zielrichtung seiner Fragen und konzentrierte sich auf die Woche, die Lance' Verschwinden vorausgegangen war, insbesondere ihr letztes Zusammensein mit ihm. So nervenaufreibend das Ganze war, ließ sie sich dennoch nicht mehr aus der Fassung bringen, zeigte nach außen nichts als Kummer und Bestürzung. Zwischendurch hakte sie immer mal wieder nach und bat Santiago, ihr zu sagen, was genau mit Lance passiert war, doch er wich ihr jedes Mal aus. Er wollte ihr keine Informationen geben, er wollte ihre Version der Geschehnisse hören.

Wieder und wieder berichtete sie dem Ranger, wo sie gewesen war und was sie getan hatte. In mancher Hinsicht fiel es ihr jetzt leichter. Sie hatte ihre Geschichte schon so oft den Reportern erzählt, dass sie beinahe selbst daran glaubte. Im Laufe der Vernehmung verlor sie jedes Zeitgefühl, zumal sich die Fragen ständig wiederholten. Santiago beabsichtigte offenbar, sie so lange hierzubehalten, bis sie hungrig und müde und möglichst unvorsichtig wurde. Eine klassische Verhörtechnik. Er verfügte nicht über genug Indizien oder Beweise, um sie festzunehmen, sonst hätte er es längst getan.

»Ich habe Ihnen alles gesagt, was ich weiß.«

»Das mag sein, Mrs Dobson, aber …«

»Warten mein Sohn und mein Vater noch dort draußen?«

»Ja …«

»Dann komme ich morgen wieder, wenn Sie wollen, und bleibe so lange, wie Sie mich brauchen, aber jetzt möchte ich mit meiner Familie zusammen sein.«

»Sie haben recht, Mrs Dobson. Wir haben genug von Ihrer Zeit beansprucht. Wenn ich weitere Fragen habe, melde ich mich. Wir werden herausfinden, wer Ihren Mann ermordet hat. Mit einem solchen Verbrechen kommt kaum jemand davon, und ich darf mich einer hundertprozentigen Aufklärungsquote rühmen.«

Trotz ihrer enormen Erschöpfung verstand sie die implizite Warnung. Es war noch nicht ausgestanden. Santiago hielt ihr die Tür auf, und sie ging zurück in den Wartebereich, wo Pops immer noch saß.

Sie sah sich fragend um.

»Wo ist Ryan?«

»Redet mit dieser Polizistin«, erklärte Pops.

Kristy wurde leichenblass.

»Was?«

»Sie meinte, sie hätte nur ein paar Fragen.«

Unfassbar. Was bildeten die sich ein? Sie wirbelte herum und stürmte auf Ranger Santiago zu.

»Wo zum Teufel ist mein Sohn?«

»Wie bitte?«

»Ich frage Sie nicht noch einmal. Wo ist Ryan?«

»Ich weiß es nicht, warten Sie einen Moment …«

Sie dachte nicht daran. Sich an ihm vorbeidrängend lief sie zurück in den Gang, durch den sie gekommen war.

»Ryan? Ryan, wo bist du?«

»Mrs Dobson, beruhigen Sie sich«, rief Santiago ihr nach und versuchte, sie einzuholen.

»Er ist noch minderjährig, haben Sie das vergessen? Er hat gerade den einzigen Vater verloren, den er je gekannt hat! Was ist denn nur los mit euch?«

Eine Tür ging auf, und Davenport kam heraus.

»Ich will zu meinem Sohn. Wir gehen. Sofort«, sagte Kristy.

»Wir haben uns nur unterhalten.«

»Sie halten mich wohl für blöd. Wenn Sie meinen Sohn vernehmen wollen, besorgen Sie sich eine Vorladung.«

Ranger Santiago nickte Detective Davenport knapp zu. Seine Augen blitzten, sie hatte sich eindeutig eine Blöße gegeben.

»Lassen Sie ihn gehen, Joanna.«

Davenport öffnete wortlos die Tür. Ryan sah mit betroffenem Gesicht auf.

»Komm, Ryan, wir gehen.«

Er zögerte, aber Davenport deutete zum Ausgang.

»Wir sind hier fertig«, sagte sie, doch ihr Tonfall besagte etwas anderes. Ohne die Polizeibeamten anzusehen, kam Ryan heraus, und Kristy führte ihn zurück zum Wartebereich.

»Sie haben mir lauter Fragen gestellt«, sagte er mit leiser Stimme. »Über Lance und warum ich Scott damals geschlagen habe und ob ich Aggressionsprobleme habe und all so was. Sie wollten wissen, ob ich Lance' Waffen benutzt habe, ob ich je schießen gegangen bin. Mom, was läuft da?«

»Nichts, ist nur Routine«, sagte Kristy, glaubte aber selbst nicht daran. Sie fragte sich, ob die Ermittler es tatsächlich auf Ryan abgesehen hatten oder ob das Teil ihrer Strategie war, ihr ein Geständnis zu entlocken.

»Bist du dir sicher?«, fragte er.

»Bei einem Mord werden immer zuerst die Angehörigen befragt. Ich verspreche dir, dass dir nichts passieren wird, okay?«

Pops stand schwankend auf und klammerte sich an sein Sauerstoffgerät.

»Ist alles in Ordnung? Tut mir leid, wenn ich Mist gebaut habe, Kristy-Girl. Ich dachte nicht, dass was falsch daran wäre, wenn sie dem Jungen ein paar Fragen stellen.«

»Du hast nichts falsch gemacht, Pops. Wir sind jetzt hier fertig. Lasst uns nach Hause fahren.«

Sie nahm seine Sauerstoffflasche, und er stützte sich mit seiner runzeligen, altersfleckigen Hand schwer auf ihren Arm, während Ryan ihnen hinausfolgte. Sie würde nicht zulassen, dass ihr Sohn da mit hineingezogen wurde. Er hatte schon genug gelitten. Wenn sie ihn festnehmen wollten, würde sie gestehen, das war die einzige Lösung. Fürs Erste aber hatte sie vor, ihre Freiheit zu genießen, denn ihre Tage als freie Frau schienen gezählt zu sein.

Einunddreißigstes Kapitel

Im Morgengrauen schreckte Kristy aus dem Schlaf. Sie kamen, um sie oder Ryan abzuholen, da war sie sich sicher. Sie setzte sich ans Schlafzimmerfenster, während die ersten blassorangen Sonnenstrahlen durch die Wolken drangen, wachte. Dann duschte sie, kochte eine Kanne Kaffee und setzte sich an den Küchentisch, wo sie ins Leere starrte und auf das Unvermeidliche wartete. Ihre Ahnung trog sie nicht. Sie hörte den ersten Wagen, Reifenknirschen auf dem Kies der Einfahrt. Durchs Küchenfenster sah sie eine Karawane aus Streifenwagen der Polizei Conroe, angeführt vom Pick-up des Texas Rangers, auf ihr Grundstück fahren. Sie rannte nach unten in Ryans Zimmer.

»Ryan, steh auf. Die Polizei ist hier.«

Erschrocken setzte Ryan sich auf und drückte schützend sein Kissen an die Brust.

»Warum? Was ist los?«

»Ich weiß es nicht. Aber ich möchte, dass du aufstehst und Pops weckst.«

Sie ließ Ryan allein, der sich stolpernd anzog, und schaffte es gerade noch rechtzeitig zur Haustür, um Ranger Santiago in Empfang zu nehmen.

»Mrs Dobson, wir haben einen Durchsuchungsbeschluss für Ihr Haus, das Grundstück und Ihre Fahrzeuge. Wir werden in Ihrem Schlafzimmer anfangen und dann das übrige Haus durchsuchen. Die Officer werden alles fotografieren, und wir müssen alle elektronischen Geräte, also auch Computer und iPads, vorläufig beschlagnahmen.«

»Okay«, sagte Kristy resigniert und hielt ihnen die Fliegengittertür auf, wohl wissend, dass sie sie nicht daran hindern konnte. »Ist mir recht.«

»Wir müssen wissen, ob Sie, Ihr Vater, Ryan oder Lance weitere Waffen im Haus aufbewahren«, sagte Santiago.

Die Polizei hatte bereits die am Lagerplatz sichergestellten Waffen zusammen mit Lance' Camper und seinem Pick-up beschlagnahmt.

»Mein Vater hat eine Pistole in seinem Nachttisch. Das ist alles«, antwortete Kristy und dachte an den furchtbaren Abend, als Lance ihr genau diese Waffe an den Kopf gehalten hatte. Der Ranger nickte sachlich. So wie es zu Kristys Berufsalltag gehörte, Menschen beim Sterben zuzusehen, gehörte es zu seinem, in die Häuser von Leuten einzudringen und nach Beweisen dafür zu suchen, dass sie Verbrecher waren.

»Unser Schlafzimmer ist oben«, sagte sie und zeigte dem Ranger und den anderen Polizisten den Weg zur Treppe. Pops und Ryan standen vor der Küche und verfolgten das Ganze benommen.

»Das Schlafzimmer meines Vaters ist im Erdgeschoss, im hinteren Teil des Hauses, und das meines Sohns im Untergeschoss«, sagte sie. Sollte es später zum Prozess kommen, würde man sagen, dass sie kooperiert habe. Vielleicht würde das genügen, um ihr den Todestrakt zu ersparen.

»Mom?«, fragte Ryan besorgt.

»Ist schon gut, Ry. Es kommt alles in Ordnung.«

Ranger Santiago führte die Beamten nach oben, wo sie alles untersuchten und fotografierten, von Lance' Unterwäsche über seine Hosengürtel bis hin zu seiner Zahnbürste. Dabei erläuterte Santiago die ganze Zeit höflich, was sie da taten. Nur Kristys Status als Angestellte einer Strafverfolgungsbehörde war es zu verdanken, dass sie mit so viel Respekt behandelt wurde. Dennoch war es alles andere als angenehm zuzusehen, wie die Polizisten ihre persönlichen Sachen befingerten. Ab und zu steckten sie etwas in einen Plastikbeutel, eine Gürtelschnalle von Lance, seine Uhr, und sie fragte sich: *Warum gerade das? Was könnte ihnen das verraten?* Doch sie hielt den Mund, stellte keine Fragen, unterließ alles, womit sie die Aufmerksamkeit auf sich ziehen würde.

Je länger die Durchsuchung dauerte, desto unwohler wurde ihr dabei, wie die Officer bedenkenlos die Schmucksammlung ihrer Mutter oder ihre Unterwäscheschublade durchstöberten. Sie entschuldigte sich und ging hinunter zu Ryan und Pops in die Küche, wo sie Kaffee tranken und auf das Ende des Einsatzes warteten. Viele Stunden später, als die Sonne schon langsam unterging, dankte Santiago ihnen für ihre Mithilfe, und die Beamten verließen das Haus. Ihre Wagen wirbelten beim Davonfahren Staub auf. Die Polizei war fort. Lance war tot. Nun gab es nur noch sie drei mit ihrer Trauer und ihrem Schmerz.

Kristy blieb keine andere Wahl, als sich von der Arbeit freistellen zu lassen. »Zwei Wochen bezahlter Urlaub«, sagte Gus, als er hörte, dass Lance tot aufgefunden worden war. Das war überaus großzügig, umso mehr, wenn man bedachte, was für ein Geizhals er eigentlich war.

Während die polizeilichen Ermittlungen weitergingen, tat Kristy, was jede trauernde Witwe tun würde: Sie organisierte einen Trauergottesdienst. Es kamen Leute, die sie seit Jahren nicht gesehen hatte. Ehemalige Kolleginnen und Kollegen, Klassenkameraden von Ryan samt Eltern, ihre eigenen Highschool-Lehrer einschließlich Liza. Hinterher konnte sie sich jedoch an nicht viel erinnern. Sowohl sie als auch Ryan und Pops verzichteten darauf, eine Rede zu halten.

»Wir sind uns nicht sicher, ob wir das durchstehen würden«, hatte sie dem freundlich aussehenden Pastor gesagt und mit schmerzverzerrter Miene dessen plumper Trauerrede gelauscht, bei der er Lance und die wunderbaren Talente, die Gott ihm mitgegeben hatte, über den grünen Klee lobte.

Nach dem Gottesdienst kamen alle zum Leichenschmaus zu ihr nach Hause. Carmen, Mac und Vera sorgten fürs Essen, eine riesige Platte mit Aufschnitt und Käse. Andere brachten Eintöpfe und Aufläufe mit, genug für eine ganze Armee. Als sie ihre Runde durch all die wohlmeinenden Gäste machte und deren Beileidsbekundungen entgegennahm, entdeckte sie Yoli, die draußen auf der Veranda Kette rauchte. Yoli hatte nach Roys Krebsdiagnose mit dem Rauchen aufgehört, aber Stresssituationen brachten die schlechten Angewohnheiten schnell wieder zurück. Kristy ging zu ihr hinaus. Seit Lance' Tod hatte sie keine einzige Zigarette mehr geraucht, doch als Yoli ihr die gerade angerauchte reichte, nahm sie einen langen Zug und spürte das Nikotin durch ihre Adern strömen.

»Wie geht es euch?«, fragte Yoli.

»Geht so«, brachte sie hervor.

Yoli nahm ihre Zigarette und saugte daran, als enthielte sie die Antwort auf uralte Fragen.

»Gestern Abend hatten wir Besuch von einem Texas Ranger. Wusstest du, dass Lance und Roy sich vor ein paar Monaten in einem Steakhaus angeschrien haben, wegen dem Geld, das Lance uns schuldet?«

»Nein, das wusste ich nicht.«

»Dieser Ranger hat uns alle möglichen Fragen gestellt. Über unser Zerwürfnis mit Lance, über unsere finanzielle Situation ... Ich meine, ehrlich, Kristy, kannst du dir vorstellen, dass Roy irgendjemandem ein Haar krümmen würde?«

Roy war der netteste Mann, den Kristy je getroffen hatte. Verdächtigten sie jetzt etwa ihn? Anscheinend wurde jeder irgendwie in ihr Chaos mit hineingezogen. Andererseits hatten sie bislang niemanden festgenommen. Sollte es dazu kommen, würde sie sich stellen. Das müsste sie dann. Sie drückte Yolis Hand.

»Die Polizei befragt alle, Yoli. Das ist nun mal ihre Aufgabe.«

Aber stimmte das? Konnte nicht auch jemand, der rein gar nichts mit Lance' Tod zu tun hatte, ins Fadenkreuz der

Ermittler geraten? Das kam vor, nicht wahr – dass Leute unschuldig im Gefängnis landeten? Sie dachte an Clifton und wusste, dass alles möglich war.

Die Polizei war allgegenwärtig. Kristy hatte Ranger Santiago flüchtig in der Kirche gesehen, als er in letzter Minute in eine Bank schlüpfte, und dann beim Hinausgehen, als er ihr zunickte und sich an seinen Cowboyhut tippte. Er beobachtete nicht nur sie, sondern auch Ryan, Pops, Yoli und Roy – auf der Suche nach einem Hinweis, der ihn zum Täter führen könnte, damit er seine hundertprozentige Aufklärungsquote beibehielt.

In den Tagen nach der Trauerfeier kamen die Nachbarn mit weiteren Mahlzeiten und mitfühlenden Worten vorbei. Kristys aktives Wesen ließ sie nicht stillsitzen, sie organisierte, putzte, räumte auf und hörte Carmen und Mac zu, die sie mit Parolen wie »halt durch« und »wir finden das Arschloch, und es wird dafür bezahlen« aufzumuntern versuchten. Immer wieder musste sie sich Variationen dieses Themas anhören, und sie fragte sich, wann die Prophezeiungen eintreten würden und damit auch die enervierenden Fragen aufhörten:

»Kristy, was ist mit Ihrem Mann passiert?«

»Kristy, hat die Polizei schon eine Spur?«

»Wie werden Sie mit dem Mord an ihm fertig?«

Seit der Auffindung der Leiche wurde ihr Haus von noch mehr Journalisten belagert. Es waren jedoch nicht mehr die achtungsvollen Freunde und Kollegen, die sie schon lange kannte, sondern Aasgeier-Reporter von den großen, landesweiten Nachrichtensendern, die miteinander darum konkurrierten, diese Tragödie für höhere Einschaltquoten auszuschlachten.

Ihre Familie war sozusagen Kollateralschaden. Ryan schlich in zerknitterten Klamotten durchs Haus, während Pops die meisten Tage verschlief und sich sein Essen aufs Zimmer bringen ließ, statt sich zu ihnen an den Tisch zu setzen. Da sie sonst nichts zu tun hatte, stürzte sich Kristy auf den Haushalt, fegte, wischte, staubte ab und saugte, kochte Mahlzeiten für alle. Ranger Santiago kam mehrmals vorbei.

»Wollte nur mal nach Ihnen allen sehen«, sagte er und brachte eine gekaufte Pekannusstorte oder Hamburger und Pommes von Whataburger mit. Dann bat er sie um ein paar Minuten ihrer Zeit, und sie beantwortete ihm Abwandlungen derselben Fragen, die sie schon zigmal zuvor beantwortet hatte. Sie bemühte sich, ihre Lance-Maske aufzubehalten – höflich, kompetent, tief betrübt –, doch der Druck nahm zu. Wenn Santiago wieder gegangen war, tigerte sie schlaflos durchs Haus, sah nach Pops und Ryan, fürchtete sich vorm Einschlafen, fürchtete sich davor, dass die Polizei kommen und sie mitnehmen könnte, ohne dass sie sich richtig von ihnen verabschiedet hatte.

Ungeachtet ihrer eigenen erzwungenen Arbeitspause bestand sie darauf, dass Ryan wieder zur Schule ging.

»Wir müssen wieder ein normales Leben führen«, sagte sie zu ihm.

»Nichts wird je wieder normal sein, Mom«, entgegnete Ryan, widersetzte sich diesmal aber nicht.

Nachdem Pops eine Woche lang Trübsal geblasen und

sich abgekapselt hatte, stürmte sie in sein Zimmer, zog die Jalousien hoch und machte den Fernseher aus.

»Ich kann das nicht mehr mitansehen«, sagte sie.

»Verdammt, ich wollte das gerade gucken«, grunzte er.

»Schluss damit. Du schiebst jetzt deinen Hintern unter die Dusche, und dann fährt Mac dich zu deinem Arzttermin. Ich lasse nicht zu, dass du noch länger hier im Dunkeln herumvegetierst. Ich will dich nicht ... ich kann dich nicht auch noch verlieren, Pops. Ich halte das ...«

Er merkte offenbar, dass sie am Ende war.

»Schon gut ... schon gut ... ich zieh mich an. Es tut mir leid. Ich bin nur ... Da verbringt man sein halbes Leben umgeben von Mord und Bösem, und dann holt es einen in den eigenen vier Wänden ein. Hatte wohl 'n bisschen 'nen Tunnelblick, schätze ich. Aber jetzt hör ich auf, mich in Selbstmitleid zu wälzen. Schluss damit. Ich will für dich und Ryan da sein, Kristy-Girl. Ich werd immer für euch da sein.«

Kristy mochte es geschafft haben, Pops und Ryan zurück ins Leben zu helfen, aber sie selbst wurde langsam verrückt. Sie konnte nicht länger zu Hause herumsitzen und die Hände in den Schoß legen. Sie musste raus. Ohne Gus vorher Bescheid zu sagen, erschien sie einfach im Büro – und war überrascht, Carmen an ihrem Platz anzutreffen.

»Hallo, Lady«, rief Carmen, genauso überrascht. Kristy ließ den Blick über ihren Schreibtisch wandern, alles säuberlich geordnet, ein krasser Gegensatz zu ihrem üblichen Chaos.

»Hallo«, sagte sie und kam sich plötzlich fremd vor.

»Es ist so schön, dich zu sehen«, sagte Carmen, stand auf und umarmte sie.

»Aber?« Irgendwas stimmte da nicht, Carmen konnte ihr nicht in die Augen blicken.

»Du solltest mit Gus reden«, sagte Carmen.

Kristy schwante nichts Gutes, doch sie zwang sich zu einem Lächeln.

»Wenn ich nicht zurückkomme, bin ich mit Gus nach Las Vegas durchgebrannt.«

Carmen prustete.

»Ach, wie ich dich vermisst habe!«

Kristy wurde gleich wieder ernst, als sie hinaus in den Flur trat. Sie ging zu Gus' Büro und klopfte an. Er hielt seine Tür immer geschlossen, damit ihn niemand beim Büroschlaf ertappte.

»Herein!«, rief er.

Er saß an seinem speziell angefertigten Eichenschreibtisch, der so wuchtig war, dass er dahinter wie ein pummeliger Kindkaiser wirkte.

»Kristy, setzen Sie sich. Möchten Sie etwas trinken? Wasser, Tee?«

Mist, er war nett zu ihr. Das verhieß wirklich nichts Gutes.

»Ich dachte, Sie hätten noch Urlaub«, sagte er.

»Hab ich auch, aber ich werde zu Hause verrückt …«

»Die Sache ist die: Lance' Tod hat ziemlich viel Staub aufgewirbelt, und die da oben sind nicht gerade begeistert über die andauernde Medienpräsenz hier. Man hat angeregt, dass Sie eine längere Auszeit nehmen. Nur so lange, bis die Polizei den Täter gefasst hat.«

Ihr rutschte das Herz in die Magengrube. Machte man sich Sorgen über das Image der Pressestelle, oder wollte man sich von ihr distanzieren? Sie versuchte, vernünftig zu denken. Wenn die Polizei vorhatte, sie festzunehmen, würde man sie einfach entlassen, statt sie in den bezahlten Urlaub zu schicken.

»Und wann hatten Sie vor, mir das zu sagen?«, fragte sie.

»Ich habe es gerade erst erfahren. Ich wollte Sie anrufen, aber hier geht es drunter und drüber ohne Sie. Carmen kommt kaum mit ihrer eigenen Arbeit zurande, ganz zu schweigen von Ihrer.«

Panik überkam sie. Sie wusste nicht, was sie tun sollte, wenn sie nicht arbeiten konnte.

»Gus, ich brauche diesen Job.«

»Und er bleibt Ihnen ja erhalten. Ihr Gehalt wird weitergezahlt. Nutzen Sie die Zeit, um mit Ryan und Frank zusammen zu sein.«

Kristy wollte weiter protestieren, aber wenn sie das am Ende verdächtig machte? Eine trauernde Witwe sollte zu Hause sein und trauern. Sie dankte Gus und ging zurück in ihr Büro. Es war Mittwoch, sie konnte zumindest Clifton einen kurzen Besuch abstatten.

»Sag mal, Carmen, hättest du etwas dagegen, wenn ich rüber ins Polunsky fahre und einen letzten Pressetag mache? Ich kann jetzt noch nicht gleich nach Hause gehen.«

Sie rechnete halb damit, dass Carmen verwundert die

Augenbrauen hochzog, doch die machte aus ihrer Erleichterung keinen Hehl.

»Oh, das wäre großartig, ich muss noch so viel Schreibkram aufarbeiten. Ich mache einfach eine längere Mittagspause, und Gus braucht nichts davon zu erfahren. Aber sei gewarnt, es wird dort heute viel los sein. Clifton Harris hat einen neuen Termin bekommen, also gibt es bestimmt jede Menge Fragen und all das.«

»Clifton soll jetzt doch hingerichtet werden?«, fragte Kristy. Sie hatte nichts davon gehört.

»Ja, all seine Berufungsanträge sind abgelehnt worden. Die Hinrichtung soll in ein paar Wochen stattfinden.«

Und Kristy würde sie verpassen. Diesmal würde sie nicht dabei sein können.

»Hey, Kris, ich hoffe, du bist nicht sauer auf mich. Ich meine, weil ich deine Arbeit mache.«

»Ich könnte nie sauer auf dich sein«, sagte Kristy ehrlich. Es war schließlich nicht Carmens Schuld. Nein, sie hatte sich das alles selbst zuzuschreiben.

»Schon dich ein bisschen, ja? Und wir sehen uns bald?«, sagte Carmen.

»Ich hoffe es«, antwortete Kristy vage. Denn vielleicht saß sie bei ihrem nächsten Besuch ja auf der anderen Seite dieser Mauern.

Zweiunddreißigstes Kapitel

Bei Kristys Eintreffen wartete Clifton in der üblichen Kabine. Leider waren die Journalisten an diesem Tag alle pünktlich, so dass sie vorerst nicht mit ihm sprechen konnte. Sie musste zweieinhalb Stunden ausharren, während er geduldig drei Reportern hintereinander seine Geschichte erzählte und immer wieder die gleichen Fragen beantwortete. Als sie fort waren, setzte sie sich und nahm den Hörer. Ein letztes Mal.

»Ich habe es gehört«, sagte Clifton sanft. »Wie geht es Ihnen?«

Er sagte nicht *Es tut mir leid*, worüber sie froh war. Sie war nicht hergekommen, um über Lance zu sprechen. Sie war gekommen, um sich zu verabschieden.

»Also, ich nehme gerade eine Auszeit, deshalb wird Carmen, meine Assistentin, Sie von jetzt an betreuen. Sie ist toll und wird all Ihre Fragen beantworten und Sie durch … durch das Ganze begleiten.«

Bestürzt lehnte Clifton sich zurück.

»Und Sie sind sich sicher, dass … ich meine, besteht nicht die Chance, dass Sie wieder zur Arbeit kommen, bevor … bevor ich meinen letzten Gang antrete?«, fragte er hoffnungsvoll.

»Ich fürchte, nein«, sagte sie.

»Das ist wirklich schade.«

»Sie haben lange und hart gekämpft. Und Sie haben Freunde dort draußen, die weiterkämpfen werden«, sagte Kristy. Sie wünschte, sie könnte dazugehören, schätzte ihre Chancen aber nicht sehr optimistisch ein.

»Das stimmt. Bev sagt, sie gibt nicht auf. Meinte zu mir, sie würde noch auf ihrem Sterbebett Anträge stellen, wenn's sein muss. Und Fiona haben Sie ja kennengelernt. Sie wird bis zum bitteren Ende auf die Barrikaden gehen. Außerdem, positiv betrachtet, weiß ich jetzt wenigstens, was auf mich zukommt. Was gut ist, denn ich glaube nicht, dass ich noch einmal einen Aufschub bekomme.«

Damit hatte er recht. Falls sich nicht noch jemand meldete und gestand, seine Kinder getötet zu haben, oder das Geständnis des Täters oder der Täterin auf Band hatte, gab es keine Rettung mehr für ihn.

»Ich muss jetzt leider gehen«, sagte Kristy.

»Ich bete für Sie, Ms Tucker. Und ich hoffe, dass Sie weiterkämpfen. Geben Sie Ihren Kampf nie auf«, sagte Clifton mit Nachdruck.

Sie lächelte ihm kurz zu und blinzelte die Tränen weg, als sie den Hörer auflegte. Dann eilte sie aus dem Besucherbereich und zu ihrem Wagen, wo sie einen Heulkrampf bekam. Sie fuhr schnell vom Gelände und weinte auf der ganzen Heimfahrt. Lance war tot. Clifton würde es auch bald sein, und sie war dem Zusammenbruch nahe.

Den nächsten Tag brachte sie damit zu, das Haus von oben bis unten zu scheuern und alles zu tun, um sich zu verausgaben. Pops fühlte sich nicht gut, so dass er früh zu Bett ging. Ryan und sie aßen im Wohnzimmer zu Abend und versenkten ihren Kummer in einer dümmlichen Realityshow.

Um kurz vor zehn hörten sie ein Klopfen an der Haustür und schraken zusammen.

»Ich gehe«, sagte Kristy.

Ihr Magen krampfte sich zusammen, als sie Ranger Santiago durch den Spion sah. Sie machte die Tür auf.

»Kann ich Ihnen helfen, Ranger?«

»Mrs Dobson, wir müssen miteinander reden«, sagte er.

Diesmal hatte er keine Burger mit Pommes dabei und erkundigte sich nicht freundlich danach, wie es ihr ging.

Sie nickte und bat ihn mit einer Geste herein. Ryan sprang auf, als er den Polizisten sah.

»Mom, was ist los?«, fragte er nervös.

»Geh bitte in dein Zimmer und lass mich mit dem Ranger sprechen, ja?«

Ryan sah sie merkwürdig an, widersprach aber nicht. Er machte den Fernseher aus und ging nach unten. Kristy bedeutete Santiago, sich mit ihr an den Küchentisch zu setzen.

»Möchten Sie etwas trinken?«

»Nein danke.«

Er setzte sich und holte das Foto einer Frau hervor. Weiß, Ende dreißig, hübsch, mit strahlenden smaragdgrünen Augen.

»Wissen Sie, wer das ist?«

»Nein.«

»Sie heißt April Emerson und war vor vierzehn Jahren einmal mit Lance Dobson verheiratet, als sie noch in New Orleans studierte. Wir sind im Zuge unserer Ermittlungen auf sie gestoßen und haben sie heute befragt. Sie sagte aus, dass Mr Dobson ihr während ihrer dreijährigen Ehe verbal und körperlich Gewalt angetan hätte. Außerdem hätte er ihre Mutter und ihre Schwester mit dem Leben bedroht, sollte sie ihn je verlassen.«

»Das ist schrecklich«, sagte Kristy, und ihr wurde übel. Langsam konnten sie einen gottverdammten Club gründen.

Santiago sah sie prüfend an.

Cool bleiben, Kristy. Bleib einfach cool.

»Mrs Dobson, falls es Probleme in Ihrer Ehe gab, falls Sie und Lance Schwierigkeiten miteinander hatten, finden wir das heraus. Das tun wir immer. Wenn Sie jetzt offen und ehrlich über alles sprechen, können wir Ihnen helfen. Aber wenn Sie die Ermittlungen behindern und wir dahinterkommen, also, dann fürchte ich, wird es nicht gut enden.«

Er fischte im Trüben, dachte Kristy. Mehr war es nicht. Ein Angelausflug. Diese April Emerson mochte die gleiche traurige Geschichte hinter sich haben wie sie selbst und Hannah Mendoza, aber das war noch lange kein Beweis dafür, dass sie, Kristy, Lance umgebracht hatte, und es gab offenbar auch keinen, sonst wäre sie jetzt schon in Handschellen.

»Detective, ich verheimliche Ihnen nichts. Ich war so entgegenkommend, wie es nur ging, aber es ist spät, und ich würde jetzt gern ins Bett gehen.«

Er stand langsam auf. »Ich melde mich wieder, Mrs Dobson. Und ich teile Ihnen hiermit offiziell mit, dass Sie die Stadt nicht verlassen sollten. Bleiben Sie sitzen, ich finde allein hinaus.«

Kristy saß in der Küche und hörte dem Summen der Lampen zu, beobachtete das Flackern der Birne über der Spüle. Als sie sich sicher sein konnte, dass der Ranger weg war, griff sie sich Pops' Chivas-Flasche, schenkte sich einen kräftigen Schluck ein und kippte ihn hinunter.

»Mom? Was wollte er? Hatte er Neuigkeiten wegen Lance?«

Sie ließ beinahe das Glas fallen. Sie hatte Ryan nicht hereinkommen hören.

»Nein, Liebling. Es gibt keine neuen Spuren, aber sie arbeiten weiter mit aller Kraft an dem Fall.«

Zum ersten Mal sah sie Zweifel in seinem Blick aufzucken. Oder war es etwas anderes? Sie ging auf ihn zu, um ihn zu trösten, doch er kehrte ihr den Rücken zu.

»Ich gehe wieder ins Bett.«

»Nacht, Ry. Ich hab dich lieb«, rief sie ihm nach, doch er antwortete nicht. Sie wollte ihm nachlaufen und ihn in die Arme nehmen und es immer wieder sagen. *Ich hab dich lieb, Ryan. Du sollst wissen, dass ich dich mehr liebe als mein Leben.* Stattdessen wartete sie, bis sie seine Zimmertür ins Schloss fallen hörte, und goss sich noch einen Drink ein. Sie nahm ihn mit hinaus auf die Veranda und fragte sich, wie lange es dauern würde, bis Ranger Santiago mit einem Haftbefehl wiederkam.

Sie wartete.

Und wartete.

Doch zu ihrer Verwunderung kam niemand. Die Tage gingen dahin, einer wie der andere. Sie wirtschaftete weiter im Haus herum, machte herzhafte Frühstücke für Ryan und Pops, Eier mit Speck, Frühstücks-Tacos, selbstgebackene Bananen-Muffins, putzte, saugte und beantwortete E-Mails, wenn Carmen nicht weiterwusste, was immer seltener vorkam. Sie wollte wieder zur Arbeit gehen, aber jedes Mal, wenn sie Gus anrief, sagte er: »Warten wir noch eine Woche.«

Eine neue Woche begann, der Montag, den sie gefürchtet hatte. Clifton sollte heute sterben. Es waren keine Briefe mehr gekommen. Das war besser so, sicherer für sie beide, aber sie vermisste es, von ihm zu hören, hatte jetzt nur noch Pops und Ryan, ihre untröstliche Restfamilie.

In den Wochen zuvor war Janice auf jedem Sender zu sehen gewesen, von der landesweiten Today-Show bis hin zu den lokalen Morgennachrichten. Sie wirkte authentisch und überzeugend. »Clifton Harris ist ein meisterhafter Manipulator«, sagte sie tränenreich zu dem bekannten Nachrichtenmoderator Matt Lauer. »Für so jemanden kommt keine andere Strafe in Frage.«

Im Laufe des Tages versuchte Kristy, ihren Konsum dieser Sendungen einzuschränken, weil sie das Gefühl der Hilflosigkeit schrecklich fand, das sie in ihr auslösten. Es schrecklich fand, dass sie nicht für Clifton da sein würde. Sie konzentrierte sich auf die Hausarbeit, fegte, machte die Betten, wusch Wäsche, kochte – aber sie konnte nicht anders, als immer wieder auf die Uhr zu sehen.

Sechs.

Halb sieben.

Sieben.

Sie rechnete damit, dass Cliftons Tod als Sondermeldung gebracht würde, aber die Sender unterbrachen ihren normalen Programmablauf nicht. Schließlich kam die Meldung über Twitter von einem Reporter der Associated Press: »Clifton Harris ist um 19:27 durch letale Injektion gestorben.«

Sie hatte Pops und Ryan versprochen, etwas zum Abendessen zu machen, blieb jedoch vor dem Fernseher kleben, wo nun zahlreiche Berichte über Cliftons Leben und Sterben liefen. Sie zappte durch die Kanäle, bis sie bei einer Sonderausgabe der NBC-Nachrichtensendung *Dateline* innehielt, die sich speziell mit Clifton beschäftigte. In dem Beitrag saß er aufrecht da, gefasst und beherrscht. Der Reporter ging auf sein ungewöhnliches Verhalten ein – für einen Mann, der dem Tod ins Auge sah, wirke Clifton beinahe gleichmütig.

»Wie schaffen Sie das, nicht verrückt zu werden? Nicht durchzudrehen angesichts dessen, was Ihnen bevorsteht?«, fragte er mitfühlend.

»Das wäre einfacher, nicht wahr? Ich weiß, es gibt Leute, die gieren darauf, einen Menschen in Todesangst zu sehen. Sie sind blutrünstig. Das ist mir klar. Deshalb mögen Menschen auch Stierkämpfe, deshalb mochten die Römer Gladiatorenkämpfe. Als Gesellschaft sehen wir es gern, wenn jemand bestraft wird. Nicht umsonst ist Football, ein ziemlich brutales, hartes Spiel, eine der beliebtesten Sportarten in diesem Land. Und ich verstehe, dass die Leute Vergeltung für etwas so Furchtbares wie den Mord an einem kleinen Jungen und einem kleinen Mädchen wollen. Aber die beiden waren meine Kinder, ich habe sie geliebt, und ich habe sie nicht getötet. Dieses Wissen nehme ich mit mir, es hilft mir, bei Verstand zu bleiben.«

Kristy hockte vorm Fernseher, bis Ryan nach Hause kam. Obwohl sie unendlich traurig war, riss sie sich von den Nachrichten los und wärmte die Reste vom Vortag auf. Die gemeinsamen Abendessen waren zu einer Obsession für sie geworden, sie brachte Stunden damit zu, die Gerichte zu kochen. Wenn die Polizei kam und sie mitnahm, sollten Pops und Ryan sich an diese letzten Tage erinnern. Sie wollte, dass etwas Gutes zurückblieb.

Ryan war sehr still in letzter Zeit, beinahe mürrisch, so auch an diesem Abend. Kristy wusste nichts Neues zu erzählen. Sie hatte sich vor Kurzem bei Pops darüber beschwert, woraufhin er geschnaubt hatte: »Jetzt weißt du, wie es mir geht.« Sie nahm sich vor, nicht so unüberlegt daherzureden. Sie hatten es alle nicht leicht.

Nach dem Essen trauerte Kristy weiter um Clifton. Er war nicht mehr da, er war tot. Sie räumte die Küche auf und sagte den beiden, dass sie Kopfschmerzen habe und früh zu Bett gehe. Doch sie konnte nicht einschlafen und schaltete die Spätnachrichten an. Ein Stromausfall in Südtexas war die erste Meldung, gefolgt von der Festnahme eines korrupten Politikers, der mit einer Prostituierten erwischt worden war. *Ein ganz normaler Tag im Lone Star State.*

Die Werbepausen waren endlos. Erst wurde Butter angepriesen, dann Damenunterwäsche. Fast glaubte sie schon, die Hinrichtung würde keine Erwähnung mehr finden, aber dann kam es, am Ende der Sendung. Cliftons Gesicht erschien auf dem Bildschirm, und sie hielt die Luft an. Wie albern. Was erwartete sie? Eine wundersame Wiederauferstehung?

»Gerechtigkeit für zwei junge, im Keim erstickte Leben. Der verurteilte Kindsmörder Clifton Harris wurde gestern Abend hingerichtet. Harris war von einem Geschworenengericht in Bastrop County des Doppelmords für schuldig befunden worden. Er soll das Feuer gelegt haben, bei dem seine beiden kleinen Kinder, Rosalind und Michael Harris, umkamen. Seine geschiedene Frau Janice hat nach der Hinrichtung exklusiv mit Channel 12 gesprochen.«

Janice erschien im Bild. Ihr makelloses Gesicht war tränennass, und ihre professionell aufgeföhnten, mit hellen Strähnchen durchsetzten brünetten Locken flatterten im Abendwind. Sie wirkte siegreich, glühte geradezu vor Genugtuung.

»Zwölf Jahre lang haben wir auf diesen Moment gewartet. Mein Exmann ist in den Tod gegangen, ohne seine Tat gestanden zu haben, aber Gott kennt die Wahrheit und der Staat Texas ebenfalls. Ich möchte allen danken, die uns auf diesem langen, schwierigen Weg beigestanden haben. Es ist kaum zu fassen, dass wir jetzt nach vorn schauen können.«

Die Reporterin des Beitrags stand vor den roten Gefängnismauern, ein Plastiklächeln im Gesicht.

»Harris' Anwältin dagegen ist nach wie vor von der Unschuld ihres Mandanten überzeugt.«

Cliftons Anwältin Beverly erschien, Ringe um die Augen, ihr Teint fahl vom Schlafmangel und der Niederlage.

»Heute ist ein trauriger Tag für unser Justizsystem. Der Staat Texas hat einen unschuldigen Menschen hingerichtet. Umso mehr Grund, unseren Kampf für die Abschaffung der Todesstrafe unermüdlich fortzusetzen. Außerdem werde ich alles in meiner Macht Stehende tun, um dafür zu sorgen, dass Clifton Harris im Tod die Gerechtigkeit erfährt, die ihm im Leben versagt geblieben ist, das schwöre ich.«

Kristy hatte genug. Sie schaltete den Fernseher aus und schlüpfte unter die Decke. Sie schlief unruhig, wälzte sich hin und her, träumte von Clifton und Lance, die auf Matten miteinander rangen, während sie selbst, an Händen und Füßen mit Ketten gefesselt, zusehen musste und Clifton nicht helfen konnte. Am nächsten Morgen erwachte sie mit dem Gedanken an seine Beerdigung. Einer seiner letzten Wünsche war ein schlichtes Begräbnis gewesen.

»Kein Trübsalblasen bitte. Begrabt mich und damit Schluss.«

Es hatte ihm sehr zugesetzt, dass er nicht bei seinen Kindern begraben werden konnte, aber das ließ Janice nicht zu. Fiona hatte stattdessen eine Grabstelle in Conroe ausgesucht, nahe bei ihrem Haus, das sie gekauft hatte, um in Cliftons Nähe sein zu können. Auch sie wollte dereinst dort begraben werden.

»Da ist Platz für uns alle, kleiner Bruder. Wir werden eines Tages wieder vereint sein, glaub mir.«

Nach einer halben Stunde Hin- und Herüberlegen und Ausflüchtemachen legte sie Pops einen Zettel auf den Küchentisch, auf dem stand, dass sie ein paar Dinge erledigen wolle und bald zurück sei.

Sie machte beim 7-Eleven Halt, kaufte eine Schachtel Zigaretten und steckte sich beim Fahren eine nach der anderen an, während der Rauch sich durch die offenen Fenster kräuselte. Beim Betrachten der Landschaft fragte sie sich, warum sie ihr Leben so kleingeredet hatte. Sie besaß alles – einen Sohn, der sie abgöttisch liebte, einen Vater, der sich stets liebevoll um sie gekümmert hatte – und hatte es doch für die Illusion einer »großen Liebe« mit Lance Dobson weggeworfen.

Beim Friedhof von Conroe angekommen verlangsamte sie auf Schritttempo, weil sie nicht genau wusste, wo sich die Grabstelle befand. Dann entdeckte sie Fiona, bekleidet mit einem schwarzen Anzug und einem schicken roten Hut. Sie parkte in sicherer Entfernung und ging langsam auf die Gruppe der Trauernden zu. Es war nicht gegen die Vorschriften, an der Beerdigung eines Häftlings teilzunehmen, aber es könnte seltsam wirken, zumal sie offiziell selbst noch um ihren Mann trauerte. Warum sollte sie sich das Begräbnis eines zum Tode verurteilten Mörders antun?

Cliftons Schwester und Beverly, seine Anwältin, waren von Dutzenden von Leuten umringt, darunter viele Mitglieder von Cliftons juristischem Team. Die Juristen mischten sich locker unter die Familie Harris, eine laute, lärmende Gesellschaft, alle sehr freigiebig mit Umarmungen und rückhaltlos weinend. Falls irgendwer von Cliftons engerer Verwandtschaft Zweifel an seiner Unschuld hatte, so waren diejenigen nicht hier. Nach der allgemeinen Begrüßung begann die Bestattung. Sobald der Pastor zu sprechen anfing, ließ Fiona ihren Gefühlen freien Lauf, stützte sich auf Nina, wedelte mit Taschentüchern durch die Luft und rief immer wieder Cliftons Namen. Die sonore Stimme des Geistlichen hallte laut über die Gräber, als er seine bewegende Predigt beendete.

»Unser Bruder Clifton wird mit offenen Armen von unserem Erlöser empfangen werden. Nach seinem tapferen Kampf wird seine Seele nun endlich Frieden finden.«

Fiona sprach als Nächste, bezwang ihre Tränen, bevor sie sich an die Trauergemeinde wandte.

»Clifton war der bezauberndste kleine Bruder, den man sich vorstellen kann. Hat immer seinen Charme bei meinen Freundinnen spielen lassen, und das mit Erfolg. Er war ein echter Schelm, scherzte, machte Komplimente, brachte uns zum Lachen. Und er war so tapfer. Leute, mein kleiner Bruder war der tapferste Mensch, der mir je begegnet ist. Er hat die Schläge eingesteckt, die unser Daddy unserer Mama verpassen wollte, und er hat nie gekniffen. Ich brauche euch nicht zu sagen, wie sehr ich Cliff geliebt habe. Das wisst ihr. Also wollen wir uns jetzt so von ihm verabschieden, wie er es verdient. Wir wollen Jesus preisen und den Herrn bitten, Cliff zu sich zu nehmen.«

Alle riefen: »Amen!« Fiona deutete auf Nina, die tief

Luft holte und zu singen begann. Ihre klare Stimme übertönte das Weinen und Wehklagen von Cliffs Angehörigen, und die Reinheit und der Schmerz darin waren herzzerreißend. Kristy kannte den Gospelsong nicht, aber er trieb ihr die Tränen in die Augen und wurde umso berührender, je mehr Trauernde miteinstimmten.

Sie hatte von jeher an der Existenz eines Himmels gezweifelt, auch schon vor Lance. Doch sollte sie sich irren, so hoffte sie, dass Clifton nun auf seiner Veranda saß, Rosie und Mikey auf dem Schoß, und dieser eindrucksvollen Abschiedsfeier lauschte. Als das Lied zu Ende war, stimmte der Pastor ein letztes Gebet an. Die Menge sagte »Amen«, und Fiona trat noch einmal vor.

»Ich hoffe, ihr kommt alle mit zu uns nach Hause, um etwas zu essen und noch ein wenig beisammen zu sein. Ich habe Cliff versprochen, ihn ordentlich zu feiern, und das werden wir jetzt tun.«

Beim Umdrehen begegnete sie Kristys Blick. Sie stutzte kurz, legte dann aber ihre Hand aufs Herz und murmelte einen stummen Dank. Kristys eigener Kummer und Schmerz spiegelte sich in Fionas Gesicht wider. Sie nickte ihr zu und eilte zu ihrem Auto. Ihr Herz klopfte, denn der Gedanke, dass sie gesehen worden war, beunruhigte sie. Sie hatte nichts Falsches getan, sagte sie sich, aber falls die Polizei sie beobachtete … So wurden Schuldige gefasst, indem sie sich ungewöhnlich verhielten und nicht die Folgen abwogen. Der Gram benebelte ihren Verstand und machte sie unvorsichtig.

Auf der Rückfahrt, etwa fünfzehn Kilometer von zu

Hause entfernt, bemerkte sie eine dunkelblaue Limousine im Rückspiegel.

Du fängst an, Gespenster zu sehen. Cops fahren keine Toyotas, sagte sie sich. Doch je mehr sie sich ihrer Abzweigung näherte, desto überzeugter war sie, dass ihr jemand folgte. Sie gab Gas, und der Wagen blieb an ihr dran. Ihr Herz raste. Sie fuhr noch schneller, worauf der Verfolger den Motor aufheulen ließ und auf die andere Fahrbahn schwenkte, bis sie parallel zueinander waren.

Das Gesicht war nun zu erkennen, und Kristy schnappte nach Luft – es war Lisette, die ihr fuchtelnd bedeutete, rechts ranzufahren. *Verdammt.* Sie könnte das Gaspedal durchtreten und sie auf diesen Landstraßen, die sie so gut kannte, abhängen, aber sie musste wissen, was sie wollte.

Vorn kam die aufgegebene Plummer-Farm in Sicht. Kristy bog links in die Zufahrt ein und hielt erst an, als die Straße außer Sicht war. Sie stieg aus, und schon sprang auch Lisette aus ihrem Wagen und rannte auf sie zu.

»Das warst du, stimmt's?«, rief sie. Kristy zuckte zusammen. Lisettes sonst so tonlose Stimme klang schrill, ihre Pupillen waren geweitet, ihre Wangen wachsbleich, die Stirn schweißbedeckt. High, voll auf Meth, schätzte Kristy.

»Lisette, was machst du hier?«, fragte sie.

»Du warst es, nicht wahr? Ich weiß, dass du's getan hast«, wiederholte Lisette übermütig lachend.

»Ich hab's in den Nachrichten gesehen, dass Wayne vermisst wird, und dachte, gut, den wären wir los. Als ich dann hörte, dass er tot ist, dachte ich nur, Mann, wurde auch verdammt Zeit. Ich wusste einfach … keine Ahnung, wieso, aber ich wusste sofort, dass du's getan hast. Ich war echt beeindruckt. Du bist total mutig, weißt du das? Ich hab so oft davon geträumt, den Scheißkerl kaltzumachen, hab's aber nie fertiggebracht. Eigentlich hatte ich mir geschworen, clean zu bleiben, aber wenn ich high bin, sehe ich manchmal meine Mom, weißt du, und ich wollte sie unbedingt sehen und ihr sagen, dass er endlich bekommen hat, was er verdient. Und dann dachte ich mir, ich muss dir irgendwie danken. Weil du getan hast, was ich nicht konnte. Deinetwegen kann ich jetzt wieder einen klaren Kopf kriegen. Jetzt, wo Wayne tot ist, kann ich aufhören, mich vollzudröhnen, und mich auf meine Familie konzentrieren. Es ist, als hätte Gott meine Gebete erhört und dich geschickt.«

Sie lachte wieder und umarmte Kristy.

»Du bist ein Engel, weißt du das?«, sagte sie. Ihr Atem war heiß und roch schlecht. Das war es dann also. So würde alles herauskommen.

»Lisette, du solltest jetzt nach Hause fahren. Bitte. Du darfst nicht hier sein.«

Lisette ließ sie los und strahlte sie an.

»Wie ist es passiert? Was hat Wayne gesagt? Ich will alles genau wissen. Hat er gelitten? Gott, ich hoffe es.«

Von Panik erfasst packte Kristy sie an beiden Armen.

»Lisette, ich weiß nicht, wer Lance getötet hat. Ich meine, Wayne. Hörst du mir zu? Ich weiß es nicht. Aber wenn du mir nachfährst und sie mitkriegen, dass ich mit dir gesprochen habe, hören sie am Ende auf, nach dem Täter zu suchen. Verstehst du? Sie könnten mich verdächtigen.«

Lisette kniff die Augen zusammen. »Sie dürfen dich

nicht verhaften. Du hast etwas Gutes getan.« Sie rieb sich die Augen, kindlich und lebensüberdrüssig zugleich.

Sie wankte am Abgrund. Der kleinste Schubs konnte den Absturz bewirken.

»Lisette, ich habe gar nichts getan. Das musst du bitte begreifen.«

»Okay«, sagte Lisette achselzuckend. Sie glaubte ihr keine Sekunde lang und zog sie erneut in eine Umarmung. »Weißt du, ich glaube, du bist eine gute Mutter. Als ich dich mit deinem Sohn gesehen habe, hast du so nett und liebevoll gewirkt, genau wie meine Mom.«

Dann ging sie zurück zu ihrem Auto, unsicher auf den Beinen, und riss die Fahrertür auf.

»Uns wird's jetzt allen besser gehen, wo Wayne tot ist. Wart's nur ab«, rief sie noch.

Kristy konnte das nicht machen. Sie konnte das Mädchen nicht in diesem Zustand wegfahren lassen. Sie würde sie mit auf die Polizeiwache nehmen und alles erklären. Lance Dobson hätte das zwar nie gemacht, aber sie war nicht Lance.

»Lisette, warte. Warte!«, rief sie und lief ihr nach, aber Lisette gab schon Gas und winkte, als sie schotterspritzend aus der Einfahrt stieß.

Kristys Kopf hämmerte, ihr Puls raste. Sie lehnte sich an ihren Wagen, wusste nicht, was sie tun sollte. Ihr Handy brummte.

Kristy-Girl, wo bist du? Ich mache mir langsam Sorgen … und ich hab Hunger. Und keine Tums gegen Sodbrennen mehr. Kannst du beim Supermarkt vorbeifahren?

Sie sah zur Straße hin. Lisette war fort, und wenn sie ihr nachfuhr, würde sie sich nur noch mehr in Gefahr bringen. Sie konnte ihr nicht helfen. Schon gar nicht, da ihr eigenes Leben mehr und mehr aus den Fugen geriet. Seufzend stieg sie wieder ins Auto.

Sie fuhr nach Hause, wobei ihr der Schweiß den Rücken hinunterlief und die Kopfschmerzen immer schlimmer wurden. Pops saß in seinem Lehnsessel im Wohnzimmer vor irgendeiner Sitcom-Wiederholung.

»Tut mir leid, dass ich so spät komme, Pops. Wollte ein paar Sachen erledigen, aber mir geht's nicht gut.«

»Hast du meine SMS bekommen?«, fragte er. Sie blieb nicht stehen, sah ihn nicht an.

»Entschuldige. Ich muss mich hinlegen.«

»Ist gut, ruh dich aus. Ich schreibe Ryan und bitte ihn, zum Supermarkt zu fahren.«

Sie schaffte es knapp ins Schlafzimmer, wo sie aufs Bett fiel, fröstelnd und zitternd, die Reaktion ihres Körpers auf die Schrecken des Tages. Bald schlief sie ein. Im Traum wurde sie von der Polizei gejagt, angeführt von Ranger Santiago, der ein triumphierendes Funkeln in den Augen hatte. Sie lief immer schneller, aber er holte sie ein und packte sie. Als man ihr die Handschellen anlegte, drehte sie sich um und sah Lance, der alles beobachtete, mit diesem fürchterlich blauen Gesicht und dem ausgehöhlten Bauch, den er sich mit beiden Händen hielt. Neben ihm stand Clifton, schon halb verwest, und schüttelte betrübt den Kopf. Beide sahen zu, wie sie abgeführt wurde.

Keuchend wachte sie auf. Draußen war es dunkel. Der

Wecker auf ihrem Nachttisch zeigte Viertel nach zehn an. Panisch suchte sie die Dunkelheit ab, doch es war niemand da außer ihren Schuld- und Reuegefühlen, die sie nicht losließen. Sie konnte nicht mehr. Sie war nicht Lance Dobson. Lance hätte das Ganze einfach mit schweigender Gleichgültigkeit ausgesessen, hätte sich noch am Leid der anderen geweidet. Wenn sie ihre Rolle nur noch ein wenig länger spielte, könnte sie dem Gefängnis eventuell entkommen und wieder ein normales Leben führen. Das war durchaus möglich. Aber frei sein würde sie nie, und darum war es ja eigentlich gegangen. Das war es, was Clifton ihr zu sagen versucht hatte. Sie war ein guter Mensch gewesen, bis Lance ihr das Leben zur Hölle gemacht hatte. Doch sie konnte wieder zu sich selbst zurückfinden. Sie konnte wieder die alte Kristy Tucker werden. Es war möglich. Dazu musste sie nur eines tun – die Wahrheit sagen.

Dreiunddreißigstes Kapitel

Das Wasser war kochend heiß, Dampf stieg davon auf. Kristy stieg vorsichtig in die Wanne. Sie hatte nicht mehr gebadet, seit Lance angefangen hatte, sie zu misshandeln. Sie hasste es, ihren zerschlagenen Körper im Wasser zu sehen, so verletzlich und wehrlos. Heute Abend aber zog sie sich aus und ließ sich langsam in die klauenfüßige Wanne sinken, bis ihre Haut von dem heißen Bad kribbelte.

Während sie sich entspannte, gestattete sie sich einen Blick in die Zukunft, stellte sich vor, was sein würde, wenn sie nicht gestand. Sie würde zu so einer geheimnisvollen Frau werden, die den Leuten unweigerlich auffiel. »Die Witwe Dobson«, so würdevoll und stark. »Ihr Mann wurde ermordet«, würden sie flüstern, wenn sie vorbeiging. »Man hat sie eine Zeitlang verdächtigt, aber es war ihr nichts nachzuweisen. Hat nie wieder geheiratet. Er war ihre große Liebe, es hat ihr das Herz gebrochen.« Die Witwe würde alle, die ihr begegneten, mit demselben schmallippigen Lächeln und stummen Nicken grüßen. Wenn sie doch nur mit ihrem schlechten Gewissen leben könnte, der nagenden Ungewissheit, der sie sich jeden Morgen gegenübersah. Wenn nur.

Nach dem Bad zog sie eine dunkelblaue Jeans, ihr verwaschenes graues Lieblings-T-Shirt und ein schwarzes Hoodie an. Sie nahm ein Notizbuch und einen Stift von ihrem Schreibtisch und ging hinunter in die Küche. Das Haus knarrte und arbeitete, Pops und Ryan schliefen tief.

Sie kochte eine Kanne Kaffee, schenkte sich eine große Tasse ein und begann zu schreiben. Sie beschrieb ihre erste hitzige Begegnung mit Lance und wie sie wegen Ryans Training mit ihm im YMCA aneinandergeraten war. Wie er ihr geholfen hatte, als sie bedroht worden war, die stürmische erste Zeit ihrer Liebe und wie die ganze Gewalt wegen dieser verdammten Zigarette angefangen hatte. Seite um Seite schilderte sie die Misshandlungen, mit denen ihr Ehemann sie traktiert hatte. Sie ging sorgfältig und genau vor, damit die Polizei verstand, *warum* sie es getan hatte. Sie sollten wissen, dass es keine einfache Entscheidung gewesen war, zu der sie über Nacht gelangt war. Sie sollten wissen, dass sie keinen anderen Ausweg gesehen hatte.

»Mom?«

Kristy erschrak. Ryan stand plötzlich vor ihr, die Haare schlafzerzaust und in alle Richtungen abstehend, die Augen weit aufgerissen.

»Mom, ist alles in Ordnung?«, fragte er.

Sie wischte schnell die Tränen ab.

»Geh wieder ins Bett, Ry.«

Er rührte sich nicht vom Fleck. »Es ist wegen diesem Cop, stimmt's?«

»Bitte, Ryan …«

»Nein. Er war aus einem bestimmten Grund hier. Irgendwas stimmt nicht, das weiß ich. Du verheimlichst mir etwas. Und wir lügen uns nicht an. Das hast du doch immer gesagt, Mom, oder? Allzeit ehrlich.«

Sie konnte das nicht. Noch nicht. Sie nahm ihr Notizbuch und stand auf.

»Ich lege mich wieder hin.«

Er hielt sie am Arm zurück.

»Mom, was hast du getan?«, flüsterte Ryan.

Seine indirekte Anschuldigung gab ihr den Rest. Sie ließ sich wieder auf den Stuhl fallen und stützte den Kopf in die Hände.

»Mom?«, drängte er in gepresstem Ton.

Sie sah zu ihm auf und bedeutete ihm, sich zu setzen. Widerstrebend tat er es, zog seine schlabbrige Trainingshose hoch, rieb sich die Hände an den Oberschenkeln.

»Du weißt, wie sehr ich dich liebe, nicht wahr?«, fragte sie.

»Ja, Mom, das weiß ich.«

»Und wie viel ihr beide, du und Pops, mir bedeutet?«

»Mom, du machst mir langsam Angst.«

»Alles, was ich getan habe, habe ich für euch getan.«

Es war feige, es Ryan nicht direkt zu sagen, aber sie würde nie die richtigen Worte finden. Sie schob ihm das Notizbuch hin und wartete ab. Ryan las langsam und mit ausdrucksloser Miene, blätterte die Seiten um.

Gegen Ende ihres Geständnisses taxierte er sie immer wieder, versuchte, das Verbrechen, das sie begangen hatte, mit der Person in Einklang zu bringen, die ihn aufgezogen hatte. Als er fertig war, machte er ein fassungsloses Gesicht, dann weinte er.

»Du … du hast Lance umgebracht?«, flüsterte er.

Kristy hatte es nie laut ausgesprochen, aber nun musste es sein. *Allzeit ehrlich.*

»Ja. Ich habe Lance umgebracht. Aber ich hatte keine andere Wahl.«

Ryans Augen blitzten ungläubig auf.

»Warum hast du uns denn nichts gesagt? Mir oder Pops? Oder der Polizei? Oder Mac? Warum hast du niemandem gesagt, dass Lance dich schlägt? Warum nur?«

Ein heftiges Schamgefühl stieg in ihr auf, dieselbe Scham, die sie jedes Mal empfunden hatte, wenn Lance ihr wehgetan hatte. Darauf bauten Männer wie er.

»Ich dachte, es würde aufhören, aber es wurde immer schlimmer. Und ich habe ihn geliebt, Ryan, selbst noch, als er mich schlug. Du weißt, wie sehr ich Lance geliebt habe. Es ist nicht so schlimm, habe ich mir gesagt. Und ich hatte Angst davor, was die Leute denken würden. Wie ich nur so dumm sein konnte, einen Mann zu heiraten, den ich kaum kannte …«

»Er war gut zu uns, Mom.«

»Ich weiß, dass er gut zu euch war. Manchmal war er auch gut zu mir. Aber dann wieder war er … ein anderer. Ein Mann, der fuchtsteufelswild wurde, wenn ich beim Bettenbeziehen die Laken nicht mit Präzisionsfalte glatt zog, der ausrastete, wenn ich ihm nicht rechtzeitig Bescheid gab, dass ich länger arbeiten musste. Jedes Mal hat er mich bestraft. Ich wollte ja etwas sagen, aber …«

»Warum hast du nicht?«

»Lance hat mich mit euch erpresst, mit dir und Pops. Er hat ständig damit gedroht, euch etwas anzutun. Er hat Lebensversicherungen auf euren Namen abgeschlossen und gesagt, er würde mir das nehmen, was mir das Liebste auf der Welt ist, und ich habe ihm geglaubt, Ry. Deshalb musste ich es tun.«

Ryan blickte wieder auf das Notizbuch.

»Und der Autounfall? Das war … ich meine, Lance hat den verursacht?«, fragte er.

»Ich hatte ihm gesagt, dass ich die Scheidung wollte. Das war seine Antwort, er wollte mir zeigen, was passieren würde, wenn ich Ernst machte.«

»Aber warum? Warum hat er das alles getan?«

»Ich weiß es nicht. Vielleicht hatte er eine schwere Kindheit, keine Ahnung. Aber ich bin nicht die Einzige. Ich weiß noch von mindestens zwei anderen Frauen, die er gequält hat. Du musst mir glauben, ich habe dir nie wehtun wollen. Das war wirklich das Letzte, was ich wollte!«

Ryan legte den Kopf in die Hände.

»Ich bin schuld«, sagte er leise. »Ich habe Lance zu uns gebracht. Es ist alles meine Schuld.«

»Hör mir zu.« Kristy packte ihn an den Schultern. »*Du* bist an überhaupt nichts schuld. Es ist … einfach passiert. Er hat uns alle getäuscht. Uns jemanden vorgespielt, der er nicht war.«

Ryan saß regungslos da. Sie sah, wie es in seinem Kopf arbeitete.

»Die Polizei weiß nach wie vor nicht, dass du es getan

hast?«, fragte er. Sie verstand, worauf er hinauswollte, er suchte nach einer Lösung, einer Fluchtstrategie, aber dafür war es zu spät.

»Nein, noch nicht. Ich meine, sie haben vielleicht einen Verdacht, aber keinerlei Beweise«, antwortete sie. »Glaube ich zumindest.«

»Dann lass uns verschwinden. Dir hat es hier doch sowieso nie gefallen. Wir könnten doch abhauen? Irgendwohin? Nach Mexiko, zum Beispiel. Oder Costa Rica? Thailand? Egal, es gibt so viele Möglichkeiten, Mom.«

Wie oft hatte sie sich einen solchen Neuanfang ausgemalt. Neue Pässe, neue Identitäten, ein neues Leben. Aber das würde Ryans Zukunft ruinieren. Es würde alles ruinieren, wofür sie gearbeitet und Opfer gebracht hatte. Ryan mochte vielleicht nicht an sich denken, aber er würde nie seinen Großvater im Stich lassen.

»Ich glaube nicht, dass Pops fit genug für Fernreisen ist.«

Seine Schultern sackten herab. Daran hatte er nicht gedacht.

»Ich will nicht, dass du ins Gefängnis kommst«, hauchte er.

»Das will ich auch nicht«, sagte Kristy. »Aber mir bleibt wohl nichts anderes übrig.«

Sie würde vermutlich den Rest ihres Lebens hinter Gittern verbringen, aber immerhin hatte sie Ryan und Pops beschützt, und das würde sie alles ertragen lassen. Sie sah auf die Uhr. Es war fast drei Uhr morgens.

»Ich habe keine Angst, Ry. Jetzt nicht mehr. Du brauchst

dir keine Sorgen zu machen. Wir verkaufen das Haus und besorgen Pops einen Platz in einer dieser hübschen Einrichtungen für betreutes Wohnen, von denen er immer redet. Du gehst auf die Notre Dame und machst deinen Abschluss. Du wirst Großes leisten auf dieser Welt, das weiß ich jetzt schon.«

Sie nahm seine Hand und drückte sie. »Ich sollte jetzt gehen.« Sie stand auf.

»Nein, warte. Bitte … bitte warte noch bis morgen früh«, flehte er.

»Ry…«

»Du kannst dich nicht stellen, ohne es Pops gesagt zu haben. Ich stehe dir bei. Wir wollen noch ein letztes Mal zusammen frühstücken.«

Gott, diesen Welpenblick würde sie mehr als alles andere vermissen.

»Na gut. Dann also bis morgen früh.«

»Ich hab dich lieb, Mom«, sagte Ryan.

»Ich dich auch, Ry. Mehr, als du dir vorstellen kannst.«

Sie ließ ihn los und sah ihm nach, als er wieder nach unten ging. Dann stellte sie ihre Kaffeetasse in die Spüle und nahm ihre Sachen. Oben im Schlafzimmer steckte sie das Notizbuch in ihre Handtasche und kroch angezogen ins Bett. Es lohnte sich nicht, sich auszuziehen, wenn sie ohnehin in ein paar Stunden aufstehen musste. Ryan die Wahrheit zu sagen hatte sie auf ungeahnte Weise befreit. Ihre Augenlider wurden schwer, und sie schlummerte sofort ein.

Sie schlief tief und fest, und als sie die Augen aufschlug,

strömte die helle Sonne durch die Vorhänge. Blinzelnd sah sie auf ihren Wecker. Mist! Schon halb neun. Sie sprang aus dem Bett, schalt sich, weil sie so lange geschlafen hatte. War sie noch ganz bei Trost? Sie putzte sich die Zähne, fuhr sich mit dem Kamm durch die Haare und schlüpfte in ihre Turnschuhe.

Der teerige Brandgeruch von Zigaretten stieg ihr scharf in die Nase, als sie in die Küche kam. Pops saß mit dem Rücken zu ihr am Tisch und ließ die Schultern hängen wie Ryan. Er hatte seit fast zehn Jahren, seit seiner Diagnose, nicht mehr geraucht. Kristy erstarrte. Er wusste es. Er wusste, was sie getan hatte.

Am liebsten wäre sie zurück in die Geborgenheit ihres Schlafzimmers gelaufen, hätte alles gegeben, um nicht ihrem Vater gegenübertreten zu müssen. Aber ihre Chucks quietschten auf den Holzdielen.

»Komm herein, Kristy Ann«, sagte er leise.

Sie setzte sich zu ihm. Seine Augen waren gerötet, die altersfleckigen Wangen mit den Dreitagebartstoppeln schlaff. Es wäre ihr lieber gewesen, er hätte gebrüllt und geschrien, statt so still und geknickt dazusitzen.

»Es tut mir leid, Pops. Es tut mir so leid«, sagte sie.

»Du hättest es mir sagen sollen, Kristy.«

»Das konnte ich nicht. Aus vielen Gründen nicht.«

Kristy stutzte.

»Moment mal, wo ist Ryan? Er hat gesagt, er wollte noch mal mit mir frühstücken. Ein letztes Mal, bevor ich …« Ihre Stimme versagte. »Bevor ich mich stelle.«

Pops seufzte schwer.

»Ich habe versucht, es ihm auszureden. Aber er ist so verdammt dickköpfig …«

»Ihm was auszureden?«

Pops wich ihrem Blick aus, und sie wusste, das bedeutete nichts Gutes. Sie sprang auf und rannte hinauf ins Schlafzimmer.

»Es ist zu spät, Kristy«, rief Pops ihr nach.

Sie schnappte sich ihre Handtasche und leerte sie aus – das Notizbuch war nicht mehr da. Fluchend rannte sie zurück durch den Flur und die Treppe hinunter. Ohne anzuklopfen, stürmte sie in Ryans Zimmer, doch er war fort und hatte die Niederschrift ihres Geständnisses mitgenommen, ihre detailgenaue Schilderung des Mordes an Lance. Ihr Sohn, der selbstloseste Mensch, den sie kannte, hatte vor, sie zu retten. Er wollte sich selbst bezichtigen.

Vierunddreißigstes Kapitel

Kristy schlitterte auf den Parkplatz des Polizeireviers Conroe und suchte die Reihen von Autos ab, doch Ryans Jeep war nicht da. Sie hatte ihn mehrmals angerufen und ihm SMS geschrieben, aber keine Antwort erhalten. Als sie in das Gebäude hastete, dachte sie an all seine Erfolge.

Captain des Debattierteams und Staatsmeister.

Präsident der nationalen Schüler-Ehrenverbindung Conroe.

1600 Punkte beim Hochschul-Zulassungstest.

Vertrauensschüler.

Sie hatte Lance' Schläge und Psychofolter ertragen, aber sie würde es nicht überleben, ihren Sohn in Handschellen und einem orangen Gefängnisoverall zu sehen. Es drängte sie, aus voller Kehle zu schreien: *Er ist kein Verbrecher, ich bin es!*

»Ich muss zu Ranger Santiago«, sagte sie dem diensthabenden Officer.

»Einen Moment«, antwortete er und verschwand im Flur.

Sie stand da und hielt nach Ryan Ausschau, betete, dass sie ihn noch davon abhalten konnte, sein Leben zu zerstören.

»Mrs Dobson, ist etwas passiert?«, hörte sie den Ranger fragen. Sie sah ihn an, seine Augen blickten besorgt, vielleicht mit einem Schimmer von Erregung darin. Wahrscheinlich dachte er, dass sein spätabendliches Zureden neulich Wirkung gezeigt hatte.

»Haben Sie Ryan gesehen? Ist er hier?«, fragte sie.

Der Ranger sah verdutzt drein, nahm seinen Cowboyhut ab und fuhr sich durch die dichten schwarzen Haare.

»Leider nicht. Ist etwas mit ihm?«

Ry war nicht hier. Erleichterung durchflutete sie.

»Wenn Sie reden möchten, können wir wohin gehen, wo wir ungestörter sind«, sagte Santiago und deutete auf eins dieser düsteren Vernehmungszimmer. Nein, das konnte er vergessen. Sie musste sich irgendwie hier herausretten und Ryan finden. Hektisch suchte sie nach einer Erklärung.

»Mir geht es gut … es ist nur wegen Ryan. Er nimmt es immer noch sehr schwer und ist heute Morgen früh aus dem Haus gegangen. Ich dachte, er sei vielleicht hierhergekommen, um sich nach Lance und dem Fall zu erkundigen«, sagte sie.

»Also, wenn Sie sich Sorgen um ihn machen, helfe ich Ihnen gern bei der Suche …«

Santiago versuchte noch nicht einmal, seine Absichten zu verschleiern. Er wollte sie aushorchen, ihre Schwachpunkte aufdecken, sie mürbe machen. Das könnte ihm sogar gelingen, sie war kurz vorm Zusammenbruch. Doch sie durfte sich jetzt nicht gehen lassen, nicht bevor sie Ryan gefunden hatte.

»Danke, dass Sie sich Zeit für mich genommen haben, Ranger, aber ich komme schon zurecht.«

Kristy ging hinaus und hoffte, dass er sie nicht aufhalten würde. Im Auto rief sie bei Ella und Ryans Freunden vom Debattierclub an, aber niemand hatte etwas von ihm gehört. Schließlich rief sie auch Pops an, doch Ryan war noch nicht nach Hause gekommen. Sie fuhr los und hielt nicht an, bis sie den Parkplatz der Schule erreicht hatte. Es war Wochenende, weshalb nur wenige Autos dort standen, keins davon Ryans Jeep. Sie schrieb ihm eine neue Nachricht.

Ich suche verzweifelt nach dir. Bitte sag mir, wo du bist.

Das Pünktchensymbol zeigte ihr an, dass Ryan antwortete. Sie hielt die Luft an.

Unsere Stelle. Ich warte dort auf dich.

Ihre Stelle. Kristy brauste los, den Highway hinunter bis zur Zufahrt zum Sam Houston National Forest. So viele Jahre waren seit ihren Mutter-Sohn-Wochenenden vergangen, aber Ryan hatte es nicht vergessen. Sie fuhr in den Wald, sah seinen Jeep am Straßenrand geparkt und stellte sich dahinter. Dann rannte sie über den Wanderweg, schnaufend und sich die Seiten haltend, ohne stehen zu bleiben, bis sie nach fünfhundert Metern die Lichtung erreichte. Ryan saß dort im Indianersitz auf dem Boden, den Kopf in die Hände gestützt.

»Ryan!« Sie lief zu ihm, kniete sich neben ihn und nahm ihn in die Arme.

»Ich hab dein Notizbuch verbrannt. Ich hab alles verbrannt, Mom. Zuerst hatte ich was anderes vor. Ich bin heute Morgen aufgewacht und hab es aus deinem Zimmer genommen, hab mir alle wichtigen Einzelheiten eingeprägt. Du weißt ja, wie gut ich darin bin, mir Sachen zu merken. Ich wollte zur Polizei gehen und sagen, dass Lance mich geschlagen hat und ich ihn umgebracht habe, damit er mir nicht mehr wehtut«, sagte er. »Ich wollte dich retten.«

»Das ist nicht deine Aufgabe, Ry. Ist es nie gewesen.«

Doch er hörte ihr nicht zu. »Ich hab den ganzen Morgen auf dem Parkplatz vom Polizeirevier gesessen und versucht, meinen Mut zusammenzunehmen. Ich war kurz davor, reinzugehen und ihnen zu sagen, dass ich es war. Aber ich konnte es nicht. Es tut mir leid, Mom. Ich konnte es einfach nicht.«

Er klammerte sich an sie, während ihm Rotz und Tränen über das schöne Gesicht liefen.

»Pops braucht dich … ich brauche dich. Versprich mir, dass du dich nicht stellst«, flehte er. »Bitte.«

»Sie könnten trotzdem kommen und mich verhaften.« Kristy dachte an Lisette dort draußen und an Ranger Santiagos »hundertprozentige Aufklärungsquote«.

»Vielleicht ja nicht. Vielleicht haben wir ja Glück. Könnte doch sein, oder? Bitte, Mom. Bitte versprich mir, dass du nichts sagst. Versprich es mir.«

»Ist gut«, sagte sie und drückte ihn an sich. »Ich gebe dir mein Wort.«

Fünfunddreißigstes Kapitel

Als der Tag sich neigte, saß Kristy mit Pops am Tisch und stocherte wie er auf einem Teller mit Aufschnitt herum. Ryan war in seinem Zimmer, nachdem er jedes Essensangebot abgelehnt hatte. Sie saß da und sah ihren Vater an, wusste, dass sie ihm eine Erklärung schuldete.

»Pops … wir müssen darüber reden … über das, was ich getan habe …«

Pops brachte sie mit erhobener Hand zum Schweigen. »Ich habe deiner Mutter versprochen, mich gut um dich zu kümmern. So viele Monate hat sie sich mit der Chemo herumgequält, und das Einzige, worum sie sich Sorgen gemacht hat, selbst als die Schmerzen so schlimm wurden, dass sie kaum noch geradeaus gucken konnte, warst du. ›Pass gut auf unser Kristy-Mädchen auf‹, hat sie immer wieder gesagt. Manchmal denke ich, sie wusste, dass ich nicht dafür geeignet war, eine Tochter großzuziehen. Mit einem Jungen wär's vielleicht was anderes gewesen, aber …«

»Pops …«

»Unterbrich mich nicht«, sagte er streng. »Als ich damals erfahren habe, dass du ein Kind bekommst, habe ich mich wie der größte Versager aller Zeiten gefühlt. Mein Mädchen war noch viel zu jung, um Mutter zu werden.

Aber du warst dir so verdammt sicher und fest entschlossen, es gut zu machen, genau wie deine Mama. Und das hast du auch. Du hast deinen Sohn zu einem wunderbaren jungen Mann erzogen.«

»Wir zusammen, Pops«, sagte sie. »Wir beide.«

Diesmal reagierte er auf sie und nickte zu ihrem freundlichen Einwurf.

»Meinst du, ich weiß nicht, dass das Leben dich ganz schön gebeutelt hat? Deshalb hab ich mich ja so gefreut, als Lance auf der Bildfläche erschienen ist. Und ich hab ihn auf Anhieb gemocht. Ich konnte mit ihm über Sport quatschen, und er hat sich meine alten Geschichten über den Job angehört und mir das Gefühl gegeben dazuzugehören, wieder unter den Lebenden zu sein, nicht nur ein nutzloser alter Sack. Aber seit ich von Ryan erfahren hab, was er dir angetan hat, muss ich ständig an all die Male denken, die wir zusammengesessen und rumgequasselt haben, und ich hatte keine Ahnung, was er da trieb, was wirklich mit ihm los war. Nicht den kleinsten verdammten Schimmer.«

Er keuchte und war beim Sprechen immer roter geworden.

»Pops, ist schon gut.«

»Nein, verfluchte Scheiße, es ist überhaupt nicht gut. War ja nicht so, dass mir nichts aufgefallen ist. Ich dachte schon manchmal bei mir: ›Kristy sieht schrecklich müde aus‹ oder: ›Mein Kristy-Girl wird immer dünner, sie arbeitet zu viel.‹ Aber dann hattest du diesen sogenannten Unfall, und ich dachte, deshalb geht's dir nicht gut. Ich hab nie irgendwelche Anzeichen bemerkt, dass irgendwas mit

Lance nicht stimmt. Nichts hab ich gemerkt. Du schuldest mir keine Erklärung, Kristy. Wir zwei sind quitt. Alles, was ich will, ist, einen Ausweg aus diesem Schlamassel finden. Für uns alle.«

»Du meinst, es gibt einen … einen Ausweg?«, fragte sie stammelnd und griff nach seiner Hand. Wie sehr wünschte sie sich, ihr Vater könnte den Schlamassel, den sie angerichtet hatte, aus der Welt schaffen.

»Ich weiß es nicht. Aber hoffen tu ich's wie nur was«, antwortete er, und sie merkte, wie hilflos er war, wie hilflos sie alle waren. Es gab keine Pläne mehr, keine kreativen Lösungen für dieses Problem. Man konnte nur weiter abwarten.

Pops stand langsam auf.

»Ich fühl mich nicht so toll«, sagte er und stützte sich auf seinen Rollator. »Glaub, ich leg mich ein bisschen hin.« Er war schon halb aus der Küche, als Kristy den Mut aufbrachte, ihm eine letzte Frage zu stellen.

»Pops, kannst du … Ich meine, du hast zwar gesagt, du verstehst mich, aber all die vielen Jahre, die du mit Mördern zu tun hattest, und du hast immer gesagt, wie niederträchtig und böse sie sind … hasst du mich denn jetzt nicht? Weil ich das getan habe?«

Er machte langsam kehrt und schlurfte auf sie zu. Beugte sich herunter und nahm sie in seine spindeldürren Arme, seine Haut so dünn und durchscheinend, als könnte er sich jeden Moment in Luft auflösen.

»Kristy-Girl, wenn ich gewusst hätte, was Lance dir antut, hätte ich den Scheißkerl eigenhändig umgebracht.«

Er drückte sie fest an sich, zwei Generationen von Tuckers, die ums Überleben kämpften, während die Welt um sie herum in Flammen stand.

Sechsunddreißigstes Kapitel

»Ich brauche meine Stelle wieder, Gus. Ich muss arbeiten.«

Zwei Wochen waren vergangen, seit Ryan und Pops die Wahrheit herausgefunden hatten. Zwei Wochen und keine Polizei. Kein Ranger Santiago an ihrer Haustür. Selbst die Reporter hatten offenbar inzwischen genug und sich eine neue Tragödie zum Ausschlachten gesucht. Die Möglichkeit, dass sie tatsächlich ungestraft mit dem Mord an Lance davonkam, wurde konkreter. Auch wenn die bedrückenden Schuldgefühle blieben und sie bis ins Innerste durchdrangen, fragmentarische Bilder von Lance' letzten Momenten in den unerwartetsten Momenten vor ihr aufzuckten. Die Anforderungen ihres Alltags dagegen waren gering. Das Haus war so sauber wie nie, und die Vorstellung, dass sie einfach nur herumsitzen und Däumchen drehen sollte, war absurd. Sie hatte schließlich Verpflichtungen, Rechnungen zu bezahlen, die Familie zu ernähren. Seit zwei Wochen war kein Gehaltsscheck mehr gekommen, und als sie Gus deswegen angerufen hatte, hatte er gesagt, er werde »das prüfen«. Nach allem, was sie durchgemacht hatte, war sie alles andere als wild darauf, nach »The Walls« zurückzukehren, aber vorläufig musste sie dort weiterarbeiten. Sie hatte sich einen Zeitrahmen gesteckt. Drei Monate, um eine neue Stelle zu finden. Drei Monate.

Gus seufzte, rang nervös die Hände und blickte immer wieder zur Tür, als hoffte er auf Rettung. »Ich fürchte, das ist nicht möglich, Kristy.«

»Dann sagen Sie mir wenigstens, wann meine Gehaltsnachzahlung kommt, und nennen Sie mir ein festes Datum, ab wann ich wieder arbeiten kann.«

»Nein … was ich meine, ist … also, es ist so, Sie arbeiten nicht mehr hier.«

Sie starrte ihn an.

»Moment mal … Sie feuern mich?«

»War nicht meine Entscheidung.«

Gott, was für ein feiger Wurm, immer schob er die Schuld auf andere.

»Wessen dann?«

»Die von meinem Vorgesetzten und dessen Chef und dem Chef darüber. Kristy, Sie arbeiten in der Abteilung für Öffentlichkeitsarbeit und sind jetzt selbst die Story. Carmen kommt kaum zu ihrer eigentlichen Arbeit, weil sie ständig Anrufe wegen … na ja, Sie wissen schon, beantworten muss.«

Er nannte Lance nicht beim Namen, konnte ihr nicht mal in die Augen sehen.

»Ich habe über zwölf Jahre lang hier gearbeitet. Meine gesamte Berufslaufbahn über habe ich hier die Pressearbeit gemacht.«

Er lehnte sich zurück und verschränkte die Arme über dem Bauch.

»Es ist vorbei, Kristy. Ich weiß nicht, was Sie noch von mir hören wollen.«

Sie schüttelte den Kopf, weigerte sich zu weinen. Diese Genugtuung würde sie ihm nicht geben.

»Sehen Sie zu, dass ich eine gottverdammte Abfindung kriege. Sonst verklage ich Sie und Ihren Scheißladen.«

Kristy ging hinaus und knallte die Tür hinter sich zu. Das Gute am Verlust ihres Jobs war, dass sie Gus' fettes, hässliches Gesicht nicht mehr zu sehen brauchte. Sie stürmte durch den Flur zu ihrem Büro. Ach nein, Carmens Büro jetzt.

»Kristy!«, rief Carmen und hob abwiegelnd die Hände. »Gus hat es mir erst heute Morgen mitgeteilt. Ich wollte deinen Posten nicht und hab ihm das auch gesagt, aber sie meinten, sie würden jemand anders einstellen, wenn ich es nicht mache«, verteidigte sie sich. »Ich konnte es kaum glauben, dass er mir die Stelle anbietet. Wahrscheinlich ist er nur zu faul, um Bewerbungsgespräche zu führen.«

»Ist schon okay, Carmen.«

»Dein Rauswurf ist wirklich das Letzte, das denken alle«, sagte Carmen. »Ich meine, du hättest damals schon auf Gus' Stelle befördert werden sollen, das war die reinste sexistische Scheiße. Ich wette, du könnest gegen die Entlassung klagen, dir einen Anwalt nehmen und ihnen die Hölle heißmachen.«

»Das könnte ich«, sagte Kristy. »Aber ich glaube, es ist Zeit für mich, meinen Hut zu nehmen.«

»Ein Neuanfang?«

»So was in der Richtung.«

Ein Schweigen entstand. »Kann ich irgendetwas für dich tun?«, fragte Carmen leise.

Kristy sah sich in dem Raum um, in dem sie so viele Stunden ihres Lebens verbracht hatte, dieses triste Büro voller Gefängnis-Erinnerungsstücke, Auszeichnungen und Belobigungen, Familienfotos an den Wänden und auf jeder freien Stelle ihres Schreibtischs.

»Könntest du mir helfen, ein paar Kartons aus der Cafeteria herzuschaffen?«

»Klar, ich hole welche«, antwortete Carmen. Sie legte ihr kurz die Hand auf die Schulter und ging hinaus. So viele Jahre hatte Kristy Tagträumen von einem anderen Leben, einem anderen Beruf nachgehangen, und nun musste sie plötzlich feststellen, dass sie lieber bleiben wollte. Diese Haftanstalt, dieser Job, das war das Einzige, was ihr noch Halt gab. Umso mehr Grund zu gehen. Sie gehörte nicht mehr hierher. Sie gehörte nicht mehr zu den Guten. Sie war eine von *denen* geworden, den Schuldigen, den Verdammten. Ob sie ins Gefängnis ging oder nicht, sie würde immer schuldig bleiben. Diese Last musste sie tragen.

Sie drehte sich um und sah Mac an der Tür stehen.

»Scheiß auf diesen Kackladen«, sagte er, und sie musste trotz allem lächeln.

»Wir zwei haben immer davon geredet, hier wegzugehen, stimmt's?«, sagte sie.

»Ja, nur dachte ich, ich würd's als Erster tun.«

Kristy lachte. Sie hatte seit Langem nicht mehr gelacht. Würde es eine Zeit geben, in der ihr das Lachen wieder leichter fiel? Sie wusste es nicht, konnte es nur hoffen.

»Es wird schrecklich werden, zur Arbeit zu kommen und dein Gesicht nicht mehr zu sehen«, sagte Mac.

»Wir sehen uns trotzdem«, sagte sie und betete, dass es stimmte.

»Darauf nagele ich dich fest.«

Er umarmte sie, und diesmal ließ sie ihn nicht so schnell los.

»Du bist eine gute Frau«, sagte Mac. Sie wollte es gern glauben. Das war noch etwas, womit sie klarkommen musste: Wer war sie jetzt? Sie würde es herausfinden müssen. Mac sah sie mit feuchten Augen an.

»Sag bloß, du weinst«, neckte sie ihn.

»Ach, Quatsch. Hab bloß was ins Auge gekriegt. Mach's gut, Tucker, und bis bald.«

Kristy nickte und sah ihm nach, wie er hinüber zum Hinrichtungsgebäude ging. Ein paar Minuten darauf kehrte Carmen mit den Kisten zurück, und sie packten still und sorgsam ihre persönliche Habe ein. Leute von der Belegschaft kamen vorbei, um ihr Bedauern und ihr Beileid auszudrücken, immerhin war sie noch mitten in der Trauerzeit. Nachdem alles eingepackt war, mussten Carmen und sie dreimal zum Wagen gehen, und der SUV füllte sich rasch mit ihren Siebensachen. Dann kehrte sie ein letztes Mal ins Büro zurück. Jede Spur von ihr war getilgt worden.

»Fast hätte ich es vergessen«, sagte Carmen. »Hier ist noch Post für dich.« Sie gab ihr einen Stapel Briefe. »Sag Bescheid, wenn es irgendetwas gibt, um das ich mich kümmern soll.«

Als Kristy die Post in einen der obersten Kartons warf, sah sie Cliftons vertraute Schrift. Er hatte ihr einen letzten Brief geschrieben. Sie wollte den Umschlag sofort aufreißen, musste sich aber gedulden. Carmen stand noch beim Wagen und trat verlegen von einem Fuß auf den anderen, den Tränen nahe.

»Du bist die beste Chefin, die ich je hatte«, sagte Carmen.

»Ich bin die einzige Chefin, die du bisher hattest«, erwiderte Kristy neckend.

»Ich meine es ernst, Kristy. Du bist ein prima Mensch, und ich werde dich sehr vermissen.«

»Ich werde dich auch vermissen. Versprich mir, dass du dir keinen Mist von Gus gefallen lässt, und bleib nicht zu lange hier. Du hast was Besseres verdient.«

»Versprochen«, sagte Carmen, umarmte sie fest und ging wieder hinein. Beim Wegfahren sah Kristy in den Rückspiegel, sah das Gefängnis immer kleiner werden. So viele Jahre hatte sie von einer Veränderung geträumt, und nun war es so weit. Nicht ganz so, wie sie es sich vorgestellt hatte, aber sie ließ diesen Ort ein für alle Mal hinter sich.

Der wehmütige Gesang von George Jones erfüllte den Wagen, während die Kilometer dahinglitten. Sie war gerade in ihre Einfahrt zu Hause eingebogen, als sie einen weißen SUV im Rückspiegel sah, auf dem das unverwechselbare Emblem der Texas Ranger in der Nachmittagssonne glänzte.

Sie ging die Ereignisse des Morgens noch einmal in

Gedanken durch. Hatte sie irgendetwas in Huntsville übersehen? Wussten Carmen und Mac über Lance Bescheid, was sie mit ihm gemacht hatte? Steckten sie am Ende mit der Polizei unter einer Decke und hatten sie nicht verschrecken wollen, redeten sich ein, dass es zu ihrem Besten war?

Wollte Gus mit seiner Entscheidung, sie loszuwerden, noch rechtzeitig Abstand zwischen seine Abteilung und ihr Verbrechen bringen? Sich von ihr distanzieren? Ihr Blick schnellte zu den Kisten auf dem Rücksitz, wo Cliftons Abschiedsbrief lag. Sie fragte sich, was wohl darin stand. Hatte Clifton den Cops Hinweise auf sie gegeben, hatte er in seinen letzten Tagen und Stunden sein Gewissen erleichtern wollen?

»Mrs Dobson?«

Ranger Santiago stand neben ihrem Wagen und spähte durchs Seitenfenster herein. Sie machte die Tür auf und stieg aus. Mit einem Blick zum Haus erkannte sie Pops und Ryan am Küchenfenster, die sie mit schreckstarren Mienen beobachteten. Sie schüttelte den Kopf als stumme Warnung drinzubleiben.

»Mrs Dobson, ich hätte noch ein paar Fragen. Können wir hineingehen?«, fragte er.

Wenn dieser Mann ihr tatsächlich Handschellen anlegen und sie abführen wollte, dann nicht in ihrem eigenen Heim. Sie dachte nicht daran, es ihm leicht zu machen.

»Ich spreche gern gleich hier mit Ihnen«, antwortete sie.

Mit dieser Weigerung hatte er nicht gerechnet, aber er ließ sich nicht aus dem Konzept bringen. »Schön. Ich weiß

Ihre Mithilfe zu schätzen. Erinnern Sie sich, dass Sie vor rund zwei Jahren Anzeige bei der Polizei erstattet haben, weil jemand Ihr Fahrzeug beschädigt hatte?«

Sie hatten Lisette ausfindig gemacht.

»Ja. Aber man hat nie herausgefunden, wer es war«, antwortete sie so ruhig wie möglich. *Jetzt ist es aus. Es ist vorbei. Es ist endgültig vorbei.*

»Kennen Sie eine Frau namens Lisette Mendoza? Sagt Ihnen der Name etwas?«, fragte Santiago.

»Nein, sagt mir leider nichts.« Nun hatte sie sich so lange verstellt – sie würde ihr Ryan gegebenes Versprechen halten und bis zum Ende bei ihrer Geschichte bleiben. Leugnen, leugnen, leugnen.

»Die Polizei in Austin hat sie letzte Woche aufgefunden. Tod durch Überdosis in einem Motel«, sagte Santiago.

Kristy ächzte leise, von schlechtem Gewissen überkommen. Sie hätte Lisette nachfahren und ihr Hilfe besorgen sollen, statt nur Angst um sich selbst zu haben. Aber für Reue war es nun zu spät, und Ranger Santiago wartete auf eine Antwort. »Das ist schrecklich. Aber ich verstehe nicht, was das mit mir oder Lance zu tun hat.«

»Lisette war die Tochter von Hannah Mendoza, die, wie Sie ja wissen, auch einmal mit Mr Dobson verheiratet war und vor ein paar Jahren Selbstmord begangen hat. Offenbar hat Lisette Mr Dobson die Schuld am Tod ihrer Mutter gegeben. Wir haben Grund zu der Annahme, dass sie für den Mord an ihm verantwortlich ist.«

Kristy bekam weiche Knie. Der Ranger wollte sie stützen, doch sie winkte ab.

»Geht schon. Geht schon«, sagte sie. Sie wollte hören, was er weiter zu sagen hatte.

»Wie kommen Sie … Ich meine, was bringt Sie auf den Verdacht, dass diese Frau etwas damit zu tun haben könnte?«, fragte sie. »Hat sie ein Geständnis hinterlassen? Hat sie gesagt, dass sie Lance umgebracht hat?«

»Die Polizei in Austin hat uns ihre Tagebücher ausgehändigt, in denen sie beschreibt, wie sie Ihren Pick-up beschädigt und Lance gestalkt hat. Ich habe mit mehreren von Lisette Mendozas früheren Kolleginnen und Kollegen gesprochen, die ausgesagt haben, dass Lance an ihrem Arbeitsplatz aufgetaucht ist und Lisette nach diesem Besuch sehr verstört war. Sie hätte davon geredet, ihn für etwas büßen zu lassen. Sie hatte in einem Übergangswohnheim für Alkoholiker und Drogenabhängige gewohnt, war zum Zeitpunkt des Mordes aber bereits entlassen worden. Ihr zwischenzeitlicher Aufenthaltsort ist unklar, doch sie hatte sicherlich Motiv und Gelegenheit.«

Kristy lehnte sich schwer an ihr Auto. Sie dachten, es war Lisette. Deshalb war er hier. Deshalb hatten sie nicht gleich einen ganzen Trupp Polizisten geschickt, um sie in Haft zu nehmen.

»Ich dachte, Sie würden es wissen wollen«, sagte der Ranger.

»Ja … ja. Danke.«

Ranger Santiago wirkte nicht eben siegreich. Seine dunklen Augen bohrten sich in sie, ein Schimmer des Zweifels darin, denn sein Polizisteninstinkt sagte ihm, dass irgendetwas nicht ganz aufging.

»Ich bin nicht vollkommen überzeugt und denke immer noch, dass wir irgendetwas übersehen haben, aber leider hat man mich überstimmt. Sollten neue Beweise auftauchen, würden wir die Sache wieder aufrollen, aber nach Stand der Dinge ist Mr Dobsons Fall nun abgeschlossen.«

Fall abgeschlossen. Lance' Fall war abgeschlossen. Die Knoten in ihrem Magen begannen, sich aufzulösen, die lastende Furcht ließ ein wenig nach.

»Danke, Ranger Santiago ... danke für alles«, sagte sie höflich, aber entschieden. »Wenn Sie nichts dagegen haben, würde ich jetzt gern mit meiner Familie zusammen sein.« *Geh*, wollte sie brüllen. *Geh endlich.* Doch der Ranger rührte sich nicht vom Fleck und sah sie unverwandt an.

»Wenn Sie je etwas loswerden wollen, Mrs Dobson, wenn Sie sich je etwas von der Seele reden wollen, wissen Sie ja, wo Sie mich finden.«

»Danke für das Angebot«, erwiderte sie. »Aber wir möchten jetzt nach vorn schauen, versuchen, unser Leben wieder in geordnete Bahnen zu lenken.« Er musterte sie noch einen Moment, tippte sich dann an den Hut und ging zu seinem SUV. Kristy wartete, bis er hinterm Horizont verschwunden war.

Fall abgeschlossen. Fall abgeschlossen. Seine Worte hallten in ihrem Kopf wider. Man würde nicht mehr nach Lance' Mörder suchen. Kaum zu glauben, aber sie war tatsächlich davongekommen. Natürlich gab es trotzdem nichts zu feiern. Lisette hätte nie in diesen Strudel mit hineingezogen werden dürfen. Das hatte nie zu ihrem Plan gehört. Doch daran war nun nichts mehr zu ändern. Lisettes Tochter würde ohne Mutter aufwachsen, war durch Kristys Entscheidungen unwiderruflich in Mitleidenschaft gezogen worden. Andererseits hatte Lisette vielleicht nur so frei sein können. Kristy wusste nicht, ob sie an einer versehentlichen oder beabsichtigten Überdosis gestorben war, aber jedenfalls war auch sie nun gerächt. Das würde sie sich zumindest einreden, denn nur so konnte sie weiterleben. Sie hatte nun die Chance dazu, die Chance, neu anzufangen und diesmal alles richtig zu machen.

Kristy wirbelte herum und suchte nach Ryan und Pops am Küchenfenster, doch sie waren nicht mehr da. Sie rannte durch den Vorgarten und die Verandatreppe hinauf, stürmte durch die Haustür. Es gab so viel zu überlegen und neu zu ordnen. Nach so langer Zeit in einem verhassten Job würde sie sich nun eine Arbeit suchen, die sie erfüllte, bei der sie etwas Sinnvolles tun konnte. An ihrer Tat war nichts mehr zu ändern. Sie würde immer eine Mörderin bleiben, aber sie würde versuchen, eine Art Wiedergutmachung zu leisten. Außerdem würde sie ihre Beziehung zu Pops und zu Ryan neu aufbauen müssen, einen Weg finden müssen, ihr Vertrauen zurückzugewinnen. Vor allem jedoch hoffte sie, dass sie eines Tages damit aufhören konnte, sich für ihre Lebensentscheidungen zu bestrafen.

Sie schloss die Tür hinter sich und sah Pops an, der sich röchelnd über seinen Rollator beugte, während Ryan stocksteif dastand und die Luft anhielt.

»Kristy-Girl, wissen sie was? Was wollte er?«

Kristy umarmte Pops und zog auch Ryan an sich. Sie würde nie wieder dieselbe sein. Sie alle würden nie wieder dieselben sein. Aber sie hatten überlebt. Wie es auch weiterging, sie hatten einander. Dafür hatte es sich gelohnt. Für diesen Moment.

»Mom, was ist los? Was hat der Ranger gesagt? Los, sag schon«, drängte Ryan.

»Kristy Ann, was ist passiert?«, stimmte Pops mit ein.

Durch einen Tränenschleier hindurch lächelte sie die beiden an.

»Es ist vorbei«, flüsterte sie. »Wir sind frei.«

Liebe Kristy,

es ist so weit. Meine letzte Nacht im Polunsky, und ich kann nicht schlafen. Bruce hat mir versprochen, diesen Brief an Sie weiterzuleiten. Ich habe es schon mal gesagt und sage es wieder: Es war eine Ehre, Sie zur Freundin zu haben. In wenigen Stunden ist alles vorbei. Ich wünschte nur, ich könnte sagen, dass ich keine Angst habe. Ich versuche, der Mann und Vater zu sein, auf den meine Kinder stolz wären, mutig und stark, aber ich schaffe es nicht. Ich habe mir die Kehle heiser geschrien, Gott und den Teufel und alle dazwischen verflucht. Ich bin es leid, eine Nummer zu sein, bin es leid, dass die Leute mich als Monster oder Babykiller oder sonst was bezeichnen, statt mich bei meinem Namen zu nennen. Die Betonmauern, zwischen denen ich eingesperrt bin, quälen mich, und die Schreie meiner Kinder verfolgen mich. Doch ich muss das jetzt loslassen, am Ausgang ändert es sowieso nichts. Heute Nacht feiere ich noch eine Selbstmitleidsorgie, und morgen, wenn sie mich abholen, werde ich den Kopf hoch tragen.

Jahrelang habe ich darüber nachgegrübelt, warum gute Menschen wie Sie und ich so leiden müssen. Eins können Sie mir glauben, ich habe einen Haufen Fragen an den da oben. Und hoffe, ein paar Antworten zu bekommen.

Das wär's dann also. Das ist das Ende des Wegs, mein Schwanengesang, der letzte Auftritt. Kristy, ich weiß nicht, wie Ihre Geschichte ausgeht, aber ich hoffe von Herzen, dass Sie Frieden finden. Bitte machen Sie sich keine Sorgen um mich. Mir wird es gut gehen. Ich bin unterwegs zu meinen Kleinen.

Bis wir uns wiedersehen
Clifton

Danksagung

Naiverweise habe ich geglaubt, dass mein zweiter Roman mir leichter von der Hand gehen würde als der erste. Schallendes Gelächter aus den Kulissen. Das vorliegende Buch hat mich vor ungeahnte Herausforderungen gestellt, doch am Ende hat sich die Mühe natürlich gelohnt. Wie jedes kreative Unterfangen wäre auch dieses nicht ohne einige unglaublich talentierte Menschen möglich gewesen, die mich unterstützt und dazu beigetragen haben, *The Walls* ins Leben zu rufen.

Ich danke meinen brillanten Lektorinnen Selina Walker und Cassandra Di Bello bei Penguin Random House sowie Anne Clarke bei Redhook, die ihr Vertrauen in meine Vision von diesem Buch gesetzt haben, um es dann mit ihren treffenden Kommentaren und ihrem Sachverstand noch besser zu machen. Dank auch an meine PR-Genies Gemma Bareham und Sarah Ridley bei PRH und Ellen Wright bei Redhook, die sich unermüdlich für meine Arbeit einsetzen.

Ich danke meinen Agenten Eve Atterman und Covey Crolius bei WME dafür, dass sie Hervorragendes leisten. Ich bin so froh, euch in meinem Team zu haben.

Meiner Managerin Adesuwa McCalla danke ich dafür,

dass sie mein Ruhepol in diesem verrückten Geschäft ist. Nach sechs Jahren sind wir erfolgreicher denn je. Auf viele weitere gemeinsame Jahre, in denen wir Wunder wahr werden lassen!

Eduardo Santiago, mein Guru und Freund, ich danke dir dafür, dass du während meiner zahllosen Entwürfe, panischen E-Mails und gelegentlichen Ausraster für mich da warst. Ich konnte es nicht immer erkennen, aber du hast mich daran erinnert, dass dieses Buch etwas Besonderes ist. Es war ein wilder Ritt, und ich kann's kaum erwarten, wieder loszureiten.

Meinen Testleserinnen der ersten Entwürfe, Jennifer Kramer, Lee Ann Barnhardt, Martin Aguilera und Megan Kruse, danke ich für ihre wunderbaren Ideen und ihre Ermutigung.

Angela Downs, Nick Chapa und Matt McArthur, ich ernenne euch hiermit offiziell zu meinen Glücksbringern. (Texas forever!)

Michelle Lyons danke ich dafür, dass sie ihr Wissen und ihre Sachkenntnis mit mir geteilt hat. Sie hat dieses Buch über die Maßen bereichert.

Ich hätte *The Walls* nicht ohne diese Lebenskünstlerinnen, meine kreativen Musen, mein weibliches Dreamteam beenden können: Zoe Broad, Sarah Haught, Kay Kaanapu, Mem Kennedy, Shireen Razack, Allison Rymer und Elena Zaretsky.

Giselle Jones und Shahana Lashlee, eure Liebe, euer Beistand und eure weisen Worte haben mir über die dunkelste Zeit im vergangenen Jahr hinweggeholfen.

Heather Overton, meine andere Hälfte, ich danke dir dafür, dass du Tausende von Entwürfen gelesen, dir zahllose Konzepte angehört und mich, wenn ich den Kopf hängen ließ, immer wieder daran erinnert hast, dass aufgeben nicht unser Stil ist. Das letzte Jahr mag uns schlimm zugesetzt haben, aber wir sind immer noch da und haben noch eine Menge Geschichten auf Lager.

David Boyd, du verdienst höchste Anerkennung dafür, der geduldigste Ehemann der Welt zu sein. Du bist der allerbeste Partner, Freund, Hundevater für Stevie und Spender (liebevoll-)strengen Zuspruchs, ganz zu schweigen von deiner tollen Haarpracht!

Zu guter Letzt: Dieses Buch würde es nicht ohne meine Mutter, Betty »BJ« Overton geben. Meine Mom hatte ein Faible für gute Geschichten, und nicht umsonst habe ich Geschichtenerzählen zu meinem Beruf gemacht. Sie war sehr stolz auf *Baby Doll* und konnte es kaum erwarten *The Walls* zu lesen. Leider ist sie, nach einem langen Kampf gegen eine chronisch obstruktive Lungenerkrankung mit Emphysem, eine Woche vor seiner Beendigung gestorben.

Ich stelle mir gern vor, dass wir zusammen an ihrem Küchentisch sitzen, Mom ihren Kaffee schlürft und in ihrem gedehnten Südstaatentonfall alles aufzählt, was ihr an diesem Buch gefällt. Noch wenige Wochen bevor sich ihr Zustand rapide verschlechterte, hat sie mir Ideen und Entwürfe für den Buchumschlag geschickt und Marketingpläne ausgearbeitet. Ich vermisse ihre nie nachlassende Unterstützung und noch so vieles mehr.

Diese Geschichte einer Überlebenden häuslicher Gewalt hat einen stark persönlichen Hintergrund. Meine Mutter hat durch die Hand meines Vaters Gewalt erlitten, sich aber nie als Opfer betrachtet. Sie hat sich entschieden, ihn zu verlassen, um ihre Töchter zu beschützen. Mit ihrem texanischen Schneid und ihrer beharrlichen Entschlossenheit ist sie zu meiner Heldin geworden. Während des Schreibens war es mir gar nicht bewusst, aber meine Mutter hat jede einzelne Seite dieses Buchs geprägt. Ihr Witz und ihr Mut, ihr Kampfgeist und die unzähligen Opfer, die sie gebracht hat, sind in diese Geschichte mit eingeflossen. Doch nicht nur in sie. Alles, was ich bin, habe ich ihr zu verdanken. Atme frei, Lady Bird, und sei gewiss, dass du immer bei uns bist.